AF484887

9 788294 106011

از کودکی تا هنوز

منصور تهرانی

ابرئ آفتابی

خاطراتی از ۹۸ هنرمند ایرانی

نشر فرم | Form Publications

Form Publications | نشر فرم

ابری آفتابی

ابرئ آفتابی
منصور تهرانی

مدیر نشر: حمیده میرزاد

صفحه‌آرایی و طرح جلد: وحید عباسی

چاپ اول – ۱۴۰۳، نروژ

شمارگان: نامحدود

شابک: ۱-۰۱-۹۴۱۰۶-۸۲-۹۷۸

حق چاپ برای نویسنده محفوظ است

Cloudy, Sunny
Mansour Tehrani

Page layout and cover design: Wahid Abassi
First edition : 2024, Norway
Number of prints: Unlimited
ISBN: 978-82-94106-01-1

www.formbook.org
info@formbook.org

تقدیم به دختر عزیزم مریم

نام هنرمندانی که از آن‌ها خاطره دارم و یا با آن‌ها کار کرده‌ام. به ترتیب ورود به کتاب:

حمیرا، محمد نوری، بیژن مرتضوی، مجید محسنی، ناصر ملک‌مطیعی، فردین، حمید قنبری، عبدالله محمدی، گوگوش، عبدالله معارفی، میلاد کیانی، اکبر گلپایگانی، مسعود اسداللهی، اصغر سمسارزاده، حسن رضیانی، تقی سلحشور، کاظم افرندنیا، هوشنگ خلعتبری، عسگر قدس، رحمان رضایی، دکتر هوشنگ کاووسی، بصیر نصیبی، هوشنگ حسامی، پرویز قریب‌افشار، ناصر چشم‌آذر، منوچهر چشم‌آذر، پوران، نیک‌پی (شهردار)، هویدا نخست‌وزیر، لقمان ادهمی، حسن شماعی‌زاده، مازیار، طوفان، افشین مقدم، دلکش، ساموئل خاچکیان، رامش، پرویز فنی‌زاده، ویگن، کوروش یغمایی، وارطان اوانسیان، جهانبخش پازوکی، اردلان سرفراز، رها اعتمادی، حسن ستار، حسن خیاط‌باشی، علی تابش، نصرت کریمی، عماد رام، نعمت‌الله آغاسی، مجتبی میرزاده، محمود قربانی، فریدون فرخزاد، فرشید رمزی، مولود عاطفی، مسعود فروتن، ایرج قادری، فریدون فروغی، جمشید جم، محمد شمس، رضا میرلوحی، ناصر زراعتی، احمد باطبی، اسفندیار منفردزاده، سیروس الوند، اریک ارکانت، مارتیک، شهیار قنبری، م. صفار، سیروس قهرمانی، پرویز بهرام‌علی مصفا، حسین خواجه‌امیری (ایرج)، جلال مقدم، منوچهر سخایی، فرهنگ فرهی، بهراد فردی، امیر شهرتی، رضا کرم‌رضایی، ایرج ناظریان، حسین عرفانی، منوچهر والی‌زاده، شاه فقید، شهره آغداشلو، هوشنگ توزیع، بهزاد بلور، محسن

مخملباف، هادی خرسندی، مسعود جعفری جوزانی، نعمت گرجی، دکتر اسماعیل خویی، علیرضا نوری‌زاده، هومن خلعتبری، محمدعلی سپانلو، محمدرضا شجریان، علی حاتمی، عزت‌الله رمضانی‌فر، مسعود بهنود.

به جای مقدمه

اکنـون قـرار نیسـت داستان بنویسم. سـال ۱۹۹۲، کتـابی حـاوی هشت قصهٔ کوتاه نوشتم به نام قصه‌های قریب غربت که نثر خاص خـودش را داشت و در سـال ۲۰۰۳، کتاب چهره‌های ممنوع را نوشتم که درباره‌اش خواهـم گفت. البته در ایران که بـودم، چند فیلمنامـه برای خودم و دیگران نوشتم؛ اما در اینجا سعی می‌کنم از آنچه که در حافظه دارم و به یادم می‌آیـد، بـدون اینکه چرک‌نویـس پاک‌نویس کرده باشـم، قلمـی کنم و تـق و تـق یک‌انگشتـی تایپ کنم. تصور بفرمایید روبه‌رویتـان نشسـته‌ام و بـا شمـا حـرف می‌زنم.

اگـر در حال نوشتن این کتاب اتفاق قابل ذکری بیفتد، برمی‌گردم به زمان حال و چنـد سطری با عنـوان «روزگار کرونایی» می‌نویسم.

توضیـح اینکه... حـال ثابت و مشخصی نـدارم به این دلیل که در ۲۵ سپتامبر ۲۰۱۹، اتفاقی برایم افتـاد که گرچه بخیر گذشت؛ اما لطمهٔ

زیادی به جسمم زد. به‌خصوص به گوش راستم که از سال ۲۰۱۴ تومـوری خوش‌خیم در کنارش نشسـته، شـوک وارد شـد، که در مـرز سکته مغـزی بـودم؛ امـا عـوارض آن تـا اکنـون که فوریه ۲۰۲۲ هست ادامـه دارد و آخرین بـاری که نزد دکتر متخصـص بودم گفت نیاز به ام.آر.ای یـا عکسـبرداری از سـرم هسـت که اگر تومـور بزرگ‌تر شـده باشـد نا چار عمـل کنند یا احتمـالاً عصب‌هایش را بسـوزانند.

من تمـام آن ماجـرا را بدون نـام بردن از کسـی در شـروع این کتـاب نوشـته بودم؛ امـا بعداً پشیمان شدم و آن قسـمت را جدا کـردم؛ چون نخواسـتم خاطرات شیرین دوران کودکی و نوجـوانی‌ام آغـازی تلخ داشته باشـد. آن قسـمت در جـایی دیگر شـاید در آینـده نوشـته شـود. لـذا اگر در طـول ایـن کتاب جمـلاتی بـود کـه گاهی برمی‌گـردم به زمـان حـال و روزگار کرونـایی، تعجـب نکنید.

دیگر اینکه... اگر بنا به حواس‌پرتی بنده بعضی چیزها و جمـلات تکراری بـود قبلاً پـوزش می‌خواهـم.

از کودکی تا هنوز...

من، منصور تهرانی، بچهٔ «بندرشاه» یا «بندر ترکمن» اکنون هستم. کودکی و نوجوانی‌ام را آنجا در دبستان انصاری و دبیرستان هدایت گذراندم. اول انقلاب که آنجا نبودم و می‌شنیدم که «بندرشاه» توسط شهردار انتصابی، شده «بندر اسلام». ترکمن‌ها اعتراض کردند؛ اما اعتراض‌شان به جایی نرسید. مردم هم شبانه می‌رفتند تابلوی بندراسلام را پایین می‌کشیدند و می‌نوشتند بندر ترکمن. آنقدر این کار را تکرار کردند تا بالاخره مسئولین رضایت دادند که بشود «بندر ترکمن.» اسم بامسمایی که هم قبل از انقلاب و هم بعد از انقلاب باید می‌بود.

اما من وقتی به کودکی‌ام برمی‌گردم با همان نام بندرشاه از آن یاد می‌کنم. علاقهٔ خاصی به ترکمن‌ها دارم. هر جای دنیا که آن‌ها را می‌بینم دلم می‌خواهد بروم و با همان چند کلمه ترکمنی که بلدم

با آن‌ها صحبت کنم. در سوئد هم یکی دو تا دوست ترکمن داشتم که الان مدت‌هاست از آن‌ها خبر ندارم؛ حتی عاشق قطعهٔ ترکمن «حسین علیزاده» هستم. فکر می‌کنم ایشان هم اهل همان طرف‌ها باشد. اگر با قطار به طرف شمال سفر کرده باشید از شهر فیروزکوه تا یک ایستگاه بعد از بندر ترکمن؛ یعنی گرگان می‌شود مازندران، که اکنون استان گلستان شده است.

*

حالا چرا منصور تهرانی؟ وقتی به دوستم که پیشنهاد کرد زندگی‌ام را بنویسم، گفتم من که همه چیز را تقریباً در مصاحبه‌ها گفته‌ام. جواب داد خیر. هنوز خیلی‌ها، خیلی چیزها را در مورد تو نمی‌دانند. شاید زیاد هم بیراه نگفته باشد.

من از وصلت یک پدر تهرانی بچه سنگلج و یک مادر اهل ساری در اول فروردین ۱۳۲۷ به دنیا آمدم؛ اما با اینکه بیشتر عمرم را در تهران بودم، خودم را بچه بندرشاه می‌دانم. کمی ترکمنی می‌دانم و کمی بیشتر مازندرانی. گرچه در منزل فارسی حرف می‌زدیم؛ اما من از دوستانم به‌خصوص دوران دبیرستان یاد گرفتم.

وای اگر بگم چه شهری بود بندرشاه، باور نمی‌کنید! به قول زویا زاکاریان: همون شهری که قد خود من بود/ ازین دنیا ولی خیلی بزرگ‌تر.

حتماً شما هم خواهید گفت، خب! شهر ما هم از همه دنیا بزرگ‌تر بود. درسته! جایی که آدم دوران کودکی و نوجوانی را سپری کرده همیشه از همه دنیا بزرگ‌تره... حتی وقتی سه ماه تعطیلی می‌رفتیم تهران به

۱۴

دیدن عمه جان و عمو جان بی‌نهایت دلم برای بندرشاه و دوستانم تنگ می‌شد. وقتی برمی‌گشتیم چمدان را زمین نگذاشته می‌دویدم سراغشان. دوستی که از همه قلدرتر بود، یک مشت یواش می‌زد به چانه‌ام و می‌گفت کجا بودی؟ این‌گونه همه محبت و دلتنگی‌اش را نشان می‌داد. بعد سؤال‌ها شروع می‌شد و من هم ساعت‌ها سوژه برای تعریف کردن داشتم.

استاد محمد نوری

یادم افتاد چند سال پیش استاد محمد نوری که صدایش را خیلی دوست دارم، به دعوت امیر جواهری لنگرودی آمده بود گوتنبرگ و حدود یک هفته اینجا اقامت داشت. من از ایشان فیلمبرداری می‌کردم. بعداً فیلم را مونتاژ کردم و برایش فرستادم ایران. خیلی خشنود شده بود. وقتی صحبت می‌کردیم، تکیه‌کلامش روی موسیقی فاخر بود. به من هم می‌گفت منصور ترکمان، کی گفته تو منصور تهرانی هستی؟ تو منصور ترکمانی! از این شوخی‌ها. یک هفته خوشی در خدمت استاد بودیم.

بندرشاه / بندر ترکمن

من به دبستان انصاری می‌رفتم که نزدیک منزل ما بود. چون پدرم کارمند راه‌آهن بود ما به اصطلاح در کمپ راه‌آهن بودیم که کارگران و کارمندان راه‌آهن در آنجا زندگی می‌کردند. یک دیوار ساکنین آنجا را از شهر که اکثراً ترکمن بودند، جدا می‌کرد. البته راه‌بندهایی داشت که می‌شد از آنجا به شهر رفت. به‌خصوص روزهای «دوشنبه‌بازار» برای ما بچه‌ها خیلی جالب بود. انواع خوراکی‌ها به قیمت ارزان فروخته می‌شد. علاوه بر ماهی که فراوان بود، قالیچه‌های ترکمن، حتی اسب‌های ترکمن هم معامله می‌شد.

بعضی فروشنده‌ها دخترهای زیبای «بیلیش» بودند. که صورت‌های گرد و سفید و زیبایی داشتند با لباس‌های رنگارنگ. بیلیش‌ها تیره دیگری از ترکمن‌ها بودند که می‌گفتند از قفقاز به آنجا مهاجرت کردند. بعضی مهاجران روس هم بودند که یکی از آن‌ها بین بچه‌ها خیلی محبوب بود؛ چون شیرینی‌فروشی داشت. زن و شوهر مهربانی که سال‌ها آنجا بودند؛ اما هنوز فارسی را با لهجهٔ غلیظ روسی حرف می‌زدند. هرگز اسم‌شان را ندانستیم، فقط می‌گفتیم بریم روسیه؛ یعنی بریم شیرینی بخریم.

اصولاً اصطلاحات روسی خیلی رواج داشت. مثلاً به تخم آفتابگردان می‌گفتند سیمیشکا، به قایق می‌گفتند لودکا. به آکاردیون می‌گفتند گارمان و به قایقی که بزرگ‌تر بود و موتور داشت بارکاز می‌گفتند، که مردم با همین بارکاز اغلب می‌رفتن به جزیرهٔ «آشوراده» و برمی‌گشتند.

بندرشاه مرکز ماهی ازون‌برن و خاویار بود. برادران خاویار... این را به شوخی می‌گویم؛ اما شش برادر و یک خواهر از یک خانواده روسی‌تبار بودند که تجارت خاویار می‌کردند. نادر و ناصر، دو نفر از برادرها دوست و همکلاس من بودند و من گاهی در این تجارت به آن‌ها کمک می‌کردم و دستمزد هم می‌گرفتم. در کودکی و نوجوانی زیاد خاویار دوست نداشتم، غافل از اینکه طلای خوراکی‌هاست؛ اما بعدها که آن‌ها کمپانی بزرگ «کاسپین خاویار» را درهامبورگ تأسیس کردند، هر وقت برای دیدنشان به هامبورگ می‌رفتم، نادر با خاویار از من پذیرایی می‌کرد و موقع خداحافظی هم مقداری خاویار می‌داد که بیاورم به گوتنبرگ. خلاصه! تلافی دوران نوجوانی را که قدرش را نمی‌دانستم درآوردم. نادر گاهی به‌عنوان کارشناس خاویار به کشور چین دعوت می‌شد؛ اما متأسفانه در سال‌های اخیر دیگر اثری از آن خاویار اعلای مخصوص ایران نیست. یک زمانی سه تا حروف «ک» ایران در دنیا نامبر وان (درجه یک) بود: کت، کارپت، کاویار [خاویار].

باری! جایی که ما زندگی می‌کردیم، نزدیک ایستگاه راه‌آهن، نوع ساختمان‌ها بیشتر شبیه اروپای شرقی بود. شاید به خاطر هم‌مرز بودن با شوروی آن زمان. در خیابان اصلی شهر چند میکده وجود

داشت که صاحبان آن‌ها اغلب ارمنی بودند، که بچه‌های آن‌ها همکلاس و دوست ما بودند. رافیک. ژوریک و... به‌خصوص یکی از معلم‌ها عادت داشت موقع حاضرغایب، رافیک را با نام کامل صدا کند:

- رافیک گورویچ میناوویچ ظهرابیان!

- حاضر!

فیلم سینما پارادیسو را شاید اغلب شما دیده باشید. من خودم چند بار دیده‌ام. اگر می‌خواهید بندرشاه آن زمان را تصور کنید، درست به همان شکل؛ یک میدان و یک سینما، به جای کشیش یک امام جمعهٔ خوش‌مشرب و مهربان و آدم‌ها و کاراکترهایی که شبیه فیلم سینما پارادیسو بودند. به همین دلیل این فیلم را چندین بار دیده‌ام.

بزرگ‌ترین میکدهٔ شهر «پاپا میشا» بود. پاتوق پدرم و دوستانش، که معمولاً عصرها می‌رفتند و می‌نشستند به میگساری و گپ زدن. پاپا میشا برایشان چوب‌خط می‌زد تا اول ماه که حقوق می‌گرفتند، می‌رفتند و بدهی‌شان را می‌دادند.

یک روز من و دو تا از دوستان ۱۴/۱۵ ساله پول‌هامان را گذاشتیم روی هم و تصمیم گرفتیم ادای بزرگ‌ترها را در بیاریم. روی هم پنج تومان پول داشتیم. رفتیم پاپا میشا که تقریباً آن وقت روز خلوت بود. سه نفری پشت یک میز نشستیم. پاپا میشا اول فکر کرد، آمدیم پپسی‌کولا بنوشیم. بهش گفتیم به اندازهٔ پنج تومان عرق به ما بده. پاپا با لهجهٔ ارمنی و مهربانش به من گفت: «بابا! پدرت می‌فهمه بابای ما رو درمی‌آره!» اما از ما اصرار که می‌خواهیم. بالاخره سه تا

استکان عرق میکده و یک کاسه لوبیا که به اندازه همه پول ما بود، آورد. نفری یک جرعه نوشیدیم. پاپا اضافه بر آن یک پپسی باز کرد و گذاشت روی میز و گفت یواش بخورید با این پپسی قاطی کنید.

نیم ساعت نکشید میگساری ما. سرها گرم با لپ‌های قرمز سعی کردیم مثل آدم بلند شویم و برویم بیرون. پاپا میشا تا دم در بدرقه‌مان کرد و گفت: «بچه‌ها مست‌بازی در نیارین‌ها! وگرنه پشت گوشتونو ببینین بیاین اینجا دیگه!» هر سه نفر با هم گفتیم: «چشم پاپا!»

درست مثل همان میکده‌ای که در فیلم طبیعت بی‌جان شهید ثالث، پیرمرد سوزنبان می‌نشیند و یک لیوان ودکا را سر می‌کشد. ایشان هر دو فیلم یک اتفاق ساده و طبیعت بی‌جان را در بندرشاه و اطراف ساخت.

به گمانم شهید ثالث هم باید بچه همان طرف‌ها باشد؛ چون جایی گفته بود، دلم برای بندرشاه تنگ شده. احتمالاً یک نسل قبل از ما.

وای چه حالی داشتیم. انگار همهٔ دنیا زیر پای ما بود. مردم را جور دیگری می‌دیدیم، خیلی از بالا. خیلی سرخوش بودیم. با اینکه هر سه نفر مساوی نوشیده بودیم، یکی از ما بلندبلند حرف می‌زد و کمی هم تلوتلو می‌خورد. من یک پس‌گردنی بهش زدم و گفتم:

- هووو چته؟ مگه ندیدی پاپا میشا چی گفت!

یکی از بچه‌ها پیشنهاد کرد بریم ایستگاه راه‌آهن. یکی از تفریحات ما عصرها رفتن به ایستگاه راه‌آهن بود که از تهران می‌آمد و آن زمان بندرشاه آخرین ایستگاه راه‌آهن شمال بود و تفریحگاهی برای ما؛ چون

دخترها هم گاهی می‌آمدند. آن روز هم اعتمادبه‌نفس ما به عرش اعلا رسیده بود. روی پا بند نبودیم. تا وقت خداحافظی با همان یک استکان کاملاً سرخوش بودیم؛ اما باید مثل بچهٔ آدم می‌رفتیم خانه و این سرخوشی را پنهان می‌کردیم.

تفریح دخترها به‌خصوص در عصرهای تابستان، دوچرخه‌سواری در محوطهٔ راه‌آهن بود. به سرکردگی زری دختر جناب سرگرد رئیس پاسگاه راه‌آهن که آتش‌پاره‌ای بود. بی‌محابا شلوارک می‌پوشید و ران‌های سفید و کمی تپلش را در معرض تماشای ما می‌گذاشت؛ اما مگر می‌توانستیم به آن‌ها چپ نگاه کنیم. ما پسرهای اغلب ۱۶/۱۵ ساله دور هم روی سکو می‌نشستیم مثلاً به حرف زدن؛ اما تمام حواس‌مان به دخترها بود و زیرچشمی دید می‌زدیم. یکی از دخترها به اسم مهری که با ما تقریباً همسایه بودند، از دور و یواشکی لبخندی پرتاب می‌کرد.

روی همان سکویی که نشسته بودیم، برای پز دادن جلوی دخترها و دور از چشم بزرگ‌ترها یواشکی سیگار زر می‌کشیدیم.تفریح ما پسرها، اما رفتن به تنها سینمای شهر یعنی سینما «سعدی» بود. دخترها مگر با خانواده سینما می‌رفتند. بلیت نمی‌خریدیم؛ چون می‌دانستیم مدیر سینما وقتی سرود شاهنشاهی را بزنند می‌گوید بچه‌ها بیایین جلو و ما هرچه پول در مشت‌مان بود می‌ریختیم توی پاکت از ۵ ریال تا یک تومان یا کم‌تر و می‌پریدیم تو سینما. کاری که این مدیر سینما که اغلب هم مست بود دور از چشم صاحب سینما انجام می‌داد. تا بالاخره گندش در آمد و صاحب سینما او را بیرون کرد. دیگر کار برای ما سخت‌تر شده بود. باید مثل بچهٔ آدم

می‌رفتیم بلیت یک تومانی می‌خریدیم و سر جایمان می‌نشستیم. قبلاً حتی می‌توانستیم برویم در قسمت ۱۵ ریالی و ۲۰ ریالی هم بنشینیم. من بیشتر از همه خورهٔ سینما بودم از فیلم‌های تارزان تا فیلم‌های وسترن گلن فورد و فیلم‌های هندی راج کاپور و نرگس. طوفان در شهر ما، آرمان و....

روزهای پنج‌شنبه، مجلهٔ سینما از تهران می‌رسید و من صبح اول وقت آنجا حاضر بودم. نخ‌های دورش را که پاره می‌کرد، ۲ تومان می‌دادم و یک مجله می‌خریدم. در طول راه تا برسم به خانه همه عکس‌ها و تیترهایش را دیده بودم و تا پنج‌شنبه دیگر چند بار می‌خواندم. بعضی وقت‌ها به بچه‌های علاقه‌مند دیگر هم شبی ۵ ریال اجاره می‌دادم.

این‌گونه با سینمای ایران و جهان بیشتر آشنا شدم. سینمای شهر ما بستگی به استقبال مردم فیلم را نگه می‌داشت. یک هفته یا بیشتر و گاهی دو سه شب. فیلم نگاهی از پل را آوردند. آن زمان نمی‌دانستم نوشتهٔ آرتور میلر است. عکس‌هایش را که داخل ویترین نگاه کردم، به نظرم آمد باید فیلم خوبی باشد. راف والونه بازی می‌کرد در فیلم نگاهی از پل. ریچارد آتن بارو یک نقش فرعی داشت که بعداً فیلم گاندی را ساخت و ۱۱ جایزه اسکار برد. شب دوم با تبلیغ و اصرار من با دوستی همراه شدیم و به سینما رفتیم. فیلم، اثر عجیبی روی من گذاشت؛ اما دوستم ناخشنود بود به شوخی یقه‌ام را گرفته بود که پول سینما رو بده. هر چی براش توضیح می‌دادم، به خرجش نمی‌رفت.

تا کلاس ششم ابتدایی به دبستان انصاری که نزدیک منزل ما بود می‌رفتم. مدیر مدرسه ما آقای قریشی یک تیپی مثل شون کانری

(جیمز باند) بود که گویا در جوانی هم بدن‌سازی کار کرده بود، شق و رق سخت‌گیر و با دیسیپلین. وقتی در حیاط مدرسه در حال بازی و سر و صدا بودیم به محض اینکه دود پیپ مدیر از پشت دیوار مدرسه دیده می‌شد؛ یعنی آقای مدیر در حال آمدن است و ناگهان سر و صدا فروکش می‌کرد. حتی گاهی می‌توانستیم بوی خوش پیپ را هم استشمام کنیم.

من هرگز سیگار نکشیدم. به این دلیل که در نوجوانی وقتی یواشکی با بچه‌ها دور هم جمع می‌شدیم سیگار زر یا اشنو می‌کشیدیم، دو سه بار شروع به سرفهٔ شدید کردم و اشکم در آمد و این موجب خندهٔ بچه‌ها و مسخره کردن می‌شد. به همین دلیل دیگر هرگز با آن‌ها هم‌سیگار نشدم. بعدها تقریباً در سن ۲۵ سالگی که ترانه‌سرایی می‌کردم، بساط پیپ را خریدم و به یاد بوی خوش پیپ آقای قریشی می‌کشیدم.

تا قبل از حادثه سال گذشته یکی از سرگرمی‌های زندگی من کشیدن پیپ و تمیز کردن آن‌ها بود. چند پیپ مختلف در خانه دارم که بعضی‌ها هدیه از طرف عزیزان است، اما متأسفانه فعلاً این گوش میانی لعنتی اجازه نمی‌دهد که حتی دو سه پک بزنم. درحالی‌که از آن دود دیگر متنفر شدم؛ اما دلم برای پیپ کشیدن تنگ شده. دوستی می‌گفت، خب! توفیق اجباری است که فسق و فجور کم‌تر می‌کنی. گفتم کاش می‌توانستم به قول تو فسق و فجور کنم. آخر اینکه زندگی نشد، نه پیپ بکشی نه یک گیلاس ویسکی بنوشی.

آقای حمید قریشی با پدرم دوست بود و گاهی منزل ما می‌آمد. من هم از ترس، مثل موش در اتاق مجاور خود را مشغول نوشتن

مشق‌هایم می‌کردم. گاهی که مادرم سینی چای را به من می‌داد که برایشان ببرم، دستم می‌لرزید و مثل بندبازها سعی می‌کردم سینی را محکم بگیرم که نریزد. یک‌بار آقای مدیر با من احوالپرسی کرد.

- چطوری منصور؟

- خوبم آقا.

- مشغول درس و مشقی؟

- بله آقا.

رفتم چمباته زدم دوباره روی کتاب و فکر می‌کردم آقای مدیر آنقدر مهربان هم می‌تواند باشد!

کلاس ششم دبستان بودم. در تاریخ از یعقوب لیث صفاری می‌خواندیم. از رشادت‌ها و شجاعت‌های او. به نظرم مثل «رابین هود» بود. پیش خودم شروع کردم به نوشتن نمایشنامه. در یک پرده. مثلاً بارگاه خلافت عباسی یکی از یاران یعقوب را دستگیر کرده‌اند و او یارانش را لو نمی‌دهد. ابتدا در خانه شروع کردم به نوشتن. یک روز در کلاس هندسهٔ آقای ستارزاده، یواشکی داخل کشوی میز مشغول ادامه نوشتن بودم، متوجه شدم شاگرد بغل‌دستی من می‌خندد سرم را بلند کردم، دیدم آقای معلم بالای سرم ایستاده و به داخل کشو زل زده است.

صدایش بلند شد:

- چی می‌نویسی؟ زنگ هندسه انشا می‌نویسی؟ دفترچه‌ات را بردار برو بیرون تا تکلیفت رو روشن کنم!

با ترس و لرز پشت در کلاس ایستادم. دل تو دلم نبود که سروکلهٔ

آقای مدیر پیدا بشود. گرچه می‌دانستم که بالاخره راپرت مرا خواهد داد. چند دقیقه‌ای گذشت که ناگهان آقای مدیر از دفتر بیرون آمد و چشمش به من افتاد که نگران و مضطرب دفترچه در دست ایستاده بودم.

ـ قبله‌تهرانی چی شده؟ اینجا چرا وایستادی؟ (در دفتر حاضرغایب سیدمنصور قبله‌تهرانی بودم.)

ـ آقا!... ما... ما...

به جای هر توضیحی دفترچه را به طرفش دراز کردم. لحظاتی دفترچه را نگاه کرد و ورق زد.

ـ بیا دفتر!

به دنبالش راه افتادم و وارد دفتر شدم. بوی خوش پیپ در دفتر به مشام می‌رسید. کمی احساس آرامش کردم. به نوشته‌های دفترچه‌ام خیره شده بود به نظر می‌رسید، می‌خواند. با تغییر گفت: این‌هارو می‌نوشتی؟ زنگ هندسه‌؟!

ـ بله آقا!... اشتباه کردیم.

ـ این‌هارو خودت نوشتی؟ یا از جایی برداشتی؟

ـ نخیر آقا خودمون نوشتیم.

از پشت میزش بلند شد.

ـ بیا! بیا اینجا بشین بقیه‌اش رو بنویس تا من می‌رم و برمی‌گردم.

با ناباوری گفتم:

ـ بله آقا! چشم آقا!

حواسم را جمع کردم و به نوشتن ادامه دادم. دیالوگ‌های خلیفه بود با اسیر جنگی شجاع که یارانش را لو نمی‌داد و پرخاشگری

خلیفه. ده پانزده دقیقه گذشته بود که آقای مدیر به دفتر برگشت. به‌سرعت بلند شدم و ایستادم. رفت پشت میز نشست و دوباره مشغول خواندن شد. چهره‌اش مهربان‌تر شده بود؛ اما باز با همان خشکی همیشگی گفت:

- بقیه‌اش رو بنویس؛ اما نه در سر کلاس، در منزل بعد از درس و مشق! به جای بازی کردن و شیطونی کردن اینو بنویس. تموم که شد برام بیار.

- بله آقا... چشم آقا!

بالاخره نمایش را تا پایان نوشتم و تحویل آقای مدیر دادم. چند روز از این ماجرا گذشت خبری نشد. تا در یک روز سرد زمستانی که آقای مدیر سر صف قبل از رفتن به کلاس‌ها گاهی سخنرانی کوتاهی می‌کرد درحالی‌که یادداشتی در دست داشت گفت:

- این اسامی که می‌خونم از صف بیان بیرون. بقیه برن سر کلاس‌هاشون!

- فرشید رئیس‌فیروز، آریو شهبازی‌مقدم، سیدمنصور قبله‌تهرانی، علی ضیایی، سیدحسین سیدین و دو سه اسم دیگر که یادم نیست.

نگران به یکدیگر نگاه می‌کردیم. قیافه‌هامان مثل علامت سؤال شده بود. پیش خودم فکر کردم آریو دیگه چرا اون که بچه درس‌خوان و مرتبی هست.

- شما بچه‌ها برین توی دفتر!

رفتیم داخل دفتر ایستادیم. فرشید پرسید:

- چی شده؟

شانه‌هایم را به علامت نمی‌دانم بالا انداختم. بعد از چند دقیقه که

در بلاتکلیفی سختی بودیم. آقای مدیر وارد شد و بر صندلی خودش تکیه زد. بعد از لحظاتی سکوت، لبخند کم‌رنگی بر روی لب‌هایش ظاهر شد.

- بچه‌ها! قبله‌تهرانی یک چیزی نوشته؛ یعنی یک نمایشنامه تاریخی در یک پرده که من چند بار خوندم و تصحیح کردم و حالا آماده است. این نمایش رو باید تمرین کنید که برای جشن ۲۱ آذر آماده و اجرا بشه.

بچه‌ها نفس راحتی کشیدن و چون از ماجرا خبر نداشتند با تعجب به من نگاه می‌کردند. آقای قریشی نقش‌ها را تقسیم کرد. نقش خلیفه به خودم رسید. سرباز اسیر، فرشید و بقیه نقش‌های کوچک‌تر...کارگردانی هم به عهدهٔ آقای مدیر. وقتی کپی هر نمایش را به ما دادند و دوباره خواندم دیدم خیلی فرق کرده و بعضی جاها تصحیح شده. متوجه شدم که آقای مدیر هم اهل بخیه است و احتمالاً در جوانی به اصطلاح اهل هنر بوده.

خلاصه اینکه نمایش اجرا شد و به ما جوایز کوچکی دادند و حتی گروه را به جزیره آشوراده برای اجرا دعوت کردند که با بارکاز (کشتی‌های کوچک موتوری) به آنجا رفتیم و مردم جزیره از دیدن نمایش خشنود بودند. عکس‌هایی که از این نمایش به جا مانده الان بامزه است. من با عمامه و شنل و ریش مصنوعی به نظر مسن‌تر می‌رسم و فرشید هم. اریو و بچه‌های دیگه گاهی از کمبود لباس چیزهایی می‌پوشیدن که ربطی به تاریخ نداشت. به هر روی، از همان زمان دست من بند شد شد به هنر.

بعدها که وارد دبیرستان شدم یادم نیست کلاس ۸ یا ۹ بودم یک

نمایش جدی‌تر نوشتم به نام پنجه طلایی و این‌بار خودم هم مثلاً کارگردانی می‌کردم. یک درام خانوادگی بود. تقریباً با همان بچه‌ها. باز هم من و فرشید رئیس‌فیروز روبه‌روی هم. این‌بار ناصر اردبیلی که کشتی‌گیر خوبی هم بود، نقش پدر را بازی می‌کرد و البته این‌بار در سالن سینما سعدی. دو ردیف اول صندلی‌ها هم رزرو می‌شد برای رؤسای مربوطه و خانواده‌های خودمان. این نمایش یکی دو بار به مناسبت‌هایی اجرا شد؛ حتی زمانی که من در سن ۱۸/۱۹ سالگی همراه خانواده به تهران آمدیم می‌شنیدم که از بچه‌ها می‌شنیدم که آن نمایش را اجرا می‌کردند.

روزگار کرونایی

هنوز در روزگار کرونا هستیم. حال من همان‌گونه هست که بود. با گوش میانی تقریباً کنار آمده‌ام، اما او با ما کنار نمی‌آید، اخیراً دچار سرگیجه‌های مقطعی شده‌ام. به‌خصوص وقتی که دولا می‌شوم چیزی بردارم. یک‌بار در آشپزخانه خوردم زمین و یک‌بار هم در فروشگاه وقتی به قفسه پایین نگاه کردم. با دکترم تماس گرفتم گفت شاید تومور بزرگ‌تر شده باشد (که امیدوارم این‌طور نباشد) اما به هر روی نوشتند که مثل سال گذشته ام.آر.ای بگیرند. چقدر هم از این آزمایش بدم می‌آید. نیم ساعت نفس‌گیر وقتی آدم داخل لوله کذایی می‌شود، نمی‌دانم چرا همه جای آدم خارش می‌گیرد. زنگ هم گذاشته‌اند تا هر که خواست زنگ بزند و او را خارج کنند. خانم تکنسین می‌گفت بعضی‌ها اینکار را می‌کنند؛ اما من سعی کرده‌ام نکنم. در گوش آدم موسیقی هم پخش می‌کنند و چون می‌دانم هر آهنگ بین ۴ تا ۵ دقیقه

است، یکی‌یکی آهنگ‌ها را می‌شنوم تا تمام شود.

خبر خوش

اما در همین روزگار کرونایی خبر خوش برای من این است که یکی دو ماه پیش بیژن مرتضوی با من تماس گرفت برای یک ترانه. ملودی آماده بود و من باید روی آن کلام می‌گذاشتم. خلاصه بعد از لطف فراوانی که به من و ترانه‌هایم کرد قرار شد کار کنیم. البته من گفتم ملودی را بفرست من هم سعی می‌کنم، چون سال‌هاست کار نکرده‌ام. به شوخی گفتم شاید ترانه‌هایم زنگ زده باشد. مرا تشویق کرد که: «تو می‌تونی و کار خودته.»

گفتم من عادت دارم اول ترجیع‌بند را می‌نویسم اگر راضی بودی ادامه می‌دم. در واتساپ برایش نوشتم. بسیار خشنود و راضی بود. ادامه دادم، بعد از چند روز که نقطه‌نظرهای خودش هم بود، بالاخره کار تمام شد و درنهایت خیلی راضی بود.

یک ورسیون خواند و برایم فرستاد. بسیار هم زیبا خوانده بود. دستمزد ترانه را هم بلافاصله برایم فرستاد، اما راستش حتی اگر پولی هم نمی‌داد من راضی بودم که بعد از چند سال یک کار حرفه‌ای کرده‌ام. اصولاً آن چند روز حالم خیلی بهتر شده بود، چون گفته بود قرار است چند کار با هم داشته باشیم. شعر دیگری که آماده داشتم برایش فرستادم به نام «پاتوق» که چند سال پیش گفتم و سال‌ها در کشو خاک می‌خورد. این شعر را خیلی دوست دارم. در مورد صادق هدایت است. البته نه تنها هدایت، شاعران و ادیبانی که دور هم جمع می‌شوند و با هم گفت‌وگو دارند. با بیت اول که دکلمه می‌شود:

«خبر این بود، هدایت مرد تو پرلاشز خوابش برد...» و بعد از چند بیت که دکلمه می‌شود، می‌رسد به آواز:

یکی‌یکی میان از راه، همه دوستان هم‌دفتر
فضا از دود سیگار پر، صدا بالا و بالاتر
خوش‌وبش بود و گاهی تلخ، مث قهوه بی‌شکر
تو پرتاب هزار واژه، یکی مرعوب یکی برتر
فضای دوستان خوب، فضای مهربانی‌ها
فضای عاشقان عشق، قهر و پادرمیانی‌ها
برای شعر نیمایی، نظر گاهی دگر آمد
و شاگردی که شد استاد، با شعری تازه‌تر آمد
هزار و سیصد و چندی، قلم‌فرسای بی‌دولت
دلش از قافیه پر بود، غزل می‌گفت واسه ملت
هزار و سیصد و چندی، روزای خوب استبداد
یکی بود توپ مروارید، یه شاعر بود پر از فریاد
خبر این بود هدایت مرد، تو پرلاشز خوابش برد

و چند بیت آخر که باز دکلمه میشه و با هزار و سیصد و چندی که شروع شده است، تمام می‌شود. چون ترانه طولانی بود قرار شد خواننده همین چند بیت وسطش را بخواند. حتی طرح کلیپ آن را هم نوشته‌ام.

یک کافه. مثلاً کافه فردوسی یا نادری که از پشت شیشه داخل آن دیده می‌شود. فضا از دود سیگار پر... آوانس مشغول پذیرایی است. هدایت گوشه‌ای نشسته و شاعران و نویسندگان دیگر هم هستند. دوربین نزدیک نمی‌شود و خواننده از پشت شیشه آن‌ها را

می‌بینند. یا به سلیقه کلیپ‌ساز!

امام جمعه مسجد بندرشاه

بندرشاه دو مسجد هم برای مسلمانان داشت. یک مسجد برای شیعیان و مسجد دیگر برای سنی‌ها و ترکمن‌ها که آن‌ها هم امام جمعه خودشان را داشتند.

امام جمعهٔ ما آقای بحرالعلوم بود که انسان فاضل و خوش‌مشرب و مهربانی بود. آنقدر که پدر عرق‌خور مرا هم مسجدی کرده بود. حتی روزهای محرم علاوه بر حرف‌های جدی گاهی خاطرات یا جملات خنده‌دار هم می‌گفت. البته به موقع به صحرای کربلا هم می‌رفت و اشک هم در می‌آورد. ما نوجوان‌ها هم گاهی می‌رفتیم، اما من هر کاری می‌کردم مثل بزرگ‌ترها گریه کنم نمی‌شد.

روزهای عاشورا هم که می‌دانستیم قیمهٔ امام حسین هم خواهد بود، از صبح ساعت ۱۰ وارد دستهٔ سینه‌زنی می‌شدیم. بعضی بچه‌ها تقلب می‌کردند و چند دقیقه مانده به ظهر خودشان را وارد دستهٔ سینه‌زنی می‌کردند مثل همکلاسی‌مان رافیک ظهرابیان ارمنی که شب‌های شام غریبان هم شمع به دست به ما ملحق می‌شد. دو دوست بهایی هم داشتم که خیلی دوست‌شان داشتم. مردمان خوب و

مهربانی بودند. قبل از ظهر، آقای بحرالعلوم اصرار داشت که ما حتماً با علم و کتل به مسجد سنی‌ها برویم. امام جمعه آن‌ها هم قرآنی می‌خواند و از ما پذیرایی می‌کردند، اما برای نهار باید برمی‌گشتیم به مسجد خودمان.

گاهی هم اتفاقاً خنده‌دار می‌افتاد. یکی از بچه‌های شیطون که بعد از قیمه، شربت بهش نرسیده بود و مغبون شده بود وسط سینه‌زنی رفت توی جوش حسینی و خودش را زد به غش‌بازی که بزرگ‌ترها هول بشوند و پارچ شربت را برایش بیاورند که یک دل سیر بنوشد. وسط مسجد یک حوضی داشت. یکی از بزرگ‌ترها گفت بلندش کنیم بندازیم تو حوض که حالش جا بیاد. فریدون همان‌طور که روی هوا دست و پا می‌زد به زبان مازندرانی می‌گفت. حووض نا شربت، حووض نا شربت؛ یعنی حوض نه، شربت! آخرش انداختنش توی حوض. و ما سال‌ها به این داستان می‌خندیدیم.

سینما بندر، مجید محسنی و ساختمان دموکرات

ساختمان دموکرات، بلندترین ساختمان در بندرشاه بود. ساختمانی برج مانند که تقریباً متروکه شده بود، اما به ساختمان دموکرات معروف بود که درست وسط میدان شهر بود. می‌گفتند سال‌ها پیش مقر حزب توده بوده است و روس‌ها آن ساختمان را ساخته‌اند. حالا قرارشده بود سینمای دیگری ساخته شود به نام سینما بندر. یعنی به ازای دو مسجد، دو سینما در بندرشاه بود. آن هم به همت زنده‌یاد «مجید محسنی» که آن زمان نمایندهٔ دماوند در مجلس بود و می‌دانست که مشتری سینما در این شهر زیاد است. با یکی

از ثروتمندان شهر به نام آقای عقیلی شریک شدند که سینما بندر را بسازند، اما یک مشکل بود، این‌که ساختمان بزرگ دموکرات درست روبه‌روی سینما قرار می‌گرفت و شریک پولدار آقای محسنی از این قضیه ناخشنود بود. جسته و گریخته شنیده می‌شد که قرار است ساختمان دموکرات را خراب کنند. مردم اما از این خبر راضی نبودند و نهایتاً خراب نکردند و بعداً که آقای مجید محسنی برای افتتاح سینما آمده بود در سخنرانی‌اش گفت که ساختمان دموکرات جزو آثار قدیمی و ساختمانی این شهر است و نمی‌شود دست به آن زد. یادم هست که رنگ و روغنی هم به ساختمان زدند. حضور گاه به گاه مجید محسنی در بندرشاه و ما بچه‌ها که فیلم‌های او را دیده بودیم و گاهی دورش حلقه می‌زدیم و ایشان هم با حوصله و مهربانی ما را تحمل می‌کرد موجب اتفاقات تازه‌ای شد.

بعضی از هنرمندان به مناسبت‌هایی به شهر بندرشاه می‌آمدند که در ادامه خواهم گفت. به‌خصوص از زمانی که خط راه‌آهن تا ۳۶ کیلومتر بالاتر، یعنی گرگان کشیده شد و یکی از گردش‌های ما سفر کوتاه به گرگان بود که شهر بزرگ و زیبایی بود. از طرف دیگر هم به ساری نزدیک بودیم که من گاهی با قطار محلی به آنجا می‌رفتم و می‌آمدم.

عمه جان باغ بزرگی در ساری داشت با انواع و اقسام میوه‌ها که خانه‌ای مسکونی و چند اتاقه وسط این باغ قرار گرفته بود. نزدیک ریل راه‌آهن و سیامافور. هر وقت سیمافور بالا بود علامت این بود که قطار مسافربری به‌زودی خواهد رسید. من ۱۱/۱۰ ساله بودم که عمه مهربانم فوت کرد. یادم هست که مادرم برای خواهر شوهرش

که او را بسیار دوست می‌داشت خیلی گریه و بی‌تابی می‌کرد، اما پسرعمه‌ها و دخترعمه‌ام آنجا زندگی می‌کردند. باغی نسبتاً بزرگ با انواع و اقسام درخت‌های میوه. از انار و انجیر تا پرتقال و نارنگی و... اکنون یکی از رؤیاهایی که همچنان در ذهنم مانده همان باغ عمه جان است. همچنین چون پسرعمه بزرگم مدیر سینما «مولن روژ» ساری بود، من به بهانه بعضی فیلم‌هایی که هنوز به بندرشاه نرسیده بود، می‌رفتم ساری. مثلاً فیلم چهار راه حوادث ساموئل خاچکیان را اولین بار در ساری دیدم.

برگردیم به مجید محسنی. یکی از پسرهایی که از ما چند سال هم بزرگ‌تر و پسر سرگرد قائم‌مقامی رئیس شهربانی بود به نام جواد قائم‌مقامی که بر و رویی هم داشت و برای خودش «الن دلونی» بود. یادم هست گاهی پیش پرده هم اجرا می‌کرد.

«ساعت داماس یک عمر سرخر شماست.» جواد خودش را بیش از دیگران به مجید محسنی نزدیک می‌کرد و همه جا دنبال او بود. تا بالاخره مجید محسنی او را کشف کرد و با خود به تهران برد. فکر می‌کنم اولین فیلمش هم با آقای محسنی پرستوها به لانه برمی‌گردند یا محکوم بود که در آن زمان فیلم خوبی بود و حتی به فستیوال تاشکند هم فرستاده شد.

جواد برای ما بچه‌ها غولی شده بود. چند فیلم خوب هم بازی کرد. از جمله، فیلم محکوم و فیلم روسپی با آذر شیوا و بیک ایمان‌وردی و.. اما متأسفانه قدر خود را ندانست و خیلی زود معتاد شد و در فیلم‌ها به‌رغم خوش‌تیپی با دماغ تیرکشیده بازی می‌کرد، اما چیزی که زندگی‌اش را به باد داد، هوس کارگردانی کردن بود که خودش هم

تهیه‌کننده بود. فیلم عروس یا عروسی از نظر تجاری شکست خورد. بعدها شنیدم که همان سال‌ها به آمریکا مهاجرت کرده و دیگر اطلاعی از ایشان ندارم.

همان زمان که خط آهن به گرگان کشیده شد، لوکوموتیوهای فرشتال آلمانی تبدیل به دیزل برقی شدند. یا ما می‌گفتیم دیزل برقی، که برای ما شگفت‌انگیز و جالب بود. البته چون پدرم کارمند راه‌آهن و به اصطلاح ناظم دپو بود، گاهی می‌رفتم آنجا، بخار و بوی گازوئیل لوکوموتیو را خیلی دوست داشتم و چند بار هم سوار شدم وقتی که روی سینی جهت لوکوموتیو را عوض می‌کردند. به هر روی، دیزل جای لوکوموتیو را گرفت و لوکوموتیوها برای همیشه داخل پارکینگ بزرگ راه‌آهن رفتند. (یاد لوکوموتیوران پیترو جرمی به خیر!)

ناصر ملک‌مطیعی و آقای مدیر

یکی از همان روزها که با موهای پارافین‌زده و بلوز جیمز دینی که پشت یقه‌اش همیشه بالا بود به ایستگاه قطار رفته بودیم. بچه‌های

۳۵

دیگر هم آمده بودند. البته این‌ها همه برای دخترکان هم‌سن و سال خودمان بود که گاهی با چشم و نگاه ارتباط‌هایی داشتیم و گاهی یک لبخند از راه دور.

قطار مسافربری از تهران رسید و من در کمال شگفتی و زودتر از همه ناصر ملک‌مطیعی را شناختم که از قطار پیاده شد. پشت سرش تقی ظهوری و دو نفر دیگه احتمالاً فیلمبردار و... . ناصر خان از یکی از بچه‌ها پرسید:

- پسر جان منزل آقای قریشی کجاست؟

من خودم را جلو انداختم و گفتم:

- ما می‌دونیم آقا.

- پس جلو برو ما هم دنبالت می‌آییم.

راه، زیاد دور نبود. به ۲۰۰ متری که رسیدیم من شروع به دویدن کردم که زودتر به آقای مدیر خبر بدم. آن زمان تلفن هم نبود و احتمالاً آقای قریشی گفته بود که از قطار که پیاده شدید، از هر که بپرسید خانه ما را بلد است. آن‌ها برای فیلم اراس خان به کارگردانی ملک‌مطیعی و دیدن لوکیشن ترکمن صحرا آمده بودند.

سالی یک‌بار در بندرشاه مسابقه اسب‌دوانی بود که معمولاً شاهپور غلامرضا برای افتتاح می‌آمد. سوارکاران اغلب بچه‌های زیر ۱۵ سال بودند. که به نفر اول ۱۵۰۰ تومان، نفر دوم ۱۰۰۰ تومان و نفر سوم ۵۰۰ تومان به‌عنوان جایزه می‌گرفتند.

از پدرم شنیدم که آقای قریشی و ناصر ملک‌مطیعی در مدرسهٔ نظام با هم دوست بودند. ناصر خان که هنرپیشه شد، به قریشی که چهره و تیپ خوبی داشت پیشنهاد کرد، اما ایشان بنا به دلایلی

ترجیح دادند که به آموزش بپردازند.

بعدها که ترانه‌سرا شده بودم و چند بار برای معرفی ترانه‌ام به برنامهٔ صبح جمعه رادیو می‌رفتیم. برای دیدن یک دوست قدیمی با همسرم به بندرشاه رفتیم. امیدوار بودم که آقای قریشی آنجا باشد و به او سر بزنم. دوستم گفت در همان خانه سابق است. رفتم آقای قریشی از دیدنم بسیار خوشحال شده بود. مرا در آغوش گرفت و گفت: «صبح‌های جمعه ترانه‌هایت را می‌شنویم و به تو افتخار می‌کنیم.» مرا که همچنان جلوی آقای مدیر خبردار و با احترام ایستاده بودم دعوت به نشستن و پذیرایی کرد.

بعد از انقلاب شنیدم خارج از بندر ترکمن برای خودش خانه زیبایی ساخته و باز نشسته شده است. یک‌بار دیگر برای ساختن یکی از فیلم‌هایم به مازندران رفته بودم و خواستم به آن دوست قدیمی و همچنین آقای قریشی سری بزنم. وقتی به میدان شهر رسیدم فکر کردم اشتباه آمده‌ام چون از ساختمان دموکرات‌ها اثری نبود و به جای آن یک پارکینگ بزرگ ساخته شده بود. وقتی سراغ آقای قریشی را گرفتم گفتند متأسفانه فوت کرده. بسیار غمگین شدم و این افسوس برایم ماند که چرا زودتر به او سر نزدم. پسرش شاهین قریشی را که در ایران زندگی می‌کند و شاعر و خوش‌نویس است در فیس‌بوک یافتم و گاهی ارتباط فیس‌بوکی داریم.

روزگار کرونایی

چند روز پیش که باز به مناسبتی داستان دکتر محمد مصدق پیش آمد. من بر اساس فیلم مستند هدی صابر که از احمدآباد فیلمی

ساخته بود و با اهالی آنجا که زمانی جوان بودند و دور و بر دکتر مصدق، از آشپز و خدمتکار و اهالی احمدآباد و چند پارچه دهات اطراف تعریف می‌کردند که چگونه دکتر مصدق آن زمان به کار مردم رسیدگی می‌کرد و مساوات و عدالت را برقرار کرده بود.

هر روز با یک مینی‌بوس بیماران را به تهران و بیمارستان نجمیه که پسرش آنجا دکتر بود می‌فرستاد و همه مخارجش را هم خودش تقبل کرده بود. تعریف‌های بسیاری از اهالی در این مختصر نمی‌گنجد.

*

مطلبی نوشتم با عنوان «امپراطوری کوچک احمدآباد» که در مورد همین فیلم بود و البته کلیپی که بیش از ۲۰ سال پیش با همت و اشعار دکتر ایرج پارسی‌فر و موسیقی عبی یگانه و صدای من به نام «مصدق شهابی در شب میهن.» در ابتدای این سی‌دی نثری را که من در مورد مصدق نوشته بودم، پخش کردم. اشاره کرده بودم حالا که ما از دوران رضا شاه و محمدرضا شاه به درستی به خوبی یاد می‌کنیم، آیا نباید از دولتمردانی مثل فروغی، قوام و مصدق هم قدردانی کنیم؟ به‌رغم خطاها و اشتباهات و اختلافاتی که هر دو طرف داشته‌اند، اما وجه مشترک‌شان وطن‌دوستی و اعتلای ایران بوده است.

جمله‌ای از مصدق هست که آن زمان گفته بود. جمهوری برای جامعه ایران مناسب نیست. گرچه کامنت بدی نگرفتم شاید به خاطر ریش سفید ترانهٔ «یار دبستانی من»، وگرنه بعضی جاها دیده‌ام که آوردن نام مصدق بعضی‌ها را به شدت آشفته می‌کند.

دبیرستان هدایت - بیلیارد

به خاطر دیواری که بین کمپ کارمندان راه‌آهن و شهر کشیده

بودند، در دوران دبستان زیاد با بچه‌های ترکمن دمخور نبودیم، اما وقتی رفتیم دبیرستان داستان فرق می‌کرد. اکثر محصلین، رئیس دبیرستان، ناظم و اغلب معلم‌ها ترکمن بودند و با لهجهٔ شیرین خودشان فارسی حرف می‌زدند.

رئیس دبیرستان آقای نجاری تیپی داشت مثل آلفرد هیچکاک. خیلی جدی و اخمو بود و بچه‌ها از او خیلی حساب می‌بردند. یک معلم معقول و منقول هم داشتیم که قرآن و شرعیات درس می‌داد. او هم ترکمن بود. بچه‌ها در کلاس او سؤال‌های عجیب و غریب دینی می‌کردند و از جواب‌های او می‌خندیدند و شیطنت می‌کردند و او نیز با صبوری با بچه‌ها کنار می‌آمد و جوک هم می‌گفت.

درست روبه‌روی درب دبیرستان، آن طرف خیابان یک بیلیاردی بود. یک اتاق نسبتاً بزرگ که فقط یک میز داشت و بیلیارد روسی، که چای و شیرینی و آبجو هم می‌فروخت و اغلب در اختیار بزرگ‌ترها بود، اما صبح‌ها که خلوت تر بود گاهی ما می‌رفتیم و بازی می‌کردیم. گاهی زنگ ورزش وقتی هوا بارانی بود یا زمانی که دبیرها غایب بودند و می‌رفتیم داخل حیاط. البته زمین والیبال و بسکتبال هم داشتیم اما گاهی وسوسهٔ بازی بیلیارد می‌شدیم. یک روز که با دو سه تا از بچه‌ها مشغول بازی بودیم، یکی از بچه‌ها داد زد: «وای! آقای نجاری!»

سرم را بلند کردم دیدم آقای نجاری در چهار پنج قدمی ورودی است. از ترسم رفتم زیر میز. آقای نجاری وارد شد. پاهایش را می‌دیدم که در سکوت قدم می‌زد. من هم آن زیر می‌لرزیدم، چون اگر مرا پیدا می‌کرد وضعم از دوستانم بدتر می‌شد. با پرخاش و پس‌گردنی آن دو نفر را بیرون فرستاد و رو کرد به صاحب بلیارد و گفت:

- دیگه این بچه‌ها رو اینجا راه نده! مخصوصاً وقت دبیرستان. بعد از اون هر غلطی میخوان بکنن به ما مربوط نیست.

- چشم آقای نجاری!

پاهایش را دیدم که به طرف درب خروجی می‌رفت. نفس در سینه‌ام حبس شده بود. صدای خندۀ بلیاردی بلند شد.

- بیا! بیا! بیرون رفت!

نفس عمیق کشیدم اینکه یک فاجعه از سرم گذشته باشد.

فردین – ایستگاه راه‌آهن

یکی از بچه داد زد: فردین!.... فردین را دیدیم که در کوپۀ درجه یک کنار پنجره نشسته بود. برای بچه‌ها دست تکان داد. بندرشاه چون به اصطلاح ایستگاه تشکیلاتی بود، معمولاً قطار مسافربری تا پانزده دقیقه می‌ایستاد.

بچه‌ها آنقدر ابراز احساسات کردند که فردین از قطار آمد پایین. دور او حلقه زدیم. یک بلوز یقه هفت قهوه‌ای پوشیده بود. به همان خوش‌تیپی توی فیلم‌ها. حتی چند دختری که در ایستگاه بودند برای دیدن فردین به ما نزدیک شدند. سؤالات بچه‌ها و جواب‌های مهربانانه فردین. معلوم شد که برای دیدن لوکیشن‌های فیلم جدیدش جهنم به اضافۀ من به گرگان می‌رود. فیلمی که خودش هم کارگردانی کرده بود و با فیلم‌های دیگرش بسیار متفاوت بود. سؤالات بچه‌ها از جمله خود من تمامی نداشت. پانزده دقیقه خیلی زود تمام شد. مأمور ایستگاه با کلاه قرمز و کفگیری که به دست داشت سوت زد و به طرف ما آمد.

- آقای فردین لطفاً سوار شید.

فردین درحالی‌که می‌خندید گفت: «این بچه‌ها که ول نمی‌کنن!»
آقای فردین با بعضی بچه‌ها تندتند دست داد و خداحافظی کرد و پرید بالا. مأمور قطار یک سوت دیگر کشید و کفگیر را برد بالا. قطار حرکت کرد و آقای فردین را با خود برد.

زنگ انشا

یک روز که دبیر ادبیات حوصله نداشت موضوع انشا بگوید یا چیزی به خاطرش نمی‌رسید روی تخته سیاه نوشت: «از خانه تا مدرسه هرچه می‌بینید بنویسید.»

ترانهٔ «یار دبستانی من» را از همان روزها الهام گرفتم: «حک شده اسم من و تو، رو تن این تخته سیاه/ ترکهٔ بیداد و ستم مونده هنوز رو تن ما...» دوران ما هنوز چوب و ترکه در کار بود، اما بعد از ما منسوخ شد و مثلاً دوران کوچک‌ترین برادرم می‌دیدم که بچه‌های دبستان هر روز کیک و شیر می‌خوردند تا جایی که با شیر روی زمین خط‌کشی هم می‌کردند. به همین دلیل بچه‌های آن نسل رشد بیشتری داشتند و خوش قد و بالاتر شدند.

باری! همکلاسی‌ها طبق گفتهٔ آقای دبیر واقعاً هر چه که در یک روز از خانه تا مدرسه دیده بودند نوشتند. من که قبلاً هم یک نمایشنامه آماتوری نوشته بودم، فکرم به کار افتاد و در ذهنم همه کاراکترهای معروف شهر را از خانه تا مدرسه دیدم. مثلاً رجب حمال که برای خودش تاجری شده بود، اما چون به این اسم معروف شده بود مردم می‌گفتند رجب حمال، اما کسانی که با او داد و ستد داشتند به او آقا رجب یا مش رجب می‌گفتند.

عبدالله پاسبان که با لباس پاسبانی همیشه دوچرخه سوار می‌شد. یزدان‌قلی یخ‌شکن، که هر کسی مشکل گیر کردن مستراح داشت می‌رفت سراغ او. طهماسب دیمی، الکلی بود و همیشه مست از مهاجران روس بود.

عمو قدرت که راننده یک مینی‌بوس بود که مسافرها را از بندرشاه به ساری می‌برد و برمی‌گشت. هیکل بزرگی داشت و با لهجهٔ کاملاً تهرونی صحبت می‌کرد و به قول معروف گنده لات بندرشاه بود.

من از خانه تا مدرسه در یک روز همهٔ این‌ها را دیده بودم. برایشان دیالوگ گذاشتم با لهجهٔ خودشان. بچه‌ها و آقای دبیر که همه‌شان را می‌شناختند از خنده ریسه می‌رفتند. یک نمره بیست هم گرفتم، اما داستان به همین‌جا ختم نشد. ده‌ها بار این انشا را بچه‌ها می‌خواستند و من در کلاس‌هایی مثل زنگ ورزش که هوا بارانی بود و داخل کلاس بودیم، باید این انشا را می‌خواندم. حتی یک روز سر صف بس که بچه‌ها گفتند، ناظم مدرسه آقای ارازی که او هم ترکمن بود از من خواست که بخوانم. یکی از بچه‌ها بلندگوی آقای ناظم رو جلوی دهن من نگه می‌داشت و من انشا را خواندم. این داستان به گوش رجب حمال که آخر هم نفهمیدیم نام فامیلش چیست، رسیده بود و از پدرم که گاهی به مغازه‌اش می‌رفت گله کرده بود.

کشتی در وزن ۴۸ کیلو

مازندران مهد ورزش کشتی بود و کشتی‌گیرانی مثل حبیبی و موحد و.... پرورانده است. یک روز زنگ ورزش، مربی ورزش همه را به صف کرد و پنج نفر را انتخاب کرد که من هم یکی از آن‌ها بودم. گفت:

«شما پنج نفر باید هفته‌ای سه روز عصرها بیایید باشگاه و تمرین کشتی کنید و در همان حال یک امتیاز هم داد که به جایش زنگ ورزش شما می‌توانید تعطیل باشید. من البته فوتبال و گاهی بسکتبال بازی می‌کردم، اما هرگز به کشتی فکر نکرده بودم. آن هم عصرها بعد از دبیرستان که همه می‌رفتند خانه، ما هفته‌ای سه روز باید می‌رفتیم باشگاه. من خیلی دلخور و نا راضی بودم؛ چون همان موقع داشتم به نوشتن یک نمایشنامهٔ دیگر فکر می‌کردم، اما چه کسی جرأت داشت اعتراض کند. آقای دبیر ورزش یک صفر گنده می‌گذاشت در کارنامه و همه چیز خراب می‌شد.

بالاخره رفتیم. یک مربی جدی در باشگاه بود که با وزن ۴۸ کیلویی‌ها که حدود ۱۰ نفر بودیم، تمرین می‌کرد. فقط یک ساعت نرمش و دور تشک دویدن و بعد انواع و اقسام فنون کشتی با هم.

من از چیزی که می‌ترسیدم گوش شکستن بود، بنابراین قبل از تمرین گوش‌ها را خیلی گرم می‌کردم، چون می‌دیدم آن‌هایی که گوششون می‌شکنه باد می‌کرد و با آمپول آبش را خالی می‌کردند و درد داشت، اما بعضی بچه‌ها که عاشق کشتی بودن بدشان نمی‌آمد گوش شکسته داشته باشند و پز بدهند.

کم‌کم مجبور شدم کشتی را جدی بگیرم، چون پای حیثیت هم وسط بود. آن زمان تایم کشتی ده دقیقه و دو تا ۵ دقیقه نفس‌گیر بود. هر کشتی‌گیری یک فنی داشت. مثل تختی بزرگ که سخت‌ترین فن، سگک را داشت. یا کشتی‌گیران نامدار که هر کدام فن مخصوص خود را داشتند یا سید عباسی یک دست و یک پا و... حریف را به آن فن می‌کشاندند. بچه‌ها هم هر کدام فن خودشان را داشتند. فن من هم

برات بود، یعنی می‌رفتم زیر، حریف روی من خیمه می‌زد، احتمالاً یک امتیاز هم می‌گرفت؛ اما ناگهان هر دو بازویش را قفل می‌کردم و برای ضربه فنی برمی‌گرداندم، اما اگر حریف گردن قوی داشت و پل می‌زد مشکل می‌شد.

یک‌بار هم رفتیم شهسوار مسابقه دادیم و برگشتیم و موفقیت‌های کمی به دست آوردم؛ اما همچنان از شکستن گوش می‌ترسیدم. مشکل دیگر این بود که همیشه باید سر وزن بودیم و یک گرم از ۴۸ کیلو نباید بالا می‌رفتیم. خلاصه همان زمان‌ها آپاندیس بنده عود کرد، در بیمارستانی در گرگان عمل کردم. عمل ساده‌ای بود و زود خوب شدم، اما خودم را زدم به موش‌مردگی که دیگر سر تمرین کشتی نروم.

همچنان به جان دبیر ورزش آقای نژادی‌حسن دعا می‌کنم؛ چون ورزش در ذهن من حک شد و اکنون که در حال نوشتن این مطالب هستم، بیش از ۵۰ سال است که بی‌وقفه ورزش می‌کنم. اگر به یک چیز واقعاً معتاد باشم آن ورزش است. اگر دو سه روز حتی ورزش نکنم حالم بد می‌شود و موقع غذا خوردن عذاب وجدان می‌گیرم. خوشبختانه فرزندانم مریم و مانی را هم به ورزش تشویق کرده‌ام و ماشاءالله هر دو به‌رغم گرفتاری و کار ورزش هم می‌کنند. اکنون در این سن و سال بهترین ورزش برای من پیاده‌روی و اگر کرونا اجازه دهد شنا کردن است.

بچه‌های سنگلج

پدرم و حمید قنبری بچه‌های سنگلج بودن و همکلاسی و بچه محل. جمعه صبح‌ها وقتی صدای آقای قنبری در نقش‌های مختلف از رادیو شنیده می‌شد، پدرم یاد خاطرات با ایشان می‌افتاد و داستان‌ها تعریف می‌کرد. کم‌کم من هم به آقای قنبری علاقه‌مند شدم و اگر فیلمی از ایشان در سینما بندر یا سعدی اکران می‌شد، پدرم را خبر می‌کردم و می‌رفتیم مثل فیلم لات جوانمرد با مجید محسنی و.... .

در میان هنرمندان دو عموی ناتنی داشتم. حمید قنبری که بعدها دو بار ایشان را از نزدیک دیدم و عبدالله محمدی که تقریباً ماهی یک‌بار او را می‌دیدم چون رئیس قطار مسافربری بود و آن زمان که بندرشاه آخرین ایستگاه راه‌آهن شمال بود باید یک شب در بندرشاه می‌ماندند و فردایش بر می‌گشتن به تهران. البته در همان ایستگاه راه‌آهن خوابگاه داشتند، اما آقای محمدی به منزل ما می‌آمد و با پدرم سور و ساتی داشتند.

عبدالله محمدی هم در برنامه «صبح جمعه» رادیو به «شیر خان» معروف بود. چند فیلم هم بازی کرده بود و معمولاً به جای اسماعیل یاسین هنرپیشه کمدی مصری صحبت می‌کرد.

یک روز پدرم را بسیار متأثر دیدم، وقتی علت را پرسیدم گفت. عبدالله محمدی در یکی از مأموریت‌هایش در همان قطار مسافربری سکته کرده است. باری، در مورد حمید قنبری من چیزهایی می‌دانستم که پدرم نمی‌دانست. مثلاً اینکه او به جای جری لوییس صحبت می‌کند و همین‌طور منصور سپهرنیا و تقدسی.

بعدها که در سن ۱۹/۱۸ سالگی به تهران آمدیم و من وارد کاخ جنوبی جوانان شدم و مشغول نوشتن دو نمایشنامه و مسئول اجرای تئاتر گروه هنری شدم.

آن روزها تصور من این بود که راحت‌ترین راه برای رسیدن به دروازه‌های هنر، گویندگی فیلم (دوبلوری) است. غافل از اینکه دوبلاژ، دیوار بلند و نفوذناپذیری دارد. از پدرم خواستم که با حمید قنبری تماس بگیرد که من بتوانم وارد جرگهٔ گویندگان فیلم بشوم. پدرم نگاه عاقل اندر سفیه به من کرد و گفت:

- پسر جان من سال‌هاست حمید قنبری را ندیده‌ام و با هم تماسی نداشتیم. اصلاً از کجا معلوم که هنوز مرا بشناسد.

خلاصه از من اصرار و از او انکار. بالاخره گفت:

- من نمی‌دانم خانه‌اش کجاست و چگونه می‌شود با او تماس گرفت.

خوشحال شدم و گفتم اون با من.

خیلی زود به خاطر عشق به هنر و پشتکاری که داشتم، آدرس آقای قنبری را پیدا کردم و به پدرم دادم. صبح جمعه، پدر شال و کلاه کرد و به دیدن دوست دیرینه‌اش رفت. من چند ساعت با تشویش و نگرانی در انتظار بازگشت او بودم.

فصل تابستان بود. سرانجام نزدیک غروب وقتی آفتاب داشت از رمق می‌افتاد پدر به خانه بازگشت. چهره‌ای راضی و خوشحال داشت. تعریف کرد که نشانی را پیدا کرده و زنگ درب خانه را به صدا در آورده و حمید قنبری خودش در را گشوده بوده با صورت آغشته به کف صابون و ریش نیمه‌تراشیده در آستانهٔ در ظاهر شده و پس از نظاره‌ای کوتاه گفته بود:

ـ ناصر تویی؟ تو کجا! اینجا کجا؟

و بعد آن دو دوست قدیمی یکدیگر را در آغوش گرفته بودند. گویا از چند ساعتی که با هم صحبت کرده بودند فقط چند دقیقه حرف درباره من بوده و عشق و علاقه‌ام به هنر. بقیه به بازگویی خاطرات گذشته مربوط می‌شده. سنگلج و مدرسه و بچه‌های محل.

قرار شده بود عصر پنج‌شنبه در استودیو میثاقیه کوی ایرج خدمت ایشان برسم. جایی که آقای قنبری هر هفته با دوستان آنجا جلسه داشتند، زیرا آن سال‌ها ایشان مسئول سندیکای سینمای ایران بودند. نیم ساعت قبل از قرار در سالن انتظار بودم. هنرپیشگان مختلف می‌آمدند و می‌رفتند و دیدن آن‌ها از نزدیک برایم جالب و مغتنم بود. سر ساعت ۴ بعد از ظهر، آقایان از در وارد شدند. حمید قنبری، مجید محسنی و هوشنگ بهشتی و شخص دیگری که احتمالاً از اهالی سینما بود و من نمی‌شناختم.

از جا بلند شدم و خبردار ایستادم. وقتی در حال رفتن به سالن کنفرانس بودند جلو رفتم و سلام کردم. تا آمدم بگویم من... با روی گشاده گفت:

ـ تو پسر ناصری؟

گفتم: بله!

دستی به پشتم زد و مرا به طرف اتاق جلسه راهنمایی کرد و در همان فاصله با جملاتی کوتاه مرا به آقایان دیگر معرفی کرد:

- پسر یکی از دوستان قدیم هست. می‌خواد وارد عالم هنر بشه.

من از دیدن چند هنرپیشه محبوب این چنین نزدیک دچار هیجان شده بودم. دست و پای خودم را گم کردم، اما در عین حال اعتمادبه‌نفس هم داشتم و به سؤال‌های آقای قنبری به خوبی جواب می‌دادم. بالاخره ایشان یادداشت سفارشی برای آقای مستان رئیس سندیکای دوبلاژ نوشت و به دستم داد. آقای مجید محسنی هم یک کارت با مهربانی به دستم داد و گفت:

- از قول من هم به آقای مستان سلام برسانید.

خلاصه سفارشی دو قبضه شدیم. صبح فردا اول وقت در خیابان گرگان در خدمت آقای مستان بودم. ایشان هم بسیار بنده را تحویل گرفتند. متن کوتاهی به دستم داد و گفت بخوان. من که چند تجربه تئاتری هم داشتم متن را با لحن شمرده و محکم خواندم و رضایت و خشنودی را در چهرۀ آقای مستان دیدم. بدون مقدمه گفت:

- باید دوره استاژ ببینی. خلاصه اینکه باید یک سال در تاریکخانۀ اتاق دوبله بنشینی و لب‌خوانی را یاد بگیری تا بتوانی کم‌کم یک کلمه و دو کلمه و یک جمله بگویی. زود راه می‌افتی چون با استعداد به نظر می‌رسی.

من هم خوشحال شدم و خداحافظی کردم و رفتم، اما گویا قسمت چیز دیگری بود. خدمت سربازی در راه بود. دیپلم وظیفه شدم با سه ماه غیبت. «کاخ جوانان» و آشنایی با میلاد کیایی عزیز

و ساختن فیلم کوتاه کلاغ پر و ترانه‌سرایی و انقلاب و توقف همه چیز. (در طول نوشتار مفصل به آن‌ها خواهم پرداخت.)

اولین جلسه سندیکای سینما بعد از انقلاب که یک بار دیگر آقای قنبری را دیدم. حمید قنبری طرف راست سالن روی صندلی نشسته بود. پروفایل او را از همان فاصله می‌دیدم. تغییری نکرده بود همچنان در آستانهٔ میانسالی سرحال و قبراق بود.

جلسه سندیکا داغ بود. حرف‌ها و شعارها... فردین و فیلم‌های آبه گوشتی. کارگرهای فنی بلند شدند و از فردین دفاع کردند. یکی گفت:

- فردین سر صحنه پالتوپیش را در آورد و به من بخشید.

دیگری گفت:

- فردین تمام مخارج بیمارستان زنم را پرداخت.

بازهم شعار. سندیکا مونوپول شده. جوان‌ها باید جایگزین شوند. طاغوت...

من دست بلند کردم و گفتم:

- فراموش نکنیم چه کسانی پایه‌گذار سینمای ما بودند. نگاتیوهایشان را در اطاق‌های تاریک و توی تشت می‌شستند. فیلم‌ها را فریم به فریم به هم می‌چسباندند تا اینک ما وارث آن‌ها باشیم. اکثریت با کف زدن حرف‌هایم را تأیید کردند. (هنوز الله‌اکبر گفتن رسم نشده بود.)

به حمید قنبری نگاه کردم. تبسمی حاکی از تشکر و قدردانی در چهره‌اش بود. من هم لبخند زدم و به علامت سلام برایش دست تکان دادم. اگرچه می‌دانستم بعد از آن سال‌ها به احتمال زیاد مرا

به خاطر نمی‌آورد. فکر کردم بعد از پایان جلسه خدمت‌شان برسم و تجدید ارادتی بکنم.

بحث بالا گرفته بود. شور و حال و شعارهای انقلابی همچنان ادامه داشت. دقایقی غافل شدم و زمانی که بی‌اختیار به سمت راست سالن نگاه کردم، صندلی حمید قنبری را خالی یافتم. دیگر چیزی نمی‌شنیدم. می‌دانستم دلش شکسته است. شاید خودش هم می‌دانست که دیگر حتی صبح‌های جمعه هم کسی صدای او را نخواهد شنید. نه صدای فوفول نه دردونه حسن کبابی و... راستی به جای جری لوییس چه کسی حرف خواهد زد؟

آخرین یادگاری که از او به جا مانده یک جشن تولد شاد است با صدای جری لوییس:

- چرا نشستین؟ بلند شین، بلند شین برقصین...

چگونه خواننده نشدم!

معمولاً همه تعریف می‌کنند. چگونه خواننده شدند اما کار من برعکس است. در همان دوران نوجوانی که تازه گلپایگانی «مست مستم» را خوانده بود و به راستی تحولی در آواز خواندن به وجود آورده بود که منِ نوجوان را هم جذب کرده بود و بعد افشاری «هر سو که دویدیم» و... من هم سعی می‌کردم مثل او بخوانم و چهچه بلبلی بزنم. ارثی هم شاید از پدرم که زمزمه می‌کرد و عمه جان که در جوانی تار می‌زد و عاشق صدای بنان بود برده بودیم. البته عمه جان وقتی پا به سن گذاشت رفت مکه و توبه کرد و حاجی خانم شد.

دوستی داشتم ۱۷/۱۶ ساله هم‌سن خودم که پیش استادی

درس ویلیون می‌آموخت و زمانی که با هم تمرین می‌کردیم دستگاه‌ها و گوشه‌ها را یکی‌یکی می‌گفت و من هم کم‌کم از او می‌آموختم. بعضی وقت‌ها متوجه می‌شدم که جای صدای من نیست و من به زحمت می‌خوانم. درحالی‌که بدون ساز بهتر می‌خواندم. هنوز نه او و نه من نمی‌دانستیم چپ کوک و راست کوک چیست. (چپ کوک جای صدای خانم‌ها و راست کوک آقایان با یک اکتاو فاصله است.) بعضی وقت‌ها کلی بالا و پایین می‌کرد، تقریباً جای صدای مرا پیدا می‌کرد و تمرین می‌کردیم، اما ولش می‌کردی چپ زدن برایش راحت‌تر بود.

باز هم مناسبتی برای جشن پیدا شد. این‌بار در سینمای سعدی. برنامه‌های مختلفی بود که ما هم یکی از آن‌ها بودیم. همه اغلب دعوتی آمده بودند. خانواده‌هایمان و رئیس رؤسای شهر و فرهنگیان و... خلاصه، کیپ تا کیپ جمعیت نشسته بودند و در انتظار برنامه. داشته باشید که خانواده و آشنایان و دوستانی که صدای مرا قبلاً شنیده بودند، روی پیشانی من نوشته بودند خواننده! منصور حتماً خواننده خواهد شد.

نوبت به برنامهٔ ما رسید. وقتی رفتیم روی صحنه، اول چشمم به طاهره دختر همسایه خورد که کنار مادرم همان ردیف جلو نشسته بودند. کمی استرسی شدم، اما اعتمادبه‌نفس برای خواندن داشتم. آقای یاحقی... ببخشید دوستم شروع کرد به ساز زدن. قسمت پایین آواز را خواندم، اما همان موقع فهمیدم خیلی بالاتر از جای صدای من است. داشت سولو می‌زد که من قسمت بالا را بخوانم. زیر لب یک غری زدم که درست بزن. یاد آقای گلپایگانی افتادم. گفتم آقای

گلپا به دادم برس. احتمالاً اگر در سالن بود می‌گفت:

- منصور اکتاو پایین را بخوان.

اما بلد نبودیم. سولوی ویلیون تمام شد و حالا نوبت من بود. شروع کردم روی گام ویلیون چپ کوک خواندن در شروع مشکلی نبود، اما وقتی رسید به اوج ناگهان صدایم خروسی شد. یک لحظه ماندم. سکوت... مردم شروع کردند به دست زدن، اما من از صحنه دویدم بیرون. صدای دست زدن هنوز می‌آمد، اما من از سالن خارج شدم و تا خانه می‌دویدم.

یک هفته از خانه بیرون نیامدم. مدرسه هم نرفتم اصلاً مریض شده بودم. و از آن به بعد از خواندن وحشت داشتم. بعدها که بزرگ‌تر شدم و در کنار بزرگ‌ترها می‌نوشیدم آبجویی اعتمادبه‌نفس پیدا می‌کردم و در محافل خصوصی آن هم به اصرار دیگران می‌خواندم؛ اما پنبهٔ خواننده شدن را برای همیشه از گوشم بیرون کردم.

یک بار که آقای گلپایگانی همراه با دوست دوران جوانی‌ام میلاد کیایی عزیز، سنتورنواز برجسته به شهر گوتنبرگ آمده بودند. با آقای گلپایگانی در منزل دوست عزیزم آقای حصیریان که برنامه‌گذار ایشان بودند. ضمن اینکه از برنامه زنده‌ای که ایشان با زنده‌یاد هایده شب عید فطر داشتند ستایش کردم. داستان خودم را هم گفتم. خندید و گفت:

- بله عزیز باید اکتاو پایین می‌خوندی.

- به یاد شما بودم. اما شما نبودید که به دادم برسید.

عشق سینما

از ۱۲/۱۰ سالگی در بندرشاه، خوره سینما بودم. بعدها که سینما بندر هم درست شد و این دو سینما گاهی با هم رقابت هم می‌کردند کار مشکل‌تر می‌شد. باید در هفته، پول دو فیلم را جور می‌کردیم. فیلم‌های هندی، وسترن و فارسی... فیلم‌های ساموئل خاچکیان را خیلی دوست داشتم. طوفان در شهر ما، چهار راه حوادث و فریاد نیمه‌شب که فردین و آرمان نقش‌های اول را داشتند.

بیک ایمانوردی برای اولین بار در فیلم فریاد نیمه‌شب یک نقش کوتاه و بدون دیالوگ داشت، اما همان یک صحنه هم در ذهن من نشسته بود. در فیلم بعدی یک قدم تا مرگ خاچکیان رل اول منفی را به او داد و به اصطلاح کارش گرفت.

وقتی در پلاکادرهای سر در سینما عکس بزرگ نقاشی شده این‌ها را می‌دیدیم برایمان خیلی بزرگ و دست نیافتنی بودند. بعدها به اعتبار و سفارش آقای سیفی رئیس‌فیروز زنده‌یاد که ایشان هم کارمند راه‌آهن و پدر فرشید رئیس‌فیروز دوست دوران کودکی‌ام بودند. رفتم خدمت آقای مهدی رئیس‌فیروز در استودیو عصر طلایی در نارمک خیابان سمنگان. ایشان داشتند فیلمی را مونتاژ می‌کردند و من برای اولین بار با استودیوی فیلمبرداری آشنا شدم. آقای رئیس‌فیروز هم بنده رو نصیحت کردند که:

- پسر جان اول درست رو بخون، به دانشگاه برو. برای سینما همیشه فرصت هست.

آقای رئیس‌فیروز یکی از قدیمی‌ترین فیلمسازان سینما همراه با دکتر اسماعیل کوشان بودند. که علاوه بر فیلم ساختن، در بعضی از

فیلم‌ها هم اغلب نقش‌های منفی داشت، مثل فیلم مسیر رودخانه صابر رهبر در مقابل فردین.

بعد از اتقلاب فرصتی شد که با فرشید و دوستان دیگر به خانه ایشان که در شمال و دامنه کوهستان بود برویم. وقتی که شهردار بودند. ساعات خوشی را در خدمت ایشان گذراندیم. آقای رئیس‌فیروز به شوخی گفتند.

- منصور جان حالا نوبت توست که نقشی در فیلمت به من بدی.

پیدا بود که دلشان برای سینما تنگ شده. من فیلم دوم مسافر شب را ساخته بودم که متأسفانه توقیف شده بود و سناریو جدیدی در دست نداشتم. اما وقتی که به تهران برگشتم متوجه شدم اکبر صادقی فیلمی در دست تهیه دارد و نیاز به یک ژنرال روسی دارد. به ایشان آقای رئیس‌فیروز را پیشنهاد کردم که با چهرۀ اروپای شرقی و چشم‌های روشن گزینه مناسبی بودند و بسیار خوب آن نقش را بازی کردند. این آخرین کار رئیس‌فیروز با سینما بود. بعدها به کانادا رفتند و در همانجا... یادشان گرامی!

یادگاری که از ایشان دارم چند جلسه مصاحبۀ رادیویی است که زندگی و کارشان را در سینما به خوبی تعریف کرده‌اند که شاید بخشی از تاریخ سینمای ایران باشد.

گوگوش می‌آید.

زمانی که گوگوش در ایران بود و هنوز ممنوع‌الخروج بود. خیلی‌ها به یاد او بودند. از او حرف می‌زدند و ترانه‌هایش را باز خوانی می‌کردند و من هم که پنج ترانه برای او نوشته بودم که هنوز هم پس از سال‌ها بدون استثنا در کنسرت‌هایش می‌خواند و بعد از اساتید ترانه‌سرای دیگرم جزو ترانه‌های خوب اوست. سال ۱۹۹۲، که هنوز گوگوش در ایران و ممنوع‌الخروج بود مطلبی نوشتم که برای اولین بار در مجله بازتاب چاپ شد و بعد در مجله جوانان لوس آنجلس و همین‌طور کتاب چهره‌های ممنوع. رخصت می‌خواهم که عیناً همان مطلب را اینجا بیاورم:

بانوی آواز شهر خاکستری

خرداد هزار و سیصد و نمی‌دانم چند بود. بندرشاه، آخرین ایستگاه راه‌آهن شمال، در هوایی ملس، نه گرم و نه سرد. اوج تلاقی بهار و تابستان. اوج درس و امتحانات ثلث سوم مدرسه‌ها. کتاب و دفتر زیر بغل از بیابان بر می‌گشتم. نمی‌دانم چه حکتی بود که باید راه

می‌رفتیم و درس می‌خواندیم. آن هم بیرون از شهر، وسط کشتزارهای پنبه که غنچه‌ها سفید سفید باز شده بودند. هر کدام از بچه‌ها مسیری را انتخاب می‌کردند می‌رفتند و می‌آمدند و زیر لب انگار اوراد می‌خواندند. ساسانیان، سلجوقیان، غزنویان و... .

به عشق سه ماه تعطیلی تابستان سخت درس می‌خواندیم که خدای نکرده تجدید نشویم تا بتوانیم در دشت و دریا بتازانیم. گاهی هم مجهز می‌رفتیم. نان و پنیر و خیار و خربزه با خود می‌بردیم. روی اسکله می‌نشستیم و با لذت می‌خوردیم و دوباره و چند باره می‌خواندیم و می‌خواندیم. غروب که می‌شد بر می‌گشتیم خانه. در یکی از این برگشتن‌ها بود که حسین سیاه از دور صدایم کرد. رفتم طرفش. گفت:

- گوگوش داره می‌آد اینجا. پنج‌شنبه برنامه داره.

- پرسیدم کجا؟

- تو سینما بندر. شب جمعه برنامه دارن. با باباش می‌آد، صابر آتشین.

یاد فیلم بیم و امید افتادم. گوگوش هشت، نه ساله چه بازی محشری کرده بود. با همان تصاویر در ذهن، همراه بر و بچه‌ها رفتیم جلوی سینما بندر.

به در و دیوار و توی ویترین‌ها عکس و آفیش زده بودند، اما این گوگوش فیلم فرشته فراری نبود. بزرگ‌تر شده بود و خوشگل‌تر. در آن عکس‌ها خیلی خانم شده بود. عکسی با لباس جاهلی در حال غزل خواندن. با لباس هندی و لباس آذری و... .

تا اینکه پنج‌شنبه رسید. حسین سیاه گفت:

- بلیتش گرونه.

- مگه چنده؟

- لژ پنج تومن، عقب سه تومن، بالکن دو تومن.

از شدت ناامیدی نفس عمیق کشیدم، اما همچنان با بر و بچه‌ها جلوی سینما ایستادیم. می‌گفتند. گوگوش و گروهش ساعت شش می‌آن که برن تو سینما. حالا ساعت چهار بود، دو ساعت مانده بود. همین‌طور منتظر ایستادیم تا بیاید و اقلاً همینجا ببینیمش. ساعت ۶، یک بنز ۱۸۰ جلوی سینما بندر توقف کرد. اول صابر آتشین پیاده شد و با آن هیکل چاق و گنده‌اش و بلافاصله رو به جمعیت داد زد:

- نیم ساعت دیگه برنامه شروع میشه زودتر بلیت بخرین!

پشت سرش دختری ۱۳/ ۱۴ ساله پیاده شد که بلوز پسرانهٔ قرمز رنگی به‌تن داشت. بله! خودش بود. گوگوش بود. دلم هری ریخت پایین. چقدر خوشگل بود. چقدر ملوس و ملیح. با غرور خاصی بدون اینکه به اطراف نگاه کند، یکراست وارد سینما شد... فقط چند ثانیه... ناپدید شد. صابر آتشین هنوز جلوی سینما ایستاده بود و تبلیغ می‌کرد.

- رقص عربی هم داریم... رقص ترکی و هندی... بشتابید! همین یک شب اینجاییم! فردا می‌ریم گرگان!

دست کردم تو جیبم یک تومن بیشتر نداشتم. تبلیغات صابر تمام شد و رفت تو سینما. شش و ده دقیقه بود، بیست دقیقه بیشتر وقت نداشتم. یکهو تصمیمم را گرفتم. به حسین سیاه گفتم:

- من می‌رم خونه و زود برمی‌گردم. تا آمد بگوید کجا! چرا؟ مثل برق داشتم می‌دویدم طرف خانه. نفس‌نفس‌زنان رسیدم خانه. مادرم

نگران نگاهم کرد و پرسید:

- چی شده؟ کجا بودی پسر؟

- جایی نبودم.

مِن مِن کنان گفتم:

- مامان یک تومن داری بدی؟ عوضش آخر هفته ازت پول نمی‌گیرم.

- یک تومن از کجا بیارم بچه؟

دیدم اینجوری نمی‌شود. تند رفتم طرف طاقچه و از زیر پیش بخاری یک تومن برداشتم و قبل از اینکه مادر اعتراضی کند زدم بیرون. وقتی شروع کردم به دویدن، فقط صدایش را شنیدم که فریاد زد:

- پول نون رو کجا می‌بری ذلیل مرده؟

بقیه حرف‌ها و نفرین‌هایش را نشنیدم. سر ساعت شش و نیم در سینما بندر بودم. دو تومن دادم یک بلیت بالکن خریدم. آخر شب حسین سیاه و بچه‌ها گفتند، گوگوش رفته منزل سید خانم.

سید خانم یک زن مهاجر روس بود. می‌گفتند خالهٔ گوگوش است. زنی بود با چشم‌ها و پوست روشن، کمی چاق و چله، بگو و بخند و خوش‌مشرب که از سال‌ها پیش در یکی از محله‌های بندرشاه زندگی می‌کرد. خیلی از بچه‌های بندر از سبک‌دستی او به دنیا آمده بودند. سید خانم، قابلهٔ قابلی بود. اینکه به او می‌گفتند سید خانم، به این دلیل بود که قبل از زایمان‌های خانگی زیر لب دعا می‌خواند، وگرنه اسم دیگری داشت.

از بالای تپه روبه‌روی منزل سید خانم می‌شد اتاق نشیمن را دید. گوگوش هم در آن اتاق بود همگی داشتند شام می‌خوردند. نمی‌دانم

چه کسی به سید خانم خبر داد که بلند شد تمام پرده‌های رو به تپه را کشید. حالا دیگر ما چیزی به جز پرده‌های گلدار خانه سید خانم نمی‌دیدیم.

آخر شب که داشتم بر می‌گشتم خانه آنقدر غرق گوگوش بودم که فراموش کرده بودم امروز چه دسته گلی به آب داده‌ام. مادر تا صدای پایم را شنید نگران آمد دم در و گفت:

ـ پدرت از دستت خونیه، چون امروز نه نون خریدی نه ماست... الان هم شلاق رو گذاشته دم دستش که بیفته به جونت.. برو یه خورده همین دور و بر پرسه بزن تا بخوابه.

صدای عربده‌ی مستانه‌ی پدر را می‌شنیدم که سراغم را می‌گرفت و صدای مهربان مادر را که داشت دروغ مصلحت‌آمیز می‌گفت. پشت دیوار حیاط نشستم، اما هنوز همه‌ی حواسم پیش گوگوش بود. درس و امتحانات را پاک فراموش کرده بودم. فقط به او فکر می‌کردم. به برنامه امشبش، به صدای قشنگش به حرکات شیرین و بازی‌هایش. رفتم به رؤیا و کلی برای خودم خیال‌های قشنگ بافتم. فکر کردم نامه‌ای براش بنویسم و فردا صبح در ایستگاه قطار به دستش بدم، اما بعد پشیمان شدم.

پدر که خوابید، مادر آمد یواشکی صدایم زد. شام نخورده خزیدم توی رختخواب، اما مگر خوابم می‌برد... تا صبح از این پهلو به آن پهلو شدم. گوگوش تمام ذهنم رو پر کرده بود. آخرش هم نفهمیدم کی خوابم برد.

صبح که از خواب بلند شدم پدرم رفته بود. می‌دانستم که قطار

ساعت ۹ صبح حرکت می‌کند. رفتم جلوی آینه و کمی به سر و وضع خودم رسیدم. بین پسرهای ۱۶/۱۵ ساله هم‌سن بر و رویی داشتم. موهایم را آب و جارو کردم، روغن پارافین زدم و با عجله خودم را رساندم به ایستگاه قطار.

حسین سیاه از من زودتر رسیده بود. او خودش را شبیه «جرج چاکریس» هنرپیشه فیلم داستان وست ساید درست می‌کرد. واقعاً هم کمی شبیه اون بود. اما من تو نخ «جیمز دین» بودم. همیشه یقه پیرهن و کاپشنم رو می‌زدم بالا. البته چند بار هم بابت این کار از پدرم پس‌گردنی خوردم.

گوگوش و گروه همراهش وارد ایستگاه شدند. بچه‌های دیگر هم بودند. چند دختر هم سن و سالش رفتند جلو و با او حرف زدند، اما ما پسرها جرأت نمی‌کردیم بهش نزدیک بشیم. فقط حسین سیاه رفت چند قدمی گوگوش خیلی نزدیک... اما من جرأت نکردم. همان‌جا ایستادم و از همان فاصله نگاهش می‌کردم. نمی‌دانم دخترها بهش چی گفتند که خندید و بعد از آن‌ها خداحافظی کرد و سوار قطار شد. بچه‌ها جمع شدند جلوی کوپه‌ای که او جلوی پنجره‌اش نشسته بود. با حالت مغرورانه‌ای پسرها را نگاه می‌کرد. یک‌بار نگاهش از روی من گذشت. انگار مرا دید. فقط چند ثانیه بود و بعد... قطار سوت بلندی کشید و حرکت کرد. پاهای من بی‌اختیار حرکت کردند، انگار نمی‌خواستندآن فاصلهٔ موازی با قطار را از دست بدهند.

حسین سیاه سوت بلندی زد. گوگوش برای همه دست تکان می‌داد. مدتی موازی با قطار دویدم، اما هر لحظه سرعتش بیشتر و بیشتر شد و رفت... درحالی‌که دل و روح مرا هم با خودش می‌برد.

رفت... تا جایی که دیگر دیده نمی‌شد. بچه‌ها یکی‌یکی و با تأنی ایستگاه را ترک کردند. فقط من و حسین سیاه ساکت و صامت بر جای مانده بودیم. انگار خیلی حرف‌ها داشتیم که به هم بگوییم، اما سکوت کرده بودیم. هر دو بی‌هدف راه افتادیم، بدون اینکه قراری برای درس خواندن در مزارع پنبه بگذاریم.

*

به قول اهالی سینما: کات! چند سال بعد....
با گوگوش کار مشترکی داشتیم. قرار ضبط در استودیو پاپ بود. این سومین ترانه‌ای بود که برای گوگوش سروده بودم: «یه تنهایی، یه خلوت...» با آهنگ زیبای ناصر چشم‌آذر. ناصر فرهودی و محسن کلهر هم آن شب کار می‌کردند. (دلم نمی‌خواد زنده‌یاد، زنده‌یاد بگم! چون همه‌شون برای من همیشه زنده‌اند.)

سر جوک گفتن گوگوش باز شده بود..آن شب خیلی ناصر فرهودی و کلهر را اذیت کرد. درست وقتی همه چیز برای ضبط آماده بود، وسط خواندن یاد یک جوک جدید می‌افتاد... البته بچه‌ها می‌خندیدند و اذیت نمی‌شدند. فقط وارطان اوانسیان (شرکت ترانه) به شوخی به گوگوش می‌گفت. جوک‌هایت ساعتی ۴۰۰ تومان برای من آب می‌خوره. البته حسن گوگوش این بود که ترانه را تکه‌تکه نمی‌خواند، اغلب یک ضرب می‌خواند و تمام می‌کرد. بالاخره آن شب ترانه ضبط شد. بعد از کار حرف‌ها و شوخی‌ها به کودکی و جوانی کشید و عشق و عاشقی‌های خالصانهٔ آن دوران... ماجرای آمدنش به بندرشاه و برنامه‌اش در سینما بندر و رفتن به منزل خاله جان

۶۱

را برایش تعریف کردم. همه چیز کاملاً یادش آمد. به شوخی گفت:

- برام نامه هم نوشته بودی؟

- نه! آدرست رو نداشتم.

خندید و گفت:

- پس ته صف عاشقا بودی. چون همه برام نامه می‌دادن.

همان‌طور بود که می‌گفت. او سال‌های سال، محبوب و معبود جوان‌ها بود. نه فقط جوان‌ها، که بزرگ و کوچک، زن و مرد، پیر و جوان دوستش داشتند و هنوز هم.

یک‌بار دیگر برای ضبط ترانه «پیش‌کش» با آهنگ زیبای حسن شماعی‌زاده و تنظیم ناصر چشم‌آذر، در همان استودیو بودیم. گوگوش کمی دیر کرده بود... وقتی وارد استودیو شد .با کمال تعجب دیدیم موهایش را خیلی کوتاه کرده بود. گفتیم چه کردی گوگوش؟ از فردا همه دخترهای ایرونی موهای بلند و نازنین‌شونو می‌دن دست قیچی سلمونی... و همین‌طور هم شد به قول آن روزها مدل گوگوشی مد روز شد.

اما این‌ها همه روی ظاهری زندگی گوگوش بود.روی دیگر زندگی او غمی بود که در درونش، زیر پوست چهرهٔ خندانش پنهان بود. غمی که از کودکی همراه او بود. وقتی کودکان را مادرهایشان بر بسترهای نرم و گرم می‌خواباندند و برایشان قصه می‌گفتن تا خوابشان ببرد، گوگوش کوچولو پشت صحنه کافه‌ها و کاباره‌ها چرت می‌زد تا نوبت هنرنمایی‌اش برسد. او نه مثل یک کودک نازپرورده بزرگ شد و نه مانند یک دختر رشدیافته طعم عشق را چشید و نه همچون یک زن واقعی خانه‌داری کرد. مادر هم که شد نتوانست فرزند عزیز خود را

در آغوش داشته باشد و اکنون خودش سال‌هاست ممنوع‌الخروج در ایران و فرزندش در اروپا و شاید آمریکا به سر می‌برد.

اکنون که در حال نگارش این مطلب هستم، به یاد صحنهٔ بسیار تلخی افتادم که گوگوش را هرگز آن‌گونه ندیده بودم.

در گورستان بهشت زهرا بودیم. هوا گرم بود. گوگوش در سوگ برادرش فریدون که در بیست و چهار سالگی از دست رفته بود ضجه می‌زد. آن روز او را با تمام احساسات درونی و واقعی‌اش می‌دیدم. بدون آن صورتک آشنای همیشگی گوگوش مشهور و محبوب. زنی را می‌دیدم با لباس و روسری سیاه که بر خاک می‌غلتید و ضجه می‌کشید و با صدایی گرفته و خراشیده از شدت گریه به زبان آذری فریاد می‌زد و به صورتش چنگ می‌کشید. زن‌های همراه او از مهارش عاجز بودند و ما که ناظر صحنه بودیم به جز اشک ریختن بر روی خاک داغ و تف‌زدهٔ بهشت زهرا هیچ کاری از دستمان ساخته نبود. بهروز وثوق عینک دودی به چشم داشت، اما اشک‌هایش را که از زیر عینک سرازیر شده بود، می‌شد دید. آن روز گوگوش واقعی را دیدم، با تمام احساسات یک زن ماتم‌زده و سوگوار.

برج عاج

پاییز سال ۱۳۵۷ بود. با منوچهر چشم‌آذر کار جدیدی برای گوگوش سفارش گرفته بودیم. وقتی شروع به سرودن ترانه کردم، گویی ذهنم انباشته بود از تمامی دوران غم‌بار زندگی گوگوش. بی‌اختیار این‌طور شروع کردم:

تو خواب کودکی رو بال ابرا

یه روز دوست داشتم این باشم که هستم
می‌خواستم بشینم رو برجی از عاج
رسیدم و نشستم و شکستم
دیگه پنجره چه باز و چه بسته
دیگه رفتن چه پیوسته چه خسته
تنم کال و رسیدن زودرس بود
تمام هستی‌ام از یک هوس بود
صدای پای بارون تا شنیدم
برای قوت از شاخه پریدم
تو اوج پر زدن بال و پرم سوخت
تن خسته‌ام چه زود شکستن آموخت
تنم در حسرت یک خواب خوش بود
که شب رفت و غریبانه سحر شد
واسه فتح شب خوشبختی من
تمام سایه‌های غم خبر شد
تو خواب کودکی رو بال ابرا
یه روز دوست داشتم این باشم که هستم
می‌خواستم بشینم رو برجی از عاج
رسیدم و نشستم و شکستم

منوچهر روی این شعر آهنگی دوچهارم گذاشت که به نظرم مناسب و خوب بود. و باز هم استودیو پاپ... این‌بار گوگوش اما جوک نمی‌گفت. حال غریبی داشت. چند بار شعر را مرور کرد. حتی از من پرسید:

- چطور شد این شعر رو گفتی؟

- نمی‌دونم.. شاید تأثیر مصاحبه اخیرت بود که گفته بودی، من شاه‌ماهی افتاده بر خاکم.

رفت داخل استودیو، گوشی را گذاشت و محسن کلهر باند ضبط را باز کرد و راه انداخت و او شروع به خواندن کرد... به نیمه که رسید یک‌باره ایستاد. فقط گفت نه! و از استودیو آمد بیرون.

بعد از سکوت کوتاهی به منوچهر جان گفت. منوچهر جان با عرض معذرت این آهنگ برای این شعر مناسب نیست. البته آهنگ خوبیه، اما این شعر یک آهنگ دیگه می‌خواد. چه جوری بگم، رومانس شاید بدون ریتم. قول آهنگ دیگری را از منوچهر چشم‌آذر گرفت و با گرمی با همه خداحافظی کرد و رفت و این آخرین دیدار من با گوگوش بود. آن آهنگ هرگز ساخته نشد، چون سرنوشت دیگری برای گوگوش رقم خورد. انقلاب سال ۱۳۵۷. اکنون سال‌هاست دوست‌دارانش ترانه‌ای جدید از او نشنیده‌اند و دل تنگش هستند.

عاقبت، شعر «برج عاج» با آهنگی از خودم و تنظیم عبی یگانه نصیب بانوی خوش‌صدا شد به نام «سوسن کلال‌پور» که دکتر تغذیه است. سوسن که ساکن گوتنبرگ است در ایران چند سال در خدمت خانم استاد هنگامه اخوان، دورهٔ آواز و گوشه‌های موسیق سنتی را دیده است. او برای اولین بار از موسیقی پاپ استقبال کرد، چون آهنگ در مایهٔ دشتی بود با تحریرهای زیبایش آن را خواند که در پایان ترانه با آواز دشتی به پایان می‌رسد.

ترانهٔ «برج عاج» با صدای سوسن کلال‌پور و با کلیپی زیبا در

یوتیوب موجود است.

پل ورسک که در جنگ دوم جهانی پل پیروزی نام گرفت.

آقا جان تفنگدار

پدربزرگ مادری‌ام که رئیس پاسگاه ورسک بود و همیشه یک کلت به کمر می‌بست، به او می‌گفتیم آقا جان تفنگدار. من بی‌نهایت او را دوست داشتم. به‌خصوص وقتی سه ماه تعطیلی به ورسک می‌رفتیم و او با بیسکویت‌های خوشمزه از ما استقبال می‌کرد.

آقا جان تفنگدار اهل سوادکوه بود و به قول مادربزرگم، هم‌قطار رضا شاه در دوران قزاقی بود. به او می‌گفتند علی‌اکبر خان یزدانی. من آن زمان ۱۲/۱۰ ساله بودم. جوانی پدربزرگ را ندیده بودم، اما مادربزرگ داستان‌های زیادی از او تعریف می‌کرد. برای من عجیب بود که این پدربزرگ مهربان و افتادهٔ من در جوانی آنقدر شر و شور داشته، سوارکاری می‌کرده و در رکاب رضا شاه بوده....

سه ماه تعطیلی در ورسک خیلی خوش می‌گذشت. هر سال دوستان ورسکی منتظر من بودند، با لهجه غلیظ مازندرانی فارسی حرف می‌زدند، مثل سریال پایتخت. من این زبان را خیلی دوست

داشتم و سعی می‌کردم یاد بگیرم.

زیر پل معروف ورسک رودخانه کوچکی بود که بیشتر شبیه چشمه بود و بچه‌ها حوضچه درست کرده بودند و ما آنجا شنا می‌کردیم. چه طبیعت وحشی و زیبایی داشت... دوچرخه هم کرایه می‌کردیم ساعتی ۵ ریال. خیلی خوش می‌گذشت. پدرم اول تعطیلات تابستان ما را تحویل مادربزرگ می‌داد و آخر شهریور با قطار می‌آمد ما را تحویل می‌گرفت.

گاهی از غر زدن‌های مادرم که بسیار مظلوم بود متوجه می‌شدم که پدر (بچه سنگلج) این سه ماه را با دوستان مجردش می‌رفت دنبال حال و هول خودش، اما به ما خوش می‌گذشت و مادر هم که عاشق ما بود با خوشی ما خوش بود.

مادربزرگ که خیلی مذهبی بود، اگر می‌خواست داستانی تعریف کند از امامان و طفلان مسلم می‌گفت. من دیگر حارث را خوب می‌شناختم و درعین‌حال که از او می‌ترسیدم می‌دانستم زن مهربانی دارد و او طفلان مسلم را در پستویی پنهان می‌کرد که از دسترس حارث بدجنس دور باشند. مردم ورسک هم به او اعتقاد داشتند و گاهی برایش نذری می‌آوردند که نذرشان قبول شود.

اگر تابستان به ماه رمضان می‌خورد، یک ماه داستان داشتیم. باید روزهٔ گنجشکی می‌گرفتیم و نماز می‌خواندیم وگرنه خبری از نهار نبود. گاهی وقتی خیلی تشنه می‌شدم دور از چشم مادربزرگ یواشکی آب می‌نوشیدم. و خدا آنقدر از نظر من خوب و مهربان بود که روزه‌ام را باطل نمی‌کرد. اتفاقاً مسجد هم نزدیک منزل مادربزرگ بود. گاهی باید می‌رفتیم با جماعت نماز می‌خواندیم. من هم اغلب می‌رفتم آخر

صف که از بزرگ‌ترها تقلید کنم و دولا راست شوم.

رضا شاه کبیر مازندرانی، علاقه خاصی به موطن خود داشت و به مازندان زیاد مسافرت می‌کرد. وقتی قرار شد ریل راه‌آهن کشیده شود و مهندس‌ها گفتند این ریل به خاطر اهمیت تجاری باید از خرمشهر به بندرعباس و اصفهان و شیراز کشیده شود. پایش را در یک کفش کرد که باید خط راه‌آهن از جنوب به شمال و آخرین ایستگاه بندرشاه کشیده شود و این‌طور شد. با وجود دشواری‌هایی که بین ایستگاه گدوک تا ورسک بود، با همت مهندسین آلمانی و ابتکار آن‌ها کوه‌ها شکافته می‌شود و سه طبقه راه‌آهن با چند تونل، از پل ورسک عبور کرده وارد ایستگاه ورسک می‌شود. شاید یکی از شگفتی‌های خط راه‌آهن در جهان باشد. مسافرهایی که از تهران می‌آمدند وقتی به پل می‌رسیدند، همگی می‌آمدند کنار پنجره تا ارتفاع پل را بینند. من وقتی بچه بودم، همیشه از این ارتفاع وحشت داشتم. وقتی مسافرین به ایستگاه ورسک می‌رسیدند اغلب از پل ورسک عکس می‌گرفتند. گاهی چند توریست هم در میان آن‌ها دیده می‌شد. البته در دوران جنگ جهانی دوم این پل بسیار به درد متفقین خورد و درحالی‌که سازنده‌اش رضا شاه را تبعید کردند از این پل برای عبور سربازان و اسلحه‌هایشان به خطوط شمال سود بردند و به آن لقب پل پیروزی دادند.

مادربزرگ تعریف می‌کرد. در یکی از سفرها به مازندران در ایستگاه شاهی تشریفات برقرار شد و همه باید در ایستگاه حضور می‌داشتند. رضا شاه با جلال و جبروت از قطار پیاده می‌شود و از درجه‌داران پلیس راه‌آهن سان می‌بیند و در آن میان چشمش به پدربزرگ من

می‌افتد.

- علی‌اکبر خان؟ ته اینجه دری؟ چیکار کندی؟ چتی هستی؟

پدربزرگ با سلام نظامی: زیر سایهٔ شما هستیم اعلیحضرت.

بعد از خوش‌وبش و سؤالات شاه، پدربزرگ همچنان با سلام نظامی پاسخ می‌دهد. رضا شاه جلو می‌رود و دست پدربزرگ را پایین می‌آورد.

از وضع مالی او سؤال می‌کند و پدربزرگ همچنان می‌گوید.

هیچی به جز سلامتی اعلیحضرت نمی‌خواهم.

بالاخره رضا شاه همانجا دستور می‌دهد که علاوه بر حقوق ماهیانه، مبلغ سیصد تومان مستمری به او بدهند. بعدها پدربزرگ به ورسک منتقل شده و رئیس پاسگاه می‌شود و با آن مستمری خانه کوچکی با حیاطی زیبا می‌خرد و ما از کودکی به پدربزرگ آقا جان تفنگدار می‌گفتیم.

بعد از فوت پدربزرگ، یادم هست که حتی در دوران محمدرضا شاه فقید هم این به قول مادربزرگ مستمری ادامه داشت و تا ۱۵/ ۱۶ سالگی من یادم هست که می‌گرفت و یکی دو بار هم درحالی‌که نامه‌ها و اسناد را با خودش حمل می‌کرد با هم به مرکز یعنی تهران می‌رفتیم و بابت همراهی ده تومان هم به من انعام می‌داد.

داستان‌هایی گفته‌اند از اینکه رضا شاه دوستان قدیمش را فراموش نمی‌کرد. مخصوصاً دوستانی که در دوران قزاقی با آن‌ها بوده. یکی از آن‌ها آشپزی بود که همیشه همراه او بود. نصرت‌الله محتشم هنرمند نامدار آن زمان که رئیس تشریفات وزارت کشور هم بود و یک‌بار در رشت همراه رضا شاه تعریف می‌کرد. یک‌بار برای سرکشی از

آشپزخانه می‌رفته است. رضا شاه روی بالکن ایستاده بوده و او را صدا می‌کند.

- کجا می‌ری؟ .

- آشپزخانه اعلیحضرت.

- به این یدالله آشپز از قول من بگو فلان فلان شده، اگه غذات مثل دیروز باشه تو همین میدون می‌دم شلاقت بزنن... همین‌طوری می‌گی‌ها!

- چشم قربان.

آقای محتشم به آشپزخانه می‌رود، این پا و آن پا می‌کند و بالاخره پیغام را عیناً به آشپز می‌دهد. یدالله آشپز با خونسردی می‌گوید:

- از قول من بگو. فلان فلان شده، یادت رفته تو قزاق‌خونه نون سیاه سق می‌زدی حالا واسه من آدم شدی!

محتشم می‌ماند که چه جوری این پیغام را به شاه برساند. کمی معطل می‌کند که شاه برود و بالاخره راه می‌افتد. رضا شاه دوباره او را صدا می‌کند.

- هان محتشم پیغام رو دادی؟

- بله قربان.

- خب چی گفت؟

- آخه اعلا حضرت چه عرض کنم...

ناگهان رضا شاه می‌زند زیر خنده. می‌دونم! می‌دونم اون فلان فلان شده چی گفته. برو برو به کارت برس...

نصرت‌الله محتشم بعداً متوجه می‌شود که یدالله آشپز از دوستان قدیم است و آن‌ها با هم شوخی دارند.

برای ختم این بخش باید عرض کنم در سال‌های ۶۳ / ۶۴ بعد از اینکه دو فیلم اول من توقیف شدند. و هرچه طرح خوب می‌فرستادیم رد می‌شد. طرحی نوشتم به نام «آقا جان تفنگدار» در مورد جنگ دوم جهانی و حضور متفقین در ورسک. سال‌های قحطی نان و وضعیت جنگی. یک سرباز روسی بدمست به دختر مازندرانی تجاوز می‌کند و مورد خشم اهالی قرار می‌گیرد. او را باز داشت می‌کنند؛ اما بعد از ۲۴ ساعت آزاد می‌شود. طالب جوان مازندانی که برای او ترانه‌های بسیار خوانده‌اند. به اصطلاح رابین هود آن خطه است. بر نمی‌تابد و با نظامیان اشغالگر درگیر می‌شود و... .

این طرح را با جزئیات کامل در ده صفحه به ارشاد فرستادم و تصویب شد. وقتی بچه‌های سینما متوجه شدند یکی دو نفر از فیلمسازان مشتاق ساختن آن شدند. درحالی‌که من خودم قرار بود بسازم. حتی تهیه‌کننده‌ای چک نوشت که آن را پیش‌خرید کند، نگرفتم. شروع به نوشتن سناریوی کامل آن کردم که در واقع همان جزئیات بود، به اضافه دیالوگ. دوباره فرستادم اما متأسفانه رد شد.

بعداً متوجه شدم چون نیاز به لوکوموتیو و پروداکشن قوی بود و من هم جزو فیلمسازان خودی نبودم آن را رد کردند، اما سهل‌انگاری که خودم کردم (از این سهل‌انگاری‌ها زیاد کرده‌ام) باید فیلمنامه آن را حتی کامل‌تر می‌نوشتم و آن را چاپ می‌کردم. چه بسا فیلمساز دیگری پیدا می‌شد و آن را می‌ساخت. سال‌هاست که می‌خواهم آن را به شکل یک داستان بلند بنویسم و تا به حال فرصت نکردم، اما در صدد این مهم هستم.

تهران؛ شهر فرصت‌های طلایی

این جمله معمولاً در مورد آمریکا به کار برده می‌شود. آمریکا کشور فرصت‌های طلایی... اما آن زمان در مورد تهران واقعاً اینچنین بود.

همان‌طور که زنده‌یاد استاد شجریان تعریف می‌کرد که چگونه از مشهد به تهران آمد و به موفقیت رسید. چقدر دلم برای پر کشیدنش سوخت. آدم دلش می‌خواهد بعضی‌ها عمر جاودانه داشته باشند و هرگز نمیرند. گرچه همیشه در یادها زنده‌اند. شخص دیگری که خیلی دلم سوخت عباس کیارستمی است.که برای یک عمل ساده و به مرخصی رفتن دکتر بی‌مسئولیت دچار عفونت شد و آن گرفتاری‌ها را پیدا کرد. گویا دکتر مربوطه بعداً که فهمیده مریضش چه کسی است، دسته گل گرفته به خانه کیارستمی برود و احتمالاً یک عکس سلفی هم بگیرد که کیارستمی نمی‌پذیرد.

در جلسه‌ای داریوش مهرجویی با بغض فریاد زده بود. عباس رو کشتن...

البته همه دکترها هم مثال ایشان بی‌مسئولیت نیستند. دوستی دارم (دکتر اریو) که جراح حاذق است و اگر او بود، کیارستمی را به خوبی عمل می‌کرد و تا سلامت کامل او دست بر نمی‌داشت. حیف و هزار افسوس... .

بعد از پایان دبیرستان، پدرم که کارمند راه‌آهن بود به تهران منتقل شد و در چهار راه مختاری امیریه ساکن شدیم. در اینجا بخشی دیگر از زندگی من رقم خورد.

بنا ندارم روده‌درازی کنم. سعی می‌کنم فرازهایی از زندگی‌ام را تعریف کنم که برای شما خواننده عزیز جذاب‌تر باشد و موجب ملال

نشـود. مهـم نیسـت قطـر ایـن کتاب چقدر و چند صفحه باشد.

سـال ۱۳۴۸ بـود. صحبـت از جنـگ احتمـالی ایـران و عـراق بـود و شـاه فقیـد دسـتور داده بـود همـه بـدون اسـتثنا بایـد برونـد خدمـت سـربازی. مـن سـه مـاه غیبـت داشـتم. بعـداً فهمیـدم خیلی‌هـا غیبـت داشـته‌انـد کـه در آن دوره بـا مـا بودنـد. از لیسـانس و فـوق لیسـانس و مهنـدس ماشـین‌هـای سـنگین و فرزنـدان سـپهبد و ارتشـبد، پارتی‌بـازی بر نمی‌داشـت. فـرق همـه مـا بـا سـربازهای معمـولی ایـن بـود کـه ماهـی ۲۲۰ تومـان هـم حقـوق ماهیانـه داشـتیم؛ حتـی یـک انگلیسـی در میـان مـا بـود بـه نـام چالـرز کـه پدرش در سـفارت انگلیـس کار می‌کـرد و ایرانـی بـود و مـادرش انگلیسـی و خـودش هـم یـک کلمـه فارسـی بلـد نبـود. فقـط آمـده بـود چنـد روزی در ایـران اقـوامِ پدرش را ببینـد، یقـه‌اش را گرفتـه بودنـد کـه بایـد بـروی سـربازی. اتفاقـاً مـن هـم کـه خـورهٔ زبـان انگلیسـی بـودم بـا او دوسـت شـده بـودم. چـون در دوران دبیرسـتان کـه بچه‌هـا از انگلیسـی تـک مـاده اسـتفاده می‌کردنـد و اگـر نمـره ۲ می‌گرفتـن قبـول بودنـد و اغلب انگلیسـی نمی‌خواندنـد. نمـره‌هـای مـن همیشـه ۱۹/ ۱۸ بـود. تابسـتان‌هـا هـم پیـشِ حاجـی روغنـی دوسـتِ پـدرم کـه ترانسـپورت ترکیـه و آلمـان داشـت و توریسـت‌های زیـادی هـم در آمـد و شـد بودنـد، کار می‌کـردم.

دوسـت دیگـری کـه در دوران سـربازی داشـتم عبـدالله معارفـی بـود. اگـر بخواهـم از عبـدی نشـانی بدهـم در یکـی از برنامـه‌هـای زنـده شـب عیـد فطـر بـا گلپایـگانی و هایـده سـنتور می‌نواخـت کـه هنـوز هـم در یوتیـوب هسـت و یکـی از برنامـه‌هـای شـاهکار ایـن دو هنرمنـد.

آن‌طـور کـه عبـدی می‌گفـت معارفـی‌هـا؛ یعنـی پـدر و عموهـای او از بنیان‌گـذاران و قدیمی‌هـای «رادیـو ایـران» بودنـد. عبـدالله معارفـی هـم

یک آموزشگاه بزرگ موسیق در میدان فوزیه داشت. شاید بعضی‌ها یادشان باشند.

اصولاً بچه‌های آن دوره همه بچه‌های باحالی بودند. سربازی آمده بودند، اما زیر بار سر تراشیدن نمی‌رفتند. به خودشان می‌گفتند این گروه خشن... درحالی‌که گروه مهربانان بودند. خلاصه! فرمانده گروهان را ذله کرده بودند. شب‌ها یک سطل آبجو را که دو بطری ودکا هم قاطی داشت، می‌گذاشتند وسط و می‌نوشیدیم. البته هر ۱۵ دقیقه، یک نفر هم دم در خوابگاه کشیک می‌داد. من و عبدالله معارفی که از نگهبانی هم معاف بودیم، چون عبدی سنتور می‌زد، منم می‌خواندم و شب‌های جمعه در باشگاه افسران برنامه اجرا می‌کردیم. یک سر گروهبان بدجنس و سختگیر داشتیم که همیشه می‌خواست مچ ما را بگیرد. تا می‌آمد تو خوابگاه عبدی بساط سنتور را پهن می‌کرد و منم شروع می‌کردم به خواندن که نگهبانی ندهیم.

همان سال گویا شاه فقید یک تودهنی به عراق و صدام که آن زمان معاون رئیس‌جمهور بود زد و جنگ خاتمه یافت و قرارداد الجزایر نوشته شد. نیمی از ما را که به قول خودشان بچه‌های سربه‌راه‌تر بودیم منتقل کردند به بهیاری ارتش نزدیک پادگان جمشیدیه. دخترها هم در همان کمپ بودند. من و عبدی و چالرز هم بودیم. حالا از ابتدا عبدی یک مشکلی داشت که وقتی می‌رفت توالت یا من یا چالرز باید دم در کشیک می‌دادیم که کارش تمام شود. گاهی هم عبدی یک دفعه غیب می‌شد. راه‌هایی پیدا کرده بود که می‌رفت بیرون و برمی‌گشت. برای ما و دخترها کلاس‌های مشترک گذاشته بودند که آمپول زدن و کمک‌های اولیه یاد بگیریم.

من همه چیزش را یاد گرفتم به جز آمپول زدن. گرچه اول روی آدم‌های پلاستیکی تمرین می‌کردیم، اما من همان را هم دوست نداشتم. نشان به این نشانی که وقتی برای اولین بار سرطان خون گرفتم، در سوئد مجبور شدم ۶ سال هفته‌ای سه بار در سفر و حضر به خودم آمپول اینترونا بزنم. اگر بخواهم آن شش ماه را که آنجا بودیم بنویسم، خودش یک کتاب جداگانه می‌طلبد.

دوستان دوران سربازی هیچ وقت فراموش نمی‌شوند. چالرز را دیگر ندیدم. احتمالاً برگشته انگلیس و دیگر هوس ایران آمدن نکرده. گرچه به او هم، بودن با ما خوش می‌گذشت و خوشحال بود. عبدی را اما چند بار دیدم. اولین بار که من هم ترانه‌سرای پرکاری شده بودم، با همسرم رفتیم بور سالینوی آقای گلپایگانی. عبدی معارفی هرشب با او سنتور می‌زد. معمولاً اول یک سولو می‌زد و بعد چهار مضرابی و... گلپایگانی هم از پشت صحنه شروع می‌کرد به آواز خواندن و می‌آمد داخل صحنه.

ما و یکی دوتا از مهمان‌ها هم همون ردیف جلو نزدیک سن نشسته بودیم. عبدی درحالی‌که سولو می‌زد، ناگهان چشمش به من افتاد. مضراب‌ها را رها کرد روی سنتور و آمد طرف من ماچ و بوسه. در گوشش گفتم عبدی جان به کارت برس پشت صحنه می‌بینیم. البته جمال وفایی هم آنجا می‌خواند. او با ارکستر خودش قبل از گلپا می‌آمد آتش به پا می‌کرد و می‌رفت. فعلاً هر سه این هنرمندان در قید حیات هستند عمرشان دراز باد.

سال‌ها بعد در سوئد که یک‌بار آقای گلپایگانی را در منزل دوست عزیزم آقای حصریان دیدم، سراغ عبدالله معارفی را گرفتم. به شوخی

گفت هنوز زنده است. خوب است و مشغول تدریس سنتور؛ اما اهل مسافرت آمدن نیست.

ناگفته نماند که در سوئد و تور اروپا و آمریکا دوست دیگر دوران نوجوانی‌ام میلاد کیایی عزیز که مسئول روابط عمومی کاخ جوانان بود همراه گلپا یگانی آمده بود. او نیز از نوازندگان چیره‌دست سنتور است و این از خوش‌اقبالی بنده است.

نمایش قوزی که نوشته و کارگردانی کرده بودم با معصومه تقی پور . کاخ جنوبی جوانان

کاخ جوانان

اولین چیزی که در امدن به تهران مرا جذب کرد، به جز بچه‌های با معرفت مختاری امیریه، «کاخ جوانان» بود. جایی که هر جوانی می‌توانست حرف بزند. اظهار وجود کند. اگر هنری دارد نشان دهد و همه چیز برای پرش او آماده بود. بخش ورزشی هم بود برای ورزشکاران با تسهیلاتی که برایشان فراهم بود. استخر نسبتاً بزرگی

بـود برای شـناگران عمومـی و گاهـی مسـابقات شـنا.

مهم‌تر از همـه در گروه‌های مختلف کـه مـن مثلاً مسئول گروه هنری بـودم، سـالی یک‌بـار انتخابـات بـود. بچه‌هـا انتخاب کـردن و انتخاب شـدن را یاد می‌گرفتند. در گروه هنری کمیته‌های مختلف بـود؛ موسیقی، تئاتـر، شـعر و ادبیـات و... دختـر و پسـر. (ایـن کلمـه کمیته بعد از انقلاب چقدر وحشتناک شد.)

بـا هـم و در کنار هـم بودند. گاهـی بـا هـم دوست می‌شـدند. نیازی نبـود یواشـکی بـه هـم تلفن بدهند چـون آزادانه یکدیگـر را بـه چـای و شـیرینی دعـوت می‌کردند و سـاعت‌ها می‌نشسـتند و گپ می‌زدند. حضـور دختـرها بـرای همـه ما عـادی شـده بـود. در ایـن سـال‌ها ندیدم مطلبی چیـزی در مـورد کاخ‌هـای جوانـان آن زمـان جایی نوشته یا گفته شـود، گویی بعضی روشنفکران هنوز اکراه دارند کـه در مـورد آن صحبتی بکنند. آن زمـان هـم غـر می‌زدند کـه این کاخ‌ها برای سـرگرم کردن جوانان اسـت کـه به سیاست فکر نکنند. بر عکس جوانـان یاد می‌گرفتن کـه چگونـه وارد جامعه شـوند و بـه حق و حقوق خـود واقف بودنـد؛ چـون در اجتمـاع کوچک‌تری آموختـه بودند.

اخیـراً کـه بچه‌هـای قدیمی کاخ‌هـای جوانان در واتسـاپ کانال خاطره‌هـا راه انداختـه و افتخار داده و مرا هـم در آن کانال گذاشته‌اند، کـه بسـیار بـرایم خوشـایند و مغتـنم اسـت. می‌بینـم کـه اغلب بازیگر سـینما و سـریال‌های مختلف شـده‌اند. نمایشنامه‌نویس، موزیسـین‌های معـروف، تهیه‌کننده سینما و مدیـران موفـق در کشـور. نمی‌خواهـم یک به یـک نـام بـبرم. می‌ترسـم کسـی را از قلـم بیندازم.

بچه های تاتر کاخ جنوبی پشت صحنه تاتر . من نشسته سمت چپ ..

کاخ جنوبی

می‌دانم «گیتی خسروی» در اپرای شهر هامبورگ آلمان می‌خواند و بسیار موفق است. به‌خصوص کنسرتی که با «لطفیار ایمانوف»، خوانندهٔ بزرگ اپرای جمهوری آذربایجان داشت، برای او موفقیت زیادی کسب کرد. یک‌بار هم ما از گیتی دعوت کردیم برای فستیوال موسیقی ملل آمد به گوتنبرگ و برنامه بسیار خوبی داشت. تورج مهرزادیان رفت سراغ کار گویندگی فیلم و دوبلور موفق هست. کاظم افرندنیا و احمد بهروزی که هنرپیشه شدند و در دو فیلم خودم بازی کردند. مهدی عبداللهی که به کانون پرورش کودکان رفت و در آنجا مسئولیت داشت. حبیب اسماعیلی هنرپیشه تئاتر و تلویزیون و سینما و تهیه‌کننده است. مرتضی شیخان، تنبک‌نواز ماهر؛ طاووسی، ویلیون‌نواز؛ تقی بهلولی، داریوش میرزایی، آوازخوان خوش‌صدا؛ مسعود جولایی، سنتورنواز و قانون‌نواز؛ معصومه تقی‌پور، بازیگر و نویسنده و کارگردان که اکنون ساکن سوئد است. نصرالله برادران، بازیگر تئاتر که در فیلم باغ بلور هم از او برای نقشی دعوت کردم. موسی مسگریان، نویسنده و

کارگردان. شاهپور رزاقی، شاعر؛ محمود اختیار، شاعر و ترانه‌سرا.

کاخ غربی

ابوالقاسم معارفی، نمایشنامه‌نویس؛ حسین معلومی، بازیگر؛ رامین پورایمان، بازیگر و رحمان شکوفه‌پور، ترانه‌سراست که اینک ساکن دانمارک است. علی‌اف، اکنون کانال «خاطرات کاخ جوانان» را در واتساپ مدیریت می‌کند.

کاخ مرکزی

لقمان ادهمی، ویولونیست و شاگرد خلف استاد پرویز یاحقی؛ محمود سارنگ، شاعر؛ سعید کاشفی؛ تکنیکر ضبط موزیک و بسیاری ترانه‌ها.

کاخ شوش

پرویز پرستویی که معرف دوستداران سینما هست. یادم هست که اوایل انقلاب با یک فیلم کوتاه شروع کرد. یادم می‌آید که در جشنواره تئاتر ساری همه بچه‌های تئاتر کشور شرکت کرده بودند و دیدار دوستان کاخ‌های دیگر در آن چند روز بسیار مغتنم بود. ما هم با نمایش «تا شهر هفت کیلومتر فاصله است» نوشتهٔ عسگر قدس شرکت کرده بودیم، اما مهم‌تر اینکه روزهای خوش و فراموش‌نشدنی را در کنار هم داشتیم.

می‌دانم با اینکه در ادامه مطلب از دیگران هم نام برده می‌شود اما احتمالاً بعضی‌ها را از قلم انداخته‌ام. اگر در طول نوشتن کتاب یادم افتاد بر می‌گردم و اضافه می‌کنم. گرچه در طول نوشتن کتاب ممکن است پیش بیاید. این دوستان واقعاً برای من عزیز و خاطره‌انگیز هستند. بالاخره ۳۵ سال است در سوئد زندگی می‌کنم و بعضی از دوستان را شاید ۵۰ سال است ندیدم.

این‌ها اسامی هستند که من به خاطر دارم در کاخ جوانان و گرنه لیست بلند بالایی می‌شود. سعی کرده‌ام از همه تا جایی که به خاطر دارم یاد کنم. چون برای من همه این عزیزان چه در قید حیات باشند یا نه خاطره‌انگیز و عزیز هستند. باری! به اعتقاد من یکی از دستاوردهای بزرگ دوران پهلوی همین کاخ‌های جوانان بودند، که متأسفانه کم‌تر از آن صحبت شده است.

در دوران کاخ جوانان دو نمایشنامه نوشتم که البته حرف‌هایی از دوران دبیرستان بود. در کارهای دوستان دیگر هم به عنوان بازیگر همکاری می‌کردم با رضا عفتی بازیگر و نویسنده و حبیب اسماعیلی که اکنون در ایران به‌عنوان بازیگر و تهیه‌کننده فعالیت می‌کند. همین‌طور محمد کاسبی که ایشان هم به کار هنرپیشگی پرداخت و با محسن مخملباف شروع کرد.

پیش آمد که با عسگر قدس که در دانشکده دراماتیک بود، در دو نمایش او «هنرمندان خسته‌اند» و «مرگ در صحنه» در فوق برنامه دانشگاه همکاری داشته باشم. آن زمان کارهای آوانگارد هم خیلی مد بود.

اما عسگر که نمایشنامه‌نویس خوبی بود نمایشی داشت به نام

«تا شهر هفت کیلومتر فاصله است» که بر عکس کارهای پوچی و آوانگاردش یک کار رئالیستی و جالب بود. تشویقش کردم که بیاید کاخ جوانان که با بچه‌ها کار کنیم. کارگردانی را هم سپردیم به تقی سلحشور دوستمان که اسیستان و مشاور فیلم‌های ایرج قادری بود و به هوای تقی گاهی می‌رفتم دفتر ایرج خان میدان بیست و پنج شهریور. ایرج خان هم انسان خوش‌مشرب و بذله‌گویی بود و گاهی با هم گفت‌وگو و بحث‌هایی داشتیم.

در این نمایش بچه‌هایی مثل کاظم افرندنیا، نصرالله برادران، معصومه تقی‌پور، عارف کریم‌پور، احمد بهروزی، حسین شمس و مخلص، بازی می‌کردیم.

سوژه این بود که در هفت کیلومتر به شهر مانده قهوه‌خانه‌ایست. جاده را آب گرفته و مردی شیک‌پوش ناچار وارد آنجا می‌شود. قنبر لات هم که در قهوه‌خانه است او را می‌شناسد. او یک قاضی هست که چند سال پیش قنبر را به ۱۵ سال زندان محکوم کرده بود. قنبر، قهوه‌خانه را تبدیل به دادگاه می‌کند تا قاضی را محاکمه کند. زن روسپی را هم به‌عنوان وکیل مدافع او انتخاب می‌کند. هر چه قهوه‌چی التماس می‌کند که قنبر خان این کار را با این آقای محترم نکن و کاری نداشته باش، به گوش قنبر نمی‌رود. قنبر می‌گوید، می‌خوام عدالتو با چشمای خودم ببینم.

خلاصه یک نمایش کاملاً سیاسی! یک‌بار مدیر کاخ توی سالن نشسته بود و تمرین ما را می‌دید. مرا کشید کنار و گفت:

- منصور به نظر می‌آد خیلی بو داره!

- بله دیگه...

لبخندی زد و رفت. هرگز دیگر با ما کاری نداشت و همه جور امکانات را برای اجرای این نمایش برای ما فراهم کردند.

بعضی از کسانی که نام می‌برم در قید حیات نیستند و من نمی‌خواهم از کلمه زنده‌یاد استفاده کنم. برای تک‌تکشان سوگواری کرده‌ام. الان فکر می‌کنم که همان زمان است و دارم برای شما نقل قول می‌کنم. ضمناً با بچه‌های کاخ‌های دیگه هم تبادل هنری و تئاتر داشتیم. کاخ مرکزی، کاخ غربی، ما کاخ جنوبی بودیم و کاخ شوش. اصولاً برنامه‌های کاخ جوانان دو بخش بود. یکی تبادل هنری بین کاخ‌ها و دیگر دعوت از هنرمندان نامی و حرفه‌ای‌های تئاتر و سینما و تلویزیون.

یک‌بار هم که خودم مجری برنامه بودم. از مسعود اسداللهی، اصغر سمسارزاده (اصغر ترقه) و گلچین دعوت کرده بودم که عکسش را در فیس‌بوک گذاشتم. برای مسعود خیلی جالب بود. چون آن زمان من را نمی‌شناخت، اما من به‌عنوان یک چهرهٔ معروف بهش ارادت داشتم. همین‌طور ارکستر فرهنگ و هنر. عماد رام و گروهش، خواهرش نادیا رام و خانم افسانه و هنرمندان دیگر.

سالی یک‌بار هم می‌رفتیم کاخ مرکزی و آقای نیک‌پی شهردار به همه عیدی می‌داد و یک شب هم در فضایی خیلی دوستانه و صمیمی با هویدا نخست‌وزیر شام خوردیم و از شوخی‌های ایشان بسیار می‌خندیدیم.

آیا این دو نفر مستحق حکم اعدام بودند؟ نیک‌پی که گود عرب‌ها را تبدیل به پارک زیبایی کرده بود و... هویدا نه دزد بود نه اختلاس می‌کرد. هرچه گشتند هیچ چیز نداشت به جز یک خانه

معمولی که با مادرش زندگی می‌کرد و به خاطر او از ایران خارج نشد. می‌دانم بعضی از شما که این سطور را می‌خوانید، به‌خصوص جوان‌ترها سؤال می‌کنید چه شد؟ انقلاب چی بود؟ آنقدر نسل ما را سرزنش نکنید. به ما دروغ گفتند. همگی گول خوردیم. حتی کارتر هم به نوعی فریب خورد.

خمینی با ویترینی از آدم‌های کراواتی و تحصیلکردهٔ خارج وارد شد و همه تصورشان این بود که قرار است آن‌ها ایران را اداره کنند و نه آخوندها. اما گول بزرگ با ساعت شماطه‌دار خویش به قول شاملو توانست همه را فریب دهد و نهایتاً بگوید خدعه کردم. به نظرم مهدی بازرگان بیش از همه ضربه خورد و یک عمر ایمان و کارش را باخت.

تصور بفرمایید اگر بختیار موفق شده بود، همهٔ این آزادی‌های اجتماعی را داشتیم، به اضافه آزادی سیاسی. ایا دیگر دچار نوستالژی می‌شدیم و این همه غصه گذشته را می‌خوردیم؟ احتمالاً خانواده پهلوی هم در ایران زندگی می‌کردند. یا ولیعهد به سلطنت می‌رسید. نمی‌دانم چه می‌شد. اما این نمی‌شد که هست. من واقعاً اغراق در نوشته‌هایم نیست هر آنچه را که بود، می‌نویسم. از دیدگاه خودم. سیاست را رها کنیم و خاطرات خوش را خراب نکنیم.

اتفاق وحشتناک تئاتری

نمایش «تا شهر هفت کیلومتر» را بعد از تمرینات بسیار روی صحنه بردیم. حتی در فستیوال تئاتر ساری هم که از تمام کشور شرکت کرده بودند همین تئاتر را اجرا کردیم و دیپلم بازیگری هم گرفتیم. احتمالاً بچه‌های شهرهای دیگر هم گرفته‌اند. من نقش یک مشتری مست را

دارم که از اول تا آخر روی صحنه است. کاراکتری مثل بهروز وثوق در فیلم کندو. مشروب می‌خورد، پول نمی‌داد و کتک می‌خورد و حرکاتش با دیگران ایجاد طنز هم می‌کند.

یادم نیست که هوشنگ خلعتبری گوینده و تهیه‌کننده رادیو کدام اجرا را دیده بود. به کاخ جوانان جنوبی آمد با ما جلسه گذاشت و گفت:

- من در مورد این تئاتر با شرکت نفت صحبت کردم. اگر شما یک جنرال رپتسیون بذارید. سه تا از نماینده‌های شرکت نفت میان می‌بینند و این تئاتر رو برای اجرا در شهرهای خوزستان می‌خرند. همهٔ ما خوشحال شدیم و آمادگی خودمان را اعلام کردیم.

روز موعود رسید و نمایندگان آمدند در سالن خالی نشستند و اجرا را دیدند. بچه‌ها هم سنگ تمام گذاشتند. اجرا تمام شد و ما منتظر عکس‌العمل آن‌ها. یکی از نمایندگان آمد روی صحنه و مشروبی را که من می‌خوردم، مزه کرد و گفت:
- این که آبه!

بلافاصله سلحشور کارگردان به جای من جواب داد:
- بله جناب! آبه! قرار نیست در هر اجرا منصور یک بطری مشروب بخوره.

نماینده نگاه تحسین‌آمیزی به من کرد و سری تکان داد و رفت پایین. ما کمی دلمان قرص شد که اجرا مورد عنایت قرار گرفته. همه بچه‌ها آن جلسه عالی بازی کرده بودند و کار تصویب شد.

آن‌طور که آقای خلعتبری گفت، قرار شد برای اجرا در شهرهای مهم خوزستان. البته جا و مکان و ترانسپورت با خودشان. ۶۰ هزار

تومان به ما بدهند. ما خیلی ذوق کردیم و خوشحال بودیم. شصت هزار تومان آن زمان خیلی پول بود. دستمزدها نسبت به نقش‌ها تقسیم می‌شد. مثلاً من و کاظم افرندنیا بیشترین دستمزد را گرفتیم، همین‌طور بقیه بچه‌ها نسبت به نقش‌هایشان. کارگردان البته بیشتر و نویسنده یادم نیست.

گویا بیشترین رقم به خود آقای هوشنگ خلعتبری رسید که بچه‌ها می‌گفتن نوش جانش زحمت کشیده و او بانی این سفر هست. بلیت قطار درجه یک گرفتند و ما اول عازم شهر زیبای آبادان شدیم. روزهای عید بود با هوایی ملس و بهاره. این سفر باید دو هفته طول می‌کشید. اهالی عزیز خوزستان به یاد دارند که معمولاً شرکت نفت خوانندگان معروف را هم برای کنسرت دعوت می‌کرد.

ما را بردند به مهمانخانه‌های ویژه شرکت نفت. در واقع به هر شهری که می‌رفتیم به همین مهمانخانه ورود می‌کردیم. در آبادان که شهر رؤیایی و زیبایی بود، اجرای خوبی داشتیم. بعد رفتیم اهواز. ضمناً لیست داده بودند و هر شهری موظف بود دکور قهوه‌خانه را آماده کند، حتی به جزیرهٔ خارک هم رفتیم. برایمان ویزا صادر کردند و با هواپیما رفتیم. همیشه فکر می‌کردیم جزیره خارک یک تبعیدگاه متروکه است، اما جای زیبایی بود. آهوان هم برای خودشان در خیابان قدم می‌زدند، اما کسی حق نداشت به آن‌ها دست بزند. بامزه اینکه وقتی به مهمانخانه رسیدیم، بعد از ظهر بود و همگی گرسنه. ما را یکسر بردند به طرف میز غذا. روی میز پر بود از ماهی‌های خوشمزه خلیج همیشه فارس و ما با نان شروع کردیم به خوردن. خوب که سیر شدیم تازه نوبت سرو غذای اصلی بود. نگو این‌ها پیش غذا بوده

و ما نمی‌دانستیم کلی خندیدیم. کمی با بی‌میلی اما غذا را هم نوش جان کردیم.

نوبت اجرا در مسجدسلیمان شد. سالنی بسیار بزرگ و زیبا. یکی از بچه‌ها که طبق معمول از لای پرده سرک کشیده بود. گفت:

- امشب اینجا چه خبره؟ همه ژنرال‌ها جمع شدن.

رفتم از لای پرده دیدم بله! ردیف جلو گوش تا گوش سرلشگر و سپهبد نشسته‌اند. آقای خلعتبری که خودشم کمی استرس داشت می‌گفت:

- این‌ها بازرسان شاهنشاهی هستند. وقتی فهمیدن امشب تئاتر هست علاقه‌مند شدن بیان ببینن.

چون تئاتر کاملاً سیاسی بود و البته همراه با خنده و طنز. هر جا اجرا می‌کردیم تماشاچی‌ها ما را با دست زدن و سوت زدن تشویق می‌کردن. آن شب همگی کمی نگران بودیم. در تمرین‌ها نصرالله برادران که نقش قهوه‌چی را به خوبی بازی می‌کرد. دیالوگی داشت که می‌گفت:

- پول عرقو بده. حسابت دیگه پرشده. اگه ندی می‌برمت اون پشت... (در گوشم چرت‌وپرت می‌گفت) و من می‌خندیدم. بهش التماس می‌کردم دیگه نگو.

آن شب برعکس همان حرف‌ها را در گوشم زمزمه کرد. من شروع کردم به خندیدن، اما نقشم طوری بود که تماشاچی متوجه نمی‌شد و با من می‌خندید. حسین راننده کامیون (شمس) که قلیان می‌کشید از خنده اشکش سرازیر شده بود. روسپی که راست صحنه نشسته بود، چادرش را کشید روی سرش و می‌خندید. قهوه‌چی چند دیالوگ

پرخاشگرانه به من گفت و من دیگر طاقت نیاوردم و رفتم زیر چادر روسپی قایم شدم. خلعتبری پشت صحنه داشت سکته می‌کرد. قنبر لات (کاظم افرندنیا) باید وارد صحنه می‌شد. خلعتبری به او التماس می‌کرد که کاظم جان برو صحنه رو بگیر دستت. آبروریزی میشه. قنبر لات با یک فریاد وارد صحنه شد..:

- اینجا چه خبره؟

لحظاتی سکوت... و بعد قهوه‌چی شروع کرد:

- آخه قنبر جون این مرتیکه پدرسوخته می‌آد اینجا مشروب می‌خوره، پولشو نمی‌ده.. آخه من از کجا بیارم این قهوه‌خونهٔ فکستنی رو بچرخونم؟!

- کی؟ کجاست؟

- اوناها! رفته خودشو قایم کرده!

میزانسن عوض شده بود من نباید می‌رفتم زیر چادر روسپی. قنبر لات آمد و من را از زیر چادر روسپی کشید بیرون. من به خودم مسلط شده بودم و نمی‌خندیدم، اما کت گشادی تنم بود. وقتی یقه‌ام را گرفت و کشید بلافاصله یقهٔ کتم با گردنم ۳۰ سانتیمتر شده بود و خیلی مضحک. قنبر لات لحظاتی با غضب به من نگاه کرد اما وقتی من سرم را بلند کردم و مظلوم بهش نگاه کردم، ناگهان خودش غش‌غش زد زیر خنده و من را رها کرد. دیگر همگی می‌خندیدیم. تماشاچی‌ها هم با ما می‌خندیدند، حتی ژنرال‌ها هم غش‌غش می‌خندیدند... خلعتبری پرده را کشید و ما با گریم فرار کردیم طرف مینی‌بوس و هتل. درحالی‌که همچنان صدای دست زدن و سوت کشیدن تماشاچی‌ها به گوش می‌رسید.... .

فردای آن شب در مسجدسلیمان ماندیم. به مردم اعلام کردند که با همان ته بلیت‌های شب قبل می‌توانند بیایند. اجرای کامل و خوبی داشتیم و مردم خشنود و راضی، حتی ژنرال‌ها هم دوباره آمده بودند. خلعتبری می‌گفت به خاطر این نمایش یک روز اضافه در مسجدسلیمان مانده‌اند. از همانجا با اینکه در بازیگری بی‌استعداد نبودم، اما از بازیگری ترسیدم و دور آن را هم خط کشیدم.

این‌که عرض می‌کنم اعتبارش به نویسنده‌اش عسگر قدس می‌رسد. نمایشنامه «تا شهر هفت کیلومتر فاصله است.» بسیار جذاب و دیدنی و از جهت دراماتیکی محکم بود. شنیدم که عسگرد رایران بیمار است. برایش آرزوی سلامتی می‌کنم.

کلاغ‌پر

قرار شده بود یک فستیوال بزرگ فیلم‌های کوتاه در تهران و با حضور تمام استان‌هایی که کاخ جوانان داشتند برگزار شود. من طرحی داشتم که در یک صفحه نوشته بودم. قبل از اینکه آن را به مدیر کاخ بدهم با دوست عزیزم میلاد کیایی که مسئول روابط عمومی کاخ بود در میان گذاشتم. میلاد طرح را پسندید و قرار شد صحبت کند و بودجه‌ای برایش تعین کنند. البته میلاد گفته بود که فکر نمی‌کنم بودجه زیادی بتوانیم بگیریم.

دوستم رحمان رضایی، که اکنون فیلمساز و در ایران است، یکی دو سال هم از من کوچکتر بود (۱۸/۱۷ ساله)، یک دوربین ۱۶ میلیمتری داشت، پدرش که راننده کامیون بود از ترکیه یا آلمان از یک دست دوم

فروشی برایش خریده بود. این دوربین کمی مدل قدیمی وکوکی بود؛ یعنی اگر پلان طولانی می‌شد کوکش تمام می‌شد و باید کوک می‌کردیم. رحمان مرا خاطرجمع کرد که مشکلی نیست و می‌توانیم کار کنیم.

ابتدا یک حلقه فیلم خام برای ما خریدند از نوع رورسال سیاه سفید. البته سیاه و سفید بودنش اشکالی نداشت، چون سوژه طرح من می‌طلبید. اما مشکل فیلم رورسال این بود که فقط یک کپی بود. نمی‌شد از روی آن کپی زد. این را نمی‌دانستیم فقط عشق فیلم ساختن داشتیم.

سوژه که از اول تا آخر در همان یک صفحه بود، این بود که مدرسه‌ای در زاغه‌های نازی‌آباد است و بچه‌ها در کلاس نشسته‌اند. کلاغی روی دیوار مدرسه می‌نشیند و حواس بچه‌ها را از کلاس پرت می‌کند. بچه‌ها می‌خندند. کلاغ پر می‌زند و می‌رود. بچه‌ها با سر و صدا از مدرسه خارج می‌شوند. دوربین یکی از آن‌ها را تعقیب می‌کند که پسری ده ساله است. نزدیک خانه که می‌رسد در لانگ شات می‌بیند که جلوی خانه همسایه‌ها ایستاده‌اند. پسر همسایه به طرف پسرک می‌دود که خبری به او بدهد. دویدن او را با شنل سیاهی در زمینه آسمان، اسلوموشن می‌بینیم. (پیک مرگ)

بچه‌ها دوباره در شات و شرایط عادی قرار می‌گیرند. پسر همسایه خبر بد را به او می‌دهد. (فیلم بدون دیالوگ است با ۲۲ دقیقه زمان). پسرک به طرف خانه می‌رود و دوربین پرسوناژ از دید او به همسایه‌ها نزدیک می‌شود. از اینجا تک‌مضراب‌های سنتور با تیمپانی را که خودم ساخته و زده بودم، پسر را همراهی می‌کند. همسایه‌ها که با دلسوزی پسرک را نگاه می‌کنند، راه باز می‌کنند که داخل خانه شود.

کنار درب اتاق روی صورت پسرک که نیمی از آن پیداست مویهٔ مادر و خواهر کوچک شنیده می‌شود. نمای عمومی از اتاق که همچنان صدای مویه شنیده می‌شود. پسرک به طرف مادر می‌رود، می‌نشیند و سرش را روی زانوی مادر می‌گذارد. سر کلاس معلم حاضر و غایب می‌کند و صندلی پسرک خالی است. یکی از بچه‌ها به صندلی او اشاره می‌کند و پیداست که خبر مرگ پدرش را به معلم می‌دهد.

چرخ پدر که با آن سیب‌زمینی و پیاز می‌فروخت گوشه حیاط خالی افتاده است. پسرک در خیابان دنبال کار می‌گردد. معلم سر کلاس حاضر و غایب می‌کند و صندلی پسرک خالی است.

در چند پلان موازی با کلاس و حاضر غایب معلم پسرک دنبال کارهای مختلف می‌گردد و جواب مثبت نمی‌گیرد. (تک‌نوازی سنتور او را همراهی می‌کند.) در آخرین سکانس پلان. دوربین از روی صورت پسرک که کمی هم چرک است باز می‌شود. پسرک زور می‌زند. دوربین کم‌کم باز می‌شود و چرخ پدر را می‌بینیم که روی آن سیب‌زمینی و پیاز است و به سختی هل می‌دهد. دوربین عقب می‌کشد و پسرک را که برای فروش سیب‌زمینی و پیاز فریاد می‌زند تا انتهای کوچه رها می‌کند.

فستیوال فیلم‌های کوتاه

فستیوال فیلم‌های کوتاه با شرکت تمام کاخ‌های کشور در تهران تشکیل شد. اگر اشتباه نکنم ۷۶ فیلم کوتاه از سراسر کشور شرکت کرده بودند. هیت ژوری هم دکتر هوشنگ کاووسی، بصیر نصیبی، هوشنگ حسامی و یک خانم از کانون پرورش کودکان بود که

اسمش یادم نیست. چه شور و هیجانی بین بچه‌ها بود. آن‌هایی که از شهرستان‌ها آمده بودند، در خوابگاه‌هایی سکونت داشتند و روزها به کاخ می‌آمدند و فیلم‌های یکدیگر را البته با تماشاچی‌ها می‌دیدند و نقد و بررسی می‌شد و کارگردان می‌رفت روی صحنه و جوابگو بود.

سه فیلم برای فینال انتخاب شدند. کرمان، رشت و تهران. من آن زمان روش جشنواره‌ها را نمی‌دانستم. ابتدا رشت رفت و جایزه‌اش را گرفت. بعد نوبت کرمان شد. کارگردان را صدا کردند و رفت جایزه‌اش را گرفت. من هم آخر سالن نشسته بودم. با اینکه قبلاً بعضی‌ها به من یک امیدهایی داده بودند، داشتم نا امید می‌شدم که کم‌کم سالن را ترک کنم که صدا کردند: «منصور تهرانی، فیلم کلاغ‌پر جایزه اول به مفهوم مطلق.»

با جیغ و داد و دست زدن‌های بچه‌های کاخ جنوبی ما را پرت کردند روی صحنه. جایزه را از دست آقای بصیر نصیبی که رئیس سینمای آزاد هم بود، دریافت کردم با به اصطلاح دیپلم افتخارش.

بعداً متوجه شدم در فستیوال‌های سینمایی معمولاً از آخر به اول جوایز را می‌خوانند و «به مفهوم مطلق» هم یعنی بهترین کارگردانی، بهترین فیلمنامه و .... .

آن شب برایم بسیار خوشحال‌کننده و هیجان‌انگیز بود. جایزه به جز دیپلم افتخار یک دستگاه آپارات نمایش فیلم بود.

جشنوارهٔ سپاس

چند ماه مانده بود به «جشنواره سپاس» یا به اصطلاح اسکار ایرانی خودمان. بچه‌ها مرا تشویق می‌کردند که به جشنواره سپاس

فیلم بفرستم. خودم اما تردید داشتم. به‌خصوص وقتی شنیدم که چون فیلم من ۱۶ میلیمتری هست در رده فیلم‌های کوتاه ۳۵ میلیمتر و ۱۶ ملیمتری قرار می‌گیره. ۳۷ فیلم هم در آن رده هستند، که بعضی فیلمسازان نامدار فیلم‌های مستند هم بودند. فیلم ۱۶ میلیمتری کلاغ‌پر را فرستادیم.

سه ماه مانده بود به جشنواره سپاس. داستان این‌گونه بود که هر هفته «مجله فیلم و هنر» دربارهٔ همه رده‌ها اعم از فیلم‌های سینمایی و فیلم‌های کوتاه در مجله می‌نوشت. ما هم باید می‌رفتیم مجله را می‌خریدیم و نگاه می‌کردیم. اگر در لیست بودیم که می‌رفت برای هفته بعد و اگر نبود؛ یعنی در بازدید هیت ژوری رد شده بود. هفته اول با ترس و لرز رفتم یک مجله خریدم نگاه کردم، دیدم فعلاً هستم. خیلی خوشحال شدم. آن زمان منزل ما امیریه مختاری بود. با خوشحالی به بچه‌ها گفتم و همه را به آبجو دعوت کردم. هفته دوم، هفته سوم و.. هنوز در لیست بودم. اسی و داوود گفتند:

- منصور تو دیگه نمی‌خواد پول آبجو رو بدی. تا وقتی تو لیست هستی مهمون ما.

تصور کنید سه ماه هفته‌های پی‌درپی، فکر کنم روزهای پنج‌شنبه بود. می‌رفتم یک مجله فیلم می‌گرفتم و مثل قماربازها که ۲۱ بازی می‌کنند و کارتشان را آهسته می‌بینند. صفحه را می‌دیدم و هنوز در لیست بودم و از تعداد لیست هر هفته کم می‌شد.

سه ماه تمام زندگی من شده بود همین. هیجان‌انگیزترین روزهای زندگی من بود. بالاخره در آخرین هفته در همان مجله اعلام شد. فیلم کلاغ‌پر کاندید جایزه سپاس... . حرف‌های بچه‌های محل بامزه بود.

بعد از هفته سوم و چهارم چون گفته بودند تو دیگه پول آبجو نده تا وقتی توی لیست هستی. وقتی منو می‌دیدن همگی داد می‌زدند.

– آقا تو که هنوز تو لیست هستی. ما گفتیم این هفته نه هفته دیگه رد میشی پول آبجوتو می‌دی.

و همگی غش‌غش می‌خندیدیم... واقعاً چه رفاقت‌هایی... من بعدها که ترانه‌سرای پرکاری شدم و خانه‌مان از امیریه رفت. هیچ وقت بچه‌ها را فراموش نمی‌کردم. با تمام کار و گرفتاری حداقل ماهی یک‌بار می‌نشستیم به میگساری و از آن دورهمی‌ها خیلی لذت می‌بردم. هنوز هم با بعضی‌ها که خارج از ایران هستند، تماس دارم. به‌خصوص بچه‌های بندرشاه و یاران دبستانی‌ام.

هنوز آنقدر ناشناس بودم که حتی کارت ورود به مراسم سپاس را هم به من نداده‌اند. رفتم پیش آقای میثاقیه. مرد مهربانی بود. هیچ مدرکی هم به جز مجلهٔ آخرین هفته فیلم را هم نداشتم. نشانش دادم با تعجب نگاه کرد و عصبانی شد. به جایی زنگ زد و با عصبانیت گفت:

– این آقا که الان روبه‌روی من ایستاده با فیلم ۱۶ میلیمتری کلاغ‌پر کاندید جایزه سپاس شده، اما کارت ورود به مراسم رو نداره. چیکار کردین؟ دادین به دخترخاله‌هاتون؟

با عذرخواهی و مهربانی به من گفت که بروم نزد آقای مرتضوی سردبیر مجله فیلم. رفتم ایشان هم البته عذرخواهی کرد و گویا چند کارت داشت که یکی از آن‌ها را به من داد.

حالا باید لباس پلو خوری می‌پوشیدم با کراوات و رسمی بروم به مراسم سپاس در هتل شرایتون سالن زمرد. اتومبیل نداشتم، بالاخره با

اتوبـوس و پیـاده خـودم را رسـاندم. در سـالن زمرد قبل از سـالن اصلی کوکتـل پارتی بـود. همـه یک گیـلاس مشـروب به دسـت بـا هـم گپ می‌زدند و می‌خندیدند. من اما در گوشه‌ای از سالن گیلاس مشروب را مزه‌مزه می‌کردم و به تماشـای جماعت ایستاده بودم. دیدن این همـه آرتیسـت‌ها و کارگردان‌های سـینما یکجـا برایم خیلی جالـب و رؤیایی بود. رفتیم به سالن اصلی. من که شماره‌ای روی کارت نمی‌دیدم همان آخرهـای سـالن یـک جـایی نشسـتم. ناگهان صدایی را از وسط سـالن شـنیدم که بلند می‌گفت:

- آقا این کاندیدها رو ببرید جلو. اگر خدای نکرده برنده بشـن در برنامه زنده یک سـاعت طول می‌کشـه که تشـریف ببرن روی صحنه.

بعد از اعتراض و متلک آن آقا که یادم نیست چه کسـی بود. دیدم بعضی دیگر هم مثل من از اشتباه نشسته‌اند. بلند شدیم رفتیم جلو و ما را راهنمایی کردند ردیف دوم پشت سر هیت ژوری بنشینیم.

طـرف چـپ مـا چند صندلی دورتـر ایـرج قادری و سـپیده نشسـته بودند و نزدیـک‌تر خانم گوگوش. (دو سـال پیـش که گوگوش و گروهش آمده بودند به سـوئد و شـهر ما گوتنبرگ. یـک شـب قبل از کنسـرت که با بچه‌های گروه شام می‌خوردیم صحبت آخرین جشنواره سپاس شد که من رنگ لباسـی را که آن شب گوگوش پوشـیده بـود، بهـش گفتـم. البته هنوز ارادت از نزدیک نداشتم.)

برنامـه و مراسـم، زنـده و از تلویزیـون سراسـری شـروع شـد. مجری برنامه هم پرویز قریب‌افشار بـود. یکی‌یکی صدا می‌کردند و می‌رفتند مجسـمه طلایی سپاس را می‌گرفتند. نوبت نقـش مکمـل زن شـد. در سـالن زمرد می‌دیدم که اغلب به پرویـن سـلیمانی بـرای فیلم خـاک

پیش‌پیش تبریک می‌گفتند.

گفتند برای نقش دوم زن... پروین سلیمانی تقریباً بلند شده بود... ناگهان گفتند خانم سپیده برای فیلم ایرج قادری. سپیده که گویا از قبل می‌دانسته با لباسی و شیک و سکسی رفت روی صحنه. پروین سلیمانی اشک‌ریزان بر جایش نشست. همه تعجب کرده بودند.

ناگهان از طرف راست ما صدای داد و فریاد آمد. نگاه کردیم آقای میثاقیه بود که به جوایز امسال اعتراض داشت. سعی داشت بیاید روی صحنه و برنامه زنده را قطع کند. ناصر ملک‌مطیعی و حمید قنبری هم او را محکم گرفته بودند و ممانعت می‌کردند. البته دوربین آن طرف را نمی‌گرفت، فقط ما می‌دیدیم. قریب‌افشار کمی دستپاچه شده بود؛ اما سعی می‌کرد هر طوری هست صحنه را اداره کند. منوچهر سخایی آمد روی صحنه و شروع کرد با قریب‌افشار شوخی کردن و شروع به خواندن آواز کرد... مجلس تقریباً به هم خورده بود، اما خواننده‌ها می‌رفتند روی صحنه و برنامه‌هایشان را اجرا می‌کردند.

ناگفته نماند که پرویز قریب‌افشار هم با آن خنده‌های مخصوص و شیرینش صحنه را اداره کرد. برنامه که تمام شد و داشتیم می‌آمدیم بیرون. یکی به شوخی داد زد که:

- کاندیدهایی که امشب جایزه نگرفتند، برنده هستند... شلیک خنده جماعت....

البته جشنواره سپاس یا به اصطلاح اسکار ایرانی بسیاری از جوایزش هم به حق به هنرمندان داده شد و فیلمسازان و هنرپیشه‌ها را تشویق به کارهای برتر و بهتر می‌کرد. برای من که جوان بودم همین دو موفقیت برای فیلم کوتاهم رؤیایی بود که هرگز فراموش

نمی‌کنم.

عیدی آقای شهردار و شام آقای نخست‌وزیر

اگر بخواهم بخش کاخ جوانان را با خاطره‌ای خوب تمام کنم که البته اکنون یادآوری آن اندوهگین و پر از افسوس است.

سالی یک‌بار عیدها مسئولین گروه‌های همه کاخ‌های جوانان به کاخ مرکزی می‌رفتیم و از آقای شهردار عیدی می‌گرفتیم. ایشان هم با خانم انگلیسی‌اش می‌آمدند و کلی با بچه‌ها خوش‌وبش می‌کردند. شهرداری که حصیرآباد راه‌آهن را تبدیل به کاخ جنوبی کرد. همین‌طور گود عرب‌ها را در خزانه تبدیل به یک پارک بسیار بزرگ و زیبا کرد. نمی‌خواهم بگویم زمان شاه فقید همه چیز بدون عیب و عالی بود. بزرگ‌ترین چیزی که نبود و همگان به آن معترف هستند، نبود آزادی‌های سیاسی و دو حزب درست و حقیقی که توی سروکله هم بزنند و نخست‌وزیر عوض کنند و به شاه کاری نداشته باشند، اما پیشرفت‌ها را کسی نمی‌دید و انتقادها به شخص اول مملکت برمی‌گشت. این باید در کنار پیشرفت اقتصادی و اجتماعی کشور می‌بود.

شاه به جای اینکه بیماری‌اش را از همه پنهان کند آن را افشا کرده بود، گرچه بعضی‌ها همچنان بدبین بودند. اما مردم اگر می‌فهمیدند که شاه واقعاً سرطان دارد، هرگز «مرگ بر شاه» نمی‌گفتند.

باید رسالهٔ خمینی به وفور چاپ می‌شد و در اختیار همه مردم قرار می‌گرفت و خیلی محترمانه در تلویزیون در مورد آن با یک آخوند و جامعه‌شناس بحث می‌کردند که مردم در مورد آن آگاه می‌شدند و قبل

از اینکه خمینی به ایران بیاید، حداقل مردم شناخت بیشتری از ایشان پیدا می‌کردند. نه اینکه برای همان رساله، مردم را بازداشت و زندانی کنند. گویی وعده بهشت داده بودند و ساواک فکر می‌کرد اگر مردم بخوانند و بدانند، گروه گروه به آن گرایش پیدا می‌کنند. درحالی‌که اگر گرایش هم پیدا شد از ندانستن و ناآگاهی بود. حاشیه‌نشین‌ها که سربازان اصلی خمینی بودند و پیشاپیش آن‌ها طبقه متوسط که ضامن دموکراسی در هر کشور است. آن‌ها هم نمی‌دانستند، حرکت کردند و این شد یک خودکشی دسته‌جمعی... .

آن پدر و پسر (تکیه‌کلام منفی خمینی) ۵۰ سال زحمت کشیدند تا آن طبقه متوسط را که پایه و اساس دموکراسی در هر جامعه است به وجود بیاید. (یا ناخودآگاه به وجود آمد.) متأسفانه اول هم بلای جان خودشان شد (انقلاب ۵۷)، اما در سال‌های اخیر، طبقهٔ متوسط یک‌بار در جنبش سبز به خوبی خود را نشان داد، گرچه ناکام، و گرچه در سال‌های اخیر ضعیف‌تر شده، اما هنوز در بطن جامعه حضور دارد و بلای جان ج.ا نیز هست. بنابراین ایران هرگز کرهٔ شمالی نخواهد شد. بیش از این نگویم که به اندازه کافی اساتید فن گفته‌اند و موجب اطناب کلام است.

آنچه بیشتر دل مرا می‌سوزاند، امیر عباس هویدا نخست‌وزیر بود و اخلاق خوشی که داشت. بسیار خوش‌مشرب و متواضع. سر میز شام در همان کاخ مرکزی بعد از اینکه خواننده‌های مختلف می‌خواندند با بچه‌ها صحبت و شوخی می‌کرد و کلی می‌خندیدیم. من خودم یک‌بار ایشان را در ترافیک پشت چراغ قرمز در یک پیکان آبی دیدم. چه بسا شما هم دیده باشید. بدون هیچ‌گونه محافظی. بعدها

که آقای «عباس میلانی»، تاریخ‌نگار بی‌غرض و حقیقت‌گو، وقتی کتاب معمای هویدا را نوشت، تازه متوجه شدیم که از مال دنیا چیزی نداشت و در خانه‌ای معمولی با مادر پیرش زندگی می‌کرد و به خاطر عشق به مادر به ایران ماند و نرفت.

وقتی در دادگاه گفت ۱۳ سال پیش این خودکار ۵ ریال بود و هنوزم ۵ ریال است، هنوز آقایان انقلابی کلمه «تورم» به گوششان نخورده بود. به بقیه دولتمردان شاه فقید کاری ندارم. اما این دو نفر چه کرده بودند که مستحق اعدام انقلابی بودند؟!

روزگار کرونایی

گوش لعنتی خیلی اذیتم می‌کند به خاطر همان اتفاق که صفحه اول نوشتم... نمی‌خواهم در این کتاب بیشتر توضیح بدهم. اتفاق مثل چیزخور کردن... گرچه به خیر گذشت، اما اثر جانکاهی بر روی جسم و جان من گذاشته است. دکترهای سوئدی هم سر در نمی‌آورند و می‌گویند تو علایم عجیبی داری. خلاصه نه می‌کُشند نه شفا می‌دهند. فعلاً باید بسوزم و بسازم. فقط کورتیزون به دادم می‌رسد. بیش از این نمی‌توانم توضیح بدهم. شاید در جایی دیگر و کتابی دیگر در آینده... یکی دو نفر از دوستانی را که خیلی دوستشان داشتم، متأسفانه از دست دادم و از همان زمان آن‌ها را ندیدم. دلم هم برایشان تنگ نشده. اما کینه‌ای هم ندارم. چون می‌دانم داستان از کجاست. بهتر است فعلاً بگذریم و خاطراتم را تلخ نکنم. فقط وقتی درد به سراغم می‌آید، عصبانی می‌شوم و.... .

بنده هم باید مواظب کرونا باشم و هم برای آزمایش و کارهای

پزشکی می‌روم. هفته پیش از سر و تومورم عکسبرداری شد که جوابش چند روز دیگر می‌آید. همین‌جا از دو دکتر ایرانی خانم دکتر فردوس شکرایی و دوست عزیزم دکتر مهدی منوچهری سپاسگزاری می‌کنم، که حتی مشورت گرفتن از آن‌ها برایم دلگرم‌کننده است.

ترانه‌سرایی، لقمان ادهمی

دیده شده گاهی یک حادثه، یک اتفاق انسان را به جایی می‌کشاند که هرگز تصورش را نمی‌کند. چه بسا برای شما خوانندهٔ عزیز هم پیش آمده باشد. من به چیزی که هرگز فکر نمی‌کردم ترانه‌سرایی بود. درحالی‌که از ۱۲/۱۰ سالگی عاشق سینما بودم. تمام مطالب سینمایی را می‌خواندم و به‌خصوص در مورد هنرپیشه‌ها چه خارجی، چه ایرانی کنجکاو بودم. می‌دانستم مثلاً «تونی کرتیس» چرا از «جانت لی» همسرش جدا شده و... «برت لنکستر»، «کرک داگلاس» و «آنتونی کویین» هم دیگه مثل دایی جان و عموجان بنده بودند. «آرمان» هنرپیشهٔ ایرانی را خیلی دوست داشتم. به‌خصوص از فیلم طوفان در شهر ما، فریاد نیمه‌شب و... کم‌کم نام کارگردان‌ها مثل «ساموئل خاچکیان» برایم مهم شد و اینکه کارگردان در ساخت یک فیلم خوب نقش مهمی دارد. و فیلم‌های خاچکیان نسبت به فیلم‌های فارسی آن زمان متفاوت بود.

از نوجوانی طبع شعر هم داشتم اما زیاد جدی نبود. در دوران کاخ جوانان اما در جلسات شعر شرکت می‌کردم. اغلب بچه‌ها شعر نو می‌گفتن که من زیاد سر در نمی‌آوردم. گرچه همان زمان هم به شعرهای «فروغ» که هر سال در کاخ و اغلب با خود «فریدون فرخزاد»

برگزار می‌شد، علاقه‌مند بودم؛ اما در جلسات شعر وقتی نوبت شعر خواندن من می‌شد من شعرهای با وزن و قافیه می‌گفتم. غزل یا دوبیتی، از این قبیل. بچه‌ها که معمولاً در مورد شعرهای خودشان گاهی به‌به و چچه می‌کردند به شعرهای من هیچ عکس‌العملی نشان نمی‌دادند و به اصطلاح تحویل نمی‌گرفتند.

یک روز یکی از دوستان به نام «جواد رهنما» منزل ما بود. صحبت شعر و شاعری شد یکی دوتا از شعرهایم را برایش خواندم. گفت:

- منصور این شعرهای تو بیشتر به ترانه می‌خوره. من دوستی دارم به نام لقمان ادهمی می‌خوای قرار بذاریم بریم پیشش.

- باشه بریم.

البته لقمان را دورادور می‌شناختم. از بچه‌های کاخ مرکزی بود. همان زمان یک قطعه با ویلیون ساخته بود به نام «شوکا». شاگرد «پرویز یاحقی» بود و خیلی سبکش شبیه استاد بود. با جواد رفتیم منزل آقای لقمان ادهمی. دو تا از شعرهایم را برایش خواندم. گفت:

- شعرها خوبه، اما من یک آهنگ دارم که تو باید روش کلام بذاری. یازده سیلابی هم هست. می‌تونی؟

گفتم: «تا حالا این کارو نکردم. اما با ریتم و موسیق آشنا هستم.»

جواد برای جانبداری از من و بازارگرمی گفت:

- اره بابا می‌تونه. کاری نداره!

لقمان بلافاصله گفت:

- چرا کار داره. اینکار فرق می‌کنه با اینکه خودت شعر بگی و هر چه دلت خواست. باید کلام بذاری روی آهنگ بر مبنای ملودی و

سیلاب‌ها.

آهنگ قشنگی بود در کاست برام ضبط کرد و داد دستم. گفتم:

- باشه سعی می‌کنم.

دو سه روز بعد منزل آقای لقمان ادهمی بودیم. شعر را روی آهنگ برایش خواندم: من عروس قصر پولک‌های نورم/ روزن فانوس دریاهای دورم.

این ترانه به نام «پولک» اولین کار یا شاید از اولین کارهای «لیلا فروهر» بود که آن زمان ۱۶ سال داشت و تقریباً هم‌زمان اولین ترانهٔ «شهره» به نام «دختر مشرقی» را هم من سروده بودم با آهنگ و تنظیم «محمد شمس.» تهیه‌کننده هر دوی این‌ها آن زمان محمود قربانی بود.

باری! من از آن به بعد به قول ایشان شدم ترانه‌سرا و بعد کار دیگری برای خواننده دیگر... همین‌طور کار با آهنگسازان دیگر. نمی‌خواهم یک به یک به توضیح دهم. البته در مواردی خواهم گفت، اما زمانی کار ترانه‌سرایی من گل کرد که با «حسن شماعی‌زاده» شروع به کار کردم. و به تبع آن از آهنگسازان دیگر هم سفارش کار می‌گرفتم. همان زمان در شرکت «ولوو» که وابسته به سوئد بود کار می‌کردم. اکنون هم این کتاب را در کشور سوئد می‌نویسم. گویی ناف بنده به ناف سوئد بسته است. کارخانه‌ای بزرگ بود برای ساخت تریلی‌های ولوو در چند کیلومتری تهران و کرج. که صبح به صبح با سرویس اتوبوس یا مینی‌بوس کارمندان و کارگران را به کار خانه می‌برد. ظهرها در یک رستوران بزرگ کارمند و کارگر با هم غذا می‌خوردند و مبلغ ناچیزی می‌پرداختند.

من البته تخصصی نداشتم و صرفاً با پارتی‌بازی پسر دایی پدرم، سپهبد معین انصاری که در دوران بازنشستگی مدیر عامل آنجا شده بود استخدام شده بودم.

من را مسئول بونس کارگران کرده بودند. یعنی اضافه‌کاری فوق‌العاده، بدون اینکه کارگر نیاز به کار بیشتر یا ساعت بیشتر داشته باشد. فقط در طول همان چند ساعت کار اگر تولید بیشتر داشت، برایش مثلاً دو ساعت یا سه ساعت، اضافه‌کاری نوشته می‌شد که در آخر ماه با حقوق ثابت آن مصاحبه و پرداخت می‌شد. من که با کارگرها دوست شده بودم، اغلب برای آن‌ها چهار ساعت اضافه‌کاری می‌نوشتم. همگی خوشحال و با انرژی کار می‌کردند و راضی بودند. بیمه‌های درمانی و بیمارستان هم با کارمندان فرق نداشت و کامل بود. به‌هر روی، این چیزی بود که من در جایی که کار می‌کردم با چشم خودم می‌دیدم.

میز کارمندان در یک سالن بزرگ و روبه‌روی هم بود. یک روز یکی از کارگران از بچه‌های گیلان که گاهی هم با او شوخی می‌کردم، رفته بود مرخصی و از لاهیجان برگشته بود. به خاطر مثلاً قدرشناسی از من، یک کیسه پر از سوغاتی را آورد و گذاشت روی میز من و ماچ و بوسه که، آقا قابلی نداره. من به یاد شما بودم. فکر کردم چی دوست داشته باشید. مهر و محبت‌های شما یادمون نمی‌ره آقا!

من کیسه را زود گذاشتم زیر میز و از ایشان خیلی تشکر کردم و رفت. دیدم کارمندان دیگه خانم‌ها و آقایان لبخند معنی‌داری می‌زنند. یکی گفت:

- خب منصور خان حال زیاد داده اوۀم اومده تشکر کنه دیگه!

دیگری گفت:

- حالا بیا باز کن ببینیم چی آورده؟ حاجی شریک... و از این شوخی‌ها... .

رابطهٔ من با کارمندان البته خوب و دوستانه بود. اما به هر روی به گوش رئیس قسمت ما آقای مهندس اخوان رسید. دو سه روز بعد از این ماجرا من را صدا کرد دفترش. با لهجهٔ شیرین اصفهانی گفت:

- آقا این بونس که دست شماست، باید براساس کار شاخص کارگر نوشته بشه.

گفتم: «آقای مهندس من هم می‌رم سرکشی می‌کنم. می‌بینم و بر همین اساس می‌نویسم.»

گفت: «امیدوارم که همین‌طور باشه. به هر حال مسئولیتش با شماست.»

مهندس اخوان هم که تحصیلکردهٔ آلمان بود، انسان خوب و مهربانی بود. آن زمان حقوق من ۱۲۰۰ تومن بود، که نسبتاً خوب بود، اما برای اولین دستمزد ترانه ۲۰۰۰ تومن می‌گرفتم که البته بعدها به ۴ تا ۵۰۰۰ تومن هم رسید.

حالا من باید بین شغلم و کار ترانه که سفارشات هم زیاد شده بود یکی را انتخاب می‌کردم. دومی را انتخاب کردم. استعفا دادم و آمدم بیرون. اغراق نمی‌گویم که وقتی رفتم از کارگران خداحافظی کنم، بعضی از آن‌ها گریه می‌کردند.

در میان کارمندان مهندس جوانی بود به نام اِسی که از دانشگاه صنعتی آریامهر بود. گاهی یکدیگر را می‌دیدیم. بعد از انقلاب او گرایش به مجاهدین خلق پیدا کرده بود. شنیدم دستگیر و اعدام شد.

آن زمان من بودم که برای او گریستم.

حسن شماعی‌زاده

همان‌طور که عرض کردم. بیشترین اثر را بر روی کار ترانه‌سرایی من حسن شماعی‌زاده گذاشت. دو سه سال پیش که با گوگوش برای کنسرت به شهر ما گوتنبرگ آمده بودند، سر میز شام، حسن از من پرسید:

- یادته اولین کاری که با هم داشتیم چی بود؟

گفتم: ترانهٔ اوج:

تو عقاب سرسنگی تو پرنده‌ای به اوجی / سهمم از تو انتظاره زیر تک چراغ خونه

یادآوری خوشایندی بود. دورانی که هنوز صفحه سی و سه دور بود و گرام تپاز. فکر می‌کنم یکی دو سال بعد کاست شد. با حسن شماعی‌زاده افتخار همکاری بیش از ده ترانه را برای خودش و دیگران داشتم و البته همکاری هشت ترانه با «صادق نوجوکی» که اغلب این

ترانه‌ها گل کرده و به اصطلاح هیت شدند. همین طور با آهنگسازان عزیز دیگر: منوچهر چشم‌آذر، ناصر چشم‌آذر، مارتیک، سیاوش قمیشی، کوروش یغمایی و...‌.

با اینکه در این سال‌های اخیر بسیار کم‌کار بوده‌ام. با احتساب ترانه‌هایی که برای بعضی از فیلم‌ها قبل و بعد از انقلاب نوشتم فکر می‌کنم بیش از ۱۰۰ ترانه بشود که پرداختن به یک‌یک آن‌ها شاید از حوصلهٔ شما خارج باشد. بنابراین در بخش ترانه‌سرایی به مواردی از آن‌ها می‌پردازم و نهایتاً در یک لیست کوچک نمونه‌ای از ترانه‌ها. گرچه دوستانی که زحمت کشیدند و برایم دوکتاب ترانه نوشتن در ایران و لوس‌آنجلس سعی کرده‌اند تمام ترانه‌هایم را در کتاب‌ها بگنجانند، اما باز چند ترانه که برای خوانندگان غیرمعروف نوشته‌ام، در لیست نیست یا خودم فراموش کردم که بگویم و شگفتا که هر دوی این کتاب‌ها قبل از چاپ نشد که بتوانم آن‌ها را چک کنم و احتمالاً کم و زیاد و اشتباهات درست بشود و با عجله چاپ شدند. به هر روی، من از لطف و زحمات آن‌ها ممنونم. در ایران، آقای یاشار هاشم‌زاده و در آلمان، آقای خسرو کیان‌راد.

اشتباه آقای یاشار هاشم‌زاده این بود که چون عجله کرد و با من چک نکرد، کتاب ترانه‌های ما شده است نقد آدم‌های مغرض که من هیچکدام را نمی‌شناسم. اصولاً کتاب‌های اینچنین جای نقد و بررسی نیست و شعرهایی که متعلق به من نبودند که حالا به قول خودشان برای تصویب کتاب گذاشته بودند، که متأسفانه بسیار لطمه زده است. ازش خواهش کردم که اگر قرار شد دوباره چاپ شود، حتماً با من هماهنگ شود، چون من خودم هیچ تبلیغی برای

این کتاب نکردم زیرا اصلاً دلم نمی‌خواهد کسی آن را بخواند. بگذریم! باید در مقدمه این کتاب بنویسم که هیچ چرک‌نویس و پاک‌نویس ندارم. در بیدارخوابی‌های شبانه یک انگشتی تق‌تق تایپ می‌کنم و از ذهن خودم استفاده می‌نمایم. در این روزگار کرونایی با مشکلات جسمی شاید نوشتن نوعی تراپی برای من باشد. بنابراین ممکن است مطالب جابه‌جا و پس‌وپیش نوشته شود. نمی‌دانم. این هم نوعی نوشتن است. درست مثل این است که خاطراتی را برای شما تعریف می‌کنم و با یک انگشت هم آن‌ها را تایپ می‌کنم.

تقریباً ۹۰ درصد از کارهایم کلام بر روی آهنگ است و البته درستی ترانه هم در همین است. این‌گونه بود که پرویز یاحقی و بیژن ترقی می‌نشستند کنار هم، چای می‌نوشیدند و ترانه‌ای را خلق می‌کردند. در دوران ما فرصت نشستن نبود، اما کلام بر روی آهنگ هنوز مرسوم بود. آهنگ‌ساز هرچه دل تنگش می‌خواست ملودی می‌نواخت و شاعر موظف بود که مثل مروارید دانه‌دانه واژگان را بر روی آن بنشاند که هم تداوم مضمون داشته باشد و هم وزن و قافیه. دوستان آهنگ‌ساز که اغلب می‌دانستند بیشتر کار من بر روی آهنگ است هر چی آهنگ سخت داشتند می‌دادند به من که روی آن کلام بگذارم و اتفاقاً اغلب کارها خوب می‌شد. (ببخشید! از خودم تعریف نکنم.)

اما در این دوره و زمانه کار برعکس شده، اول شاعر شعر را می‌نویسد، بعد به دست آهنگ‌ساز می‌دهد که روی آن ملودی بگذارد. گاهی یکدیگر را اصلاً نمی‌بینند و از طریق تلفن و پیامک، داستان را حل می‌کنند. دوران دیجیتال است دیگر، کاری نمی‌شود کرد. به همین دلیل ترانه‌ها طعم و مزه‌ای دیگر دارند.

اتفاقاً ترانهٔ اوج را که با حسن جان شماعی‌زاده کار کردم، یک شعر مستقل بود، چون ایشان را از نزدیک ندیده بودم و البته چند کار ترانه هم کرده بودم. گفتم شعری دارم که ممکن است به درد شما بخورد. گفت، بیا کابارهٔ ونک. رفتم. پشت صحنه شلوغ بود، آمدیم بیرون در هوای آزاد، شعر را به او دادم و خواند. رضایت را در چهره‌اش دیدم. خیلی زود آهنگی روی آن گذاشت و عارف خواند. باید اعتراف کنم که آن شعر با این‌که شعری محکم بود، اما در واقع تقلیدی بود از بعضی از ترانه‌هایی که رواج داشت. با خودم فکر کردم این مرا به جایی نمی‌رساند. چون بزرگان قبیلهٔ ترانه، گفتنی‌ها را گفته‌اند. من باید بروم سراغ مضامین نو و واژگان نو که کم‌تر در ترانه استفاده شده باشد.

کم و بیش با آهنگسازان کار می‌کردم، اما کار دیگری که شماعی‌زاده به من محول کرد، آهنگ نسبتاً سختی بود که باید روی آن کلام می‌گذاشتم، ترانهٔ «مخلوق» بود. ۱۴ سیلابی شروع می‌شد، اما ترجیع‌بند سختی داشت. («به عشق تو زنده بودم/ منو کشتی، دوباره زنده کردی» هیجده سیلابی بود. آهنگ «دشتی» بود و خیلی به دلم نشست. این‌طور مواقع ابتدا آهنگ را حفظ می‌کردم و با همان زمزمه می‌کردم و بعد در قالب سیلاب‌ها کلام پیدا می‌کردم. ابتدا یک ورسیون از آن نوشتم. شعر خوبی بود، اما این شعر نبود که هست. همه چیز آماده بود برای رفتن به استودیو تا آن دیدار پیش آمد. عشق دوران نوجوانی‌ام را تصادفاً چند دقیقه‌ای در خیابان دیدم. اثر عجیبی روی من گذاشت. باور کنید تا به خانه برسم روی همان آهنگ شعر جدیدی گفتم:

داغ یک عشق قدیمو اومدی تازه کردی / شهر خاموش دلم رو تو

پر آوازه کردی

به عشق تو زنده بودم، منو کشتی/ دوباره زنده کردی...

فکر می‌کنم شما خوانندهٔ عزیز، سطور این ترانه را حفظ باشید، چون معمولاً وقتی گوگوش در کنسرت‌هایش شروع به خواندن می‌کند، مردم جلوجلو با او می‌خوانند.

این یک نمونه از تلفیق درست شعر و آهنگ با خواننده‌ای درست است. من شعرهای خوب دیگری داشته‌ام که خواننده‌ای اشتباه بوده و گل نکرده، اما همان خواننده شعر دیگری از من خوانده است و گل کرده. چراکه این سه رأس مثلث سر جایشان بوده‌اند. ترانه فقط شعر نیست. تلفیق شعر و آهنگ می‌شود ترانه.

بعد ترانه دیگری به نام «پیش‌کش» برای گوگوش، دوباره با استاد حسن شماعی‌زاده برای دیگر خوانندگان و برای خودش. «بعد از تو می‌دونم آوازی نمی‌خونم...» که بسیار گل کرد. بیش از ده ترانه برای خودش و دیگران. حتی برای فرزین هم ترانه‌ای ساختیم. کار با حسن خان شماعی‌زاده باعث شد نرخ ترانهٔ ما برود بالاتر. همواره سلامت و پاینده باشد.

در راستای آنچه که عرض کردم، مضامین نو و واژگان تازه. کار دیگری بود با ناصر چشم‌آذر برای پدیدهٔ موسیق پاپ ایران خانم گوگوش:

یه تنهایی، یه خلوت/ یه سایه‌بون، یه نیمکت

می‌خوام تنهای تنها/ باشم دور از جماعت

البته برای گوگوش در کل پنج ترانه سروده‌ام. با مارتیک «آدم و حوا» و ترانهٔ دیگری با ناصر چشم‌آذر به نام «معجزه‌گر»، با اینکه کار

بدی نبود اما مهجور ماند..اما گوگوش در تمام کنسرت‌هایش بدون استثنا این سه ترانه را می‌خواند و مردم بسیار استقبال می‌کنند: مخلوق، پیشکش و خلوت.

بعداً با صادق خان نوجوکی ترانه‌هایی مثل: «سرسپرده»، «سُرخه صورتم از سیلی» و «روایت» با صدای ستار؛ «بزن تار» با صدای هایده؛ «حرف بزن ای مهربون» و «آدم برفی» با صدای مازیار، «وقتی که من عاشق می‌شم» با صدای ابی و هایده با آهنگ‌های زیبای صادق نوجوکی و تنظیم‌های زیبای ناصر چشم‌آذر، که از نظر مضامین و واژگان تازه بودند. نه این‌که بنده عرض کنم. استادم اردلان سرفراز در همان نشست شام این جمله را گفت: «موفقیت تو این بود که ابداع کردی.»

از خوش‌قلبی این مرد برایتان بگویم. لحظاتی می‌رفت با تلفن حرف می‌زد. وقتی برگشت گفت با خانمم صحبت می‌کردم، گفتم با فلانی شام می‌خوریم خیلی خوشحال شده. گفتم چمن همسایه سبزتر است. می‌خواستی بگی من خودم عاشق ترانه‌های تو هستم، اما همکار دیگر لندن‌نشین ما... نه! قرار شده در این کتاب از کسی گله نکنم. فقط خاطرات خوب وشیرین... .

سانسور و ساواک

در رادیو ایران یک «شورای شعر» بود که من دورادور چیزهایی شنیده بودم و خبر زیادی نداشتم. برای ما ترانه‌سرایان آزاد یک شورای دیگر بود در خیابان تخت جمشید که باید شعرهایمان را به

آن شورا می‌بردیم که به اصطلاح تصویب شود که بتوانیم در استودیو ضبط کنیم. در این شورا، آقای «فریدون مشیری»، خانم «لعبت والا» و گاهی هم خانم «سیمین بهبهانی» را آنجا می‌دیدم. اصل داستان آقای «نیر سینا» بود که رئیس شورا بود و بدون امضای ایشان شعر تصویب نمی‌شد. درواقع، تصویب شعرها بر مبنای سلیقه شخصی ایشان بود. بقیه هم سعی می‌کردند میانه را بگیرند و با چانه زدن گاهی استاد را راضی به تصویب بعضی اشعار کنند. بعد از اعدام «خسرو گل‌سرخی» واژهٔ گل سرخ به‌طورکامل در ترانه ممنوع شد. نمی‌دانم چگونه می‌شود یک نفر را آورد در یک محاکمه تلویزیونی که از هر شوویی پربیننده‌تر بود و محکوم هر چه دلش خواست بگوید و در دل مردم سمپاتی ایجاد کند و محبوب جوانان شود، بعد اعدام شود. این دیگر نهایت یک سیاست غلط است از مغز کوچک ساواکی‌های نادان. محاکمه تلویزیونی؟ بسیار خوب! یعنی ما کسی را پشت درهای بسته محکوم نمی‌کنیم. اما اعدام چرا؟ حتی اگر گل‌سرخی عشق شهید شدن داشت، نظام نباید او را اعدام می‌کرد. این خوش‌رقصی ساواک یا آقای ثابتی مسئول امنیتی بود، چه سیاستی بود؟

گل‌سرخی و دانشیان هم مثل علامه‌زاده و طیفور بطحایی (شش ماه با هم درجایی که او مسئول بود و شاگردانی که برای کورس فیلم بودند کار کردیم و طیفور چه مرد نازنینی بود) حبس ابد می‌گرفتند. تا زمانه و تاریخ تکلیفشان را روشن کند، کما اینکه کرد. علامه‌زاده و طیفور برنتابیدند و بعد از انقلاب از ایران خارج شدند. بگذریم! مشکل من با آقای دکتر نیر سینا از شعری شروع شد که البته کمی سیاسی و اجتماعی بود و قرار شده بود ابی با آهنگ پرویز قدرخوانی

بخواند:

چشمه‌ام زلال و پاکم/ آبم از تبار خاکم

خنک برکهٔ داغم/ خون ریشه‌های باغم

واژگانی داشت که جناب دکتر نیر سینا را خوش نیامد و یک خط قرمز روی آن کشید. البته بعدها به شکلی ضبط شد و ابی هم خواند. اتفاقاً بیشتر ترانه‌های من عاشقانه بود، اما در آن میان چند ترانه سیاسی و اجتماعی هم داشتم. که در طول این نوشتار به آن‌ها می‌رسیم. نمی‌دانم بنا به مقتضیات اجتماعی بود یا فکر می‌کردیم ترانه‌سرا نباید نسبت به جامعه‌اش بی‌تفاوت باشد.

داشتم مصاحبه «شمس لنگرودی» را در بی‌بی‌سی با برزگر که خودش هم شاعر است می‌دیدم. او می‌گفت ما شاعران جهان سومی گویی سیاست بر سر شعرهایمان آوار می‌شود. درست می‌گفت. مثل اینکه اگر چهار تا شعر سیاسی و معترض نگوییم دیگران شاعرمان نمی‌دانند، اما ترانه‌ای که مرا با دکتر نیر سینا درگیر کرد اتفاقاً اصلاً سیاسی نبود:

یه تنهایی یه خلوت/ یه سایه‌بون یه نیمکت/ می‌خوام تنهای تنها/ باشم دور از جماعت

دکتر می‌فرمود «نیمکت» واژهٔ ثقیلی است در ترانه نباید باشد. همه را خط زد و با خودکار قرمز روی همان سیلاب‌ها نوشت:

میان سبزه و گل/ بخوانم مثل بلبل و... داد دستم. باور بفرمایید شما در سراسر این کتاب یک کلمه اغراق‌آمیز نخواهید خواند. با گوگوش در «استودیو پاپ» وقت ضبط این ترانه را داشتیم. محسن کلهر و ناصر فرهودی بودند. گفتم این ترانه اینجوری تصویب شده.

میان سبزه و گل/ بخوانم مثل بلبل و... دوستان می‌خندیدند و شوخی کردند، اما از کلهر خواهش کردیم که با همان شعر خودمِ ضبط کنیم تا با آقای دکتر چانه بزنیم و تصویب آن را بگیریم. اتفاقاً وقتی من با آقای دکتر بر سر این شعر بحث می‌کردیم، آقای مشیری دخالت کرد و با احترام به آقای نیر سینا گفت: «ایشون واژگان تازه‌ای در این ترانه آورده و نیمکت در این ترانه خوب نشسته.»

آقای دکتر اندکی متقاعد شد اما آنچه کار ما را خراب کرد این بود که آن شوخی‌های داخل استودیو و بخوانم مثل بلبل... به مطبوعات درز کرد. از آن به بعد دکتر سینا چشم دیدن مرا نداشت و هر شعری از من می‌رفت به شورای ترانه، ندیده خط قرمز می‌کشید. من که همه زندگی و روزگارم از این راه می‌گذشت خیلی حالم بد بود و نمی‌دانستم چه کنم. آن زمان ۲۴ / ۲۵ ساله بودم و سری پر باد... ناگهان تصمیم گرفتم یک نامه اعتراض‌آمیز تند و حتی تهدیدگونه برای دکتر بنویسم. (این داستان را دوستان و همکاران آن زمان شاید یادشان باشد.) دفتردار شورا که معمولاً شعرها را ثبت می‌کرد و به دست اعضای شورا می‌رساند، وقتی نامه رو به من کرد و گفت:

– به نظر من صلاح نیست که من این نامه را به دست آقای دکتر برسانم.

از من اصرار که حتماً این نامه را ثبت کن و شماره ثبتش را هم به من بده و به دست آقای نیر سینا برسان.

سه چهار روز از این ماجرا گذشت. داشتم خودم را آماده می‌کردم که به شورای ترانه بروم و از دفتردار بپرسم که بالاخره جواب چه

شد؟ به منزل ما تلفن شد.

- بله؟

- منصور.(اسم شناسنامه‌ای)

- بله!

فرزند ناصر؟

- بله!

- فردا ساعت ۸ صبح به نشانی بلوار الیزابت، کوچه میکده،
پلاک ۱۲، خودتونو معرفی کنید.

- چرا؟ چی شده؟

- چرا نداره. همین که گفتم.

قبل از اینکه من بخواهم سؤال دیگری بکنم گوشی را قطع کرد.
همان روز به حسن شماعی‌زاده یادم نیست کار داشتم یا زنگ زدم با
او مشورت کنم. داستان را گفتم. بدون تأمل گفت.

- ساواکه!

کمی با حسن صحبت کردم و داستان نامه را گفتم. گفت:

- بله! خودشه ساواکه!

گفتم: چیکار کنم؟

گفت: برو فردا صبح. همون ساعتی که بهت گفتن. وگرنه میان
دنبالت می‌برنت.

بند دلم پاره شد. ای داد و بیداد ساواک. آن هم با آن داستان‌هایی
که همیشه شنیده بودیم!

شب که اصلاً نخوابیدم. همش فکر می‌کردم چه خواهد شد.
عجب غلطی کردیم. ما رو چه به ساواک! فردا صبح سر ساعت ۸

صبح خـودم را بـه کوچـه میکـده، پـلاک ۱۲ رسـاندم. تابلـویی نداشـت مثل خانه‌های معمولی بود. زنگ زدم. در باز شـد و مردی در آسـتانه درب.

- منصور فلانی...؟

- بله!

- فرزند ناصر؟

- بله!

- بفرمایید تو.

رفتـم و در سـالن انتظـار نشسـتم. گشـنه و تشـنه تـا سـاعت ۴ بعـد از ظهـر. هیچ‌کـس نیامـد حـال مـا رو بپرسـه. فقـط وقتـی خیلـی تشنه‌ام شـده بود از کسـی خواهش کردم که یـک لیوان آب به من بدهند، اما می‌دیـدم مرتـب آخوندهـای عمامـه مشـگی و عمامـه سـفید می‌رونـد و می‌آینـد. بعضی‌هـا می‌رفتنـد به طبقـه بالا که پلـه داشـت. هیچ‌کـس با دیگـری حرف نمی‌زد. مثل اداره‌هـای دیگر شـوخی و خنده در کار نبـود. می‌رفتنـد داخـل اتاق‌هـا و در را می‌بسـتند. شـنیده بـودم که معمولاً چند سـاعت آدم را به حـال خود می‌گذارنـد که بـرای بازجـویی آمـاده باشـد. یا بـه هـر دلیلـی کـه مـن نمی‌دانسـتم. در ایـن مدت یـک دفاعیه بـرای خـودم آمـاده کـرده بـودم و مرتـب در ذهنم آن را مرور می‌کـردم. بالاخـره شـخصی آمـد و مـرا بـه طبقـه بـالا راهنمـایی کـرد. رفتـم طبقـه بـالا وارد اتـاق شـدم که یـک میـز کنفرانـس داشـت و یـک مـرد میانسـال با موهـای جوگندمی منتظـر مـن بـود. سـلام کـردم. گفـت:

- بفرمایید بشینید.

رفت و مقداری کاغذ آورد و گذاشت جلوی من. گفت:

- این‌ها رو همه رو پر کن تا من برگردم.

- بله چشم!

شروع کردم به پر کردن اما مگر تمام می‌شد. پدر، مادر، عمو، دایی، خاله، عمه. دوران کودکی، نوجوانی. جایی که به دنیا آمدی و... بیش از یک ساعت طول کشید. دیگر جای خودکار بیک روی انگشتانم مانده بود. بالاخره چند دقیقه بعد از اتمام ورق پر کردن‌ها، آقا تشریف آوردند. نگاهی به اوراق کردند و قبل از اینکه حرفی بزند با عجله گفتم:

- آقا ببخشید. من می‌تونم حرف بزنم؟

گفت: بله بفرمایید!

مثل مسلسل شروع کردم به حرف زدن. خلاصه کلام این بود که آقای دکتر نیر سینا ترانه‌سرای قدیم هستند و با ترانه نوین آشنایی ندارند. چهل سال پیش برای خانم دلکش ترانه‌ای گفتن و هنوز در همان زمان به سر می‌برند. شما به جای ایشان آقای شاملو یا سهراب سپهری را قرار بدید. اون‌ها حق دارن ترانه‌های منو پاره کنند بریزن دور و من هیچ اعتراضی ندارم. روی بعضی واژگان حساسیت دارند و ....

آقای امنیتی در طول اتاق قدم می‌زد و سیگار می‌کشید و به دقت گوش می‌داد. فقط پرسید:

- چه جوری به مطبوعات کشیده شد با اون شکل مسخره و جوک؟

گفتم: من با هیچ خبرنگاری در این مورد صحبت نکردم. البته همان زمان فکر می‌کردم گوگوش شاید به شوخی به

خبرنگاری گفته (مطمئن نیستم) چون آن روز در استودیو خیلی می‌خندید: از میان سبزه و گل/ بخوانم مثل بلبل... اما هرگز در این مورد با گوگوش صحبت نکردم. اگر اشتباه نکنم در «مجله جوانان» چاپ شده بود، اما من واقعاً با ذکایی صحبتی نکرده بودم و جناب دکتر از این موضوع خیلی عصبانی شده بود.

سکوت نسبتاً طولانی برقرار شد. احساس می‌کردم حرف‌های من بی‌اثر نبوده. آقا ناگهان رفت طرف تلفن و شماره‌ای را گرفت و شروع به صحبت کرد. به نظر می‌آمد با آقای نیر سینا صحبت می‌کند. می‌گفت:

- جناب دکتر این جوان از مشکلاتشون صحبت کردند و با احترام از شما یاد می‌کنند. به نظر نمی‌آد جوان بدی باشه و در اون مورد که فرمودید ایشان تأکید می‌کنند که با هیچ خبرنگاری صحبت نکردند که موجب رنجش شما بشه. شما بزرگواری بفرمایید ایشون رو ببخشید. ان‌شاءالله قول می‌دن که دیگه تکرار نشه.

ظاهراً آن طرف تلفن آقای دکتر نیر سینا بودند یا نه، بنده رو بخشیدن. رو به من کرد و لبخندی زد. من نفس راحتی کشیدم. ضمناً از من در مورد ترانه‌هام سؤال کرده بود و من چند تا از معروفترین‌هاشو برایش ردیف کرده بودم. که شاید بعضی‌ها را شنیده بود. گفت:

- اما نامه بدی نوشته بودی. اگه آقای دکتر گیر می‌داد کارت بیخ پیدا می‌کرد.

گفتم: بله از آقای دکتر تشکر می‌کنم.

با من با مهربانی دست داد و گفت:

- شما می‌تونید تشریف ببرید، اما یادت باشه اینجا یک پرونده

داری. سعی کن گذرت دیگه به اینجا نیفته. من هم خیلی تشکر کردم و با عجله فکر کردم تا پشیمان نشده‌اند فلنگ رو ببندم. از کوچه میکده بیرون آمدم رفتم طرف میدان ونک. در ساندویچ‌فروشی معروفش نشستم، یک ساندویچ و نوشابه خریدم و با خیال راحت نوش جان کردم.

ناگفته نماند. از آن به بعد با آقای دکتر رابطه خوبی پیدا کردیم. اولین بار بعد از اون ماجرا که خدمت ایشان رسیدم از پشت میزش بلند شد و با من دست داد. احتمالاً با خودش فکر می‌کرد. این جوان دیوانه است وگرنه چنان نامه‌ای برای من نمی‌نوشت.

ترانه سفارشی

منزل ما با ناصر چشم‌آذر نزدیک هم بود. شاید به فاصله ۲۰۰ متری. ما اول آق اولی می‌نشستیم و ناصر با مادر مهربانش در کوچه شمشاد. طوفان هم ۴۰۰ متر بالاتر در تخت طاووس. به همین دلیل با ناصر حدود ۱۴ ترانه کار کردیم که بعضی از آهنگ‌ها را طوفان می‌ساخت و ناصر تنظیم می‌کرد. مثلاً برای گوگوش، افشین مقدم، لیلا فروهر، طوفان و نلی.

سبک کار من به گونه‌ای بود که با هر خواننده‌ای به فراخور کاراکتر و به قول معروف، جنس صداش کار می‌کردم. نمی‌گفتم نلی در سبک کار من نیست. می‌دونستم اگه برای ابی میگم: رفتنت مثل یه حادثه برام موندنیه، این به صدای نلی نمی‌خوره. برای نلی باید ترانه آلبوم و نارنج و ترنج باشه که از نظر خودم به اندازه شعرهای دیگرم برایم ارزش داشت و دوست داشتم. یا ترانه‌ای برای طوفان که

خیلی دوست دارم:

تو کوچه پس کوچه‌هامون دل من دربه‌درت بود/ پی اون چادر گلدار که همیشه رو سرت بود

در همین راستا. یه تنهایی یه خلوت، گوگوش و دو پرنده، لیلا فروهر، با آهنگ‌های ناصر چشم‌آذر. مدتی بود ناصر وعده کوفته تبریزی مادر را داده بود. تا یک روز صدام کرد و گفت منصور بیا! رفتم و کوفته تبریزی بود که عمراً نه دیده بودم نه خورده بودم. قد یک توپ فوتبال و بسیار خوشمزه. روح مادرش شاد!

آن زمان گروه ناصر چشم‌آذر و طوفان خیلی معروف شده بودند. مخصوصاً بعد از ترانه «خدای آسمان‌ها» که آهنگ مال طوفان بود با شعر جهانبخش پازوکی. این گروه با شوی پرویز قریب‌افشار کار می‌کردند و بر همین مبنا من و ناصر یک آرم هم برای شوی پرویز خان ساختیم.

دنیای خوب ما که سال‌ها ادامه داشت. در همین آمد و رفت‌ها. یک روز ناصر خیلی خوشحال بود. شروع کرد با من معمایی صحبت کردن. یک ارکستر ۶۰ نفری. چند تا زهی چند تا بادی و... و بودجه خیلی خوب. خوشحال شدم. به‌خصوص ناصر هم همیشه عاشق ارکستر بزرگ بود. به من گفت:

- چقدر برای ترانه می‌گیری؟ گفتم خودت می‌دونی...

- خب من سه برابر بهت می‌دم!

بالاخره گفت که یک بودجه خوب گرفته برای ساختن ترانه‌ای برای ۲۵ شهریور، ابی هم قراره بخونه. قریب‌افشار هم اسامی ما را داده برای اینکار. دید من زیاد خوشحال نشدم و تردید دارم. گفت،

چی می‌گی؟ گفتم

ناصر جان! این کار من نیست. گفت یعنی چه اسمتو دادن (به شوخی اگه نگی ساواک می‌آد دستبند می‌زنه می‌برتت.)

گفتم خب اگه من یک شعر مزخرف روی آهنگ تو بذارم. به چه دردتون می‌خوره. خلاصه آقای تورج نگهبان آن شعر را گفت و ابی هم خواند. اما وقتی بعداً گذاشت گوش کردم چه عظمتی داشت، کار ارکستراسیون وتنظیم ناصر چشم‌آذر. نمی‌دانم چرا آن کار را نکردم. شاید دلم نمی‌خواست کار دولتی کرده باشم.

پوران

همان زمان ناصر چشم‌آذر برای «پوران» آهنگ قشنگی ساخته بود. «ای هم‌صدای دیروز و فردا» اگه اشتباه نکنم با شعر خانم هما میرافشار. از آنجایی که من همیشه به ناصر چسبیده بودم. زنگ زد بریم استودیو. البته من دخالتی در ترانه نداشتم. آنجا خانم پوران را اولین بار از نزدیک دیدم. ناصر معرفی کرد و خیلی زود دوست شدیم. من یکهو از ذهنم در رفت گفتم. خانم پوران من از بچگی صدای شما رو دوست داشتم. داشت کتکم می‌زد. (شوخی)

- مگه من چند سالمه که تو از بچگی صدای منو دوست داشتی!

گفتم. حق با شماست اغلب مردم این اشتباه رو می‌کنن. فکر نمی‌کنن اون خواننده‌ای رو که از نوجوانی و جوانی دوست داشته‌اند، احتمالاً هم‌سن خودشان است یا یکی دو سال بالا و پایین.

مثل اینکه من بگویم. من از بچگی صدای گوگوش را دوست داشتم. درحالی‌که می‌دانم گوگوش دو سال از من کوچکتر است. یک‌بار هم ناصر از سربازی معاف شده بود. یک جشن کوچک گرفته بود و حق همسایگی را به جا آورد به من زنگ زد و گفت. فقط منوچهر و پوران هستن. ضمناً قرار بود فیلم آخرین تانگو در پاریس که هنوز به ایران نیامده بود را با ویدئو ببینیم. ویدئو هم تازه به ایران آمده بود. یادم نیست بالاخره فیلم را دیدیم یا نه. احتمالاً پوران زمزمه‌ای کرد یا نه. فقط آن شب به افتخار ناصر خان چشم‌آذر میگساری فراوان کردیم. ناصر و پوران، سیگارهای وینستون بلند می‌کشیدند که البته همیشه پر شده بود از ماری‌جوانا یا حشیش. آن شب ابتدا ویسکی نوشیدیم و من هم به تقلید از آن‌ها پکی به سیگار می‌زدم و یک قلپ ویسکی... ناگهان دیدم روح و جانم انگار از کف پاهایم خارج می‌شود، نیمه بیهوش افتادم. پوران پاهای مرا روی مبل گذاشت که خون به سرم برسد. و خوشبختانه بعد از چند دقیقه حالم خوب شد و برنامه ادامه یافت اما من چنان ترسیده بودم که دیگر لب نزدم. اما دوستان ماشاءالله مثل توپ... اصولاً ظرفیت من برای این چیزها کم است. به پوران گفتم تی‌تی بهتر نیست آدمو بعد از مشروب آرام می‌کنه. گفت:

- تی‌تی مال شما پیرمردهاست، سیگاری مال جووناست!

- حق با شماست!
هرچه بود آن شب بسیار خوش گذشت و خاطره‌انگیز بود.
باز در راستای همسایگی. یک بعد از ظهر تابستان ناصر زنگ زد
که بریم منزل پوران، گفته یک سورپرایز داره.
- چه سورپرایزی؟
- اگه به من می‌گفت که دیگه سورپرایز نبود.
دیدم راست می‌گه. رفتیم. پوران خانم مثل همیشه الگانت و زیبا.
دو گیلاس ویسکی با یخ سرو کرد. ناصر عجله داشت سورپرایز رو
بدونه. گفت صبر کنید عجله نکنید!
بالاخره یک کاست آورد و گذاشت توی ضبط و پخش کرد. کاستی
که هنوز هیچ جا پخش نشده بود. یادم نیست از داریوش گرفته بود یا
منوچهر. به قول معروف ترکوند. آلبوم سال دو هزار منوچهر چشم‌آذر.
اردلان سرفراز و داریوش... چه آهنگ‌ها و تنظیم‌های محشری از
منوچهر. به نظرم از بهترین کارهای منوچهر چشم‌آذر است. من و
ناصر میخ شده بودیم. به ترانهٔ «از دست عزیزان چه بگویم گله‌ای
نیست» که رسید. اشک من سرازیر شد. در واقع، پوران می‌خواست
به ناصر بگه ببین منوچهر چه کرده بجنب!
البته تا جایی که من می‌دونم این دو برادر هیچ وقت با هم رقابت
نداشتند. چون هر دو بی‌نظیر بودند. ناصر وقتی به ایران برگشت من
هنوز در ایران بودم. درب استودیو پاپ را بوسید و داخل شد. بعدها
آن شاهکار خودش را خلق کرد: «باران عشق!»

طوفان و ترانه خیابان

قبلاً گفتم که طوفان هم خانه‌اش به ما نزدیک بود و با هم حالا گاهی جدا از ناصر چشم‌آذر یا با او مراوده بسیار داشتیم و به همین دلیل برای خودش چهار ترانه و نلی پنج ترانه ساخته شد که آهنگ‌هایش را یا طوفان می‌ساخت یا ناصر و خب تنظیم‌ها هم با ناصر بود. یکی از آن‌ها به نام «خیابان»: خیابون زرده از برگای پاییز... با آهنگ و تنظیم ناصر بود. یک روز ناصر گفت من از قریب‌افشار بودجه کوچکی گرفتم و دوربین ۱۶ میلیمتری که بریم از ترانهٔ خیابان فیلم بسازیم. آن زمان ویدئو کلیپ مثل اکنون مرسوم نبود. ناصر گفت:

آقای ویلیام وایلر کار خودته... شوخی می‌کرد اما می‌دانست من عاشق سینما هستم. اتفاقاً آن روزها «ویلیام وایلر» هم آمده بود به ایران و سر و صدایی در مطبوعات بود. ناصر هم ویلیام وایلر از دهنش نمی‌آفتاد. یادم افتاد که ویلیام وایلر برای جشنواره تهران آمده بود.

رفتیم بالای جام‌جم یک خیابان پیدا کردیم که بسیار زیبا بود و پر از برگ‌های زرد پاییزی. شروع کردیم و ناصر هم دست از شوخی بر نمی‌داشت که، آقای ویلیام وایلر دوربین کجا؟

منم که حالت کارگردانی بهم دست داده بود. چند تا لانگ شات و کلوزآپ و اینسرت از پای طوفان روی برگ‌ها و.. طوفان هم نعل به نعل اجرا می‌کرد.

به ناصر گفتم هر چه لازم بود گرفتم.

ناصر شیطنتش گل کرده بود و در گوشم گفت:

- بیا طوفان رو یخورده سر کار بذاریم.

به طوفان گفتیم برو سر خیابون دوباره بیا. اون طفلک هم گوش می‌کرد. دوباره می‌گرفتیم. خلاصه چند شات کاست خالی هم گرفتیم تا بالاخره طوفان از خندهٔ من و ناصر متوجه شد که سر کاره. من گفتم:

- به خدا من تقصیری ندارم. همه زیر سر این ناصره!

به قول شهیار قنبری: چه روزایی! چه روزای خوبی داشتیم/ کاش اونا رو تو کوچه جا نمی‌ذاشیم.

این ترانه را با آهنگ زیبای منوچهر چشم‌آذر خیلی دوست دارم.

تا یادم نرفته بگم که در گروه ناصر و طوفان تا جایی که یادم هست، جردن بردیا، نوریک عینی و آرمیک همکاری می‌کردند که آن زمان گروه ثابت شوهای پرویز خان قریب‌افشار بودند.

نوریک که برعکس آرمیک که خیلی کم‌حرف بود، شلوغ و شوخ و شنگ بود. مثلاً وقتی همه در حال تدارک صحنه و نور برنامه پرویز خان بودند، برنامه دنیای خوب ما می‌رفت پشت دِرام می‌ایستاد و چوب‌ها رو دستش می‌گرفت و داد می‌زد: آقا من آماده‌ام بریم!

اما آخرین دیدارم با طوفان سال ۲۰۰۹ بود، که همزمان بود با سال ۸۸ و «جنبش سبز» و سفر من به آمریکا و شهر فرشتگان. آن هم به دعوت یک دوست عزیز دوران نوجوانی علی محمدزاده که سال‌ها یکدیگر را ندیده بودیم و همسر ایشان شیرین خانم که بسیار پذیرایی کردند با غذاهای خوشمزه و خیلی به من خوش گذشت.

بدیهی است که بازار ترانه «یار دبستانی من» بود و مصاحبه بود در تلویزیون‌های مختلف و رادیو و... از جمله پرویز قریب‌افشار که

مـن از همـان سـال‌ها بهـش ارادت داشتـم. تلویزیـون اندیشـه، سهـراب اخوان و پسر مهربان بهداد فردی در تلویزیون پارس. و رادیوی آقای گوهرزاد.

خب! من در تمام این مصاحبه‌ها از جنبش سبز حمایت می‌کردم. از آن طرف هم جمهوری اسلامی برایم چوب‌خط می‌کشید و سه ماه بعد از بازگشت من به قول خودشان تلافی کردند. سه ماه بعد از بازگشتم به من خبر دادند که سازمان اوقاف آن ۵۰۰ متر زمین را مصادره کردند و شکایتی هم نمی‌شود کرد به اصطلاح ما را نقره‌داغ کردند.

با لقمان ادهمی عزیز قرار گذاشتیم رفتیم پیش مرتضی برجسته که تازه سالن «خانه فرهنگ» را راه انداخته بود. برای شب ترانه. برای یکشنبه شب که من فردای آن شب باید برمی‌گشتم به سوئد. چیزی را که نمی‌دانستم این بود که همان شب بوقلمون‌کشان بود. به همین دلیل بعضی از دوستان را که در آن دو هفته اقامت جدا جدا دیده بودم به خاطر مراسم آن شب نتوانسته بودند تشریف بیاورند. بعضی از دوستان هنرمند و همین‌طور دوستانی که سال‌ها آن‌ها را گم کرده بودم آن شب آمدند و مرا خیلی خوشحال کردند. به‌خصوص خانم هما سرشار و همسرشان هم افتخار داده بودند. البته یک کلیپ از آن مراسم هست در یوتیوپ که با منصور تهرانی دات کام می‌شود دید. اگر اشتباه نکنم امیر فرزند برومند فرشته خانم از تلویزیون پارس زحمت فیلمبرداری را کشیده بود. در طول آن دوهفته بعضی از دوستان را دیدم که بسیار برایم مغتنم بود از جمله ستار عزیز و بامعرفت که چند بار دیدیم و بالاخره روز آخر هم من را به فرودگاه رساند و با

هدیه‌ای شرمنده کرد.

آن شب، طوفان، علی نظری و خانم زیبا شیرازی هم افتخار دادند و آمدند و هنرنمایی کردند. پشت صحنه وقتی طوفان را بعد از چند سال دیدم بسیار خوشحال شدم. طوفان می‌گفت من فردا در کاباره تهران برنامه دارم، اگه می‌تونی بیا. اما من متأسفانه فردایش پرواز داشتم و همیشه این افسوس برایم ماند که ای کاش می‌رفتم و یک شب بیشتر طوفان را می‌دیدم.

خانم دلکش

برگردیم به دوران خوش ترانه. باید عرض کنم که از همین ترانه، ما هم آپارتمان خریدیم، هم اتومبیل و وضع مادی خوبی پیدا کردم. آنقدر درایران برنامه‌های متنوع داشتیم که وقتی آگهی‌های بسیار ارزان سفر به اروپا(تور لندن،پاریس و روم ۶ هزار تومان) را می‌دیدیم، ویزا هم که به قول جوان‌ها با سه شماره، اما فرصت رفتن نداشتیم. تابستان شمال، عید و بهار شیراز و اهواز، به دلیل اینکه پدر و مادر همسرم اهوازی بودند. به‌خصوص ایام عید بهترین آب و هوا را داشت.

اجازه بفرمایید این خاطره را عیناً از کتاب چهره‌های ممنوع برای

شما عزیزان بنویسم.

وقتی فیلم یکی از کنسرت‌های دلکش را در خارج از کشور دیدم، بسیار شگفت‌زده شدم. این همه تغییر چهره و شکستن؟

سال ۵۶ / ۵۵ بود که آخرین بار ایشان را در نایت کلاب فانوس که متعلق به خودش بود دیده بودم. خواننده‌ای سرحال با صدایی رسا. مگر چند سال گذشته بود؟ فکر کردم وقتی بلبلی را ناگهان در قفس کنی و در آن را هم ببندی، دیگر نه صدایی، نه بال و پری!

اولین بار بود که به نایت کلاب فانوس می‌رفتم با یک دوست ژورنالیست که همراهم بود. مکانی زیبا که دلکش همراه با هوشمند عقیلی و رضا ورزنده در آنجا برنامه داشتند. عکس بزرگ سیاه و سفید از امیرعباس هویدا نخست‌وزیر وقت روی دیوار حکایت از آن داشت که آنجا پاتوق هم برای او و دوستان است. تصادفاً آن شب، (تنبک‌نواز که احتمالاً از بزرگان بوده و اسمش در خاطرم نیست) به علت سرماخوردگی نیامده بود. خانم دلکش مشغول توضیح برای مدعوین بود. من و دوستم هم گوشه‌ای نشسته بودیم و می‌نوشیدیم. دوستم که می‌دانست من دستی هم به تنبک دارم، ناگهان بدون مشورت با من دستش را بلند کرد و بنده را معرفی نمود. خانم دلکش هم بسیار استقبال کرد. حالا از ما انکار که در حد شما نیستم. آن هم در کنار استاد ورزنده... و از ایشان اصرار و خانم دلکش حکم فرمودند که انجام وظیفه کنم.

استاد ورزنده با آن سنتور چهارده خرک که پارچه نازکی هم روی آن انداخته بود و مضراب‌های بدون نمد که صدای ویژه‌ای به سنتور ایشان می‌داد. چهار مضراب استاد شروع شد. دلکش و هوشمند

عقیلی هم انواع و اقسام خواندند. من هم برای اینکه کم نیاورم خیلی سعی کردم. نشان به آن نشان که دست‌هایم یک هفته تاول زده بود و درد می‌کرد، اما ارزشش را داشت.

آخر برنامه دوستمان باز فضولی کرد و من را به‌عنوان ترانه‌سرا به خانم دلکش معرفی نمود. من هم یک جمله مازندرانی پراندم که خانم دلکش فهمیدند همشهری هم هستیم. گفت:

- بچه‌ها بنشینید نرید تا مهمانان رو بدرقه کنم.

بعد از رفتن مهمانان ما راهنمایی شدیم به طبقه پایین و پذیرایی ویژه‌ای شدیم. من هر چه مازندرانی بلد بودم رو کردم که خانم دلکش از حرف زدن من می‌خندید. بعد از انقلاب، از عماد رام بیشتر یاد گرفتم. بیژن مرتضوی هم که آمده بود گوتنبرگ از پشت تلفن گفت: خامه بیم شه منصور جانه کش بیرم / می‌خوام بیام منصور جانو بغل کنم.

نمی‌دونم چه خاصیتی داره. حسن شماعی‌زاده و پازوکی هم جداگانه فارسی صحبت می‌کردند اما وقتی می‌رسیدن به هم با لهجه اصفهانی غلیظ صحبت می‌کردند. به هر روی آن شب در خدمت بانو دلکش بسیار خوش گذشت.

دکتر هوشنگ کاووسی، ساموئل خاچیکیان

من که از ابتدا عشق سینما داشتم، آنقدر در کار ترانه پرکار شده بودم که به صورت یک شغل دائم برایم بود. اما همیشه وسوسه سینما را داشتم، حتی قبل از ساختن فیلم کوتاه کلاغ‌پر وقتی خیلی جوان‌تر و بی‌تجربه بودم، به نوعی فیلمنامه نویسی را از مجله‌های مختلف

سینمای آموخته بودم.

مشتری پروپا قرص برنامه‌های دکتر هوشنگ کاووسی در تلویزیون بودم. وقتی از سینمای جهان سخن می‌گفت. او به راستی کتاب دانستنی‌های سینما بود. بعدها که جایزه فیلم‌های کوتاه را بردم و ایشان یکی از هیت ژوری بودند فرصتی پیش آمد که چند دقیقه‌ای با ایشان صحبت کنم. گفتم که از استاد بسیار آموخته‌ام.

گرچه دو فیلمی که ساخت، داستان خیاط در کوزه افتاد بود و موفقیتی در پی نداشت. اما یک زمانی اسیستان رنه کلمان بود در فرانسه و به زبان فرانسوی تسلط کامل داشت. دو فیلمش خانه کنار دریا و هفده روز به اعدام از فیلم‌های فارسی آن زمان فاصله زیادی داشت و مورد اقبال مردم قرار نگرفت، اما سینمای جهان را مثل کف دستش می‌شناخت.

کلمه مرکب فیلم‌فارسی هم از ابداعات ایشان است. البته با همه ارادتی که به استاد داشتم با نقد ایشان در مورد فیلم قیصر مخالف بودم و نقد پرویز دوایی را بیشتر می‌پسندیدم.

با همان تجربه‌های تئوری یک فیلمنامه نوشتم که راستش از فیلم الن دلون. اگر اشتباه نکنم رنه کلر یا ژان پیر ملویل، الهام گرفته بودم. البته کاملاً آداپته و ایرونی کرده بودم. بعد از نوشتن فیلمنامه گفتند حالا باید پنج جلد مثل کتاب درست بشه که برای تصویب به فرهنگ و هنر بره. سیصد تومان هم خرج کردیم و این مهم انجام شد. پنج جلد را بردیم خدمتشان و منتظر ماندیم. بعد از یکی دو بار مراجعه و این نگرانی که تصویب خواهد شد یا نه بالاخره تصویب شد. سه جلدش را نگه داشتند و دو جلدش را به من دادند. خوشحالی‌ام از

تصویب سناریو دیری نپایید. گفتند باید تهیه‌کننده‌ای پیدا کنی که آن را بسازد. حالا بنده هم جوان خجالتی از این استودیو به آن استودیو.

طبق تشخیص خودم فکر کردم این سناریو بیشتر به درد ساموئل خاچکیان می‌خورد. من هم در بندرشاه ولایت خودمان تقریباً همه فیلم‌های خاچکیان را دیده بودم. رفتم استودیویی که کار می‌کرد، گفتند امروز تشریف ندارند، فردا بیایید. فردا دوباره کفش و کلاه کردم و رفتم. وقتی وارد شدم دیگر نیازی نبود از کسی بپرسم دیدم با کسی در حال صحبت است. صبر کردم تا حرف‌هایشان تمام شود. و بعد بلافاصله جلو رفتم وگفتم:

- سلام آقای خاچکیان من یک سناریوی تصویب شده دارم. اگه فرصت داشته باشید...

گفت: اشکالی نداره پسر جان! بریم توی اون اتاق.

رفتیم داخل اتاق در را هم بست و به من تعارف کرد بشینم. آمدم سناریو را باز کنم که بخوانم (آن زمان فیلمنامه مرسوم نبود بیشتر می‌گفتند سناریو)گفت:

- نه لازم نیست. تم سناریو رو تعریف کن. چهارچوبش رو بگو. خیلی کوتاه!

فهمیدم عجله دارد. من هم کوتاه اما اثرگذار تعریف کردم. لحظاتی سکوت کرد و فکر کرد. من هم محو تماشای کسی بودم که آرزو داشتم از نزدیک ببینم.

الان یاد بچه سرخپوست‌های خیابان ارباب جمشید افتادم که از شهرستان می‌آمدند و سینه‌کش آفتاب می‌نشستند تا هنرپیشه‌های محبوب خودشان را ببینند.گاهی هم انتخاب می‌شدند برای سیاهی

لشکر و ادامه می‌دادند، اما همه عشقشان همان بود. مثل کریم ۴۱ و غلام ژاپنی که خیلی معروف بودند. بعد از انقلاب با بعضی‌هاشان کار کردم.

ساموئل خاچکیان از روی صندلی بلند شد و شروع کرد به قدم زدن و گفت:

ـ سناریو رو کامل با دیا لوگ نوشتی؟

ـ بله آقا. کامله!

خب ببین من الان یک فیلم در دست مونتاژ و میکس دارم، باید این کار تموم بشه. تا سر فرصت بخونم، اما طرح خوبیه می‌شه روش کار کرد.

ـ هر جور صلاح می‌دونید آقای خاچکیان!

از استودیو خارج شدم. احساس خوبی داشتم. فکر کردم اگر نمی‌پسندید، همان موقع می‌گفت. پس جای امیدی هست. من که خیلی عجول بودم یکی دو بار رفتم خدمت ایشان، اما کارش هنوز تمام نشده بود. چای نوشیدیم و در مورد سناریو کمی صحبت کردیم. تا اینکه تصادفاً از طریق دوستی با تهیه‌کننده‌ای آشنا شدم که سناریو را پسندید و دو هزار تومان آن را از من خرید. ایشان سناریو را سپرد به کارگردانی که نامدار هم نبود و من فیلمی از او ندیده بودم. سخن کوتاه! فیلم وسط کار به خاطر مسائل مالی متوقف شد و من هم رفتم دنبال کارم... این البته قبل از ساختن فیلم کوتاه کلاغ‌پر بود. چون بعد از آن اعتمادبه‌نفس بیشتری برای سینما پیدا کردم.

روزگار کرونایی - رامش

سوم دسامبر ۲۰۲۰

دو سه روز پیش محمد ضرغامی برنامه‌ساز و گوینده «رادیو فردا» ساعت ۱۲ ظهر به من زنگ زد و خبر ناگواری داد. رامش از میان ما رفت. بسیار غمگین شدم و مطلبی هم در فیس‌بوک نوشتم که متأسفانه نمی‌توانم کپی کنم و اینجا بگذارم. همان اول به ضرغامی گفتم بهتره با منوچهر چشم‌آذر صحبت کنی؛ چون او بیشتر ترانه‌هایش را با ناصر و منوچهر کار کرده؛ اما گویا محمد دسترسی نداشت. برنامه‌ای تدارک دید که دوستان عزیز منفردزاده، زلاند و من گپ و خاطره‌هایی از رامش (آذر محبی) تعریف کردیم. من یک ترانه با منوچهر چشم‌آذر برای رامش نوشته بودم اما خیلی با هم دوست بودیم و من آن انسان مهربان و با معرفت را دوست داشتم. ۷۴ سال داشت و سکته کرد. در مصاحبه گفتم که رامش بعضی چیزها را برنمی‌تابید و این را از تلفن‌ها و درد دل‌هایش متوجه شدم. به همین دلیل هم کم‌کار بود و منزوی. جمله‌ای را که همیشه بر زبان می‌آورد را گفتم: «آنقدر از خودت کار بکش و زندگی کن که چیزی دست عزرائیل را نگیرد.» رامش این‌گونه زیست.

باغ بلور، پرویز فنی‌زاده

اگر بخواهم وسوسه‌های سینما را در کنار ترانه‌سرایی جمع‌بندی و تمام کنم. «باغ بلور» آخرین وسوسه مسیح... ببخشید! بنده بود. سال ۱۳۵۶ و قبل از انقلاب. در اوج کار ترانه، طرحی در ذهنم بود که کم‌کم نوشتم و تبدیل به فیلمنامه باغ بلور شد.

دختر و پسری در یکی از شهرستان‌های شمال عاشق هم هستند و می‌خواهند ازدواج کنند. (هومن مفید و لیلا فروهر) پدرهایشان که بر سر آب و زمین دشمنی دیرینه دارند، راضی به این ازدواج نیستند. پسر، دختر را راضی می‌کند که به تهران بروند و ازدواج کنند. پسر به دختر وعدهٔ تقی پسر مش غلامعلی را می‌دهد که سال‌هاست به تهران رفته و همه می‌دانند وضع خوبی به هم زده (پرویز فنی‌زاده) او را پیدا می‌کنیم و او که همیشه در ده لوطی و با معرفت بوده حتماً به ما کمک خواهد کرد.

در بدو ورود دختر و پسر به ایستگاه راه‌آهن تهران، شناسنامه و کیف پول دختر را می‌دزدند. آن‌ها به مسافرخانه‌ای پناه می‌برند و

آوارگی شروع می‌شود. بالاخره تقی را پیدا می‌کنند. متوجه می‌شوند که او خود درمانده و پا انداز شده. دختر و پسر که کاملاً نا امید شده‌اند تصمیم به بازگشت می‌گیرند و تقی را هم تشویق به بازگشت می‌کنند:

- تو رودخونه رو قرق می‌کردی و کلی ماهی می‌گرفتی. هنوز رودخونه هست فقط تو نیستی!

تقی هم راضی به بازگشت می‌شود. با این تصور که می‌تواند این دختر و پسر را به خانواده‌هایشان برگرداند. در پایان اتفاق می‌افتد که آن‌ها ناچار به فرار می‌شوند و در این فرار خیابانی تقی با ماشینی تصادف کرده و می‌میرد. لیلا و هومن غمگین از جمعیت جدا می‌شوند و فریاد ابی:

هوای برگشتنم بود اگه بال و پری داشتم/ بر می‌گشتم اگه اینجا خودمو جا نمی‌ذاشتم. با آهنگ زیبای حسن شماعی‌زاده و تنظیم ناصر چشم‌آذر.

لیلا فروهر در کنار خوانندگی چند فیلم هم بازی کرده بود، اما این فیلم می‌شود گفت بهترین کار او در بازیگری بود. به‌خصوص که در مقابل فنی‌زاده خیلی سعی می‌کرد و موفق هم شد. در این فیلم عزت‌الله رمضانی‌فر، پروین سلیمانی و فریده بیات هم بازی می‌کردند. کارگردان ناصر محمدی و فیلمبردار شکرالله رفیعی بودند.

برای ترانه باغ بلور، ابی مرا مجبور کرد که زنگ بزنم و از آن ترانه‌سرای لندن‌نشین اجازه بگیرم، چون ابی بدون اجازه ایشان آب نمی‌خورد. ابی به من گفت که استاد به ایشان گفته. اگر آدم بخواهد فرش بخرد و یک دوست فرش‌فروش خبره داشته باشد آیا با او

مشورت نمی‌کند؟ ظاهراً گویا همه فرش‌های دیگر به جز فرش ایشان نخ‌نما بودند.

جالب اینکه درجشن ۵۰ سال فعالیت ابی، وارطان اوانسیان که به نظر من بهترین کارشناس موسیقی پاپ هست، رفت پشت میکروفون و ناخودآگاه افشاگری کرد که ابی بعضی از ترانه‌ها را نمی‌خواست بخواند و بنا به اصرار من خواند از جمله نازی ناز کن و احتمالاً ترانه وقتی که من عاشق می‌شم که هر دو هم هیت شد و بعضی ترانه‌های دیگر را که یادم نیست.. شاید وارطان هم نمی‌دانست که تردید ابی برای نخواندن بعضی ترانه‌ها از کجاست. استاد لندن‌نشین به من که همیشه به چشم هوو نگاه می‌کرد، نمی‌دانم چرا؟ درست برعکس اردلان جان سرفراز که اولین مشوق من بود با مهربانی و دلی به وسعت دریا. بگذریم!

اما خاطره‌ای خوب از پرویز فنی‌زاده. این فیلم درست بعد از سریال دایی جان ناپلئون ساخته شد که فنی‌زاده نقش مش‌قاسم ۷۰ ساله را بازی کرده بود. اما در فیلم باغ بلور نقش یک مرد ۳۵ ساله را با لباس جین بازی می‌کرد. حتی از سن خودش که آن زمان ۴۱ سال بود ۶/۵ سال جوان‌تر. برای این فیلم من همه بچه‌ها را برای کار دعوت می‌کردم و قرار بود خودم هم بسازم اما کارت کارگردانی نداشتم چون فیلمنامه را نوشته بودم، اجازه دادند که در ساخت فیلم نظارت داشته باشم. فنی‌زاده همان اول بعد از امضای قرارداد وقتی داشتم می‌رساندمش خانه به من گفت:

- منصور جان ازت خواهش می‌کنم به مدیر تهیه سفارش کنی که همیشه سر صحنه جنس و بار ما آماده باشه وگرنه ممکنه ناگهان

غیب بشم و کار بخوابه.

به تهیه‌کننده و مدیر تهیه سفارش کردم و این جدا از دستمزدش بود. هر وقت سر کار می‌گفت منصور بریم بستنی بخوریم؟ می‌فهمیدم حالش خوبه و صورتش گل انداخته. ای خدا چرا مرد؟

یک روز که حالش خیلی خوب بود. سکانسی را در رستوران ۱۹۳۰ میدان ونک فیلمبرداری می‌کردیم. البته آن لوکیشن را من قبلاً در نظر داشتم چون نزدیک منزل حسن شماعی‌زاده بود و چند بار آنجا رفته بودیم. اگر بعضی‌ها خاطرشان باشد روی دیوارهایش با عکس‌هایی از کلارک گیبل، همفری بوگارت، مرلین مونرو و... تزئین شده بود. بعد از ساعتی فیلمبرداری وقت نهار شد. لیلا فروهر مرا کنار کشید و گفت فنی‌زاده طنزی دارد با اجرای یک نفره از او خواهش کنیم آن را اجرا کند. فنی‌زاده هم که حالش خوب بود قبول کرد و شروع به اجرا کرد.

ماجرای جوانی شهرستانی که عشق سینما دارد، آمده تهران در خیابان تخت جمشید. بعد از ساعت‌ها انتظار بیک ایمان‌وردی را می‌بیند و درحالی‌که دست و صورت او را می‌بوسد اصرار دارد که با او عکس یادگاری بگیرد. آنقدر حرکات زیبا و خنده‌داری داشت که همه جمعیت رستوران دور ما جمع شده بودند و از خنده ریسه می‌رفتند.

این طرح را غلامحسین لطفی از فنی‌زاده گرفت و با حضور خودش فیلم سرخپوست‌ها را ساخت. پرویز فنی‌زاده را دیگر ندیدم و خبری از او نداشتم. تا بعد از انقلاب شنیدم مشغول بازی در فیلمی هست. مترصد دیدار او بودم اما ناگهان شنیدم که ور پریده است. آن هم به علت بیماری کزاز. باورم نمی‌شد، اما می‌شد حدس زد چرا و

چگونه... همان اتفاقی که برای داریوش رفیعی افتاد.

خیل دوستداران فنی‌زاده و دست‌اندرکاران سینما مراسم با شکوهی برای تدفین او بر پا کردند. می‌دیدم که دوست عزیزم عزت‌الله رمضانی‌فر از تمام مراسم فیلم می‌گیرد. وقتی داشتند روی او خاک می‌ریختند، رمضانی‌فر از کارگر ساده‌ای که به تماشا ایستاده بود پرسید. می‌دانی چه کسی را به خاک می‌سپارند؟ کارگر ساده درحالی‌که نام فنی‌زاده را به خاطر نمی‌آورد با کمی تردید دست راستش را بالا آورد و همان‌طورکه انگشت‌هایش را تکان می‌داد گفت: والله دروغ چرا... تا قبر...آآ....آآ....آآ .

حمیرا بانوی مهربان آواز ایران

سعادت یاری کرد که ترانه‌ای هم در خدمت حمیرا خانم عزیز باشم با ترانهٔ «زمزمه»: امروز آفتاب از کدوم ور در اومد/ که تو غایب دوباره پیدا شدی.

دو هنرمند اصفهانی با ذوق و خلاق، حسن شماعی‌زاده و جهانبخش پازوکی ناگهان تصمیم گرفتند که شرکتی به نام «دو تار» را در خیابان فرح شمالی تأسیس کنند. من هم در خدمت‌شان بودم.

هر روز صبح مثل کارمندها می‌آمدیم شرکت و عصری و گاهی تا شب برمی‌گشتیم خانه. اتفاقاً اولین کاستی که زدند بسیار پر بار از ترانه‌ها و خواننده‌های خوب بود. از طرفی وارطان اوانسیان یک‌بار به من زنگ زد و گفت:

- منصور به دوستان بگو این کار آسونی نیست. کاست تا بیاد بیرون قاچاقچی‌ها کپی می‌کنند. مشکلات زیادی خواهد داشت. کار شما خلاقیت و ساختن ترانه است. حیفه که انرژی خودتونو بذارین روی این چیزها.

البته وارطان با حسن نیت این حرف‌ها را می‌زد. من هم پیغام را به دوستان عزیز رساندم. دوستان هم تلاش خودشان را کردند. من هم کمک می‌کردم. کاست دو تار که خیلی پر و پیمان بود فروش خوبی هم داشت، اما چون من در دخل و خرج دخالتی نداشتم نمی‌توانم بگویم استفاده کردند یا ضرر. حتماً حسن خان شماعی‌زاده در این مورد در مصاحبه یا جایی صحبت کرده است. خاطره خوشی که از آن روزها برای من به جا مانده است. ترانهٔ زمزمه است با آهنگ بسیار زیبای شماعی‌زاده.

در یکی از همین عصرها حسن زنگ زد به خانم حمیرا یا خانم حمیرا زنگ زده بود یادم نیست. احوالپرسی و چه خبر؟ یک ترانه جدید...گویا حمیرا خواسته بود که شماعی‌زاده بخواند و حسن از پشت تلفن شروع به خواندن کرد و پازوکی هم با ویلیون اور تورشو می‌زد. آنقدر حمیرا خوشش آمد که یک ساعت بعد در شرکت حاضر بود. به هر روی کمی تمرین و سه روز بعد در استودیو پاپ با صدای زیبای خانم حمیرا ضبط شد. بعداً فهمیدم معین هم خواهان این ترانه بود.

بعدها در لوس‌آنجلس معین هم این ترانه که دوست داشت خواند.

هایده و ابی

ترانه دیگری از من که دو خواننده داشت ترانهٔ «گل‌واژه» بود:
وقتی که من عاشق می‌شم دنیا برام رنگ دیگه‌ست/ صبح خروس‌خونش برام انگار یه آهنگ دیگه‌ست.
با اینکه مثل ترانه «مخلوق» در مایه دشتی بود و از سبک ابی کمی دور اما ابی آن را به خوبی اجرا کرد. به‌خصوص آهنگ اوجی داشت که برای هر خواننده‌ای چالش‌برانگیز بود. تا اینکه اولین باری که هایده برای کنسرت به سوئد آمده بود و من او را در لابی هتل ملاقات کردم. به من گفت: من هم دلم می‌خواد این ترانه رو بخونم، چون دشتی هست و اوج خوبی داره.
من حرفش را زیاد جدی نگرفتم. اما یک ماه بعد صادق خبر داد که هایده هم آن را خوانده است و شگفتا که ترانه «وقتی که من عاشق می‌شم» با صدای هایده بیشتر معروف شد. قبل از آن ترانه «بزن تار» را برایش نوشته بودیم که آن هم گل کرده بود. باز با صادق خان نوجوکی و تنظیم ناصر چشم‌آذر. صادق نوجوکی اصولاً سبک خاص و زیبایی داشت. هفت هشت ترانه‌ای که با هم کار کردیم در دوران خودش همگی موفق بود که در لیست نمونه ترانه‌ها خواهم نوشت. با صادق با ترانه سرسپرده شروع کردیم. یک روز که رفته بودم پیش وارطان آوانسیان در لاله‌زار کوچه ممتاز. مغازه کوچکی داشت که بعداً تبدیل به کمپانی بزرگی شد. وارطان به من گفت: یک آهنگ قشنگ در این کاست هست که اگه شعر خوبی روش بذاری. کار

خوبی می‌شه.

پیش بینی‌های وارطان هم حرف نداشت. وقتی می‌گفت، این ترانه موفق می‌شه حتماً می‌شد. کاست را گرفتم و گوش کردم به دلم نشست. سه روز بعد ترانه آماده بود. صادق را هنوز ندیده بودم. زنگ زدم به وارطان. تلفن من را به صادق داد و او آمد به منزل ما. کاست را گذاشتم و روی آهنگ برایش خواندم. تمام که شد چشم‌هایش برق زد. فهمیدم که خشنود است. ستار هم به خوبی آن را اجرا کرد و از همانجا همکاری من و صادق نوجوکی شروع شد که ماحصل چند ترانه موفق بود. اصولاً اگر سه رأس مثلث؛ شاعر، آهنگساز و خواننده درست باشند ترانه موفق می‌شود. من ترانه‌هایی هم داشته‌ام که شعر خوبی داشته و خودم دوست داشته‌ام اما با خواننده اشتباه کار موفق نبوده. درحالی‌که همان خواننده شعر دیگری از من خوانده است و موفق هم بوده.

ویگن و الهه

یکی از افتخارات دوران ترانه‌سرایی‌ام این است که با دو خواننده نامدار دوران کودکی‌ام ویگن و الهه کار کردم. الهه بر می‌گردد به اوایل انقلاب که من در ایران بودم و کمیته‌ها که اتومبیل‌ها را می‌گشتند اگر پشت صندوق عقب، سازی می‌دیدند یا توقیف می‌کردند و یا می‌شکستند. این را من شنیده بودم و شعری نوشتم به نام «ساز شکسته» شماعی‌زاده هنوز ایران بود، شعر را به او دادم و حسن آهنگ زیبایی روی آن گذاشت و بعدها که به لوس‌آنجلس رفت آن را به الهه داد که با صدای زیبا و ملکوتی‌اش خواند. البته این شعر قبل از ترانه یار دبستانی من و شروع فیلم بلند اولم ترور بود.

ساز من ساز شکسته/ ای به خاک غم نشسته

خیلی وقته بی‌صدایی / راحت هر جان خسته

ویگن داستان دیگری دارد. زمان بازگشت ویگن به ایران از آمریکا بود که سر و صدای زیادی هم کرد. یادم هست ناصر چشم‌آذر بعضی از کارهای ویگن را تنظیم دوباره و جدید کرده بود.

ویگن در مصاحبه‌ها می‌گفت علاقه دارد با تیپ‌های جوان کار کند. من و کوروش یغمایی که با هم کار کرده بودیم و علاوه بر آن دوستی نزدیکی داشتیم قرار شد به سفارش یک کمپانی - به گمانم وارطان - برای او یکی دو تا ترانه بسازیم. آن زمان ویگن در هتل کنتینانتال یک سوئیت داشت و آنجا زندگی می‌کرد. عصرها با کوروش می‌رفتیم و با ویگن درینکی می‌نوشیدیم و گپ می زدیم. ویگن هم که سرش کمی گرم می‌شد شروع می‌کرد به خاطره گفتن. الان افسوس می‌خورم که ای کاش ضبطی بود که حرف‌هایش را ضبط می‌کردم. من هم که همه فیلم‌های ویگن را در کودکی و نوجوانی در بندرشاه دیده بودم به او یادآوری می‌کردم و او را بیشتر سر شوق می‌آوردم. از فرانک سیناترا صحبت می‌کرد که به ایران آمده بود و گویا گیتاری هم به ویگن هدیه داده بود. داشتم فکر می‌کردم هنرمندانی مثل ویگن و گوگوش نیاز به نوشتن خاطرات زندگی‌شان ندارند، چون زندگی‌شان مثل کتاب‌های گشوده‌ای برای مردم ورق به ورق خوانده شده و همه چیز را همگان در مورد آن‌ها می‌دانند.

یکی از ترانه‌ها را در استودیو بل ضبط می‌کردیم. کوروش یغمایی هم بود. کوروش داشت روی آهنگ با ویگن کار می‌کرد. یادم نیست که چطور شد که لنز چشم ویگن افتاد و گم شد. حالا ما چهار دست و پا روی زمین دنبال لنز می‌گشتیم. بالاخره پیدا کردیم آن را شست و دوباره توی چشمش گذاشت. در شعر یک کلمه بود (برای) که ویگن آن را با لهجه همدانی با کسره می‌گفت. گفتم چی بگم به سلطان؟ بالاخره گفتم. با همون لهجه ارمنی همدانی گفت: ما یه عمری گفتیم بِرای، حالات تو می‌گی بگو بَرای! خندیدیم. گفتم:

حق با شماست ویگن جان! هر چه دلت می‌خواد بگو!

فکر می‌کنم هر دو ترانه باید نزد کوروش یغمایی باشد. چند سال پیش که رادیو داشتم، جوانی از ایران با کاست یا سی‌دی برایم فرستاد اما متأسفانه پیدایش نمی‌کنم. بامزه اینجاست که وقتی رفته بود رادیو صبح جمعه که ترانه را بخواند. برای معرفی فامیل من یادش رفته بود و گفت. شعر هم از منصور جان.

سلطان وارطان اوانسیان

یکی دوهفته پیش که به مناسبت در گذشت استاد شجریان ترانه‌ای از او را در فیس‌بوک زمزمه کردم و دوستان فیس‌بوکی هم لطف کردند و بسیار لایک زدند. وارطان از سر لطف کامنتی گذاشته بود که: منصور قرارداد حاضر است بفرستم برات؟

گفتم: سلطان جان تو همین‌قدر که چیزی را تأیید کنی، خودش کلی کردیت هست. حتی برای من که خواننده نیستم.

آن زمان شرکت‌های مختلف ترانه وجود داشتند و در رقابت با

۱۴۲

یکدیگر. بی بی یان، خسرو لاوی، طبیبیان و... اسم شرکت‌ها یادم نیست. ما چند تایی بودیم که فقط با وارطان کار می‌کردیم. به خصوص من که خیلی به وارطان وفادار بودم. حتی یک‌بار صادق نوجوکی که در اوج کار با هم بودیم. آهنگی از داریوش به من داد که روی آن شعر بگذارم. با اینکه آهنگ خیلی قشنگ بود و دوست داشتم. اما حدود یک ماه بود که کاری نکرده بودم. چون مال شرکت دیگری بود تردید داشتم یا سرم شلوغ بود. درحالی‌که دوست داشتم با داریوش کار کنم. بنابراین می‌توانم بگویم که من تقریباً با همه خواننده‌ها کار کردم از خرد و کلان به جز چند خواننده: مهستی، داریوش و نوش‌آفرین. وگرنه با سه نسل خواننده کار کردم. از لیلا فروهر، شهره، ستار، ابی، گوگوش، هایده و حمیرا و حتی خواننده‌های دوران کودکی‌ام الهه و ویگن. بر عکس اکنون که خیلی کم‌کارم. شهیار قنبری گفته است آبی دریا قدغن. من باید بگویم خود ترانه قدغن. آن هم در قلب اروپا. داغم تازه نشود.

از وارطان عزیز می‌گفتم. دیگر کمپانی معظم ترانه در خیابان فرح شمالی پاتوق ما شده بود. می‌رفتیم از وارطان سفارش و انرژی می‌گرفتیم و کار می‌کردیم. حساب و کتاب من با وارطان همیشه درست بود. وقتی قول ترانه‌ای را می‌دادم به موقع انجام می‌شد. وارطان هم به من خیلی لطف داشت. حتی برادرش وانیک که خیلی با معرفت بود. او را بعد از انقلاب قبل از آمدنم در خیابان دیدم و خیلی از دیدنش خوشحال شدم.

از مهربانی وارطان همین‌قدر بگویم که سال ۵۶ می‌خواستم آپارتمانی در تهرانپارس بخرم و پول کم داشتم. با وارطان صحبت کردم و چند

ترانه ننوشته را پیش‌فروش کردم. وارطان اما به من اطمینان داشت و این مهم را انجام داد. من هم هر وقت او سفارشی برای خواننده‌ای داشت انجام می‌دادم تا خورد به انقلاب و من هنوز چند ترانه به او بدهکار بودم. کارها خوابیده بود و ما هر روز می‌رفتیم شرکت می‌نشستیم و چای می‌نوشیدیم.

یک روز که با بچه نشسته بودیم، مازیار با روزنامه آیندگان وارد شد و گفت: دوستان ما همه قاچاقچی بودیم و خودمان خبر نداشتیم. روی روزنامه با تیتر درشت نوشته بود: «موسیقی مثل مواد مخدر است. امام خمینی». دیگر تقریباً نا امید شده بودیم که داستان مثل سابق نیست. من نگران بدهی‌ام به وارطان بودم. بهش گفتم چه کنیم وارطان جان؟ گفت، منصور جان فکرشو نکن. من هر چه که دارم از شماها دارم. ترانه‌های خوب و ماندگاری با هم کار کردیم که برای من افتخاره. مرا در آغوش گرفت و بوسید. اکنون وارطان اوانسیان در لوس‌آنجلس هست و موسیقی پاپ مدیون مدیریت اوست. اهل تملق و چاپلوسی نیستم. نه قرار است ترانه‌ای با هم کار کنیم و نه چیزی. اما گاهی در تلویزیون‌ها او را به‌عنوان هیئت ژوری می‌بینم که در کنار بعضی نامداران نشسته است همیشه گفته‌ام فقط وارطان اوانسیان می‌تواند بگوید. کدام صدا و کدام خواننده و چه کسی در آن میان موفق خواهد شد. چون با تجربه‌های سالیان یک کارشناس پرفکت است. وقتی می‌گفت این ترانه موفق می‌شه حتماً می‌شد. حتی قبل از اینکه خواننده آن را بخواند.

وارطان آوانسیان اکنون هم در لوس‌آنجلس پرزیدنت شرکت ترانه است. عمر سلطان ما دراز باد!

خصلت‌های هنرمندانه

کم‌تر هنرمندی را در میان هنرمندان ایرانی دیده‌ام که از همکار دیگر تعریف و ستایش کند. نمی‌دانم این مقوله چرا برای بعضی‌ها مشکل است. یا در مقابل کار ارزشمندی که به‌خصوص مورد استقبال مردم قرار می‌گیرد سکوت می‌کنند. یا اگر بتوانند پشت سرش سعی می‌کنند کار او را کوچک جلوه دهند. تصور نفرمایید من آدم بدبینی هستم. به شهادت دوست و دشمن شاید کمی زیادی هم خوش‌بینم. اما این را طی تجربه سالیان دریافته‌ام. مردم اما این‌طور نیستند. اگر ترانه‌ای فیلمی و یک کار هنری را دوست داشته باشند. بی‌دریغ ستایش می‌کنند. ترانه یا خواننده‌ای را دوست دارند. بی‌آنکه خبری از اخلاق و بعضی خصوصیات او داشته باشند. البته عمل غیراخلاقی و ضدمردمی یک هنرمند می‌تواند روی کار او اثر منفی داشته باشد. چون هنرمند بدیهی است که بیشتر از مردم عادی زیر ذره‌بین هست و هر آینه باید مواظب اعمال خود باشد که از محبوبیت او بین دوستدارانش کم نشود. (دیدیم که در آغوش گرفتن آن خواننده خوش‌صدا از احمدی‌نژاد چه بر سر او آورد.)

حسادت متأسفانه در وجود هر انسانی کم و بیش هست. دکتر هلاکویی نیستم که بخواهم نصیحت روانشناسانه بکنم اما اگر از ایشان بپرسید یا حتماً در سخنرانی‌هایشان گفته‌اند که آدم حسود قبل از دیگران اول به خود لطمه می‌زند با تکبر و تفرعن و قبول نداشتن دیگران. خواهش می‌کنم این حرف مرا به حساب شعار و تعریف از خود نگذارید. به شهادت دوستان پنجاه ساله‌ام و حتی دوستان مجازی بیش از ده سال در فیس‌بوک. متنفرم از اینکه از حسادت

صحبت کنم و خودم حسود باشم. از مهربانی بگویم و مهربان نباشم. این واژگان هرکدام بار سنگینی دارند نمی‌شود بی‌دریغ آن‌ها را مصرف کرد و به آن‌ها عمل نکرد. منظور من از این مقدمه معرفی بعضی از هنرمندان است، آن‌گونه که من تجربه کردم قلب‌های مهربان و دریایی دارند. چه بسا باشند هنرمندانی که با شما تجربه‌ای چنین داشته‌اند. بنابراین به‌رغم مقدمه‌ای که نوشتم. مهربانی کم نیست

جهانبخش پازوکی

همان‌طور که نوشتم در شرکت دوتار با حسن شماعی‌زاده و جهانبخش پازوکی شاید به مدت یک سال من این سعادت را داشتم که در خدمت این دو هنرمند اصفهانی بودم. زمانی بود که ترانه مخلوق را نوشته بودم با آهنگ شماعی‌زاده و تنظیم منوچهر چشم‌آذر و بسیار گل کرده بود. اولین باری که جهانبخش در رابطه با این ترانه من را دید، چقدر ابراز احساسات کرد و تشویق. به‌به و چه‌چه کرد بماند، اما بامزه وقتی بود که پسرعموها و پسرخاله‌هایش آقایان مهندس آمده بودند شرکت. با لهجه غلیظ اصفهانی اول بهشون گفت.

- اون ترانه داغ یک عشق قدیمو... که شنیدین. همه گفتن بله

خیلی قشنگه! گفت. شعرشو ایشون گفته‌س آقای منصور تهرانی.
منم شرمنده از این همه لطف و تشکر: بله! جهانبخش جان لطف دارن من خودم ترانه‌هاشو خیلی دوست دارم. یکی از یکی قشنگتره...
بعد از نیم ساعت با چایی وارد شد و دوباره:
- آقای مهندس شما هم شنیدین ترانه مخلوق رو؟ و دوباره همون حرف‌ها و تعریف‌ها...
گفتم: جهانبخش اگه بخوای اذیت کنی من می‌ذارم می‌رم...
حالا پازوکی رضایت داده بود. پسرخاله‌ها لطفشان ادامه داشت. بعد از این شوخی‌ها یک‌بار پازوکی عزیز به من پیشنهاد کرد که با هم کار کنیم. شعر من و آهنگ ایشان. برای مهستی قرار شد ترانه‌ای بسازیم که خورد به شلوغی‌ها و انقلاب. مدت‌ها از جهانبخش پازوکی خبر نداشتم. تا بعد از انقلاب یادم نیست چه جوری همدیگرو پیدا کردیم. احتمالاً از تلفنی که ازش داشتم. آدرس داد رفتم پیشش در یک شرکت ساختمانی با همان آقایان مهندسین. برایم تعریف کرد که با خانواده رفته بودند آلمان اما همگی دلتنگ شدند و برگشتند. من فیلم اولم رو ساخته بودم که بعد از یک ماه نمایش توقیف شد. اما دوستان به من سفارش ترانه برای فیلم می‌دادند. گاهی عصرها می‌رفتم پیش جهانبخش و با هم ویسکی می‌خوردیم و خاطره تعریف می‌کردیم. به جهانبخش گفتم سفارش یک ترانه برای فیلم دارم. دوست داری شعر رو بدم تو روش آهنگ بذاری؟ قبول کرد. تم فیلم رو براش تعریف کردم و کمی با هم صحبت کردیم. دو سه روز بعد آماده بود. طبق معمول یک آهنگ خیلی قشنک که به فیلم هم می‌خورد. آن زمان و البته بعدها هم باید عوامل فیلم را می‌نوشتیم

برای ارشاد که تازه راه افتاده بود.

متأسفانه اسم جهانبخش پازوکی را خط زدند. نمی‌دونستم چه جوری بهش بگم. بعدها شنیدم که با خانواده رفتند آمریکا. شاید این یکی از دلایل هجرت او بود.

«اونی که برای من زندگی بود، دیدی از دستم رفت...» چقدر این ترانه را دوست دارم.

اردلان سرفراز

زمانی که جای پایم تا اندازه‌ای در ترانه محکم شده بود. تصادفاً اردلان سرفراز را خارج از سا ختمان همان شورای ترانه که شرحش رفت در خیابان تخت جمشید دیدم. او مرا نمی‌شناخت اما من ایشان را شناختم و ترانه‌هایش را بسیار دوست داشتم. جلو رفتم و سلام کردم و خودم را معرفی کردم. اولین جمله‌ای که گفت این بود:

- آفرین! ترانه‌ها تو شنیدم خیلی خوبه موفق باشی.

من هم البته بلافاصله به‌عنوان پیشکسوت از ایشان یاد کردم و گفتم مثل میلیون‌ها نفر از مردم ایران ترانه‌های شما را دوست دارم. چند کلمه‌ای هم در مورد شورا و گرفتاری‌هایش صحبت کردیم و

خداحافظی.

اردلان را دیگر ندیدم. چند سال پیش از طریق فیس‌بوک با او تماسی داشتم. چون انجمنی در گوتنبرگ قرار بود مهمان هنرمندی دعوت کند. من اردلان سرفراز را پیشنهاد کردم بقیه هم پذیرفتند. اردلان مدیربرنامه‌ای (خانم فرخنده) داشت در استکهلم با هم هماهنگ کردیم برای ماه می آن سال. متأسفانه اتفاقی که گاهی می‌افتد این بود که برنامه‌ای روی برنامه ما افتاد که نمی‌شد و قرار شد فصل دیگر که بعد اردلان وقت نداشت و خلاصه دیدار اردلان عزیز میسر نشد.

تا دو سه سال پیش که اردلان همراه با شماعی‌زاده هم‌سفر گوگوش شدند برای برنامه در شهر ما گوتنبرگ. گوگوش نازنین هم زنگ زد به من که ساعت ۹ شب در رستوران هتل باشم. یک شب قبل از کنسرت که در خدمت دوستان شام بخوریم. سال‌ها بود حسن خان شماعی‌زاده را ندیده بودم و خیلی مشتاق دیدارش بودم. البته بابک امینی و رها اعتمادی هم بودند. من و اردلان هم کنار هم نشسته بودیم و مشغول نوشیدن آبجو.

از هر دری سخنی با دوستان اردلان رفت که با تلفن صحبت کند. وقتی برگشت قبل از اینکه بنشیند با صدای بلند طوری که همه می‌شنیدند گفت، منصور با خانم صحبت می‌کردم بهش گفتم که داریم با فلانی شام می‌خوریم. جیغی از خوشحالی کشید و گفت سلام برسون.

من هم بلافاصله گفتم: می‌خواستی بگی من خودم عاشق ترانه‌های تو هستم.

کلی شرمنده شده بودم. بعد که نشست صحبت از ترانه‌های آن

سال‌ها شد. اردلان با جمله‌ای لطفش را تمام کرد. گفت. منصور دلیل موفقیت ترانه‌های تو این بود که ابداع کردی تکراری نگفتی.

حدود یک ماه پیش هم در فیس‌بوک وقتی ترانه روایت را دیده بود: حافظ بیا دوباره غزل کهنه را برانداز، با آهنگ صادق نوجوکی و تنظیم ناصر چشم‌آذر. البته اهالی فیس‌بوک کامنت‌های مهربانانه‌ای گذاشتند. اما آنچه برایم بسار جالب و مهم بود کامنت اردلان جان سرفراز بود و ویدئویی که چند سال پیش فریدون فرخزاد در یک شوو تلویزیونی در مصاحبه با ستار گفته بود و من با افتخار حرف‌های این دو بزرگوار را در مورد ترانه روایت برای خودم جایزه‌ای ارزنده محسوب می‌کنم.

اردلان سرفراز: یکی از زیباترین ترانه‌ها. ترکیبی از اندیشه و ایده‌های نو با پشتوانه آگاهی و دانش شعر کلاسیک.

فریدون فرخزاد: ستار جان آن زمان‌ها که من صدای تو رو گوش می‌کردم بیش از همه ترانه حافظ بیا دوباره غزل کهنه را برانداز تو رو دوست داشتم.

ناگفته نماند که در همان مصاحبه ستار ترانه‌ای از اردلان خواند که اشک فرخزاد را درآورد. رها اعتمادی عزیز یک عکس دو نفری از من و اردلان گرفت که در کانال تلگرام من هست.

رها اعتمادی

قبـل از تـلویزیون «من و تو» رها اعتمادی و کیوان عباسی یک برنامه اینترنتی داشتند به نام «ببین تی وی.» رها با من تماس گرفت. اولین بار بود صدایش را می‌شنیدم. جوانی مؤدب و پرشور و گفت که می‌خواهند برای ترانه‌سراها و آهنگ‌سازان تاپ تن درست کنند. ده تا از بهترین‌های هر هنرمندی با سلیقه خودشان.

شاید من از اولین کسانی بودم که تماس گرفتند و شاید به دلیل در سوئد زندگی کردن و بیشتر در دسترس بودن. دیدم چه طرح جالبی. چند بار زنگ زد تا بالاخره کار انجام شد. در واقع به تلافی اون برنامه «رنگارنگ» قبل از انقلاب که هیچ نام و نشانی از سازندگان ترانه نبود. این‌بار هر سازنده‌ای شناسنامه خودش را داشت. در تلویزیون من و تو هم که بعداً تأسیس شد، رها این کوشش را ادامه می‌داد.

دخترم مریم هم که روابط بین‌الملل خوانده بود علاقه‌مند شد که در این تلویزیون به عنوان پروداکشن منیجر کار کند. بدون اغراق باید عرض کنم که رها با استعداد و خلاقیتش و مریم با پشتکارش چرخ‌های این تلویزیون را راه انداختند. البته تحت مدیریت کیوان عباسی. بگذریم که اکنون هیچکدام در این تلویزیون نیستند اما

از حق نباید گذشت که یکی از پربیننده‌ترین‌ها در خارج از کشور است.

بعداً من و اسفندیار منفردزاده را که در استکهلم بود به لندن دعوت کردند و رها اعتمادی ترتیب چند گفت‌وگو با ما را داد. بعد هم دوربین را برداشت رفت به لوس‌آنجلس و با اغلب هنرمندان همان برنامه را ضبط کرد که بسیار مورد توجه مردم قرار گرفت. چون برای اولین بار مردم با شأن نزول هر ترانه‌ای آشنا می‌شدند. ترانه‌هایی که هر خواننده در سنین مختلف خوانده بود. از جوانی تا میانسالگی و این برای تماشاچی بسیار جالب بود.

البته بعداً رها اعتمادی با اولین ترانه‌اش همه را سورپرایز کرد و من به او تبریک گفتم. این چیزها هم تعارف بر نمی‌دارد اگر ترانه‌اش خوب نبود حداقلش این بود که سکوت کنم. اما خوشبختانه ترانه‌سرای خوب و صاحب‌سبکی است و همچنان می‌سراید. در کنار همه این‌ها قلبی بزرگ و مهربان دارد. حسود و تنگ‌نظر نیست. به هنرمندان قدیمی‌تر از خودش بسیار با احترام برخورد می‌کند. از همه مهم‌تر اگر موقعیتی به دست می‌آورد برای آشتی و وصل دیگران استفاده می‌کند. این خصلت بسیار نیکویی است که رها دارد. آن شب آهسته در گوشش گفتم: «تو نخ تسبیح عشقی...»

حسن ستار

فکـر مـی‌کنم در مورد حسـن ستار عزیـز در رابطـه بـا خـودم قبلاً در همین کتاب نوشته‌ام. اما آن چیزی که در این سال‌ها از مردم شنیده‌ام حکایت از مرام و شخصیت و کم‌حاشیه بودن او دارد. جدا از صدای جـذابی کـه طرفداران بسیاری را در ۵۰ سال خوانندگی جـذب خـود کرده است، هـر وقت نـام او بـرده مـی‌شـود مـردم بـا احتـرام خـاصی از او یاد می‌کنند. حتی بعضی از دوستدارانش که شاید او را از نزدیک ندیده باشند.

سـتار در موسیقی سنتی هم تبحـر دارد و با یکی از اساتید موسیقی ملی ما حبیب‌الله خـان بدیعی «گل‌های در غربت» را با توانایی خوانده است و جـدا از موسیقی پاپ در برنامه‌های بزمی، به‌خصوص با مهستی هـم سرآمد است و خـوش می‌خواند. در بسیاری از مصاحبه‌ها دیده شده که وقتی از او در برنامه‌های زنده خواسته‌اند که قطعه‌ای کوتاه از یک ترانه‌اش را بخواند بی‌درنگ خوانده است. گویی صدایش همیشه کـوک است. البته در این سـال‌هایی کـه مـن در سوئد بـوده‌ام بارهـا بـرای کنسرت به اینجا آمده است و گاهی مـن در تورهایی که داشته

او را همراهی کرده‌ام. به خصوص وقتی برای چهارشنبه سوری‌ها از طرف منصور حسینی به استکهلم دعوت می‌شد همیشه قبلش زنگ می‌زد که من هم به آنجا بروم و در خدمتش باشم. دو سه روزی که بسیار خوش می‌گذشت. این افتخار را داشته‌ام که اغلب با ترانه‌ای از من وارد صحنه می‌شود.

سال‌هایی که به سوئد می‌آمد و چند روزی با هم بودیم گاهی از کلبه‌ای که داخل حیاط خانه‌اش در لوس‌آنجلس خودش ساخته صحبت می‌کرد. تا اینکه سال ۲۰۰۹ به آنجا رفتم و در خانه دوست دوران نوجوانی‌ام، علی محمدزاده اقامت داشتم در جایی که به به خانه ستار هم نزدیک بود. گاهی روزها به آن کلبه زیبا می‌رفتیم و می‌نشستیم و از هر دری سخنی. خیلی خوش گذشت. روز آخر هم لطفش شامل حالم شد و مرا تا فرودگاه بدرقه کرد با هدیه‌ای که هنوز دارم و یادگار اوست.

باور کنید در این بخش می‌خواستم فقط چند سطری از نظر مردم درباره ستار بنویسم. اما باز برگشتم به خودم.

چه کنم از مهربانی‌های بسیار او که وضع من و ترانه را می‌دانست و هم از نظر معنوی و مادی هوای ما را داشت. بار مرا برای کمک به آن‌هایی که در ایران هستند سبک‌تر می‌کرد.

عید دو سه سال پیش برایش نوشتم بچه‌های داخل ایران عیدی تو را دریافت کردند و به جانت دعا می‌کنند. سلامت و پاینده باشی!

بالاخره منوچهر چشم‌آذر پیشکسوت موسیقی پاپ ایران لطف و مهربانی‌اش را با یک جمله انگلیسی در فیس‌بوک برایم نوشت:

منم نوشتم: من فقط می‌دونم دوست دارم منوچهر جان!

شاید بعضی از شما عزیزان دیده باشید که از سه چهار سال پیش پروفایل من و استاد منوچهر چشم‌آذر با عکس دو نفری‌مان است. که این افتخار کمی برای من نیست. پس به قول سهراب سپهری: «هنوز عشق هست، زندگی هست، مهربانی هست.»

شاید شما خوانندگان عزیز این سطور هم هنرمندان خوبی را سراغ دارید با خاطره‌های خوب. اصولاً در این کتاب به‌رغم آغاز تلخی که هنوز مرا اذیت می‌کند و شاید همین باعث شد که این کتاب را قلمی کنم. اگر صبح زود به اجبار بیدار می‌شوم و دو سه ساعت بیدارم، خودم را به نوعی سرگرم کنم، به‌خصوص در این روزگار کرونایی. اما اصلاً بنا ندارم از کسی و همکاری گله کنم. دلم می‌خواهد فقط از عشق و مهربانی‌ها حرف بزنم.

زمانی علاوه بر اینکه سال‌ها به همان دلیلی که قبلاًنوشتم، ممنوع‌الترانه بودم. هم‌زمان از طرف شخص یا اشخاصی مورد کم‌لطفی بسیار قرار گرفتم و در جواب آن مقاله‌ای نوشتم و به جریده‌ای فرستادم و به مدیر محترمش هم قول دادم که هیچ کجای دیگر آن

را منتشر نکنم و نکردم. آن مقاله گله‌آمیز را هم در نهایت ادب و احترام نوشته بودم. چون پیش خودم حساب کردم این دوستان اگر به من بی‌مهری می‌کنند، اما در رسانه‌هایشان برای آگاهی و آزادی مردم ایران زحمت می‌کشند. گرچه برای بعضی از آن‌ها به صورت یک شغل بود، اما در همان رسانه‌ها انسان‌های سیاسی هم صحبت می‌کردند که یک ریال برای حرف زدنشان از این تلویزیون‌های کم درآمد نمی‌گرفتند. در واقع با آن‌ها در یک کشتی نشسته بودم.

اکنون حتی از آن گله‌گزاری‌های محترمانه هم پشیمانم و به‌خصوص از آن برنامه‌ساز پیشکسوت و قدیمی طلب بخشش می‌کنم، چون در آن مطلب اسمی از کسی نبردم اکنون هم نیاز نیست. به‌خصوص که در آن مطلب از ابتدا گناه را به گردن گرفته بودم با تیتر «تصورات باطل»؛ یعنی اگر فکر می‌کنید من اشتباه می‌گویم بگذارید به حساب تصورات باطل من. اما نمی‌دانم چرا بعضی‌ها در مقابل کم‌لطفی‌های بسیار یک گله کوچک را هم برنمی‌تابند و همچنان به عناد و دشمنی خود پای می‌فشارند. در طول زندگی برخورد کرده‌ام. شاید شما خوانندگان این سطور نیز، اما ابایی ندارم که پوزش‌خواهی کنم و نهال دشمنی برکنم و نهال دوستی بکارم. چون همیشه اهل مدارا و مهربانی بوده‌ام و دوستی را به دشمنی ترجیح داده‌ام.

حتی متوجه شدم نوشتن مطلبی از مصدق «امپراطوری کوچک احمدآباد» و پخش کلیپی از ایشان بعضی از دوستان به اصطلاح سلطنت‌طلب را آزرده است. درصورتی‌که سال‌هاست دوستان نزدیک نظر مرا می‌دانند. خوشبختانه در فیس‌بوک هیچ کامنت بدی از دوستان سلطنت‌خواه نگرفتم. البته نوشتم و تشکر کردم که شاید به

خاطـر ریـش سفید ترانه «یار دبستانی مـن» ملاحظه کرده‌اند.

همین‌جـا یادآوری بکنم که مـن دوستان بسیار خـوبی در میـان پادشاهی‌خواهان، جمهوری‌خواهان و چپ‌هـا دارم. شاید گاهـی بحثی پیـش آمـده امـا عقایدشـان همیشـه برای مـن محترم است. استدلال سادهٔ دوسـتی را هـم عرض می‌کنم.

دوسـتی دارم که کاسب است و اصـولاً زیـاد اهل کتـاب خوانـدن نیست. زیـاد هـم فرصت گوش دادن به مطالب سیاسی را ندارد. امـا یک‌بار که بـا هـم صحبت می‌کردیم حرف جـالبی زد. گفت، مـن تا چشـم باز کردم در زمان پهلوی دوم بودم. هر چه فکر می‌کنم با تمام مشکلات و غرولندهـایی که مـردم می‌کردند دوران خـوبی بود. حالا از یک دورهٔ خـوب پادشاهی انقـلاب کردیم و وارد دوران جمهـوری شدیم که خیـلی بد است. مـن هـم بـه جـز ایـن دو الترناتیـو تجربـه دیگـری ندارم. حالا برای آینده خـودم و فرزندانم کدام را باید انتخاب کنم؟ عقل سلیم چـه می‌گوید؟

فکر می‌کنم در این برهه زمانی این استدلال میلیون‌ها ایرانی نظیر او باشـد و بـه درسـتی بـا رژیم قبـل و آزادی‌هـای اجتماعـی آن دوران مقایسـه می‌کنند.

یک‌بار در فیس‌بوک نوشتـم واقع‌بین باشیم یک تـرازو بگیـریم خدمـات و اشتباهات را وزن کنیم. همـین! در فیس‌بوک هم نوشتم که این حرف را برای خوشایند کسی نمی‌گویم. نه قرار هست برای کسی ترانـه بسـازم و نـه در تلویزیـونی کار کنم. یک حقوق بازنشستگی از دولت فخیمه سوئد می‌گیریم که مـا را بس. سرمایه بزرگ‌تر مـن هـم این است که در این سال‌ها به‌رغـم مصیبت‌ها بـه اعتبار آن ترانـه

معـروف، عشـق بزرگی از میلیون‌ها ایرانی هم‌وطن داشـته و هنـوز دارم. پیـش از ده ســال پیـش در یک سـینما از ترانه‌هایم (خـارج از آن تلویزیون با عکس زیبایی از شهبانو فرح) و از خدمات ایشـان تعریف بسیار کردم. همین‌طور دو سه سال پیش در فیس‌بـوک از شاهزاده رضا پهلـوی و همان‌طور که ایشـان بارها و بـه درسـتی تأکید کرده‌اند. در روز موعـود و بـا انتخـاب مـردم.

مصدق را هم دوست دارم. آن هم بنا به دلایل بسیار که گفتنش موجب اطنـاب کلام اسـت و در ایـن مختصـر نمی‌گنجـد. دکتر مصدق گویـا فقط در انحصـار ملی‌ها و جمهوری‌خواهان اسـت. چرا؟ یعنی دیگـران بایـد دور رجـالی مثـل فروغـی، قوام‌السـلطنه، دکتـر مصـدق و رجال دیگری را که در دوران پهلوی اول و دوم خدمات بسیار کرده‌اند، بـه کلی خط بکشـند و هیـچ اسمی از آن‌ها نبرند؟

در مورد قوام همیـن بـس که بگوییـم بعد از اینکه متفقین تشـریف بردند و شـوروی جا خوش کرد. قوام با دیپلماسی ویژه خـود استالین را وادار کرد برای سیگارش کبریت روشن کند و نهایتاً ایران را تخلیه کند. فروغـی نخسـت‌وزیر دانشـمند و ادیب از محمدرضا شـاه پشتیبانی و بـه شـاه جـوان اعتمادبه‌نفس داد کـه در مقابـل غول‌ها مهمان‌هـای ناخوانده در تهـران کم نیاورد و بـه کشـورداری بپـردازد. صد البته که شاه فقیـد هـم بـا لیاقت و کاردانی ایران را بـه جـایی رسـاند که ســال ۱۳۵۷ بـود. ایـن رجـال کاردان البته کـه با شـاه گاهی اختلاف سـلیقه و نگاه بـرای کشـورداری داشـته‌اند کـه گاهی بـه قهـر و برکناری می‌رسـید و در مـورد مصـدق اختـلاف بـا نفـوذ و دشمـنی آن‌هایی کـه می‌دانید به اوج خـود رسـیده بـود.

به نظر بنده توده‌ای‌ها و آیت‌الله کاشانی و البته انگلیسی‌ها که از مصدق خوششان نمی‌آمد بزرگ‌ترین نقش را داشته‌اند. بیگانگان هم دلشان نسوخته بود. برنمی‌تابیدند که یک شاه جوان و تحصیلکرده در کنار یک نخست‌وزیر باتجربه و باصداقت و ایران‌دوست مثل مصدق قرار بگیرد و با هم در برابر آن‌ها مقابله کنند. کودتای ۲۸ مرداد را ظاهراً به پای آمریکا نوشته‌اند، اما این انگلیس بود که از مصدق متنفر بود و اصرار داشت که هر طوری شده او را حذف کند.

دکتر محمد مصدق هم سیاست و یکدندگی خود را داشت که در بعضی امور کارساز نبود. دکتر صدیق که یار و یاور مصدق بود با بعضی از سیاست‌های ایشان موافق نبود. صدیق که یکی صادق‌ترین رجال جبهه ملی بود و ای کاش شاه فقید فقط چند ماه زودتر و قبل از شریف امامی و اظهاری به آن‌ها روی آورده بود.

بگذریم! قرار نبود که من در این کتاب چیزی از سیاست و تاریخ بنویسم. اما بحث‌هایی که در فیس‌بوک پیش آمد و دوستی مجازی که خیلی هم به بنده لطف دارد برایم نوشته بود که، بالاخره ما نفهمیدیم شما کدام طرف پل ایستاده‌اید؟ گفتم، من وسط پل ایستاده‌ام و می‌خواهم از آن عبور کنم و به تاریخ برسم.

اینک روی سخنم به دوستان عزیز سلطنت‌طلب است که اتفاقاً در میان آن‌ها رفیق شفیق بسیار دارم. این‌که تعصب به خرج بدهیم و آن زمان را یکسره سفید و بی‌عیب و نقص بدانیم درست نیست.

در مورد خیابان میکده و ساواک رفتن خودم قبلاً نوشتم که چه برخورد خوبی داشتند. به‌خصوص با آن نامهٔ تهدیدآمیزی که نوشته بودم، اما ساواک همیشه این‌گونه نبود. آدم‌های نادان و بی‌سواد

۱۵۹

و عقده‌ای هم بینشان بود. من فقط یک مورد را که خیلی دلم را سوزانده خدمت‌تان عرض می‌کنم، به بقیه داستان‌هایی که شنیده‌اید و شنیده‌اند کاری ندارم.

دکتر غلامحسین ساعدی

دکتر غلامحسین ساعدی بزرگ‌ترین درام‌نویس معاصر ایران. شاید کسی هم‌سنگ صادق هدایت را برده‌اند ساواک و چه اذیت‌ها و شکنجه‌هایی کرده‌اند. هر وقت سالگردش می‌شود، می‌خوانم و می‌شنوم دلم به درد می‌آید. بی‌تردید ساواکی‌های احمق او را نمی‌شناخته‌اند. احتمالاً دو کتاب از او نخوانده بودند و سعی هم نکردند در مورد او تحقیق کنند،حتی به خود زحمت نداده‌اند که یک آدم حسابی را بیاورند که با او حرف بزند. فقط چون لهجه غلیظ آذری و سیبیل کمی پرپشت داشته گفته‌اند خودش است. کمونیست پدرسوخته!

دکتر هم که اهل عجز و لابه نبود. قلدر جلویشان ایستاده و کتک و شکنجه را تحمل کرده است. همان زمانی که شهبانو فرح آنقدر به هنرمندان می‌رسید و جشن و هنر شیراز و کانون پرورش کودکان

را برپا کرده بود و حتی کتاب‌های صمد بهرنگی را چاپ می‌کرد و ساختمان تئاتر شهر را افتتاح می‌کرد. غافل از اینکه رئیس قبیله همه هنرمندان ایران در چنگ ساواک است.

واقعاً اگر آن سال‌ها همه هنرمندان ایران از شاملو تا دولت‌آبادی و.. یک جایی جمع می‌شدند که رئیس قبیله خودشان را انتخاب کنند، (سمبلیک) به اعتقاد من دکتر غلامحسین ساعدی را انتخاب می‌کردند. این را از روی دوست داشتن و تعصب عرض نمی‌کنم. فکر می‌کنم خیلی‌ها با این عرض بنده موافق باشند. اگر خدای نکرده از خوانندگان این سطور کسی هنوز دکتر ساعدی را به جا نیاورده.. رد فیلم گاو «داریوش مهرجویی» را در گوگل بگیرد و برود جلو تا برسد به همه آثار ارزشمند ایشان. دکتر غلامحسین ساعدی آخرین رسالتش را هم در پاریس انجام داد و رفت. «اتللو در سرزمین عجایب»، او نیز همچون صادق هدایت در پاریس مرد و در پرلاشز خوابش برد.

یک فیلم خانوادگی بامزه از دکتر ساعدی در فیس‌بوک دیدم. زمانی که در پاریس بود و هنوز حالش خوب بود. شعر معروف خیام را می‌خواند: من بنده آن دمم که ساقی گوید/ یک جام دگر بگیر و من نتوانم؟

مصرع آخر با علامت سؤال است و دوستان می‌خندند؛ یعنی من نتونم یک جام دیگر بگیرم؟ ده جام دیگر هم بده من می‌تونم، کما اینکه نوشید و رفت.

ساعدی تمام طنز وجودش را در آخرین اثرش ریخت و رفت. سال‌های قبل من یک ویدئو از این نمایش داشتم و هر بار که می‌دیدم بسیار لذت می‌بردم. دکتر غلامحسین ساعدی زندگی کوتاه

اما بسیار مفیدی داشت. به اعتقاد من دو اثر در این ۴۲ سال اخیر گویاترین هستند و حرف آخر را زده‌اند. «روزگار غریبی‌ست نازنین!» احمد شاملو و «اتللو در سرزمین عجایب» از دکتر غلامحسین ساعدی. یادش گرامی!

تاریخ‌نویسان و سیاست‌پیشگان تحلیل خودشان را در این سال‌ها از این طرف و آن طرف کرده‌اند و نوشته‌اند. حال من ایرانی ساده که هیچ چیزی جز یک کشور آزاد و آباد نمی‌خواهم و قصه هر دو طرف را هم شنیده‌ام چرا باید لشکرکشی و صف‌بندی کنم. در شرایطی که کشور عزیزمان ایران به سر می‌برد. این واقعاً به نفع کیست؟

نمی‌خواهم مطالب این کتاب را به گله و افشاگری و حرف‌هایی از این دست که مخصوص روزنامه‌های زرد و سایت‌های مشتری جمع‌کن است آغشته کنم. این کتاب شاید بتواند گوشه دیگری از تاریخ اجتماعی آن سال‌ها و این سال‌ها و تا هنوز باشد. بدیهی است هر یک از شما عزیزان آن را می‌توانید به روایت خودتان و به گونه‌ای دیگر بنویسد. اما آنچه خواننده و مخاطب من از من انتظار دارد. بیشتر خاطرات تلخ و شیرین در قلمرو هنر است. گرچه گاهی حاشیه اجتناب‌ناپذیر است. اما من سعی می‌کنم حتی‌المقدور از آن پرهیز کنم. تا چه پیش آید.

روزگار کرونایی

یکی دو هفته اخیر صحبت از سوفیا لورن و فیلمی است که در سن ۸۶ سالگی بازی کرده. حالا چگونه پسر کارلو پونتی مرحوم مادر

را راضی به این کار نموده داستانی است که فعلاً ما نمی‌دانیم.

کنجکاو و علاقه‌مند بودم این فیلم را ببینم و بالاخره دیدم. داستان ساده‌ای دارد و یک پسر سیاهپوست مسلمان و یک زن سالخورده یهودی. خود همین تضاد دراماتیکی را در بطن خود دارد. فیلم (زندگی پیش رو) ریتم کندی دارد و روی‌هم‌رفته دیدنی است. مرا یاد فیلم باشو غریبه کوچک بهرام بیضایی می‌انداخت. با این تفاوت که فیلم باشو بسیار بهتر از این فیلم بود. یک‌بار هم در تلویزیونی عرض کردم فیلم باشو بهترین فیلم در مورد جنگ ایران و عراق است. بازی درخشان سوسن تسلیمی و انتخاب درست پسرک جنوبی. هر دو فیلم یک اوج درام دارند. در فیلم کارلو پونتی وقتی سوفیا لورن بیمار می‌شود و پسرک سرکش به سراغش می‌رود و در کنار او می‌گرید، اما در فیلم باشو، سوسن تسلیمی در باران ایستاده و نگران بچه است که هرچه با صابون صورتش را می‌شست، سفید نمی‌شد، با یک تا پیراهن کجا رفته است که احتمالاً سرما بخورد و مریض بشود. با ترکه‌ای در دست انتظار می‌کشد. پسرک می‌رسد و سوسن چند ترکه به پشتش می‌زند که:

– کجا بودی فکر نکردی سرما می‌خوری؟

عکس‌العمل پسرک شاهکار است. پسرک ترکه را می‌گیرد به طرف خود می‌کشد و چند بار می‌بوسد. من دو سه بار این فیلم را دیده‌ام و هر بار به این صحنه رسیدم بغض کرده‌ام. بازی بابک کریمی فرزند برومند استاد نصرت کریمی هم در فیلم زندگی پیش رو جالب بود و مرتب انسان را یاد پدر می‌انداخت.

نصرت کریمی در دوران جوانی که در ایتالیا بود اسیستان ویتوریو

دسیکا بود و خود البته تحت تأثیر نئورئالیسم سینمای ایتالیا، فیلم‌های درشگه‌چی و محلل را ساخت. به زبان ایتالیایی آشنا بود. حالا از قضای روزگار پسرش بابک در مقابل سوفیا لورن قرار می‌گیرد و به زبان ایتالیایی در فیلم حرف می‌زند. کاش استاد زنده بود و می‌دید.

علی تابش و حسن خیاط‌باشی

همان زمان که در اوج کار ترانه بودم با یکی از دوستان به چاتونوگا رفته بودیم. نشستیم و سفارش دادیم. ناگهان صدای خندهٔ خیلی بلند دو نفر در گوشه‌ای از سالن نظر همه را جلب کرد. نگاه کردم تابش و خیاط‌باشی بودند. نمی‌دانم تابش چه می‌گفت که خیاط‌باشی قهقه می‌زد. کم‌کم مردمی که آنجا نشسته بودند از خنده بلند این دو هنرمند می‌خندیدند و دقایق فضای چاتونوگا بسیار شاد شده بود. هر دوی این دو بزرگوار در اوج کارهای هنرشان بودند. خیاط‌باشی شوو مهندس بیلی را داشت و البته یک‌بار هم در استودیو پاپ آمده بود آهنگی ضبط کند و بخواند ایشان را دیدم. تابش هم در رادیو و تلویزیون فعال بود. یک‌بار هم تابش را در صبح جمعه رادیو وقتی با خواننده می‌رفتیم ترانه‌های جدید را معرفی کنیم با خانم آذر پژوهش

مجری برنامه دیدیم، اما «آتش به جان شمع فتد کاین بنا نهاد» دیگر ندیدم‌شان تا بعد از انقلاب.

حسن خیاط‌باشی را در ساختمان چند طبقه‌ای سر چهارراه شاه که مرکز پخش فیلم‌ها بود و من هم داشتم برای تهیه‌کننده‌ای کار می‌کردم و در تدارک ساختن فیلم مسافر شب بودم، گاهی می‌دیدم و سلام و علیکی داشتیم.

یک روز زمستانی که هر دو درحال خارج شدن از ساختمان بودیم به من گفت کجا پارک کردی؟ گفتم ماشین نیاوردم، چون منزل ما در عباس‌آباد اندیشه اصلی بود و نزدیک. حسن آقا یک ماشین شاسی بلند بلیزر داشت. لطف کرد که من را برساند. در راه صحبت‌ها گل انداخت و آه و ناله که آقا این چه وضعیه چرا اینجوری شد؟ من که هنوز کمی خوش‌بین بودم و خیال خارج شدن از ایران را نداشتم و مشغول ساختن فیلم بودم، می‌گفتم:

- اینجوری نمیمونه! بالاخره تعدیل پیدا می‌کنه. الان قانون مملکت شده خمینی و کسی زورش بهش نمی‌رسه. اون که بمیره همه چی بهتر میشه، اما به قول فرشید منافی: تو نگووو...!

صد رحمت به همان سال‌ها...

بعد از انقلاب هنوز در ایران بودم. پدر یکی از بچه‌های سینما که از هنرمندان قدیمی بود، منوچهر مصیری فوت کرده بود رفتیم در مسجدی در میدان ۲۵ شهریور. من و دوست عزیزم سیروس الوند کنار هم نشسته بودیم. ناگهان علی تابش را دیدیم که با یکی دو نفر وارد شدند. آمدند و جلوی ما روی صندلی نشستند. موها همچنان

مشکی و خوب و سرحال. دوستان همه می‌گفتند: به‌به! تابش عزیز، ماشاءالله تکون نخوردی. جوون‌تر هم شدی. تابش هم با خنده جواب می‌داد: خضاب جمالیه!

هر کی ازش تعریف می‌کرد، مرتب همان کلمه را تکرار می‌کرد: خضاب جمالیه! بالاخره متوجه شدیم خضاب جمالیه اولین رنگ مویی بود که وارد ایران شده بود که البته دوران نسل قبل از ایشان که دیگر وجود نداشت و تابش می‌خواست بگه موهامو رنگ کردم چشمم نزنید.

اصغر سمسارزاده

در همان دوران کاخ جوانان، یک روز کاظم افرندنیا دوست عزیزم مرا دعوت کرد که وارد یک گروه نمایش بشوم. رفتیم در ساختمانی در امیرآباد شمالی. رئیس گروه آقای فربودی بود و در آنجا آیتم‌ها و قطعه‌های نمایشی تمرین می‌شد برای تلویزیون. در واقع، یک گروه خصوصی خارج از تلویزیون بود. بعد از تمرین و آمادگی باید می‌رفتیم

۱۶۶

جلوی داوران که عبارت بودند از آقایان ژانتی، ظهری و شنگله اجرا می‌کردیم و آن‌ها اوکی می‌دادند. در این گروه تا جایی که یادم هست، این‌ها بودند: حسن رضیانی، عین‌الله باقرزاده، اصغر سمسارزاده، اصغر ترقه، پروین سلیمانی، مهری مهرنیا، کاظم افرندنیا و نصرت حمیدی دوبلور خوش‌صدایی که جای «کامرون میچل» در سریال چاپارل حرف می‌زد. علی زاهدی، قوچعلی و خواهرش و آقایی که هر چه فکر می‌کنم اسمش یادم نمی‌آید. اگر یادم افتاد برمی‌گردم و می‌نویسم. خود بنده و دختر خانم جوانی به نام فرح آریا که اکنون ژورنالیست و نویسنده در کانادا هست و اغلب در فیس‌بوک به هم لایک تعارف می‌کنیم. زمانی که رادیو داشتم هر هفته از کانادا می‌آمد روی خط و از شعر و ادبیات صحبت می‌کرد، چون هم شاعر است و هم نویسنده، در واقع من و ایشان جوان‌ترین افراد گروه بودیم. البته فرح از من کم‌سن‌تر بود.

اصغر سمسارزاده هنوز اصغر ترقه نشده بود. در سریال پهلوان نایب بازی می‌کرد. در یکی از این قطعات نمایشی نقش پدر دختری را که خواهر علی زاهدی بود، بازی می‌کرد، که مریض می‌شود و من هم به نقش حکیم‌باشی زمان دوران قاجار می‌آمدم برای عیادت که:
به گمانم این دختر باد نزله دارد و...
در یکی از این تمرین‌ها اصغر فکر می‌کنم دیالوگ یادش رفته بود وقتی پرسیدم:
- این دختر چشه؟
اصغر گفت: چه می‌دونم! کسالتش درد گرفته!
خنده من و دیگران و به هم خوردن تمرین... دیگه سمسارزاده

این دیالوگ رو ول نمی‌کرد و شده بود نقطه ضعف من. باید به ایشان باج می‌دادم که نگوید مثلاً دم به دم برایش چای می‌آوردم یا وعدهٔ آبجو می‌دادم. چند روزی بود اصغر حالش خوب نبود و گاهی غر می‌زد. می‌گفت تهیه‌کنندهٔ پهلوان نایب (بهتره اسمش را نبرم اکنون در اروپا زندگی می‌کند) پول من و بچه‌ها رو از تلویزیون گرفته اما کشیده بالا و نمی‌ده.

بالاخره تصمیم می‌گیرد نامه سرگشاده‌ای بنویسد برای «کیهان» که بچه‌ها هم امضا کنند. می‌نویسد و به او قول می‌دهند که چاپ بشود. روزی که گفته بود قراراست مطلب چاپ بشود کمی دیر کرده بود و همه ما هم منتظر. بالاخره روزنامه کیهان در دست وارد شد و مثل برج زهرمار رفت در یکی از اتاق‌ها. ناگهان صدای داد و فریادش بلند شد که نامه را کیهان چاپ نکرده، با نفوذ تهیه‌کننده مربوطه! آن روز اصغر سمسارزاده حالش خیلی بد بود. اصولاً بچه‌ها وضع مادی خوبی نداشتند. من جوان بودم و نیازی نداشتم، اما بقیه اغلب زن و بچه و کرایه خانه داشتند و... آن روزگاران سپری شدند.

من مشغول کار ترانه‌سرایی بودم و برعکس حالا خیلی پرکار. در یک روز زمستانی و برفی که اتفاقاً ماشین هم نداشتم. با خواهر زنم پری که ۱۲/۱۰ ساله بود در خیابان عباس‌آباد منتظر تاکسی بودیم. یک اتومبیل کادیلاک مشکی خیلی بزرگ از کنار ما رد شد، ایستاد و عقب‌عقب می‌آمد و مرا صدا می‌کرد: منصور... منصور...

پری گفت، مثل اینکه تورو صدا می‌کنه. رفتم جلو نگاه کردم اصغر سمسارزاده بود که دیگر مدتی بود اصغر ترقه شده بود و بسیار معروف. رفتیم نشستیم. پری که خیلی سورپرایز شده بود ی کدفعه با

خوش‌حالی گفت:

اِ... اصغر ترقه!

اصغر هم یک ادای اصغر ترقه‌ای براش درآورد و کلی خندیدیم. خوش‌وبش و احوال‌پرسی. گفتم: اصغر این ماشینه یا کشتی؟

یک دکمه را زد، بار آمد بالا. یک پیک کنیاک هم نوشیدیم و حرف‌ها گل انداخت. یاد آن دوران کردیم و گفتم: خیلی خوشحالم که آنقدر موفق شدی.

اصغر هم از ترانه‌های من تعریف کرد که می‌شنود. خلاصه گل گفتیم و گل شنفتیم و خاطرات آن روزها را مرور کردیم. بعدها شنیدم که آن کادیلاک را ولیعهد به سمسارزاده کادو داده بود.

حسن رضیانی

اجازه بفرمایید قبل از اینکه به بخش غمگنانه حسن رضیانی بپردازم. خاطره‌ای خنده‌دار از او تعریف کنم. یک روز ساعت ۹ صبح با گروه در پارک ساعی قرار داشتیم برای ضبط برنامه‌ها. من و رضیانی

کمی زودتر آمده بودیم. زمانی که ساعت ۹ شد و از گروه خبری نبود، رضیانی پیشنهاد کرد برویم ساندویچ بخوریم. رضیانی برعکس تیپ عین‌الله با قرزاده بسیار شیک لباس پوشیده بود. بارانی و شال‌گردن و کلاه کپی و عینک دودی. ساندویچ‌فروش هم او را نشناخت. ناگهان پیرمردی شهرستانی وارد شد و یکراست رفت طرف رضیانی و با لهجه غلیظی گفت: سلام آقای مهندس!

رضیانی ابتدا جا خورد. جواب سلام پیرمرد را به گرمی داد و قبل از اینکه بتواند حرفی بزند، پیرمرد شروع کرد به درد دل و شکایت از سرکارگری که ظاهراً خیلی بدجنس بوده و پسر او را از کار اخراج کرده بود. آقای مهندس... آقای مهندس...! رضیانی که دید پیر مرد مهلت نمی‌دهد و مدام دارد حرف می‌زند سعی می‌کرد او را آرام کند و وعده می‌داد که درست می‌شه و.... . حسن خودش نمی‌خندید و سعی می‌کرد با احترام با پیرمرد صحبت کند، اما من نقطه ضعف همیشگی آمد سراغم و نمی‌توانستم از خنده خودداری کنم. بنابراین رفتم بیرون و جلوی در ایستادم. ساندویچ‌فروش هم مات و متحیر ایستاده بود و دلیل خنده مرا نمی‌دانست.

رضیانی کم‌کم داشت از پیرمرد می‌خواست که تلفن و آدرس رمضانعلی را به او بدهد تا بتواند واقعاً در حل مشکل به پیرمرد و پسرش کمک کند. اما متأسفانه پیرمرد هیچ نشان و تلفنی از او نداشت. بالاخره ماجرا تمام شد و پیرمرد رفت و رضیانی افسوس می‌خورد که اگر پیرمرد تلفن یا نشانی از رمضانعلی داشت حتماً می‌رفتم و هر طوری بود پسرش را یه سر کار برمی‌گرداندم.

بعد از انقلاب، مثل بسیاری دیگر خبری از حسن رضیانی

نبود. شنیدم در یک مبل‌فروشی در خیابان میرداماد کار می‌کند و فاجعه‌ای دردناک برایش اتفاق افتاده. پسر ۱۲ ساله‌اش در استخر خانه برادرش غرق شده بود. همراه با یکی از دوستان عزیزم فرشید رئیس فیروز تصمیم گرفتیم به دیدن رضیانی برویم. من و فرشید که او هم رضیانی را می‌شناخت پای درد دل او که با گریه حرف می‌زد نشستیم و با او همدردی کردیم.

همان زمان فیلمنامه در دست کار داشتم. در آن فیلمنامه راستش کسی دیگر را در نظر داشتم، اما با دیدن رضیانی متوجه شدم او برای این نقش مناسب‌تر است. کاراکتری تقریباً شبیه اصغر ژیلای فیلم پنجره جلال مقدم که به اعتقاد من یکی از بهترین کارهای جدی رضیانی بود.

آن زمان شنیده می‌شد که اگر به هنرپیشه‌های به اصطلاح طاغوتی نقش منفی بدهند قابل‌قبول است. فکر کردم بازی در این فیلم می‌تواند مرهمی باشد بر زخم دل دردمندش و شاید درد جانکاهی را که در درون خود دارد کاهش دهد. طبق معمول اسامی همه افراد گروه را به ارشاد دادیم و منتظر نشستیم. در این مدت با رضیانی تماس تلفنی داشتم. به من می‌گفت روی نقشش مشغول کار کردن است. می‌دیدم روحیه‌اش را باز یافته. از این بابت خیلی خوشحال بودم اما دلم شور می‌زد. تا اینکه مدیر تهیه فیلم به من زنگ زد و خبر بد را داد: «اسم حسن رضیانی خط خورد.»

نمی‌دانستم به حسن چه بگویم. قبل از اینکه به او زنگ بزنم رفتم پیش مسئول دفتر ارشاد. در مورد رضیانی با او صحبت کردم و داستان را برایش گفتم. او قول‌هایی داد و شاید هم تلاش‌هایی

کرد، اما باز هم جواب منفی بود. این ماجرا آنقدر اثر بدی روی من گذاشت که سناریو را به دیگری واگذار کردم و از ساختن آن فیلم منصرف شدم.

استاد نصرت کریمی

تصور می‌کنم سریال دایی جان ناپلئون کار بسیار زیبا و ماندنی ناصر تقوایی از آخرین کارهای نصرت کریمی بود. او بعد از انقلاب تازه از مرز ۵۰ سالگی گذشته بود و هنگام استفاده از تجربیات هنری‌اش بود. سوئدی‌ها جمله‌ای دارند به این مضمون: «زندگی در ۵۰ سالگی شروع می‌شود.» متأسفانه برای بعضی از هنرمندان ما زندگی در ۵۰ سالگی تمام شد. فکر می‌کنم در مورد استاد نصرت کریمی همگان همه چیز را می‌دانند.

چند سال پیش وقتی ایشان برای سخنرانی با اسلایدهای صورتک‌های معروفش به سوئد آمد. چند روزی با دوست عزیزم ناصر زراعتی در خدمتش بودیم. با سخنان شنیدنی و لحن گرم و

دلنشین، تلخی غربت را در کام ما شیرین کرد. این دومین دیدار من با استاد بود. اولین دیدار در سال ۱۳۶۰ بود در یک بعد از ظهر گرم تابستان که به اتفاق دوست عزیزم سیروس الوند فیلمساز قبل و بعد از انقلاب به منزل ایشان رفتیم.

آن زمان فیلمنامه‌ای داشتم به نام مسافر شب. به سیروس پیشنهاد کردم که نقش اول جوان فیلم را بازی کند. او ابتدا تردید داشت و بالاخره شاید به اعتبار فیلم اولم از فریاد تا ترور که دیده بود قبول کرد. باری! رفتیم خدمت نصرت کریمی که افتخار دهد و نقش پدر را در آن فیلم بازی کند.

دست چپ استاد آسیب دیده بود و به گردنش آویخته بود. فیلمنامه را گوش کرد و آن را پسندید. آن زمان گل پرورش می‌داد و می‌فروخت. آنگاه مجسمه‌های کوچکی را که صورتک می‌نامید، یکی‌یکی به ما نشان داد. حالت درونی تیپ‌ها و شخصیت‌های گوناگون جامعه. خوش‌اخلاق، بداخلاق، خسیس، دست و دلباز، عاشق و... آن زمان ممیزی ارشاد راه افتاده بود و طبق معمول باید اسامی همه را از هنرپیشه و فیلمبردار و... برای تصویب به ارشاد می‌دادیم. یک ماه منتظر ماندیم... بالاخره نتیجه به دستمان رسید. اسم استاد نصرت کریمی خط خورده بود. آن نقش را به نعمت گرجی دادم که بسیار خوب بازی کرد و خشنود بود. معمولاً قبل از دیدن ارشادی‌ها و تصمیم آن‌ها در مورد فیلم، یک جلسه خصوصی بود. دوستان اهالی سینما آمدند فیلم را دیدند، اما فیلم مسافر شب برای همیشه توقیف شد. این دومین فیلم بلند من بود که به این سرنوشت دچار می‌شد. سخن کوتاه کنم. سومین هنرمندی که اسمش را به ارشاد دادیم و

خط خورد «سوسن تسلیمی» بود. برای فیلم آخرم مردان مرداب آن هم در شرایط قحط‌النسایی و کمبود هنرپیشه زن در سینما. برعکس حالا که فراوان هستند. سال‌های اختناق سینما و رد شدن طرح‌ها و فیلمنامه‌های خوب.

بعد از اینکه سال ۱۳۶۷ به سوئد آمدم. کم‌کم می‌شنیدم که سینما وضع بهتری پیدا کرده. به اعتقاد من سینمای اکنون ایران به‌رغم سانسور و مشکلات، مقام بالایی در سینمای جهان دارد.

خانم سوسن تسلیمی بعد از آن ماجرا به کشور سوئد آمد و با یک کارگردان تئاتر سوئدی ازدواج کرد و خیلی زود زبان سوئدی را یاد گرفت به شکلی که در تئاتری به نام «مدا» پنج نقش را به تنهایی بازی کرد و خوش درخشید. من هم در مجله «بازتاب» که هفتگی در استکهلم چاپ می‌شد، نقد خوبی در ستایش کارش نوشتم که زنگ زد و تشکر کرد. سوسن تسلیمی در سوئد در زمینهٔ بازیگری و کارگردانی بسیار موفق بوده است.

عماد رام

بدیهی است که قصد من نام بردن از یک‌یک هنرمندان نیست. تنها به هنرمندانی که به نوعی با آن‌ها سرو کار داشته‌ام و خاطره‌ای دارم بسنده می‌کنم.

با عماد رام جدا از اینکه دوران جوانی با خواهرش نادیا به کاخ جوانان می‌آمدند و برنامه اجرا می‌کردند. اولین بار او را در جشنی که در یک هتل به‌عنوان عروس ایران برگزار شده بود و تقریباً همه ترانه‌سراها و آهنگسازان آنجا دعوت داشتند، دیدم. از شورای ترانه آقای دکتر نیر سینا و خانواده هم تشریف داشتند. اسفندیار منفردزاده رفت پشت میکروفون و از فرصت استفاده کرد که نقدی بر شورای ترانه بکند و مثلاً اینکه: جناب دکتر! زبان محاوره در ترانه مورد کم‌لطفی شما قرار می‌گیرد. چرا فدات بگردم من؟ فدات بشم چرا نه؟

نوبت عماد شد که ترانه‌ای بخواند. ترانه «فرنگیس» که ساختهٔ سیاوش قمیشی بود، با صدای عماد خیلی معروف شده بود. عماد می‌خواست اسم آهنگساز را بگوید. قمیشی را با فتحه گفت و موجب خنده شد. ما که همه روی صحنه بودیم یواش می‌گفتیم عماد!

قُمیشی... اما باز هم همان‌گونه گفت. تا اینکه یکی از دوستان رفت گوشهٔ کتش را کشید و گفت قُمیشی. بعد عذرخواهی کرد و خواند. حالا معلوم نبود شوخی‌اش گل کرده بود یا بلد نبود. با شناختی که من بعداً از او پیدا کردم فکر می‌کنم اولی درست باشد.

بعد از انقلاب اما بیشتر یکدیگر را می‌دیدیم. اول به این مناسبت که به‌رغم اینکه به او اجازهٔ کار علنی نمی‌دادند من از فلوت جادویی‌اش در بعضی آهنگ‌ها و موسیقی متن‌ها استفاده می‌کردم. البته بی‌نام و نشان.

شب و روزهایی با هم داشتیم که بماند. عماد عادت داشت قبل از نواختن فلوت به آن روغن می‌زد که صدایی که او می‌خواهد در بیاید و این را در منزل خودمان دیدم. شبی که با تنی چند از دوستان نشسته بودیم این‌کار را کرد و فلوت شاهکاری زد. البته به بنده هم به قول خودش حکم کرد که تنبک بنوازم. آن را در کاستی ضبط کردیم و خودش گفت: امشب شهریور ۱۳۶۱ کجا هستیم و یادگاری ماند که من در سال‌های اخیر دو سه بار از رادیویی که داشتم به یاد آن شب پخش کردم.

یک روز که در استودیو پاپ مشغول ضبط موسیقی فیلم بودیم، عماد باید روی ارکستر با فلوت سولو می‌زد. علی درخشان که کار را تنظیم کرده بود عبدالله‌اف را هم دعوت کرده بود که جداگانه تار بنوازد. عبدالله‌اف که صدای فلوت عماد را شنید بسیار تعجب کرد که این فلوت است یا بالابان؟ البته می‌گفت صدایی بین این دو ساز که هرگز صدای فلوت را این‌گونه نشنیده‌ام. عماد کارش تمام شد و آمد بیرون و عبدالله‌اف به او تبریک گفت و با هم دوست

شدند. البته عبدالله‌اف که از جمهوری آذربایجان بود تار خیلی جالب و خوش‌صدایی می‌زد.

از خوش‌طبعی عماد بگویم که یک روز در استودیو قرار بود یک چیزهایی برای کاست ضبط کنیم. بنابراین به شکل زنده او فلوت می‌زد و من باید دکلمه می‌کردم. بعضی وقت‌ها جوک یادش می‌افتاد و می‌گفت. یک جوک گفت و ما خندیدیم و تمام شد، اما تا می‌آمدم دکلمه را شروع کنم، یاد جوکش می‌افتادم و می‌خندیدم. باز آن نقطه‌ضعف معروف آمد سراغم و نمی‌توانستم از خنده خودداری کنم. چند بار تکرار شد و بالاخره کار تعطیل شد.

اما این خوشی‌ها متأسفانه دیری نپایید. یک روز عصر به من زنگ زد و گفت: منصور جان ونه بوریم؛ یعنی باید بریم. من سعی می‌کردم با عماد مازندرانی حرف بزنم که زبان مادری یادم نرود.

گفت: روزنامهٔ کیهان عصر رو دیدی؟

ـ نه ندیدم.

ـ برو خودت بگیر و بخون من حالم خوب نیست.

در کیهان با تیتر درشت نوشته بود، عماد رام جرثومه فساد و... . عماد رام خیلی زود از ایران همراه خانواده خارج شد و به آلمان رفت. صدایش را خیلی دوست داشتم. این سال‌ها هر وقت صدای «لئوناردو کوهن» را می‌شنیدم یاد او می‌افتادم. عماد به راستی با صدای بم و گرمش، «لئوناردو کوهن ایران» بود.

نعمت‌الله آغاسی

خانمی که چند سال بود از انگلیس آمده بود و آنجا درس هنر خوانده بود، آن‌طور که خودش می‌گفت، از طوفان تلفن مرا گرفته بود. به من زنگ زد و گفت:«من یک طرح برای یک شوو تلویزیون دارم که طرح آن هم تصویب شده.»

قرار شد یکدیگر را ببینیم و صحبت کنیم. من هم به طوفان زنگ زدم و گفتم که او هم بیاید ببینیم داستان چیست.

سه نفری قراری گذاشتیم و نشستیم. خانم از برنامه‌ها و شوو بزرگش تعریف می‌کرد که بسیاری از هنرمندان در آن شرکت خواهند داشت و می‌گفت چون چند سال در ایران نبوده کسی را نمی‌شناسد و می‌خواست از طریق ما بعضی‌ها را دعوت کند. به همین دلیل وقتی رفتم پشت صحنه کاباره ونک و به گوگوش گفتم درحالی‌که لباس برای تعویض تو دستش بود یواشکی به من گفت: «این خانم یک‌بار قبلاً با من تماس گرفته و من جوابی بهش ندادم. تو هم مواظب باش معلوم نیست چکاره است.»

درحالی‌که همان زمان‌ها خواهر خانم پری که در وزارت اطلاعات با داریوش همایون کار می‌کرد یک روز به من گفت: «عراقی‌ها می‌خواهند گوگوش رو برای روز استقلال به بغداد دعوت کنند به من گفتند اما تو که آشناتری باهاش صحبت کن.»

زنگ زدم به گوگوش و گفتم. ایشان هم بعد از کمی شوخی پذیرفت. من هم اطلاع دادم. گویا دستمزد گوگوش شاه‌ماهی ایران هم سیصد هزار تومان بود در آن زمان.

یکی از دوستان اهل کار گفت. پورسانت گرفتی؟ گفتم نه. گفت ده درصدش میشه سی هزار تومن. گفتم. نه ما از این حرف‌ها با گوگوش نداریم دوست و همکاریم. البته آن زمان با سی هزار تومان می‌شد یک خونه در امیریه خرید. نمی‌خواهم بیشتر به جزئیات بپردازم چون منظور من اینجا بیشتر مربوط به آغاسی است. گویا خودش با آغاسی صحبت کرده بود و موافقت او را گرفته بود. یک روز زنگ زد که آغاسی ما را به «افق طلایی» جایی که هر شب برنامه داشت دعوت کرده که خانوادگی برویم و مهمان او باشیم. ضمناً صحبت هم بکنیم. اول من و طوفان کمی تردید داشتیم که افق طلایی؟ بهتره در یک رستوران یا جایی قرار بذاریم برای صحبت. اما خانم... (از گفتن اسمش معذورم شاید در ایران زندگی می‌کند) اصرار داشت که نه آغاسی گفته برای شما در بالکن جا رزرو کرده‌ام. رفتیم. درست بود در بالکن نشستیم. طوفان با همسرش و من هم همین‌طور. از بالا که نگاه می‌کردم به جز چند گارسون زن و... گوش تا گوش مردها نشسته بودند و به میگساری مشغول.

آغاسی نیم ساعت قبل از آغاز برنامه‌اش آمد بالا و پیش ما

نشست. اولین بار بود که نعمت‌الله آغاسی را که آن زمان در اوج شهرت و محبوبیت بود از نزدیک می‌دیدیم. تعارف و مهربانی بسیار درست همان‌طورکه در تلویزیون و فیلم دیده بودیم. کمی هم در مورد کار صحبت کردیم. آغاسی شروع کرد به توضیح دادن و گفت:

- همان‌طور که در فیلم‌های فارسی دیدین همیشه. امشب هم ممکنه همون اتفاق بیفته و میزها بره رو هوا، اما شما نگران نباشید از همین بالا نگاه کنید و بخندید و هر وقت خواستید از همون در پشتی راهنمایی می‌شین و تشریف می‌برید. ممکنه من دیگه نتونم خدمت‌تون برسم.

و اضافه کرد: البته بعضی از این دعواها هم تقصیر منه. من تا شروع می‌کنم مردم هیجان‌زده می‌شن اول پول می‌ریزن روی صحنه و بعد هم...

برنامه آغاسی شروع شد. بعد از ۵/۴ آهنگ خواندن همان که گفته بود اتفاق افتاد و جنگ مغلوبه شد. درست مثل فیلم‌های فارسی... ناگهان دیدیم آغاسی هم غیب شده. به طوفان گفتم:

- مثل اینکه آغاسی هم بدش نمی‌آد که دعوا راه بیفته و فلنگ رو بینده!

آن زمان مرسوم بود گاهی به دعوت بعضی از دوستان هنرمند به کاباره‌های به اصطلاح باکلاس دعوت می‌شدیم. از جمله یک شب هم حسن شماعی‌زاده عزیز لطف کرده بود و ما را خانوادگی به «شکوفه نو» دعوت کرد که خیلی خوش گذشت، اما آن شب در لاله‌زار و افق طلایی خیلی جالب بود. به‌خصوص که آغاسی را از نزدیک دیدیم.

می‌گویند زمان به چهار قسمت تقسیم شده. زمان گذشته، زمان حال، زمان آینده و زمان شاه. آن زمان خیلی از هنرمندان به دربار دعوت می‌شدن. چیزی را که هیچ‌کس نمی‌تواند کتمان کند این است که اصولاً خانواده پهلوی پشتیبان و دوستدار هنرمندان بودند. به‌خصوص شهبانو فرح که از فیلمساز، نقاش و خواننده تا جشن و هنر شیراز و کانون پرورش کودکان و ساختن تئاتر شهر، همیشه مورد حمایت ایشان بود. از جمله برنامه‌ای که آغاسی یک شب در دربار و مجلس خصوصی داشت.

این داستان را از یکی از دوستان سینما شنیدم که برای فیلمبرداری به این مجالس می‌رفت. او تعریف می‌کرد که: یک شب برای اولین بار آغاسی به دربار دعوت شده بود. برنامه اش شروع شد. شاه و شهبانو و مهمانان هم نشسته بودند. اول خیلی مرتب و شق و رق شروع کرد به خواندن. شاه داد زد:

- آغاسی اینجوری نه! همونجوری که همیشه می‌خونی!

آغاسی هم یک ای والله گفت و کتش را در آورد و شروع کرد به خواندن به سبک خودش! حالا چون دربار بود به جای پول، سکه می‌انداختند و آغاسی در حال خواندن سکه‌ها را هم جمع می‌کرد. گویا یک نفر یک سکه نیم پهلوی انداخته بود. آغاسی سکه را برداشت و گفت: ای والله! منزل پهلوی و نیم پهلوی. شلیک خنده مهمانان.... .

محتبی میرزاده

با مجتبی میرزاده چند کار بـرای تنظیم و سـولونوازی داشـته‌ایم. از معروف‌ترین آن‌ها سولوی ویلیون ترانه مخلوق بـود که با آهنگ حسن شماعی‌زاده و تنظیم منوچهر چشم‌آذر بود. مجتبی گاهی فراموش می‌کرد آن سازهایی که بهـش گفته‌اند را بـا خـود به اسـتودیو بیـاورد، چون سه تـا ساز را عالی می‌نواخت. ویلیون، سه تار و کمانچه.

سـر ترانۀ «بـزن تار» که هایده خوانـده اسـت در اسـتودیو پاپ، (یاد محسن کلهر و ناصر فرهودی گرامی باد) ترانه‌ای با آهنگ صادق نوجوکی و تنطیم ناصر چشـم‌آذر قرار بـود تار بیـاورد و و سـولو بزنـد. بعد از کمی دیر آمدن با عجله از پله‌ها سـرازیر شـد و با لهجۀ شیرین کرمانشاهی گفت:

- ناصر جان چی باید بزنم؟ چی باید بزنم؟

ناصر گفت: تار دیگه!

مجتبی گفت: ای وای من سـه تار آوردم. امـا به سـبک تار می‌زنم. نگران نباش.

ناصر هم قبول کرد و رفت تو استودیو زد. سولوها را هم با سلیقه

خودش. یک‌بار آهنگ رو گوش می‌داد و می‌زد یا تنظیم‌کننده بهش می‌گفت حدوداً چی بزنه.

خب! مردم عادی زیاد متوجه این داستان‌ها ممکن است نشوند، اما وقتی من رفته بودم لندن برای گوگوش آکادمی. بعد از برنامه بچه‌ها لطف کردن من را بردند به یک بار برای کمی میگساری. من بودم و رها اعتمادی و امید و هومن خلعتبری. هومن همان‌جا یقه منو گرفت که چند ساله برای من سؤاله که در ترانه «بزن تار» چرا سه تار؟ برایش داستان را گفتم. یک‌بار دیگر دوباره با همان تیم. من و صادق و ناصر این‌بار برای ترانه «حرف بزن ای مهربون» مازیار، ناصر گویا به مجتبی خان سفارش کمانچه برای سولو داده بود.

باز با کمی دیر کرد از پله‌های استودیو پاپ سرازیر شد و گفت: ناصر جان چی بزنم؟ چی بزنم؟

- کمانچه دیگه مجتبی جان!

کمانچه؟ ای داد! من ویلیون آوردم.

قبل از اینکه ناصر اعتراصی بکند با همان تندتند حرف زدن و لهجه شیرین کرمانشاهی گفت. نگران نباشید... نگران نباشید! من الان کمانچه تحویلتان می‌دم. شانه کی داره؟ یک شانه به من بدین. یک نفر یک شانه بهش داد. رفت داخل استودیو شانه را گذاشت توی سیم‌های نزدیک خرک و ویلیون را سر و ته کرد مثل کمانچه و نواخت. این دیگر واقعاً صدای کمانچه بود. آن هم کمانچه‌ای خوش‌نوا!

محمود قربانی

با محمود قربانی سر ترانهٔ «دختر مشرقی» شهره آشنا شدیم. دفتری داشت در کاباره میامی و با من هم قرار گذاشته بود. خودش که پشت میز نشسته بود و یک صندلی هم به من تعارف کرد و شهرام و شهره ۱۷/۱۶ ساله هم مثل طفلان مسلم روی زمین نشسته بودند.

صحبت‌ها شد. محمود قربانی هم خیلی محبت و احترام داشت. چکی هم نوشت و داد به من. چک برگشت خورد. احتمالاً چون محمود خان چند تا حساب داشت حواسش نبود.

من اصولاً در این کتاب نمی‌خواهم از کسی گله بکنم. دارم سعی می‌کنم فرازهای خوش آن روز کار را برایتان بنویسم آن هم بدون هیچ گزافه‌گویی.

یک شب درست یادم نیست چه مناسبتی بود. فکر می‌کنم تولد ناصر چشم‌آذر بود. جشنی که من و طوفان با همسران دعوت شده بودیم. محمود قربانی که ما را دید دستور داد میزها را به هم بچسبانند و یک میز بزرگ تشکیل شد و پذیرایی بسیار. شاید بگم دو برابر آن چک مربوطه آن شب خرج ما کرد. من هم پا به پای محمود ویسکی می‌خوردم. کمی هم رفتیم وسط با بچه‌ها رقصیدیم و سیاه‌مست.

دیدم حالم خوب نیست. یواشکی رفتم طرف دستشویی. ناگهان تعادلم را از دست دادم و چند تا پله قل خوردم. خوشبختانه پله‌ها ماهوت بود و تقریباً نرم بود. به هر زحمتی بود بلند شدم رفتم طرف دستشویی و تا توانستم سر و کله‌ام را با آب سرد شستم. دوباره لباس‌هایم را مرتب کردم و برگشتم به جایم. اما تا آخر مجلس دیگر لب به هیچی نزدم.

دیگر با محمود خان رفیق شدیم. یک شب که در تلویزیون بودیم به من گفت منصور بریم سر پل تجریش عرق بخوریم؟ گفتم بریم!

یک مجری تهیه‌کننده جوان بود که با فرشید رمزی کار می‌کرد. الان حضور ذهن ندارم. سه نفری رفتیم سر پل تجریش در یک میکده کوچک روی چهارپایه نشستیم و بی‌بی مریم با لوبیا و سیرابی شیردون پذیرایی می‌کرد. آن هم با ودکای اسمیرونوف. کلی سفارش دادیم و خوردیم. کلاً حساب ما شد ۳۵۰ تومان. محمود خان هم علاوه بر حساب ۵۰۰ تومان فقط انعام داد. بله از این لوطی‌گری‌ها زیاد می‌کرد. خیلی خوش گذشت.

دیگر محمود قربانی را ندیدم تا بعد از انقلاب. همان اوایل انقلاب بود که با خانواده و باجناق پژمان رفتیم به شهرک ساحلی خزرشهر. یک رستوران هم داشت که معمولاً می‌رفتیم آنجا برای خوردن غذا. در رستوران محمود خان را دیدم همراه یک خانم که شاید همان خانم هایده مادر شهرام کاشانی بود. کلی از دیدن هم خوشحال شدیم بغل و ماچ و بوسه که همان اول احساس کردم محمود یک حالت عاطفی و حساسی پیدا کرده. شروع کرد به تعریف آنچه بر او گذشته بود کرد و اینکه تا لب اعدام هم رفته بود. دیگر محمود خان را ندیدم و تا

هنوز هم.

فکر می‌کنم به‌اندازه کافی در این سال‌ها جلوی دوربین نشسته و تعریف کرده. به هر روی، این همهٔ آن چیزی بود که من از محمود قربانی به خاطر داشتم.

رامش

چقدر دلم سوخت، وقتی این اواخر خبر سکته ناگهانی‌اش را شنیدم. همان روز محمد ضرغامی از رادیو فردا زنگ زد و خبر بد را به من داد. بلافاصله به او گفتم که بهتر است تو با منوچهر چشم‌آذر تماس بگیری، چون بیشترین ترانه‌های رامش را منوچهر و ناصر با او کار کرده‌اند. در آن مصاحبه گفتنی‌ها را گفتم. اینکه آذر محبی عزیز چه زن انسان و خوبی بود با قلبی مهربان. از قلب مهربانش همین‌قدر بگویم. نمی‌دانم چطور شد که به او زنگ زدم (فکر می‌کنم با منوچهر چشم‌آذر ترانه‌ای برایش آماده می‌کردیم) افشین مقدم در جاده هراز تصادف کرده بود و کشته شده بود. من نمی‌دانستم که او خبر ندارد. بدون مقدمه گفتم طفلک افشین هم... گفت: مگه چی شده؟ گفتم: در جاده هراز به طرف شمال تصادف کرد و... .

ناگهان زد زیر گریه. حال هرچه من می‌خواهم او را از پشت تلفن آرام کنم نمی‌توانم.

اما خاطره بامزه‌ای که از رامش دارم. ناصر چشم‌آذر باز هم در همان همسایگی زنگ زد که رامش امشب استودیو پاپ وقت گرفته و می‌خواد میکس کنه. گفته شما هم بیایید. گفتم مگه شاعرش نیست؟ گفت، شعر و آهنگش را خودش ساخته ما باید بریم کمک کنیم. رفتیم دوباره استودیو پاپ (فکر می‌کنم آن سال‌ها نصف زندگی ما در استودیو پاپ می‌گذشت.) مگر گاهی وقت نداشت و ما عجله داشتیم می‌رفتیم استودیو بل پیش رحیم شب‌خیز یا جای دیگر. رفتیم. شعر هم کمی اشکال داشت درستش کردم و ناصر هم کمک می‌کرد برای خواندن او. همه چیز هم البته دوستانه بود بدون هیچ حساب و کتابی. رامش عادت داشت یک کنیاک هنسی می‌آورد استودیو برای اینکه صدایش بازتر بشود. البته صدای زیبا و یونیک او همیشه کوک بود. کار تا دو سه نصف شب طول کشید. از استودیو آمدیم بیرون در لارستان. ناصر پیشنهاد کرد بریم پل چوبی، کله پاچه بخوریم در کله‌پزی گلپایگانی. دوتا کله‌پزی معروف در تهران بود. اولی سر پل امیربهادر و گلپایگانی. حالا اگه شما بفرمایید سومی هم بود من خبرندارم. رفتیم نشستیم و سفارش دادیم. رامش از همان اول شوخی‌اش گل کرده بود و به گارسون سفارش چشم و بناگوش و زبون می‌داد. تا غذا را بیاورند چند دقیقه طول کشید. رامش از همانجا داد می‌زد.

اوستا این چشم و بناگوش ما چی شد؟ زبونُم یادت نره. من و ناصر حرص می‌خوردیم. ناصر می‌گفت: آذر نکن! لات بازی در نیار

ابروی مارو بردی! دو سه نفر از این لات‌های دبش فیلم‌فارسی هم کمی دورتر از ما نشسته بودند و گاهی به ما نگاه می‌کردن. احتمالاً با خودشون می‌گفتند: این دوتا جوجه فوکلی عجب تیکه‌ای تور زدن! به گمانم آدم‌هایی که آنجا بودند رامش را به جا نیاورده بودند. یا احتمالاً می‌گفتند کسی شبیه اوست. غذا را خوردیم و بلند شدیم. بلافاصله هم آقایان لات‌ها بلند شدند که بروند. ناصر گفت: ای داد بیداد! این لات‌ها امشب ول کن ما نیستن.

رامش گفت: ناصر سوئیچ ماشینو بده من بروئم.

ناصر یک بی.ام.و داشت. آذر خانم نشست و تیک او کرد. و لات‌ها به دنبال ما. در شب خلوت تابستانی تهران تعقب و گریز شروع شد. منزل رامش در قیطریه بود، اما با سرعت از خیابان‌های فرعی و هر جایی که می‌توانست می‌راند. خلاصه مدتی آقایان لات‌ها را مچل کرد تا بالاخره ما را گم کردند. رسیدیم دم منزل رامش. ما هم خواستیم که مطمئن شویم که می‌رود داخل خانه. اما رامش هر چه زنگ می‌زد کسی در را باز نمی‌کرد. رامش هم کلید خانه را با خودش نیاورده بود. می‌گفت خدمتکار ما گوشش سنگینه احتمالاً نمی‌شنوه.

بالاخره قلاب گرفتیم روی دست من و شانه ناصر، با خنده و حالی که ما داشتیم از روی در آهنی پرت شد توی حیاط و سکوت... ما نگران شدیم. ناصر داد می‌زد: آذر.. آذر... خوبی؟

جوابی نبود. چند بار هم من با نگرانی صدایش کردم. باز هم جوابی نیامد. من گفتم ناصر کمک کن برم از در بالا و ببینم چی شده؟ بالاخره من با زحمت به در بالای در رسیده بودم که ناگهان صدای غش‌غش خنده رامش بلند شد. فهمیدیم هر دوی ما را گذاشته بود

سر کار. نفسی به راحتی کشیدیم.

این داستان را با هشتاد درصد سانسور ۵/۴ سال پیش در برنامه «صبحانه با هنرمندان» رادیو فردا بنا به اصرار محمد ضرغامی تهیه‌کننده و مجری برنامه گفتم. فقط گفتم رفتیم کله‌پاچه خوردیم. کتاب البته خصوصی‌تر است از رادیو تلویزیون. اما باز هم همه چیز را نمی‌شود گفت.

بدیهی است من که در دو قلمرو سینما و ترانه کار کرده‌ام خاطرات بسیار داشته باشم. همان‌طور که دیگر همکاران من دارند، اما بعضی از خاطرات به دیگران هم بر می‌گردد و لزوماً بنده اجازه گفتن آن‌ها را ندارم. بنابراین بسنده خواهیم کرد به خاطراتی که حتی المقدور به کسی برنخورد و لطمه نزند

افشین مقدم - مسجد صفی علیشاه

در آن زمان آنقدر مرگ و میر در میان هنرمندان نبود. بعد از انقلاب، اما مثل برگ خزان ریختند و یکی‌یکی رفتند. چون عشق در دلشان مرده بود. عشقی که با هنرشان عجین شده بود. به همین دلیل وقتی شنیدیم که افشین مقدم ناگهان ور پرید همه شوکه شده بودیم. گفتند که در جاده هراز تصادف کرده. همان سال با ناصر چشم‌آذر یک ترانه برای او ساخته بودیم.

در استودیو پاپ مشغول ضبط بودیم که گوگوش هم با وارطان آمدند. گویا وقت ضبط داشتند. افشین شگردی بلد بود. وقتی آدم چند جمله پشت سر هم می‌گفت بلافاصله می‌گفت چند کلمه بوده است. گوگوش که موضوع را می‌دانست خیلی علاقه‌مند بود که این

شگرد را از او یاد بگیرد. افشین خجالتی هم سرخ و سفید می‌شد و می‌گفت. کسی که به من یاد داده قول گرفته که به کسی راز آن را نگویم.

برای ختم افشین مقدم همراه با ناصر چشم‌آذر و پرویز قریب‌افشار با یک ماشین رفتیم مسجد صفی علیشاه. داخل مسجد صندلی بود، ردیف دوم سوم نشستیم. دکتر مهاجرانی هم رفت روی منبر برای سخنرانی. (اگر اشتباه نکنم بعد از انقلاب او را هم اعدام کردند.)

آن زمان سیگار کشیدن قدغن نبود و همه جا می‌شد کشید. مهاجرانی که شروع به صحبت کرد، سیگاری‌ها یاد سیگار کشیدن افتادند و شروع کردند. ایشان هم که روی منبر نشسته بود بیش از همه دود می‌خورد. ناگهان جمله معترضه‌ای گفت:

- آقایان این‌طور که شما سیگار می‌کشید و دود آن به طرف بالا می‌آید، بنده هم با این دودها از دودکش خارج خواهم شد. خنده حضار... .

تا اینجا اشکالی نبود. قریب‌افشار هم با خنده‌های معروفش حسابی خندید و دوباره همه ساکت شدند و سیگارها را خاموش کردند، اما خنده پرویز قریب‌افشار بند نمی‌آمد. خیلی سعی می‌کرد اما نمی‌شد. من هم دست کمی از او نداشتم و از خنده او می‌خندیدم. دیدم ناصر هم سعی می‌کند جلوی خنده خود را بگیرد، یادم نیست ستار هم در ردیف ما بود یا نه. چون وقتی قریب‌افشار بلند شد که برود بیرون، هفت هشت نفر با او بلند شدند و آن وسط خالی شد. دکتر مهاجرانی همچنان در حال موعظه بود و ما سعی می‌کردیم صدای خنده‌هایمان را خفه کنیم که به داخل نرود و به جایش اشک

می‌ریختیم. با تمام تأثری که از مرگ نابهنگام افشین مقدم داشتیم،
اما گاهی برعکس جایی که نباید بخندی. خنده امان نمی‌دهد. شاید
برای شما عزیزان هم پیش آمده باشد. این جمله نمی‌دانم از کیست
اما شنیده‌ام: کسانی که زود می‌خندند و زود می‌گریند، انسان‌های
خوش‌قلبی هستند. این در مورد پرویز قریب‌افشار حتماً صادق
است.

فریدون فرخزاد

صحبت پرویز جان قریب‌افشار شد. یاد فریدون فرخزاد افتادم
که هر وقت سوژه کم می‌آورد یک متلکی به پرویز خان می‌گفت.
اغلب برای شوخی و خنده. پرویز هم می‌گفت من حریف زبان این
آدم نمی‌شم اگه جواب بدم بدتر می‌کنه. گویا بدش هم نمی‌آمد که
فرخزاد گاهی یادی از او بکند.

یک شب من و دو نفر دیگر مهمان او در منزلش بودیم. خواننده
جدیدی که برایش شعر و آهنگی ساخته بودیم و قرار بود در برنامه

۱۹۱

فرخزاد و در برنامه رادیو صبح جمعه بخواند و آقای دیگری که دوست فریدون بود. آنقدر با فرخزاد صمیمی نبودم که بگویم فریدون، اما اولین باری که گفتم آقای فرخزاد، صدایش بلند شد که فریدون کافی است منصور جان.

خانه‌اش آن زمان در امیرآباد شمالی بود. سگ معروفش هم پرسه می‌زد، که اگر با نیرنگ در آلمان او را داخل حمام حبس نمی‌کردند شاید به داد صاحبش می‌رسید. کمی مشروب سرو کرد و با مهربانی مشغول پذیرایی از ما شد. صحبت از شعر و ترانه شد و در میان چند ترانه‌ای که دوست داشت نام ترانه روایت، حافظ بیا دوباره غزل کهنه را بر انداز را بر زبان آورد که دوست خواننده جوان ما بلافاصله گفت. این شعر مال منصور هست. گفت: خب راستش نمی‌دونستم کی سروده، اما هروقت این شعر با صدای ستار پخش میشه با دقت گوش می‌دم.

یک‌بار هم در یکی از شووها در لوس‌آنجلس شنیدم که به خود ستار گفت و اضافه کرد، مثل اینکه هیچکس به جز من در برنامه‌ها یاد شاعر و آهنگساز و تنظیم‌کننده نیست. زورشان می‌آد دو کلمه اسم بچه‌ها رو بگن. بحث به جایی کشید که نارضایتی خودش را با مردمی که به زندگی خصوصی او سرک می‌کشند و آن را در کار و هنر او دخیل می‌دانند اعلام کرد: آخر زندگی خصوصی یک هنرمند به کسی مربوط نیست. من یا خوب ویلیون می‌زنم یا نمی‌زنم. اگر ویولنیست خوبی هستم، شما از نغمهٔ ساز من لذت ببرید و اگه دلتون خواست منو تشویق کنید. چکار دارید که قبل از هر چیز می‌رید سراغ اینکه من با کی ازدواج کردم یا از کی جدا شدم. یا در خلوت و

تنهایی خودم چه می‌کنم و بیشتر از خودش گفت:

خب من در آلمان حقوق سیاسی خوندم اما به فری هارون معروفم و یکی از موفق‌ترین شووها رو داشتم. به زبان آلمانی کتاب شعر نوشتم و جایزه هم گرفتم. فروغ هم می‌گفت میای ایران چه کنی تو، که آنقدر اونجا موفقی، اما خاک وطن آدم رو هر جا که باشه به طرف خودش می‌کشونه.

وسط حرفش پریدم که، خب چرا این‌هارو در برنامه‌هات نمی‌گی؟ یک تیکه از اون شوو رو نشون نمی‌دی و در موردش حرف نمی‌زنی. مردم خیلی چیزها از تو نمی‌دونن. گفت، ای بابا اینکارم بکنم می‌گن از خودش داره تعریف می‌کنه. خودشیفته است و از این حرف‌ها.

البته همش من نگفتم دوست خودش هم اشاره کرد. رو به من که، برنامه‌هایی که فریدون می‌ذاره و حرف‌هایی که می‌زنه برای بعضی مردم هنوز ثقیله و نمی‌تونن هضم کنند.

فریدون کمی عصبانی شد:

ـ خب من باید سطح مردم رو بیارم بالا! نه اینکه سقوط کنم در سطح اون‌ها. اون وقت تا ثریا می‌رود دیوار کج!

ناگهان بلند شد رفت در آشپزخانه و پیش‌بند خودشو بست و گفت، امشب می‌خوام یک غذایی درست کنم به سبک خودم اما قول می‌دم خوشمزه باشه.

بحث را برای ما گذاشت و خودش رفت به آشپزخانه. جالب بود گاهی در حال آشپزی با همان پیش‌بند می‌آمد جلوی در چند جمله جواب ما را می‌داد و برمی‌گشت. بالاخره غذای خوشمزه فریدون فرخزاد آماده شد و مشغول خوردن شدیم. اما بحث همچنان ادامه

داشت.

فرشید رمزی

فرشید رمزی به گمان من یکی از بهترین سوئیچ‌من‌های تلویزیون ملی ایران بود. خیلی توی کارهاش ذوق و سلیقه به خرج می‌داد. گاهی در حال شووهای رنگارنگ با گوگوش شوخی می‌کرد و ناگهان دوربین رو پرت می‌کرد جای دیگه، اما گوگوش هم با نرمی دوربین جدید رو می‌گرفت و هول نمی‌شد.

آشنایی با فرشید رمزی از آنجا شروع شد که او با گوگوش برنامه‌ای داشتند به نام «چشمک شوو» و آگهی می‌دادند برای کشف استعدهای جدید. نه تنها خواننده بلکه ترانه‌سرا و آهنگساز و....

یک روز به من زنگ زد که ما می‌خواهیم از بچه‌هایی که نام‌نویسی کردن ادیشن بگیریم. از سیاوش قمیشی هم دعوت کردم بیاد. دفتر کار ما در واقع منزل خود فرشید بود که خیلی بزرگ بود. یادم نیست تخت طاووس یا عباس‌آباد به هر روی وسط شهر بود. فرشید هم با گشاده‌دستی همه چیز در خانه گذاشته بود از ساندویچ و چای و قهوه برای بچه‌ها.

من و سیاوش هم سه چهار ترانه با هم کار کرده بودیم و دوست بودیم. حتی گاهی می‌رفتیم در میکده‌ای که نزدیک خانه‌اش بود. (دو راهی یوسف‌آباد) میگساری. سیاوش بیشتر آبجو و ودکا دوست داشت. چند سال پیش هم که یک بار با ابی برای کنسرت آمده بودند گوتنبرگ. آمدند منزل ما و سیاوش یاد آن روزهای خوب افتاد و گفت، منصور بیا ما همون ودکای خودمونو بخوریم. ناگفته نماند که

آن شب بچه‌های گروه سندی و شهرام آذر هم بودند و بشقاب به دست در آشپزخانه در صف قرمه‌سبزی ایستاده بودند.

آن شب کاست ترانهٔ یار دبستانی من را که در خارج از کشور هنوز کسی نمی‌شناخت و قبل از خواندن دانشجویان بود، برای بچه‌ها پخش کردم و شنیدند. بچه‌ها خوش‌شان آمده بود. سیاوش قمیشی به ابی گفت

این ترانه رو بخون به صدات هم می‌خوره. ابی هم که پیدا بود خودش هم دوست داشت، کاست را گذاشت در جیبش و... اما شاید باز از استاد لندن‌نشین اجازه خواندن پیدا نکرد. نمی‌دانم اگر آن زمان ابی می‌خواند چه می‌شد؟

قرار شد من بیشتر به کارهای شعر و ترانه بچه‌های جویای نام بپردازم و سیاوش روی صدای بچه‌ها کار کند. البته امتحان گرفتن از بچه‌ها زیاد هم دنگ و فنگ نداشت در محیطی صمیمی می‌خواندند و من گاهی ترانه‌هایشان را می‌شنیدم و با خودشان تصحیح می‌کردیم. مثل گوگوش آکادمی نبود. دوربینی هم نبود. در همان منزل فرشید رمزی که اغلب خودش هم دنبال کار و زندگی خودش بود، بسیار صمیمانه انجام می‌شد. فکر می‌کنم شش ماهی اینکار انجام شد و از آن میان دو خوانندهٔ مرد و دو خوانندهٔ زن و دو ترانه‌سرا و یک آهنگساز انتخاب شدند. میان خوانندگان زن، خانم با استعداد و زیبایی به نام شیما بود که صدای خوبی هم داشت. بعد از اولین آهنگی که برایش ساخته شد با عباس نعل‌بندیان کارگردان تئاتر ازدواج کرد و رفت دنبال زندگی‌اش.

اما مهرداد کاظمی و رکسانا ماندند و خواندند و تقریباً موفق شدند.

مهرداد بعد از انقلاب هم در تالار رودکی و با ارکستر می‌خواند و برای یکی دو تا از کارهای فیلم هم از صدای جذابش استفاده کردیم.

خانم عاطفی

مولود عاطفی معروف به خانم عاطفی با صدای مهربان، محبوب بچه‌ها و خانواده‌ها بود. وقتی صدایش در رادیو شنیده می‌شد، مادرها می‌گفتند، بچه‌ها بیایید خانم عاطفی اومده! در آن زمان‌ها، خانم عاطفی یک برنامه برای کودکان و نوجوانان در تلویزیون ثابت پاسال داشت که مستقیم پخش می‌شد. اگر اشتباه نکنم هنوز تلویزیون جام‌جم درست نشده بود.

در همین روزگار کرونایی ماه دسامبر ۲۰۲۱، تلفن موبایلم زنگ زد و صدای خانمی بود که بدون سلام و احوالپرسی می‌خواند:

اجازه عبور می‌ده چراغ سبز راهنما / اما چراغ قرمزش می‌گه بایست خانم! آقا!

دیدم شعر و آهنگ برایم آشناست. با اینکه بیش از نیم قرن از آن

گذشته است. بالاخره صدای قهقهه‌اش بلند شد که، منصور جان منم رکسانا!

زود دو ریالی‌ام افتاد. گفت که بعد از چند سال از طریق فیس‌بوک مرا پیدا کرده. حدود ۳۰ سال پیش می‌دانستم که او در دانمارک است و آلبوم جدیدی هم خوانده است. یک‌بار هم همان سال‌ها به گوتنبرگ آمد و کنسرتی اجرا کرد.

قبلاً نوشتم که با سیاوش قمیشی ترانه‌ای برایش ساختیم به نام هوای باغ. اما ترانه چراغ راهنما مربوط می‌شد به ۱۲ سالگی‌اش که من هم البته نوجوان ۱۷ / ۱۶ ساله بودم و زمانی که تابستان‌ها می‌آمدیم تهران. اولین بار رفتیم خدمت خانم مولود عاطفی در تلویزیون ثابت پاسال که اگر اشتباه نکنم در خیابان گاندی بود. دو سه نفر نوازنده هم‌سن خودمان و مادر رکسانا خانم که خیلی علاقه‌مند بود دخترش خواننده شود، به من معرفی کرده بود با خودم به تلویزیون بردم که برنامه زنده اجرا می‌شد.

خانم عاطفی با لحنی بسیار مهربان با من گفت‌وگوی کوتاهی کرد در مورد شعر و آهنگ. وقتی گفت دوستان نوازنده رو معرفی نمی‌کنی هل شدم و یکی‌یکی معرفی کردم. اما خانم عاطفی با حرف‌های مهربانش به من اعتمادبه‌نفس بیشتری داد. به‌خصوص وقتی هم که صدایش را از طریق رادیو گوش می‌کردم او را خیلی دوست داشتم. در واقع همه بچه‌ها خانم عاطفی را دوست داشتند.

این داستان مال زمانی بود که سه ماه تعطیلی از بندرشاه به تهران می‌آمدم منزل عمه و عمو و فک و فامیل‌ها. به درستی یادم نیست که کجا و چگونه با مادر رکسانا آشنا شدم و ایشان از من خواستند که

آن شعر و آهنگ را بسازم، اما وقتی به بندرشاه برگشتم برای دوستانم خیلی پز می‌دادم که در برنامه خانم عاطفی شرکت کردم. یادش بخیر! رکسانا صدای خوبی داشت اما خوانندگی‌اش را زیاد جدی نمی‌گرفت. رفت چند فیلم‌فارسی بازی کرد و آن سریال معروف مورچه داره که البته در آن زمینه هم با استعداد بود. فعلاً به قول خودش از دوبی کوچ کرده به آلمان پیش نوه‌هایش. قرار است بعد از کرونا سری هم به ما بزند.

مسعود فروتن، مرضیه

مسعود فروتن هم از کارگردان فنی‌های خیلی خوش‌قریحه بود و بیشتر کارهای تئاتری تلویزیونی را سوئیچ می‌کرد. با فروتن از نزدیک آشنایی نداشتم اما کارهایش را در تئاترهای تلویزیونی دنبال می‌کردم. یکی از کارهای زیبایش بعد از انقلاب سوئیچ کنسرت شجریان در‌بم بود. روی عکس‌العمل‌های مردم و چشم‌های اشک‌آلودشان همراه با خواندن مرغ سحر مردم و شجریان. بعد از انقلاب وقتی پرویز فنی‌زاده فوت شد، مراسمی در تالار رودکی برای او گرفته شد که جمعیت زیادی آمده بودند. هنوز تکلیف خانم‌ها روشن نبود که بخوانند یا نخوانند. روسری در کار نبود. آن شب زمزمه بود که قرار است مرضیه هم

ترانه‌ای بدون ارکستر بخواند. مجری برنامه هم جمشید مشایخی بود. چند سخنران هم آمدند و سخنرانی کردند. ناگهان صدای جیغ و داد از پشت صحنه شنیده شد. صدای مرضیه بود که جیغ می‌کشید و اعتراض می‌کرد که چرا نمی‌گذارند او بخواند. چه کسی گفته قدغن است؟ صدای مرضیه ارام نمی‌شد و مردم هم شروع به اعتراض و سوت زدن کردند. مرضیه را که بیرون بردند جمعیت هم با او رفتند بیرون. مرضیه شروع کرده بود به اعتراض شدید تر. دو سه نفر می‌خواستند او را مهار کنند و نمی‌توانستند. مرضیه را به طرف اتومبیلی که آنجا بود هدایت می‌کردند و او سوار نمی‌شد. تا اینکه مسعود فروتن، ناگهان او را بغل گرفت و داخل اتومبیل انداخت و با او از آن مکان رفتند. گویا با هم آمده بودند.

مردم که از این اتفاق شوکه شده بودند، در بهار آزادی به غر زدن ادامه دادند، تا اینکه یکی از مسئولان که یادم نیست چه کسی بود آمد و با سخنرانی کوتاهی عذرخواهی کرد که مردم او را نیز هو کردن و رفت. فکر می‌کنم مرضیه از همان شب تصمیم گرفت که از ایران خارج شود و بقیه داستان را هم می‌دانید.

ایرج قادری

با ایرج قادری از طریق دوست‌مان، تقی سلحشور، اسیستان و مشاور همیشگی ایرج قادری آشنا شدم. دفتر ایرج خان کنج میدان ۲۵ شهریور یا هفت تیر بود. قبل و بعد از انقلاب.

قبل از انقلاب یکی دو بار هم سر صحنه‌های فیلم‌هایش رفته بودم و از نزدیک کارش را با هنرپیشگان شاهد بودم که چگونه صحنه را به آن‌ها القا می‌کرد و توضیح می‌داد. به‌خصوص زن‌هایی که چندان هم معروف نبودند و سر صحنه خجالت می‌کشیدند.

ـ خانم این آقا می‌خواد به شما تجاوز کنه! عکس‌العمل نشون بده!

بالاخره آن‌طور که می‌خواست صحنه را می‌گرفت. ایرج قادری به دوربین و تکنیک تسلط داشت، اما به سبک خودش فیلم می‌ساخت. عاشق ملودرام بود.

ـ تقی صحنه بعدی چیه؟

تقی سلحشور سناریو را که همیشه دستش بود و گاهی برای هنرپیشه‌ها سوفله می‌کرد، نشان ایرج خان می‌داد و کمی با هم صحبت می‌کردند و صحنه بعدی. تقی درجشن عروسی‌اش هم ما

را دعوت کرد و با ایرج قادری رفتیم وسط و با آهنگ غلام ژاندارم رقصیدیم.

ایرج خان انسان بسیار خوش‌مشرب و دوست‌داشتنی بود. حداقل من ایشان را این‌طور دیدم. بعد از انقلاب هم که گاهی به همان دفتر می‌رفتم، بعد از فیلم برزخی‌ها که با فروش سرسام‌آوری همراه بود و بعضی‌ها ترسیدند و دیدند مردم هنوز به قول خودشان طاغوتی‌ها را دوست دارند، فیلم را پایین کشیدند و از نمایش بیشتر آن جلوگیری کردند.

یادم هست فیلم دیگری ساخته بود با جمشید مشایخی با نام تاراج. صحنه‌ای بود که مشایخی را می‌بردند که دار بزنند و چوب دار هم نشان داده می‌شد. بعضی از سیاه‌لشگرها هم تا رسیدن به چوبه دار به او کتک و لگد می‌زنند.

بعد از نمایش فیلم در دفتر نشسته بودیم. به شوخی به ایرج خان گفتم:

ـ کسی که قراره به‌زودی اعدام بشه، دیگه کتک زدن و هل دادن نداره. نهایتاً برای القای مرگ کافی است مثلاً یک پیرزن چروکیده رو به موت پنجره را باز کرده و به صحنه نگاه کند.

با همان لحن شیرین خودش جواب داد:

ـ امان از دست شما روشنفکرها. بابا من باید به تماشاچی خودم مظلومیت پرسوناژم رو القا کنم و خندید.

ایرج قادری همان اول انقلاب یک توبه نامه در روزنامه نوشت و خودش را خلاص کرد. چند فیلم هم کارگردانی و بازی کرد که از آن میان به نظر من فیلم آکواریوم فیلم خوش‌ساختی بود. ایرج قادری

به هر روی، بخشی از سینمای ایران و خاطرات نوجوانی ماست. یادش گرامی!

ترانه‌سرایی

فکر می‌کنم فصل ترانه‌سرایی می‌تواند آخرین بخش از دوران خوش طاغوت باشد تا قبل از رسیدن به انقلاب. گرچه اگر مطلبی از آن دوران یادم بیفتد در اینجا خواهم آورد. قبل از هر چیز اسامی آهنگسازانی را که به من افتخار همکاری دادند، خدمت‌تان عرض می‌کنم:

آهنگسازان: حسن شماعی‌زاده، منوچهر چشم‌آذر، ناصر چشم‌آذر، لقمان ادهمی، مارتیک، سیاوش قمیشی، صادق نوجوکی، کوروش یغمایی، طوفان، پرویز قدرخانی، مجتبی میرزاده، آرش سزاوار، عبی یگانه، هوشنگ مژدهی و بیژن مرتضوی در دوران کرونایی که هنوز پخش نشده است.

امیدوارم از بزرگواران آهنگساز کسی را از قلم نینداخته باشم.

خوانندگان: گوگوش (مخلوق، خلوت، پیش‌کش، معجزه‌گر) آدم و حوا با مارتیک، حسن شماعی‌زاده (بعد از تو، تو همونی، درخت، شمال، اگه بخوای می‌تونیم، هوای دره‌ها بود، هیچ کجا وطن نمیشه، تولد عشق، دونه‌دونه)، هایده (بزن تار، وقتی که من عاشق می‌شم)، ستار (سرسپرده، روایت، سرخه صورتم از سیلی، گلنار، نسل من گمشده)، ابی (وقتی که من عاشق می‌شم، باغ بلور، بدرقه، شب زخمی، چشمه)، حمیرا (زمزمه)، الهه (ساز شکسته)، مازیار (حرف بزن ای مهربون، آدم‌برفی، گل گندم)، رامش (زوج)، شهره (دختر مشرقی

و سه ترانه دیگر). لیلا فروهر (دو پرنده، گل زرد، پولک و دو ترانه دیگر)، عارف (عشق، اوج، رسیده از راه، مرد)، مارتیک (مریخی، آدم و حوا)، کوروش یغمایی (انتظار)، ویگن (پنجره‌ها و یک ترانه دیگر با آهنگ‌های کوروش یغمایی در ایران.) بیژن مرتضوی (ترانه‌ای که هنوز پخش نشده)، منوچهر سخایی (گلای باغچه)، بتی (عشق تازه)، افشین مقدم (پشیمان)، سلی (ستاره)، نسرین (ترانه‌ای با آهنگ استاد مرتضی حنانه که نامش یادم نیست و ترانه دیگری به نام باورت کرده بودم)، فرخ (خواب خوش)، مهرداد کاظمی (سه ترانه برای فیلم)، رکسانا (هوای باغ)، جمشید جم (یار دبستانی من، خورشید جنوب، چشم به راه، بیگانه)، نلی (قدم رنجه، آلبوم نارنج و ترنج، دوست دارم و یک ترانه دیگر)، طوفان (نازنین، محله قدیمی، خیابون و دو ترانه دیگر)، مرتضی برجسته (بخون به نام عشق)، فرزین (کوچه‌های برفی، رستن و یک ترانه دیگر)، سعید شایسته (پریا)، دکتر آروین یاراللهی (جعبه جادو)، فریدون فروغی (یار دبستانی من)، ناتاشا (پرنسس)، علی فرهادی (معلم عشق)، هوشنگ مژدهی (آی عشق)، امید امیدی (وطن و ترانه‌ای دیگر)، شهیار (سربه دار عشق و یک آلبوم ترانه)، اکبر شایسته (همنفس و سه ترانه دیگر)، ساسان (تنهایی و یک ترانه دیگر)، شاهین نمازی (آی پدرا! آی مادرا! و دو ترانه دیگر)، سیمون (از راه رسیده و یک ترانه دیگر)، علیرضا (آمدی اما) سمیراد و ... .

متأسفانه از بچه‌های ایران قدیمی‌ترها یادم نیست اگر پیدا کنم حتماً می‌نویسم. چند ترانه که خودم خواندم به‌عنوان صدای شاعر و آلبوم ترانه‌سرا با همکاری دوست هنرمندم عبی یگانه. همچنین وقتی

آن شایعه قوت گرفت از طرف جمهوری اسلامی و نتوانستم سال‌ها با همکاران قدیم کار کنم و تا اکنون برای بعضی خوانندگان جوان از اسم مستعار استفاده کردم. همچنین ترانه‌هایی برای بچه‌های داخل ایران.

فکر می‌کنم با احتساب ترانه‌های فیلم قبل و بعد از انقلاب بیش از صد ترانه بشود که بعضی از آن‌ها بسیار گل کرده و بعضی مهجور مانده. که دیگر بیش از این به جزئیات نمی‌شود پرداخت. هرچه بود برگ‌های سبزی بود تحفه درویش. می‌دانم احتمالاً بعضی‌ها را از قلم انداخته‌ام. اگر به یاد آوردم و یافتم برمی‌گردم و تصحیح می‌کنم.

خوانندگان ترانه «یار دبستانی من»

فریدون فروغی، جمشید جم، منصور تهرانی، فرامرز آصف، ورسیون جدید. ستار در کنسرت، خشایار اعتمادی برای فیلم کما در ایران، گروه زرد یواش، گروه فلامنکو، انیمیشن گرافیک دهوری، دویت با لئوناردو تاج‌آبادی و منصور تهرانی.

گیتار کلاسیک بقراط، محمدرضا مرتضوی (ملودی ترانه یار دبستانی با تنبک)، گروه‌های مختلف در استانبول ترکیه و ده‌ها گروه با کلیپ‌های مختلف در ایران. حتی با شعرهایی با سلیقه خودشان (یار خیابانی من)، کلیپ‌هایی با زیرنویس‌های عربی ،تا بالاخره دو ریالی کج آقای علم‌الهدی امام جمعه مشهد افتاد و فریاد زد: چرا از این سرود استفاده می‌کنید؟ این ضد انقلاب است. جمعش کنید.

البته خودم مستقیم نشنیدم. آقای محسن سازگارا در برنامه روزانه‌اش اشاره کرده بود. اکنون که ماه اکتبر است و من در حال تصحیح و جرح و تعدیل کتاب قبل از چاپ هستم. دوست عزیز امیر جواهری از چپ‌ها و فعالین سیاسی این شهر ورسیون تازه‌ای از ترانه

یار دبستانی برایم فرستاد که معلمین عزیز در ایران با تغییر بعضی واژگان آن را بازخوانی کرده‌اند. مثلاً اینکه در آخرین بیت هست که: دست من و تو باید این پرده‌ها رو پاره کنه. نوشته‌اند: دست من و تو باید این زنجیرها رو پاره کنه و چند کلمه دیگر.

این هم آخرین اجرای این ترانه بود در اکتبر ۲۰۲۱، این ترانه را گروه‌های و اصناف مختلف در ایران خوانده‌اند. اما آخرین اجرا متعلق به بازنشستگان عزیز و گرامی بود که در ماه جون ۲۰۲۲ خوانده شد. باز نشستگانی که طی سال‌ها هر ماه به‌عنوان بازنشستگی مبلغی از حقوق‌شان کم شده است و آن‌ها فقط پول خودشان را می‌خواهند. دریغ کردن از آن‌ها یعنی بزرگ‌ترین ظلم به یک انسان.

ده‌ها کلیپ و اجراهای مختلف با گروه‌های جوان ایرانی با تنظیم‌های مختلف. بعضی‌ها با من تماس می‌گرفتن و اجازه می‌گرفتند. جواب من این بود که آزادید اما کار مبتذل نباشد و قابل‌قبول باشد. خوشحال می‌شدم وقتی می‌دیدم بچه‌های کپرنشین مدرسه دختر و پسر این ترانه را می‌خوانند. پوزش از اینکه بعضی‌ها را که خوب هم اجرا کرده‌اند فعلاً حضور ذهن ندارم. اجراهایی در خارج از کشور با همکاری موزیسین‌های خارجی، که اغلب اجراهای خوبی بوده‌اند. خوانندگان خارجی یا غیرایرانی ترانه یار دبستانی من:

آمریکایی، خواننده کانتری موزیک با گیتار؛
انگلیسی، دو نوازی گیتار و فلوت زن و مرد؛
آلمانی، دختر خانم آلمانی بدون موزیک؛
هندی، دختر خانمی با پیانو؛
نروژی، برای استفاده یک فیلم مستند؛

فرانسه، یک موزیسین در پاریس و چند اجرای دیگر که اکنون حضور ذهن ندارم.

انیمیشن یار دبستانی، تهیه‌کنندهٔ آمریکایی‌ایرانی برنده جایزه اول فستیوال انیمیشن لوس‌آنجلس و صد هزار دلار جایزه نقدی شد. حتی از من اجازه هم نگرفتند فقط اسمم را در تیتراژ نوشتن. از موفقیت‌شان خوشحالم.

این‌ها بیشتر در جنبش سبز بود که این موزیسین‌های خارجی احساس همراهی و تعهد با مردم ایران می‌کردند و ترانه یار دبستانی من را با لهجه‌های شیرین خودشان می‌خواندند. یادم هست که خوانندگان خارجی دیگری هم خوانده بودند اما من متأسفانه فعلاً حضور ذهن ندارم.

قبلاً سوءاستفاده‌هایی از این ترانه شده بود. اما بزرگ‌ترینش استفاده احمدی‌نژاد از گذاشتن نامش در شعر این ترانه بود: ریشه‌کن فقر و فساد / محمود احمدی‌نژاد و...

وحشتناک بود برای من درد سر بزرگی درست کرد. ایمیل‌هایی می‌رسید که، می‌دانیم شما در سوئد هستید، اما چرا فلانی از این ترانه استفده کرده؟ خدای نکرده پولی گرفته‌اید؟ و... مصاحبه‌ها شروع شد و من باید هی توضیح می‌دادم که از این داستان خبر ندارم و ایشان خودسر این کار را کرده است.

- چرا شکایت نمی‌کنید؟ گفتم، ایران جزو رویالتی جهانی نیست. اگر در آمریکا بود می‌توانستم شکایت کنم. بالاخره در مصاحبه‌ای با صدای آمریکا گفتم: من این ترانه را تقدیم می‌کنم به جنبش سبز

مردم ایران!

روز بعد تیتر خبرها این بود:

منصور تهرانی سازنده... از محمود احمدی‌نژاد شکایت می‌کند.

البته ستاد آقای موسوی هم از این ترانه برای کلیپ‌هایشان استفاده می‌کردند، اما دیگر شعر را مصادره نمی‌کردند، حتی متأسفانه آقای روحانی هم در انتخابات ریاست جمهوری استفاده کردند. همین‌طور در فیلم اخراجی‌ها با شعر خودشان.

اتفاقی که در ماه سپتامبر ۲۰۲۱، افتاد این بود که برای اولین بار یک خانم، ترانه یار دبستانی را با ارکستر بزرگ در کنسرتی خوانده است که دوستان کلیپ آن را برایم فرستادند. نام این خانم الان در خاطرم نیست برمی‌گردم پیدا می‌کنم و می‌نویسم. البته زنان غیور داخل ایران در مترو بارها آن را خوانده‌اند. همین‌طور دو دختر خانم خارجی که نوشتم. جالب است که عرض کنم که چند سال پیش رامش زنگ زد و به شوخی و جدی گفت. من می‌خوام ترانه یار دبستانی رو بخونم.

گفتم کی بهتر از تو. اتفاقاً تا به حال خواننده زن نداشته خوبه که بخونی، اما مثل اینکه زیاد جدی نبود. خوانندگان اصلی ترانه یار دبستانی من. دانشجویان عزیز و مردم غیور ایران که سال‌هاست به مناسبت‌های مختلف می‌خوانند و این ترانه ناقابل متعلق به آن‌هاست.

بلاچاو ایرانی

چند سال پیش اولین بار وقتی خانمی می‌خواست با هیجان از ترانه یار دبستانی من تعریف کند گفت، بلاچاو (سرود انقلابی آمریکای لاتین که بسیار معروف است) بلاچاو ایرانی. بعدها هم که بعضی‌ها کلیپ این ترانه را برایم فرستادند همین جمله را گفتند که تصادفاً آن‌ها هم خانم بودند. همین‌طور خانم کیمیا از ایتالیا این سرود را برایم فرستاد که روی آن شعر فارسی بگذارم که نشد، راستش فکر کردم چه شعری روی این سرود انقلابی کشورهای لاتین می‌توان گذاشت که حق مطلب ادا شده باشد، اما در برنامه بی‌بی‌سی بهزاد بلور دیدم که با شعر فارسی آن را خواند که خیلی هم جالب بود و من خودم این ترانه بلاچاو را خیلی دوست دارم و البته بسیاری از مردم دنیا نیز آن را دوست دارند و دسته‌جمعی به مناسبت‌هایی می‌خوانند.

ترانه یار دبستانی من در سال ۱۳۷۵، برای اولین بار در پارک لاله توسط چند دانشجو خوانده شد. آن زمان من در سوئد بودم. وقتی مسافری روزنامه‌ای را آورد و خبرش را خواندم از شادی و افتخار در پوست نمی‌گنجیدم. به اعتبار این ترانه مصاحبه‌های بسیاری با من شد، اما من هرگز بر موج این ترانه سوار نشدم و آن را به هیچ قیمتی نفروختم.

گاهی ترانه یار دبستانی من به مناسبت‌هایی توسط مردم خوانده می‌شد که برای خود من هم عجیب بود. فکر می‌کنم دلیلش این باشد که این ترانه با شخص یا جای به‌خصوصی طرف نیست. شعارگونه نیست. به سادگی تصویر هر درد و بی‌عدالتی است. به‌خصوص بیت آخرش:

دست من و تو باید این پرده‌ها رو پاره کنه / کی می‌تونه جز من و تو درد مارو چاره کنه

اکنون بیش از ده سال است که در فیس‌بوک هستم حتی یک‌بار هم این ترانه را پست نکردم، چون دیگران به اندازه کافی آن را می‌خوانند و اجرا می‌کنند. در مصاحبه‌ای هم گفته‌ام. این ترانه متعلق به مردم غیور ایران است. من فقط سازنده آن هستم.

چگونه این ترانه به وجود آمد؟ اجازه بفرمایید وقتی به فیلم از فریاد تا ترور رسیدم برای شما عزیزان شرح دهم. گرچه شاید بعضی از شما بارها در مصاحبه‌های مختلف از زبان من شنیده باشید، اما با جزئیات بیشتر و برای ثبت در تاریخ ناچارم در این کتاب به این مهم بپردازم.

بساط موسیقی پاپ بر چیده شده بود. روزها می‌رفتیم شرکت ترانه پیش وارطان اوانسیان گپ می‌زدیم و چای می‌نوشیدیم. تا یک روز مازیار سراسیمه با روزنامه آیندگان وارد شد: ۱۳۹

- آقایان همه ما تا به حال قاچاقچی بودیم و خودمان خبر نداشتیم و صفحه اول روزنامه را نشان‌مان داد که با تیتر درشت نوشته بود: «موسیقی مثل مواد مخدر است. امام خمینی»

شاید از همان روز بعضی از هنرمندان عزم رفتن به خارج از ایران کردند، ولی من ماندم. تا سال ۱۳۶۶ در ایران بودم. در دوران جنگ و وحشت. زیرزمین و در پارکینگ پنهان شدن‌ها. بچه‌ها که با چشمان وحشت‌زده نمی‌دانستند چه اتفاقی افتاده و ما مثل دیوانه‌ها باید با شوخی و خنده برگزار می‌کردیم که نترسند. فکر کردم به عشق اولم

سینما بپردازم. ولی افتاد مشکل‌ها!

با شـوق و ذوق جـور شـد که یک فیلم ۱۶ میلیمتری کوتاه بسازم. خوشبختانه مثل بعضی‌ها هول نشدم که فیلم‌های شعارگونه و انقلابی بسازم. مثل سرباز اسلام و به همین دلیل از ۵ فیلم بلندی که ساختم، سه فیلم توقیف و سانسور شدند. که بعداً بیشتر می‌پردازم.

شد یک فیلم ۳۸ دقیقه‌ای کوتاه ۱۶ میلیمتری. هیچ‌یک از ما دستمزد نگرفتیم. فقط پول استودیو و لابراتوار و مونتاژ شد ۴۲ هزار تومان که در استودیو کنکاش کار می‌کردیم. تهیه‌کننده برد تلویزیون، دیدند و قبول کردند. ۵ فروردین از تلویزیون پخش شد و در کمال شگفتی، هشت دقیقه از فیلم سانسور شده بود. ای داد! در بهار آزادی... سانسور؟

بعد از بحث و جدل، معلوم شد تمام صحنه‌هایی که عکس علی شریعتی، معلم شهید ما در بکراند روی دیوار بوده قیچی شده. بدون در نظر گرفتن اینکه چه لطمه‌ای به فیلم می‌زند.

ناگفته نماند تمام کسانی که با آن‌ها در تلویزیون بحث می‌کردم، بعداً شدند مأموران ممیزی در ارشاد که دیگر پیشانی ما را از ابتدا خوانده بودند. به همین دلیل تا سال ۶۷ که درایران بودم از میان ده‌ها طرح و سناریوهایی که برای تصویب می‌فرستادم فقط یک فیلمنامه تصویب شد. بازرس ویژه. بقیه رد می‌شدند و من مجبور می‌شدم فیلمنامه‌های تصویب شده به درد نخور را بخرم بازنویسی کنم و چیزی بسازم که زیاد دوست نداشتم. چون فیلم اول و دوم من از فریاد تا ترور و مسافر شب، پشت سر هم توقیف و سانسور شدند.

حالا باید می‌رفتم از تلویزیون پول می‌گرفتم. ما هم با کمال

صداقت تمام رسیدها و فاکتورها را بردیم که گفته بودند به اصطلاح دقیقه‌ای پول می‌دهند. مدیر تولید آقای کمال خرازی بود که بعداً وزیر امور خارجه شد. رسیدها را گذاشتم جلویش نگاه کرد و با کمی تغییر گفت. می‌دانید که این پول بیت‌المال است که به شما می‌دهیم.

گفتم: ما هیچکدام دستمزدی نگرفتیم. برای یک فیلم ۱۶ میلیمتری ۳۸ دقیقه در کمال صرفه‌جویی ۴۲ هزار تومان خرج شده.

گفت: به هر حال ما طبق این رسیدها و فاکتورها می‌توانیم پول بدهیم نه بیشتر.

بلند شدم و بقیه حرف‌هایش را نشنیدم. گفتم. تهیه‌کننده می‌آد بدین به ایشون. در سال‌های اخیر یک‌بار با صدای آمریکا و بهنود مکری گفت‌وگویی داشتم. گفتم: آقای خرازی کجا تشریف دارید؟ پس چی شد پول بیت‌المال که می‌گفتید؟

فیلم «از فریاد تا ترور» و «یار دبستانی من»

به‌رغم مصاحبه‌ها و توضیحات بسیار هنوز بعضی‌ها تصور می‌کنند، ترانه یار دبستانی من قبل از انقلاب سروده شده. گاهی من شنیدم که گفته‌اند برای دانشجویان کشته شده ۱۶ آذر، که من

آن زمان یک کودک بودم و نمی‌دانستم قرار است ترانه‌سرا بشوم. بعد از آن فیلم کوتاه که شرحش رفت. طرح دیگری داشتم برای یک فیلم بلند سینمایی به نام یار دبستانی من. البته قبل از اعمال نظر تهیه‌کننده. دلم می‌خواست این‌گونه بسازم:

جوانی از جنوب شهر تهران که بیکار بوده و هنوز سربار خانواده توسط پدر از خانه رانده می‌شود. جوان در یک قهوه‌خانه در روزنامه چشمش به یک آگهی می‌افتد که برای یافتن یک سگ از نژاد شیانلو پنج هزار تومان جایزه می‌دهند.

جوان تصمیم می‌گیرد این سگ را پیدا کند. او ابتدا یکی از یاران دبستانی‌اش را که سال‌ها ندیده و اکنون معتاد شده در خیابان جمشید می‌یابد. دوست او می‌گوید که این کارها، کار رجب سگ‌باز است که سگ‌های گران‌قیمت را می‌رباید و خرید و فروش می‌کند. رجب سگ‌باز را در شهر نو پیدا می‌کنند، اما او پول می‌خواهد که جوان ندارد. جوان غفلتاً جعبه سگ را می‌رباید و پا به فرار می‌گذارد و دوستش را به کتک خوردن و لت و پار شدن می‌سپارد. فرار جوان و کتک خوردن یار دبستانی در این سکانس پارالل می‌شود.

جوان خود را به آن خانه ثروتمند می‌رساند و سگ را تحویل داده و مژدگانی در یافت می‌کند. آقای ثروتمند جوان را به‌عنوان راننده خودش استخدام می‌کند.

یک روز جوان با یک ماشین شیک و لباس تر و تمیز به محله‌شان می‌رود. بچه‌های محل با تعجب دور او را می‌گیرند و ابراز خوشحالی می‌کنند. پدر که در قهوه‌خانه نشسته خودش را به جمعیت می‌رساند و از دور پسر را تماشا می‌کند، اما خوشحال نیست. او می‌داند که

پسرش از راه درستی به این موقعیت نرسیده. نان سنگگ می‌خرد، از جمعیت جدا شده و به خانه می‌رود. تمام!

تهیه‌کننده فیلم کوتاه قبلی، آقای اللهیاری، با اینکه تلویزیون فقط مخارج را طبق فاکتورها پرداخت کرده بود و سودی برایش نداشت. به من پیشنهاد کرد که یک فیلم بلند سینمایی بسازیم. من همان طرح را برایش تعریف کردم. زیاد نپسندید گفت اکشن کم داره.

قبـل از انقـلاب تهیه‌کننده؛ یعنی آدم پولدار اغلب بی‌سواد در مورد سینما. البته به جز مهدی میثاقیه و علی عباسی که معمولاً با سینماگران پیشرو و صاحب سبک کار می‌کردند و فیلم‌های بسیار خوبی هم تهیه کردند و فرصت‌هایی به سینماگران خوش‌فکر دادند. نتوانستم آقای تهیه‌کننده را راضی کنم. بنابراین باید بار دراماتیکی فیلمنامه را بیشتر می‌کردم. بنابراین شدند، سه یار دبستانی که بعد از سال‌ها با یکدیگر در جامعه برخورد می‌کنند و هر کدام راه خـود را پیموده‌اند. یکی همـان جوان لمپن و بیکار (مصطفی طاری) است. دیگری که معتـاد می‌شـود و نهایتاً می‌میرد (مسعود طلایی‌پور) و سومی جوانی آرمان خواه و مبارز (عزت‌الله رمضانی‌فر) به نقش رضا که در ایـن فیلم کامـلاً متفاوت است با نقش‌های گذشته‌اش. فیلم لحظات تعلیق و به اصطلاح ساسپنس زیاد دارد، اما اکشن مورد نظر تهیه‌کننده فقط در فصل فینال و در جریان یک ترور اتفاق می‌افتد. جوان بیکار که راننده شده، کشته می‌شـود و دوست مبارز که زخمی شده بود از سیم خاردار عبور می‌کند و با ترانهٔ یار دبستانی و صدای فریدون فروغی به سوی خورشید می‌رود.

بنابراین من که بعد از موفقیت فیلم کوتاه کلاغ پر دلم می‌خواست همان سبک رئالیستی را ادامه بدهم، در اولین فیلم بلند سینمایی‌ام تسلیم سلیقهٔ تهیه‌کننده شدم و راهم عوض شد.

دوستان اهل سینما در جلسه خصوصی دیدند، تقریباً فیلم را پسندیده بودند و در همان یک ماه قبل از توقیف شدن (قبل از تشکیل اداره ارشاد) مردم استقبال زیادی از فیلم کرده بودند. از اولین کسانی که در استودیو و خصوصی فیلم را دیدند و نظرهای مثبت داشتند. دوست عزیزم پرویز تأییدی بود.

در مورد پرویز تأییدی اینجا لازم است پرانتزی باز کنم از چگونگی آشنایی ما. بعد از جشنواره سپاس در جلسه‌ای فیلم کلاغ پر من و فیلم پرده‌برداری پرویز تأییدی را که ۳۵ میلیمتری و رنگی بود و هنرپیشگان حرفه‌ای از جمله دخترعموی خودش فرزانه تأیید بازی می‌کرد و اگر اشتباه نکنم جمشید مشایخی و... پشت‌صحنه که حرف می‌زدیم از من پرسید. خرج فیلم چقدر شده گفتم ۷ هزار تومان. بعد از نمایش فیلم که اول فیلم کوتاه من بود و بعد فیلم پرویز، دسته گلی برایش آوردند و او در کمال مهربانی آن را به قول خودش تقدیم به من کرد و گفت:

ـ من از این جوان پرسیدم خرج فیلمت چقدر شده؟ گفت ۷ هزار تومان. در فیلم ما هنرپیشگان ما به اندازه همهٔ بودجه فیلم ایشون فقط پپسی‌کولا خوردند.

از همان زمان با پرویز رفیق شدیم. بعد از انقلاب هم که من برای فیلم کوتاهم به تلویزیون رفته بودم، پرویز را دیدم که هنوز کار می‌کرد. یکی دو بار همدیگر را دیدیم تا دعوتش کردم به استودیو

کنکاش و فیلم ترور را پرده پرده دید و خیلی مرا تشویق کرد. سال‌ها او را ندیدم تا یکی دو سال پیش شنیدم که از دست رفت. آن‌هایی که پرویز تأییدی را از نزدیک می‌شناسند می‌دانند که چه انسان مهربان و متواضعی بود.

امیر نادری فیلمبردار سیدمحمد قاضی که قبلاً با امیر نادری و پطروس پالیان کار کرده بود، برای فیلم ساخت ایران در آمریکا او را دعوت به دیدن فیلم کرد و آقای مهدی میثاقیه که در سینمای خودش کاپری، خصوصی دیدیم و خیلی خوشش آمده بود و بنده را تشویق کرد. مردی مهربان و خوش‌فکر برای سینما. من به ایشان ارادت بیشتری پیدا کردم و هر روز می‌رفتیم دفتر ایشان و چای می‌نوشیدیم و گپ می‌زدیم. به ایشان قول داده بودم فیلمنامه جدیدی بنویسم و با مشورت خودشان فیلمی ساخته شود.

ناگهان خبردار شدم که مهدی میثاقیه دستگیر شده و به زندان رفته است. خیلی غمگین شدم و از آن پس دیگر ایشان را ندیدم. شنیده بودم در ۵ سالی که ایشان زندانی بود، فقط نهج‌البلاغه می‌خوانده و حفظ کرده بوده، اما وقتی آزاد شد، آنقدر ضعیف شده بود که یک سال بعد فوت کرد. نام مهدی میثاقیه به‌عنوان یکی از بهترین تهیه‌کنندگان سینمای ایران جاودان خواهد ماند.

چگونگی پدید آمدن ترانهٔ «یار دبستانی من»

نام اولیه فیلمنامه «یار دبستانی من» بود و داشتم براساس همین به ترانه‌ای فکر می‌کردم. حالا وسط فیلمبرداری بودیم و نیم ساعت از فیلم را گرفته بودیم.

من یک سنتور و تنبک در خانه داشتم، اما هرگز به شکل حرفه‌ای وقت نمی‌گذاشتم. سنتور تصادفاً در دستگاه اصفهان کوک بود. شاید اگر در شور و دشتی بود، در همان مایه‌ها می‌ساختم. اما این بعدها بسیار کمک کرد که خوانندگان و موزیسین‌های خارجی راحت‌تر با آن ارتباط برقرار کردند. چون دستگاه اصفهان مینور فرنگی است و ماهور ماژور فرنگی. بنابراین به گوش‌شان آشناتر بود. به همین دلیل بیش از ۱۰ خواننده خارجی داشت. البته من آن زمان به این چیزها فکر نمی‌کردم. فقط یک ملودی با اوورتو و با همان سنتور روی شعر آهنگی هم‌زمان ساختم، به سبک جهانبخش پازوکی و در کاست ضبط کردم و برای تنظیم به محمد شمس دادم و نظر خودم را در مورد چگونگی سازها و حال و هوای ترانه به ایشان گفتم، چون ایشان چیزی از فیلم ندیده بود، اما باسلیقه و قریحه خوبی که در کار تنظیم داشت، گرفت که من چه می‌خواهم. ما در تهرانپارس، خیابان

شانزدهم زندگی می‌کردیم و خانه فریدون فروغی هم در تهرانپارس بود. بنابراین او را دعوت کردیم که این ترانه را بخواند.

قبل از اینکه مونتاژ فیلم تمام شود ترانه آماده بود و بعد موسیقی فیلم.

آن زمان هنوز ممیزی در کار نبود و هرچه دل تنگ‌مان خواست در آن فیلم آورده بودیم. فیلم به‌رغم استقبال مردم در همان یک ماه در تهران و شهرستان‌ها، ناگهان پایین کشیده شد و برای همیشه توقیف شد. البته آنچه که بیشتر معروف شد ترانهٔ این فیلم بود که هرگز تصورش را نمی‌کردم، شاید در میان سرودهای انقلابی آن زمان متفاوت بود. مردم حتی در عروسی‌ها هم آن را می‌خواندند. برای من افتخارات زیادی داشت و صد البته مصیبت‌هایی که تا به حال به جان خریده‌ام.

نام فیلم که «یار دبستانی من» بود. تهیه‌کننده که شرکایی هم داشت، گفتند گیشه‌ای نیست و شد از فریاد تا ترور؛ حتی طرحی را که من برای آفیش در نظر گرفتم عوض کردند. نمی‌دانم شاید حق با آن‌ها بوده، چون یک طرف دیگر صنعت سینما، گیشه و سرمایه است برای تداوم سینما توگرافی.

توقیف و سانسور

فیلم بعدی، مسافر شب است. از دوست عزیزم سیروس الوند که خودش قبل از انقلاب چند فیلم موفق ساخته بود، خواهش کردم که نقش اول فیلم را به عهده بگیرد. او ابتدا کمی تردید داشت، اما پذیرفت و بسیار هم خوب بازی کرد. ممیزی ارشاد شروع شده

بود. آن‌گونه که مرسوم بود، بعضی از اهالی سینما آمدند و در جلسه خصوصی دیدند، اما وقتی به ارشاد فرستادیم توقیف شد. این دومین فیلم من بود که دچار این سرنوشت می‌شد و برای من ضربه بزرگی بود.

یادم افتاد که خودم با سیروس الوند که دوست مسعود کیمیایی بود، فیلم توقیف شدهٔ خط قرمز را در دفتر کیمیایی دیدیم. فیلم خوش‌ساختی بود که بعداً توقیف شد. فیلم‌های اول علی حاتمی، بهرام بیضایی و... توقیف شدند. همگی گیج بودیم که چه بسازیم یا چه نسازیم... .

فیلم سوم، بازرس ویژه تنها فیلمنامه‌ای که تا سال ۶۷ که ایران بودم از من تصویب شده بود البته با شرایطی. بسیاری از طرح‌های و فیلمنامه‌ها خوب رد می‌شد. اول به من خبر دادند که فیلم در ممیزی رد شده، داشتم سکته می‌کردم. زدم به سیم آخر رفتم ارشاد داد و بیداد... خوشبختانه آقای گل‌محمدی آخوند جوانی که مرتب سیگار وینستون هم می‌کشید و اهل گیلان بود مرا آرام کرد. گفت:

- ببین برادر. من فیلم را که دیدم اول فکر کردم یک فیلم روسی هست. سیاه و سفید و درباره کارگران زغال‌سنگ زیراب. بعد کم‌کم دیدم این که داوود رشیدی خودمان است اون یکی هم فرامرز قریبیان است. آن هم شورش کارگری!

گفتم: شورش نکردن فقط کارگرانی که اخراج شده بودند تصمیم گرفتند برگردند سرکارهاشان.

خلاصه بعد از کلی جر و بحث گفت: به یک شرط اون هم اینه که فینال باید به کلی حذف بشه. قبول کردم اما سر مونتاژ نرفتم. سپردم

به تهیه‌کننده و مونتور، چون حالم بد می‌شد، فکر می‌کنم گل‌افشان بود. با این وجود فیلم اکران شد و فروش بدی نداشت.

فیلم چهارم، حادثه بود. فیلمنامه‌اش را که تصویب شده بود از بهمن زرین‌پور خریدم و با تغییراتی با اکبر زنجان‌پور ساختم. تقریباً بدون مشکل پروانه گرفت و اکران شد.

فیلم پنجم، مردان مرداب بود. البته اسم تصویب شده‌اش فانوس دریایی بود و از کسی خریده بودم. بازنویسی کردم. ابتدا به کلی رد شد. فیلم را در مرداب میانکاله ساختم. یک فیلم بی‌زمان و مکان، چوپان‌هایی با گاومیش‌هایی در مرداب. نامه و دلایلی که برای رد این فیلم نوشته بودند پر از سوءتفاهم و استنباط خودشان بود: الحاد... تعبیراتی که تو خواستی بگویی بهشتی در کار نیست و....

عصبانی شدم و نامه سرگشاده‌ای برایشان نوشتم با این تیتر «شما بهشت را هم بین خودتان تقسیم کردید و جایی برای دیگران نیست.» بردم گذاشتم روی میز رئیس ارشاد.

حماقت من این بود که گول فیلمنامه تصویب شده را خوردم و خودم هم به‌عنوان تهیه‌کننده بودم. البته شریکی هم داشتم که وسط کار رها کرد و رفت. بعدها فهمیدم دفتردار ارشاد به او گفته بود این فیلم به جایی نخواهد رسید و ایشان هم بدون اینکه به من بگوید سهمش را به کسی فروخته و فقط خودش را نجات داده بود. گفتند ۳۰ /۴۰ درصد فیلم باید حذف و بازسازی شود. این اشتباه دوم من بود. باید همان جا فیلم را رها می‌کردم و خرج اضافه نمی‌کردم.

به‌رغم زحمات زیادی که دوست عزیزم مهدی فخیم‌زاده کشید. سر صحنه من که اصلاً تمرکز نداشتم نشسته بودم و مهدی کار

می‌کرد. جالب است که فیلم بازسازی شده توسط فخیم‌زاده را هرگز ندیدم که نامش را هم عوض کردند و شد گرفتار، اسمی که ارشاد برایش گذاشت، حتی اسم هلاک را هم قبول نکردند.

داستان زیاد است. فیلم را سپردیم دست یک پخش فیلم و دوستم اسماعیل محمدزاده و آن‌ها را هم سپردیم به خدا و با ۴۰۰ دلاری که ته جیبم مانده بود بعد از ده ماه به خانواده‌ام در سوئد ملحق شدم. اگر شما یک ریال از این فیلم گرفته‌اید، بنده هم گرفته‌ام. این هم داستان فیلمسازی‌ام بعد از انقلاب در دوران جنگ هشت ساله.

موسیقی متن فیلم

چیزی که اصلاً تصورش را هم نمی‌کردم. به همین دلیل در هیچ مصاحبه‌ای از آن صحبت نکردم. تا اینکه بعد از آمدن به فیس‌بوک و آشنایی با دوستان مجازی که اکنون بعضی‌هاشان حقیقی شده‌اند، مثل حسین عصاران پیدا کرد که من تا زمانی که در ایران بوده‌ام، ۱۷ /۱۶ موسیق متن ساخته‌ام.

با حسین عصاران چند سال پیش در فیس‌بوک به‌عنوان دوست مجازی آشنا شدم. کم‌کم دریافتم که او به ادبیات، سینما و موسیق اشراف دارد. ارادتم به او بیشتر شد. وقتی برای دیدن دوستش علی کاظمی که فیلمبردار و همسرش نیلوفر ابراهیم‌پور که گویندهٔ «صدای آمریکا» هست، به پاریس آمده بود، با علی چند روزی آمدند سوئد در گوتنبرگ و روزها و اوقات بسیار خوشی با هم داشتیم و اکنون از حقیقی‌ترین دوستان من است. حسین عصاران دو کتاب در مورد

ناصر چشم‌آذر و واروژان نوشته است. اکنون هم در ایران و در روزنامه‌های مختلف اندر باب موسیقی و سینما قلم‌فرسایی می‌کند.

باور بفرمایید خودم خبر نداشتم. فقط دوستان اهالی سینما در آن قحط‌الرجالی سازندگان موسیقی متن، بعد از دیدن فیلم اولم از فریاد تا ترور خوششان آمده بود، به من سفارش می‌دادند و من هم می‌ساختم برای اینکه تنها درآمد برای مخارج زندگی بود. به همین دلیل در میان ده‌ها مصاحبه‌ای که در سال‌های اخیر کرده‌ام هرگز از این مقوله یاد نکرده‌ام و جزو کارنامه خود نمی‌دانم.

البته بعضی از آن‌ها را به شکل جدی دوست دارم. اولین تجربه‌ام اتفاقاً قبل از انقلاب و فیلم باغ بلور بود. آخرین فیلم پرویز فنی‌زاده قبل از انقلاب که با حسن شماعی‌زاده ترانه باغ بلور را ساختیم، با صدای ابی، که فیلمنامه‌اش را هم خودم نوشته بودم. ملودی‌های حسن را واریاسیون کردم در صحنه‌های فیلم و کار بدی نشد. بعد از انقلاب و موفقیت یار دبستانی دیگر سرم شلوغ شده و دوستان تندتند به من سفارش می‌دادند.

چون راستش اون اوایل آنقدر نا امید و بی‌پول بودم، به خاطر توقیف دو فیلم پشت سر هم، تصمیم گرفتم بروم دنبال تصدیق تاکسی و همه چیز را رها کنم، چون مسئولیت خانه و دو بچه مدرسه به عهده‌ام بود و آن‌ها همیشه خوب زندگی کرده بودند. (قبل از انقلاب) خوب که نه حداقل انتظار یک زندگی متوسط را داشتند.

از آن میان چند تایی را دوست دارم. فیلم اول خودم از فریاد تا ترور، بازرس ویژه، فیلم شیلات رضا میرلوحی و دوستان دیگر. فیلم فرمان کوپال مشکات که سعید راد بازی می‌کرد و زمان دوران قاجار

بود. مثلاً برای فیلم فرمان که زمان قاجار بود. وقتی دیدم اول در ذهنم گذشت که بهترین تم برای موسیقی این فیلم دستگاه همایون است که به فضای قاجار می‌خورد. در نهایت کار خوبی شد. فیلم شیلات رضا میرلوحی که ابتدا آن را به مجتبی میرزاده داده بودند. مجتبی هم پیش‌قسطی گرفت بود. اما سه ماه معطل کرده بود. یکی از دوستان گفته بود: فلانی خودش بچه بندر ترکمن هست کار اونه.

آمدند سراغ من. من گفتم باید از مجتبی اجازه بگیرم. گفتند اون پیش‌قسطی هم که گرفت نوش جانش فیلم الان معطل موسیقی هست. رفتم منزلش. خب قبلاً یکی دو تا کار با هم کرده بودیم، اما دیدم بساط پهن کرده منفعل بی‌خیال. هرگز مجتبی را اونجوری ندیده بودم. اکنون از همه چی برگشته بود. کاملاً سرخورده و ناامید. به زمین و زمان فحش می‌داد.

آنقدر با او حرف زدم که تو تافته جدا بافته‌ای در موسیق ما. سه تا ساز و پرفکت می‌زنی. انقلاب‌ها همه اینجوری بوده دیگه. قدر خودتو بدون!

وقتی گفتم تهیه‌کننده گفته پیش‌قسط هم مال خودت. خوشحال شد و گفت دمشون گرم!

گفتم: رخصت پهلوان؟

گفت: رخصت!

لهجه شیرین کرمانشاهی مجتبی را خیلی دوست داشتم. یادش بخیر!

رضا میرلوحی

بچه‌ها دفتری در میدان ۲۴ اسفند بالای سینما اونیورسال داشتند.

مهدی فخیم‌زاده، کامران قدکچیان، رضا میرلوحی، سیروس الوند، منوچهر مسیری و... پاتوق‌شان شده بود. هر روز مثل دفتر کار اونجا جمع بودیم. ظهرها هم از رستوران میدان غذا سفارش می‌دادیم و هم‌اونجا می‌خوردیم. گاهی قدکچیان بزرگ که معمولاً پیاده راه می‌افتاد و می‌آمد اونجا. می‌گفت مردم اتومبیل‌سوار که او را می‌شناختند مرتب تعارف می‌کردند که

آقای قدکچیان کجا تشریف می‌برید؟ بفرمایید شما رو برسونیم!

آقای قدکچیان هم باید مرتب توضیح می‌داد: خیلی ممنون. من می‌خوام پیاده‌روی کنم.

با سن و سال بالا همیشه خوب و سرحال و خوش‌بیان بود.

یک‌بار هم چند سال پیش آمده بود سوئد در شهر ما گوتنبرگ منزل آقای ریاحی. فهمیده بود که من در این شهر هستم، گفته زنگ بزن به من. رفتم خدمت‌شان و کمی هم میگساری کردیم و از حرف‌های شیرین‌شان لذت بردیم. برادر کوچک‌تر کامران، کاوه قدکچیان هم در یکی از شهرهای سوئد زندگی می‌کند که یکی دو بار هم با هم تماس داشتیم و در فیس‌بوک هم گاهی می‌بینیم.

جواد گلپایگانی، تهیه‌کننده رضا میرلوحی بود که قبلاً با مجتبی میرزاده صحبت کرده بود که داستانش حل شد. تصادفاً هم‌زمان من هم داشتم فیلم بازرس ویژه را می‌ساختم که داوود رشیدی در هر دو فیلم نقش داشت که با رضا هماهنگ کرده بودیم که به هر دو برسد. ضمناً برای فیلم خودم هم باید موسیقی می‌ساختم.

رضا میرلوحی برای فیلم زیبای تپلی با اسفندیار منفردزاده کار کرده بود. اگر اشتباه نکنم جایزه سپاس هم گرفته بودند. این برای من

چالش بزرگی بود. رضا گفت:

- یک فصل در فیلم هست که با هم بریم ببینیم تو چه طرحی برای موسیق اون داری.

رفتیم. سیروس الوند هم که آن زمان بیشتر از همه با هم روزگار می‌گذراندیم با ما آمد. سه نفری رفتیم توی اتاق موویلا و رضا پرده‌پرده فیلم را گذاشت با دیالوگ می‌دیدیم. یادآوری کنم که طرح این فیلمنامه را سیدمحمد موسوی معروف به بلیش نوشته بود، اما رضا میرلوحی به کلی فیلمنامه کاملی از آن دوباره‌نویسی کرده بود. رسید به آن فصلی که رضا گفته بود، یک سکانس طولانی داخلی بود. داوود رشیدی که نقش یک مبارز ترکمن را بازی می‌کرد و پسرش را در سردخانه بزرگ نهنگ ماهی‌ها درحالی‌که ناگهان درها بسته می‌شود زندانی می‌کنند که آن‌ها از سرما بمیرند. پدر و پسر هراسان، درها همه بسته است. پدر به پسرش می‌گوید برای اینکه زنده بمانیم تا کسی به دادمان برسد باید حرکت کنیم. بنابراین نهنگ ماهی‌ها را از اینجا بلند می‌کنیم می‌بریم به آن طرف سالن. اگر چند ساعت زنده بمانیم کارگرها می‌آیند و در را باز می‌کنند. کار پدر و پسر شروع می‌شود و شروع به حمل ماهی‌ها می‌کنند. رضا فیلم را نگه داشت. گفت:

- خب! اینجا چه موسیق می‌خواد؟

گفتم: موسیق نمی‌خواد. هیچ سازی لازم نیست.

گفت: چطور؟ پس چی می‌خواد؟

گفتم: ذکر ترکمنی... با دهان برایش زدم. هه هویه. هی هویه. هه هو هو هویه... بعد از دو دقیقه موسیق کم‌کم وارد می‌شه و اوج می‌گیره.

ذوق‌زده بلند شد و من را بغل کرد و بوسید. و داد زد به تهیه‌کننده که یک ویسکی بردار بیار!

برای میرلوحی بیشتر توضیح دادم که این می‌تونه موسیق تیتراژ هم باشه. بعد واریاسیون می‌شه در سکانس‌های مختلف با چه سازها یی و چگونه. مهم‌تر از همه پیدا کردن یک سولوخوان ترکمن بود که از وسط ذکر وارد می‌شود و می‌خواند. بهرام‌قلی آق را از گنبدکاووس پیدا کردیم و او را به تهران دعوت کردیم. حالا کسی باید کمانچه و دو تار ترکمنی سولو می‌زد روی ارکستر. او را هم می‌دانستم کار چه کسی هست. عارف ابراهیم‌پور، نوازندهٔ نابینای نابغه که چند ساز را پرفکت می‌زد. او را نیز یافتیم. ابراهیم پور فقط یکی دو بار موسیق ترکمنی را گوش کرد و چنان سولوها را می‌زد که انگار صد سال ترکمن است.

مثل همیشه کار را سپردیم برای تنظیم به علی درخشانی که با هم هماهنگ بودیم. چند فیلم با علی درخشانی کار کردم، اما او هرگز هیچ کدام از فیلم‌ها را ندید. حتی یک‌بار برایش بلیت سینما بردم. گفت میرم، اما نرفت. آدم باذوق بود، اما قدر خودش را ندانست. خودش را رها کرده بود به الکل. بهش می‌گفتم. دود بزن سالم‌تره. اما گوش نمی‌کرد. بعد از انقلاب خیلی از بچه‌های هنرمند منفعل و ناامید شدند.

این‌گونه شد که بعد از فیلم بلند اولم از فریاد تا ترور یا همان یار دبستانی من که اغلب همکاران اهالی سینما دیده بودند، به من موسیقی متن سفارش می‌دادند و من می‌ساختم.

فرق من با اسفندیار خان منفردزاده این بود که ایشان در آن زمان

برای هر فیلمی موسیقی نمی‌ساخت، اما من برای هر فیلمی که به من پیشنهاد می‌شد می‌ساختم. به‌خصوص بعد از سانسور و توقیف دو سه فیلم و رد شدن طرح و فیلمنلمه‌ها برای امرار معاش چاره‌ای جز این نبود.

واقعاً خودم نمی‌دانستم برای چند فیلم موسیقی ساخته‌ام تا حسین عصاران که در فیس‌بوک با هم آشنا شدیم، اما دیگر رفیق مجازی نیست و حقیقی است. پیدا کرد که بنده مرتکب ۱۷/۱۶ قلم از این نوع شده‌ام.

اغلب دو ستان از من ترانه هم می‌خواستند. چیزی که از فیلم رضا موتوری توسط منفردزاده مرسوم شد و سعی می‌کردم موسیقی‌ها در خور فضا و سوژه فیلم باشد. نه بیشتر نه کمتر. شاید دلیلش این بود که هم با موسیقی آشنایی داشتم و هم مدیوم سینما را می‌شناختم. به همین دلیل دوستان و همکاران هم اغلب راضی و خشنود بودند. به‌خصوص که خوش‌قول بودم و سر وقت که قول داده بودم تحویل‌شان می‌دادم.

با علی درخشانی که مرد نازنینی هم بود و ۹۰ درصد کارهایم را تنظیم می‌کرد. این‌گونه کار می‌کردم که ابتدا فیلم را می‌دیدم و زمان‌بندی می‌کردم، بعد ملودی‌ها را با سنتور می‌زدم در یک کاست.

وقتی می‌رفتم پیش علی در مورد سازبندی‌ها و سلویی که لازم بود و چه سازی صحبت می‌کردیم، حتی ریتم که مثلاً در فلان سکانس باید تیمپانی باشد یا درام یا... علی هم یادداشت می‌کرد و با ذوق سلیقه‌ای که داشت عین جنس را تحویل می‌داد.

کار موسیقی متن را هیچ‌وقت برای خودم جدی نگرفتم و اولین بار

است که در موردش صحبت می‌کنم. بعد از اینکه سال ۶۷ از ایران خارج شدم می‌شنیدم که سازندگان موسیقی متن فیلم و سریال‌ها کم‌کم زیاد شدند. استعدادهای جدید و جوان که کارهای خوبی داشتند، حتی دوست عزیزم ناصر چشم‌آذر هم از آمریکا برگشت و کار موسیقی فیلم می‌کرد و خیلی هم موفق بود.

بعضی از دوستان می‌گفتند که تو از منفردزاده تقلید می‌کنی. جواب من هم این بود که:

– چه بهتر! خشنودم که مقلد خوبی هستم.

کارهای منفردزاده زیباییش به این بود که ملودیک بود. مثلاً در فیلم داش آکل از ملودی یک نوحه‌خوانی و سینه‌زنی معروف در چهارگاه گرفته بود و با تنظیم زیبا و جالب ویژه‌اش به‌خصوص در صحنه نبرد با قمه بین خیر و شر، داش آکل و کاکا رستم بسیار زیبا نشسته بود.

موسیقی انیو موریکونه هم ملودیک است اغلب و بسیار به دل می‌نشیند. اگر بگوییم منفردزاده موریکونه سینمای ایران است. گزافه نگفته‌ایم.

اساتید یا استادانی هم بودند که رهبر ارکستر بودند و در کار خودشان استاد، اما وقتی برای فیلم موسیقی متن ساختند هیچ ربطی نداشت. نیازی نیست اسم ببرم. شاید خودتان هم دیده باشید هم قبل از انقلاب و هم بعد از انقلاب. موسیقی که هیچ ربطی به فیلم نداشتند. مثلاً برای فیلمی که کلاً فضای شمال بوده آن هم فضای اصیل و سنتی. موسیقی در فاصله‌های مینور و اصفهان ساخته شده. درحالی‌که در دستگاه شور گوشه‌هایی هست که اصلاً بوی ماهی

دودی می‌دهد. کافی بـود یکـی از ایـن گوشـه‌ها را می‌گرفت رهـا می‌کرد در فیلم مربوطه.

قبـل از انقـلاب بـاز یکـی از همـان اسـاتید بزرگـوار بـرای فیلمـی کـه فضـای جنـوب داشـت، از گیتـار و پیانـو و کمـی ریتـم تیمپـانی بـرای لحظات تعلیق فیلم استفاده کرده بود. مگر می‌شود در فضـای سنتی مثـلاً بوشـهر هیـچ نشـانی از «نـی انبـان» هیـچ کجـای فیلـم نباشـد. درحالی‌که هـر دو بزرگـوار در کار خودشـان اسـتاد و سرشـناس هسـتند. بعضـی کارگردان‌ها به خاطـر اسـم و رسـم و اعتبار گرفتن از نام‌شان، کار را به آن‌هـا سپرده‌اند، امـا متأسفانه موسیقی هیچ ربطی به فیلم مربوطه نداشـته، گرچـه در کار خودشـان هـم بسـیار اسـتاد بودنـد، امـا موسـیق فیلم دنیای دیگری است.

ناگفته نمانـد کـه در سال‌هـای اخیـر کارهـای خـوب و درخشـانی در داخـل ایران شنیده‌ایم. همگی خسته نباشند.

سـاموئل خاچکیان

از کودکی و نوجـوانی فیلم‌هـای سـاموئل خاچکیان را دوسـت داشتم. با هنرپیشهٔ محبوبش آرمان. فیلم چهارراه حوادث، طوفان در شهر ما،

فریاد نیمه‌شب و... کارگردانی که اسم خودش بیشتر از هنرپیشه‌ها تماشاچی را جذب می‌کرد.

همان زمان که مشغول ساختن موسیقی متن برای دوستان اهالی سینما بودم و در «استودیو کنکاش» بیشتر کار می‌کردم. به من گفتند که آقای خاچکیان دنبال تو می‌گردد. در استودیو «هاملت فیلم» که اتفاقاً من فیلم اولم را آنجا با «گالوست گورگیان» کار کردم که از تکنیکرهای خوب سینما بود و خودش یکی از بهترین کسانی بود که موسیقی فرنگی و لحظات سمفونی روی فیلم‌ها می‌گذاشت و از قدیم با خاچکیان کار کرده بود. از دوران نوجوانی که اولین سناریو را نوشته بودم و برای دیدارشان یکی دو بار به یک استودیو رفته بودم سال‌ها می‌گذشت.

رفتم هاملت فیلم. دیدن دوبارهٔ خاچکیان برایم جالب بود. گفت برای فیلم جدیدش موسیقی می‌خواهد. رفتیم اتاق موویلا و پرده‌پرده فیلم را دیدیم. یادم است در فضای جنگل بود با زاویه دوربین‌های ویژهٔ خودش و اکشن. هرچه بود فیلم ساموئل خاچکیان بود. گفتم چشم استاد!

- فقط خواهش می‌کنم هرچه زودتر...

- همه وقتی به موسیقی می‌رسند عجله دارند. چشم حتماً!

بعد از یکی دو هفته موسیقی آماده بود. رفتم استودیو موسیقی را شنید. من هم برایش توضیح می‌دادم که این بخش موسیقی برای فلان سکانس است و... بسیار خشنود و راضی بود مرا به‌عنوان تشکر در آغوش گرفت و بوسید. برای یک فیلم دیگر ایشان هم موسیقی ساختم. فیلم بالاش که فضا در نواحی آذربایجان بود و تم

آذری داشت. همان که شرح دادم که برای سولو عماد رام فلوت می‌زد و عبدالله‌اف تار!

البته بعد از انقلاب زیاد کار نکرد. ممیزی ارشاد هم او را خسته کرده بودند. یک‌بار دیگر او را دیدم و خیلی گله داشت.

ساموئل خاچکیان که سینمای ایران مدیون او بود. کسی که به قول خودش برای نشان دادن انفجار خاک به لنز می‌پاشید و ماشین عروسکی را از دره پرت می‌کرد. اسپیشل افکت‌هایی که برای تماشاچی آن زمان قابل‌باور و هیجان‌انگیز بود. یادش بخیر!

اریک ارکانت

با اینکه در این بخش‌ها رسیده‌ایم به حوادث و خاطرات بعد از انقلاب، اما گاهی یادم می‌افتد که بعضی چیزها را از همان زمانی که اکنون برای تقریباً همهٔ ما نوستالژی شده جا گذاشته‌ام. این ممکن است باز هم در روند این نوشتار پیش بیاید.

«اریک» یک موزیسین فرانسوی سیاه‌پوست بود و از هشت سال قبل از انقلاب در ایران بود و فعالیت می‌کرد. فارسی را هم تقریباً خوب یاد گرفته بود و با همان لهجهٔ جالب خودش صحبت می‌کرد. با دوستان اهالی موزیک ایرانی هم رفیق شده بود. طوری که بچه‌ها حس نمی‌کردند او فرانسوی است و از یک کشور دیگر آمده. برای خواننده‌ها آهنگ می‌ساخت و البته بیشتر در کار تنظیم بود. اتفاقاً یکی از اولین ترانه‌های من با آهنگ لقمان ادهمی به نام پولک را او تنظیم کرده بود با صدای لیلا فروهر که آن زمان نوجوان بود و جزو کارهای اولش بود.

بعدها سرپرست ارکستر گوگوش شد. زمانی که من و ناصر چشم‌آذر ترانهٔ یه تنهایی یه خلوت را برای گوگوش ساخته بودیم. ریتم آهنگ سامبا بود و اریک سعی کرده بود آن را به سبک آمریکای لاتین تنظیم کند. سوت گذاشت توی ارکستر و تنظیم جالبی شد.

اریک، زن انگلیسی داشت با دو تا بچه شکلاتی زیبا. من دو بار منزل‌شان رفتم چون اریک اصرار داشت دستگاه‌های موسیقی ایرانی را یاد بگیرد. البته من بهش می‌گفتم به این آسانی نیست. هر دستگاهی کلی گوشه داره و می‌گفت اوکی. فقط دستگاه‌های اصلی رو فعلاً یاد بگیرم.

گفتم فعلاً دوتا دستگاه رو بلدی... اصفهان و ماهور که همون مینور و ماژور خودتونه. فرمول خاصی نداره. ممارست می‌خواد و گوش کردن. بالاخره با نشانی دادن چند آهنگ که این شوره، این همایون و سه چهار دستگاه را یاد گرفت. اما متأسفانه انقلاب امانش نداد. یک روز در استودیو پاپ بودیم و اریک می‌دانست که دیگر از موزیک خبری نیست و مجبوره ایران رو ترک کنه. بغض کرده بود. می‌گفت:

- چه جوری من می‌تونم ایران و این بچه‌ها رو رها کنم و برم.

رفت. برگشت به کشور خودش فرانسه. در این سال‌ها دورادور خبرش را داشتم که در کنار کارهای خودش هنوز با بچه‌های موزیک ایرانی در پاریس و غربت کار می‌کند.

دو سه سال پیش در فیس‌بوک دیدم که اریک ارکانت در پاریس فوت کرده. عمیقاً متأثر شدم چون اریک ارکانت از قبیله موسیق پاپ ما بود.

محمد صفار

محمد صفار که به (م. صفار) معروف بود، بچه محل ما در
مختاری شاهپور بود. همان زمان‌ها که من کار ترانه می‌کردم و از آن
محل کوچ کردیم، دورادور فعالیت‌هایش را در عرصهٔ روزنامه‌نگاری و
مجلات سینمایی می‌دیدم. صفار به فیلم ساختن گرایش پیدا کرد و
چند فیلم خوب هم ساخت. همان سال‌ها مجله‌ای راه انداخت که
متأسفانه اسمش یادم نیست و مقداری هنجارشکنی کرده بود و در
آن عکس‌های نسبتاً برهنه، بیشتر از آرتیست‌های خارجی چاپ
می‌شد. ناگهان باخبر شدیم که در دفتر مجله‌اش بمب کار گذاشته‌اند
که خوشبختانه صفار جان سالم به در برد و کمی صورتش زخمی شده
بود. بعدها شایع شد که کار بچه‌های مذهبی بوده است. از آنجا که
دوست داشت کارهای جنجالی بکند یک روز به من زنگ زد که
برای یک مصاحبهٔ به قول خودش جنجالی به دفتر مجله برویم و
گفت که شهیار قنبری و اردلان سرفراز و ایرج جنتی هم هستند. اردلان
گویا مسافرت بود. بنابراین من و ایرج و شهیار قرار بود مثلاً ساعت
۴ در دفتر مجله باشیم و فریاد برآریم که چرا ترانه سانسور می‌شود.
من و شهیار سر وقت آمدیم، اما ایرج بنا به دلایلی که خودش
داشت نیامد. در نتیجه، اصلاً مصاحبه به هم خورد. من و شهیار
که منزل‌مان نزدیک هم در خیابان آق اولی بود با اتومبیل شهیار
برگشتیم. در راه شهیار غر می‌زد که:
- آقا از اون طرف می‌گی دست خستهٔ منو بگیر تا دیوار گلی رو
خراب کنیم... پس کجایی آقا!

آنقدر بامزه می‌گفت که من از خنده مرده بودم.

یک روز به من گفتن که صفار دربه‌در دنبالت می‌گرده، گویا زنگ زده بود به استودیو پاپ و شماره گذاشته بود. بهش زنگ زدم. گفت هر چه زودتر باید ببینمت.

همدیگر را دیدیم. معلوم شد فیلمی ساخته به نام شب زخمی که همه چی آماده است و وقت اکران هم گرفته است. فقط معطل شعر متن هست. آهنگش را هم «سلی» ساخته بود که او نیز بچه شاهپور مختاری بود و از دوستان قدیم صفار.

تصادفاً من با خانواده قرار بود بریم مشهد و بلیت قطار هم گرفته بودم و آماده مسافرت. با قطار درجهٔ یک، شب می‌خوابیدیم صبح مشهد بودیم. اصولاً مسافرت‌های ما آن زمان عیدها شیراز و اهواز بود و تابستان‌ها شمال. حالا نوبت مشهد بود که وقتی کودک بودم با خانواده که پدرم کارمند راه‌آهن بود و سالی یک‌بار بلیت مجانی داشتیم می‌رفتیم مشهد و من عاشق وکیل‌آباد بودم که در یک دریاچه استخر مانند شنا می‌کردیم. خاطرات خوبی از آنجا داشتم. به همین دلیل با اینکه مسافرت‌های اروپا با شش هزار تومان؛ لندن، روم و پاریس بود، اصلاً فرصت نمی‌کردیم که بریم. حالا هی بنشینیم افسوس آن سال‌ها را بخوریم.

به صفار گفتم اینجوریه. ما شب باید با قطار بریم. بالاخره فرصت دیدن فیلم نبود. صفار آهنگ سلی را گذاشت گوش کردم و گفت قرار است ابی بخواند. فیلم را هم تقریباً با جزئیات برایم تعریف کرد، که بهروز به‌نژاد و اگر اشتباه نکنم فرزانه تأییدی بازی می‌کردند.

داستان دو جوان عاشق که پس از ماجراهای بسیار نهایتاً به

هم نمی‌رسند و یکی از آن‌ها می‌میرد. گفتم صفار جان قول نمی‌دم، اما سعی خودمو می‌کنم.

از همان حرکت قطار دفتر و خودکار را گذاشتم بالای سرم، جایی که باید بخوابم. طبقه بالا یک نور کوچک هم روشن کرده بودم، مرتب و آهسته به صدای آهنگ گوش می‌کردم. یک چیزهایی نوشتم. فردا صبح که به هتل رسیدیم و صبحانه خوردیم. برای فردای آن روز قرار شد برویم وکیل‌آباد مشهد که خیلی دوست داشتم. در آن حال و هوا شعر را تمام کردم. به عیال گفتم باید زودتر برگردیم مشهد من باید به استودیو پاپ زنگ بزنم. حالا باید پول خرد پیدا می‌کردم برای تلفن زدن به استودیو پاپ و شعر خواندن که بنویسند. گاهی پیش می‌آمد که بعضی خوانندگان شب عید عجله داشتن که شعر را زودتر برسانم. این اورژانسی‌ترین شعری بود که گفتم. بچه‌ها هم برایم جوک درست کردند که فلانی کم آورده دست به دامن امام رضا شده.

بچه‌ها در استودیو پاپ بودند گفتم و نوشتند. م. صفار خیلی خوشحال شده بود چون شعر عین جنس بود:

من و تو با لب تشنه، تن خسته/ لب یک چشمه رسیدیم

پیش رومون آب زمزم / سوختیم اما قطره‌ای هم نچشیدیم

به همین دلیل جا خوردم که برای دومین بار اسم و آفیش فیلم من در ترورهای داخلی جمهوری اسلامی مطرح می‌شود، اما این‌بار با حسن نیت کامبیز خان حسینی.

چهره‌های ممنوع، ناصر ملک‌مطیعی

این کتاب را سال ۲۰۰۳، در همین شهر گوتنبرگ سوئد نوشتم. البته قبل از چاپ کتاب به شکل پاورقی در مجله دوست عزیز مهدی ذکایی جوانان لوس‌آنجلس تقریباً به مدت دو سه ماه منتشر شد. بعد هم هزار نسخه از آن در همین سوئد چاپ شد. چند تایی فروخته شد و بخشی هم به دوستان و آشنایان هدیه دادم.

آنچه مرا برای این کتاب مغبون کرد این بود که آن‌گونه که دلم می‌خواست با هنرمندانی که سال ۵۷ به کلی متوقف شدند و نه در داخل و نه خارج نتوانستند کار کنند، گفت‌وگو کنم و بپرسم که بعد از انقلاب با آن‌ها چه رفتاری کردند. چون شنیده بودم بعضی‌ها را به کمیته بردند و تعهد گرفتند و حتی بعضی مثل استاد نصرت‌الله کریمی را بازداشت و زندانی کردند، که کم و بیش شما هم شنیده‌اید.

با دوست دیرینه، سیروس قهرمانی تماس گرفتم که اگر می‌تواند با بعضی از هنرمندان که در تماس است، صحبت کند و تلفنی از آن‌ها به من بدهد. اولین تلفنی که به من داد متعلق به ناصر ملک‌مطیعی بود. زنگ زدم. خودش گوشی را برداشت. خودم را معرفی کردم. پیدا بود که سیروس در مورد من اطلاعاتی به ایشان داده بود. با مهربانی سلام و احوال‌پرسی کرد.

من برای اینکه آشنایی بیشتری بدهم گفتم. آقای ملک‌مطیعی سال‌ها پیش که برای فیلم آراس خان به بندرشاه‌آمدید. من ۱۲/۱۱ ساله بودم شما را از جلوی ایستگاه راه‌آهن بردم منزل مدیرمان آقای قریشی. بلافاصله گفت:

– حمید؟

گفتم: بله آقای حمید قریشی.

- الان کجاست؟

یک‌ضرب گفتم: فوت کرده!

- ای داد...

و لحظاتی سکوت... می‌توانستم حس کنم آن طرف گوشی ایشان متأثر شده. من هم سکوت کردم.

تا بالاخره جمله‌ای گفت:

- ما با هم هم‌سن بودیم...

- ببخشید خبر بدی دادم بهتون.

- نه دیگه تا بوده، همین بوده. تا زنده‌ایم از هم خبر نداریم!

- غرض از مزاحمت رو سیروس به شما گفته، من...

حرفم را قطع کرد و گفت: بله! سیروس با من صحبت کرد. من به خودشم گفتم. ببین پسر جان ما که داخل ایران زندگی می‌کنیم نمی‌تونیم بعضی چیزها رو بگیم. بهتره خودت بر اساس ذهنیت‌های خودت هر چه خواستی بنویسی. فکر می‌کنم دوستان دیگر هم راضی به گفت‌وگو نباشند.

بدون چانه زدن گفتم: درست می‌فرمایید. من هم نمی‌خوام بیشتر از این مزاحم شما بشم.

باز هم عذرخواهی کرد و من هم تشکر از وقتی که به من داد و مکالمه قطع شد. می‌دانستم الان ذهنش درگیر از دست دادن یار دیرین است.

بعدها که کتاب چاپ شد توسط مسافری، ۵ جلد آن را به ایران برای سیروس قهرمانی فرستادم و او به بعضی از هنرمندان که نام‌شان

در کتاب آمده بود، رسانده بود.

پرویز بهرام

صدای پرطنین و گرم پرویز بهرام را همیشه دوست داشتم. در دوبله، رادیو، جانی دالر و... برای فیلم فرمان که یک فیلم تاریخی بود و ایشان به جای سعید راد صحبت می‌کرد که من موسیقی‌اش را ساخته بودم. در استودیو هاملت فیلم بودیم که برای اولین بار آقای بهرام را از نزدیک دیدم.

بعد از آشنایی وقت خوردن نهار بحث سیاسی پیش آمد و ایشان با هیجان از مواضع خود که آن زمان داشت دفاع می‌کرد. من در بحث شرکت نمی‌کردم و بیشتر دوست داشتم صدای معمولی او را بشنوم. در فیلم فرمان به جای سعید راد صحبت می‌کرد که با ریش سفید و گریمی که داشت روی چهره‌اش می‌نشست.

یاد فیلم اتللوی سرگی باندار چوک افتادم که پرویز بهرام جای او صحبت می‌کرد و باندازه باندار چوک با صدایش هنرنمایی می‌کرد. برای دوبله هر فیلم خیلی زحمت می‌کشیدند و به اندازه هنرپیشه روی پرده دوبلورها عرق می‌ریختند. اتللوی سرگی باندار چوک، یکی از بهترین دوبله‌ها با صدای پرویز بهرام بود.

شهیار قنبری، پرویز یاحقی

یک روز که با شهیار قنبری، از همه کس و از همه جا تلفنی صحبت می‌کردیم. به شهیار گفتم می‌تونم این صبحت‌هامونو برای

رادیو ضبط کنم؟ گفت: اشکالی نداره و بدون اینکه لحنش تغییر کنه مصاحبه مفصلی شد.

خاطره‌ای را تعریف کرد که خیلی جالب بود. می‌گفت آپارتمانی را اجاره کرده بود که خب از طریق اجاره را پرداخت می‌کرد و نمی‌دانست صاحب‌خانه کیست.

یک روز آخر ماه درب خانه را می‌زنند و شهیار در را باز می‌کند و در کمال شگفتی پرویز یاحقی را مثل همیشه شیک و شسته و رفته می‌بیند. هر دو از دیدن هم شگفت‌زده می‌شوند و معلوم می‌شود که پرویز خان برای وصول کرایه خانه مراجعه کرده و صاحب‌خانه هم خانم حمیرا هست. ماچ و بوسه و خوش‌وبش بسیار می‌کنند و می‌خندند.

البته این دو هنرمند به خاطر سبک‌های متفاوت، هرگز با هم کار ترانه نکرده‌اند، اما پیدا بود که یکدیگر را بسیار دوست می‌دارند.

پرویز یاحقی که چهار مضراب سه گاهش بین مردم آن زمان گل کرده بود و مردم حتی روی آن شعر گذاشته بودند: بارک‌الله تو، بارک‌الله تو... تمام عالم مال تو. روی زبان مردم افتاده بود و می‌خواندند. و این برای یک چهار مضراب سابقه نداشت.

عاشق این ترانه شهیار هستم که حسن شماعی‌زاده آهنگش را ساخت و خودش هم خواند:

وقتی که ما بچه بودیم دنیا یه جور دیگه بود / تو نِی نِی چشمای ما انگار یه نور دیگه بود

بد نبودم بد نبودی، دروغ تو کار ما نبود / دستای جوهری‌مونم، قد حالا سیاه نبود

سریال خبرنامه

دیروز ۵ فوریه ۲۰۲۱ بود که شنیدم دوباره مثل هر سال، سریال خبرنامه را که تقریباً ربطی به من ندارد به اسم من در تلویزیون ایران پخش می‌کنند و هر سال دهه فجر. من هم هر سال باید توضیح بدهم، با اینکه توضیح هر ساله را درفیس‌بوک گذاشتم، اما نشد که اینجا هم کپی‌اش را بگذارم. یا من بلد نیستم. لذا برای ثبت در تاریخ، یک‌بار برای همیشه ناچارم توضیح بدهم.

داستان این‌گونه است که حدود ۳۵ سال پیش که به خاطر فیلم آخرم مشکلاتی پیش آمده بود و بدون اعلام رسمی حق فیلم ساختن از من سلب شد، توسط دوستی در تلویزیون که قبلاً در دو فیلم سینمایی به‌عنوان دستیار تهیه با من کار کرده بود، من را دعوت به کار کرد برای ساختن یک سریال چند قسمتی برای کانال دو کودکان و نوجوانان. وقتی فیلمنامه را به دستم داد خواندم و گفتم من این را نمی‌سازم مگر بازنویسی کنم بنابراین دو هفته به من وقت بده. با اینکه عجله داشتند اما قبول کرد.

رفتیم به دهکده‌ای به نام راهجرد بین قم و اراک. عنایت بخشی و چند هنرپیشه تازه‌کار از جمله دو نوجوان ۱۷/۱۶ ساله به نام‌های محمد و علی. البته بعدها کسی از روی عکس‌های پشت صحنه گفت. علی همان علی مصفا شوهر لیلا حاتمی است که آن زمان هنوز مویی میانی داشت. اتفاقاً پسر بسیار محجوب و مؤدبی بود. خوشبختانه در سینما هم موفق شد.

از روز دوم کار، ناگهان سر و کله جوانی با کاپشن سبز و ریش در

گروه پیدا شد که گفتند نماینده تلویزیون است. گاهی البته با احترام و ادب نوشته‌هایی را که برای کار آماده کرده بودم، می‌خواند و نظر می‌داد و با هم بحث می‌کردیم.

احساس می‌کردم هنوز فیلم تمام نشده سانسور می‌شوم. تا اینکه یک روز که هوای دهکده به شدت مه‌آلود شده بود با عجله بچه‌ها را آماده کردم و دوربین را کاشتیم با لنز واید که بچه‌ها از داخل مه به طرف دوربین بدوند (اسلوموشن) و همان لحظه فکر کردم این بهترین صحنه است برای تیتراژ با یک موسیقی خوب که البته خودم باید می‌ساختم.

آقای نماینده هم صحنه را تماشا می‌کرد. وقتی کار ما تمام شد از من پرسید و من برایش توضیح دادم. فکر کردم الان می‌گوید به‌به! چه صحنه خوبی! کمی اخم‌هایش را درهم کرد و گفت منظور شما چیه از این صحنه؟ گفتم: فقط زیبایی تصویر برای تیتراژ. گفت: اما من فکر می‌کنم شما می‌خواهید بگویید به‌رغم این انقلاب نسل دیگری می‌آیند و...

دیگر طاقت نیاوردم. بحث ما بالا گرفت. کار را تعطیل کردم و رفتم تهران. تهیه‌کنندهٔ طفلک هم به دنبال من. گفتم: آن دو قسط پولی که مانده را هم نمی‌خواهم. مهرم حلال و جانم آزاد. اما برای قسط اول و رفاقت‌مون موسیقی تیتراژ و بعضی صحنه‌ها را می‌سازم و بهت می‌دم.

بعدها شنیدم اسیتانم پدر عسگری که مرد خوبی هم بود، کار را ادامه داده. لابد زیر نظر مستقیم آقای نماینده تلویزیون. یک فریم از فیلم را هم ندیده بودم. بعدها که به دنبال خانواده آمدم سوئد شنیدم آن سریال را به اسم و کارگردانی من پخش می‌کنند.

به‌خصوص وقتی بعضی از قسمت‌هایش را برایم فرستادند می‌توانید تصور کنید که چقدر حرص خوردم وقتی دیدم شعارها و صحنه‌هایی در آن گنجانده‌اند که هیچ ربطی به سریال کودکان ندارد. فکر می‌کنم وقتی هر سال در دههٔ فجر پخش می‌شود. علی مصفا هم به اندازه من حرص بخورد. حالا نمی‌دانم چه اصراری دارند که وقتی خودم اجازه رفتن به ایران را ندارم و اگر بروم نمی‌دانم چه خواهد شد. اسم مرا از تیتراژ برنمی‌دارند.

البته می‌دانم فقط می‌خواهند از اسم و اعتبار آدم استفاده کنند و هرچه خواستند به خورد خلق‌الله بدهند. من هرسال همین موقع باید در فیس‌بوک توضیح بدهم. البته امسال همان توضیح سال گذشته را پخش کردم. والله بنده بی‌گناهم!

یکی از بچه‌های فیس‌بوک نوشته بود آقای فلانی ناراحت نباشید، چون معمولاً اسم کارگردان را آخرین تیتر می‌نویسند و اما این‌ها آمده‌اند آخرین تیتر اسم نویسنده را نوشته‌اند و این نشان می‌ده داستان حقیقت ندارد.

حسین خواجه‌امیری (ایرج)

از نوجـوانی عاشـق صـدای ایرج و گلپایگانی بـودم. به‌خصـوص در گل‌های ۴۵۲ که اولین ترانهٔ مهستی توسط پرویز یاحق ساخته می‌شود و ایرج آن آواز معروف چهارگاه را می‌خواند که:

نازنینا از در میخانه مگذر کین حریفان/ یا بنوشندت که جامی یا بیوسندت که یاری

و ترانه‌های بسیار دیگر. ترانه‌هایی کـه در فیلم‌ها می‌خواند و معروف می‌شـدند مثـل گنج قارون که گل می‌کردنـد و مـردم زمزمه می‌کردنـد و الی ماشـاءالله!

امـا در آن میـان فردیـن بهـتر از همـه حـق مطلب را ادا می‌کرد و فقط لـب نمی‌زد، ترانـه را یـاد می‌گرفت و بـا تمـام وجـود می‌خوانـد کـه آنقدر طبیعی جلوه می‌کرد.

تـا رسیـد به جایی که ایرج در ختم فردیـن ترانهٔ دوستی ساخته مهندس همایـون خـرم را خوانـد. همیشـه آرزوی دیدار ایـرج را داشـتم تا چـرخ روزگار چرخیـد و در شـهر گوتنبرگ سوئد ایرج خـان دو هفته مهمان من بـود. خیـلی خوشـحال بـودم.

من هیچوقت اهل برنامه‌گذاری نبودم، اما وقتی انجمنی پیشنهاد

کرد (محمد جعفری همسر خانم روح‌انگیز خواننده خوش‌صدای گیلان) من هم با کمال میل همکاری کردم و ایرج خان را برای اجرای کنسرت به شهر گوتنبرگ دعوت کردیم. چون در شهر دیگری هم از ایشان دعوت کرده بودند لذا دو هفته در خدمت‌شان بودیم که بسیار روزهای خوشی برای من بود.

حتی شبی که ایرج خان را دعوت کرده بودند به محفلی خصوصی مسعود جولایی دوست دوران کاخ جوانان که از آلمان آمده بود، سنتور می‌زد و من تنبک. که شب خوبی بود. مصاحبه‌های مختلف در رادیوها و گاهی دوستداران ایشان با اصرار ایرج خان را برای شام دعوت می‌کردند. یک سادگی خاص در گفتارش بود. در یکی از مصاحبه‌های رادیویی اظهار می‌کند که دو همسر دارد و احسان خواجه‌امیری ازهمسر دوم ایشان است. احسان هم که از پدر نشان دارد در خوانندگی در سبک و سیاق خودش بسیار موفق است.

احسان با دو صدایی خواندن با پدر معروف شد. گاهی می‌بینم که بعضی جوان‌های جویای نام و البته خوش‌صدا هم از وجود ایشان بهره می‌برند. بهترین این دوصدایی‌ها به اعتقاد من همخوانی با سالار عقیلی اندر باب ترانه‌ای زیبا برای وطن است که بسیار شنیدنی است. سالار عقیلی بهترین ادای احترام را برای ایرج پیشکسوت آواز ایران به جا آورده است.

ناگفته نماند که استاد شجریان هم در شب تجلیل ایرج شرکت کرد و همکار خوش‌صدای قدیمی‌اش را بسیار مورد لطف و مهربانی قرار داد.

روزگار کرونایی

سلطنت‌طلب دو آتشه و سه آتشه

این هفته اتفاق عجیبی افتاد که تا به حال حداقل در مورد ترانهٔ یار دبستانی من بی‌سابقه بود. به من زنگ زدند که در یک رادیوی سلطنت‌طلب دو آتشه و یک خانم سلطنت‌طلب سه آتشه از لوس‌آنجلس گفت‌وگو کرده‌اند و تا توانسته‌اند به اصطلاح پنبه من و آن ترانه را زده‌اند و انتقادهای بسیار.

تعجب من از این جهت است که در این تقریباً ۲۵ سال، اولین بار من در سوئد با خبر شدم که برای اولین بار دانشجویان در پارک لاله خواندند و به تبع آن‌ها مردم غیور ایران در مناسبت‌های مختلف می‌خوانند، هیچ‌کس تا به حال این‌گونه اسائه ادب به این ترانه نکرده است. حتی آن‌هایی که دوست نداشتند یا به‌عنوان مثال انتقاد به یک بیت این ترانه داشتند، سکوت می‌کردند چون می‌دانستند که این ترانه دیگر متعلق به من نیست که بخواهند مرا ترور شخصیت کنند و این ترانه را بشکنند.

خانم با التماس از جوانان و مردم می‌خواست که ترانهٔ یار دبستانی من را نخوانید، تحریم کنید. این ترانه ضد ملی است و چنین است و چنان است. شگفتا که عین حرف‌های ایشان را سه سال پیش امام جمعه مشهد علم‌الهدی زده بود:.

- این ترانه را چرا می‌خوانید؟ چرا پخش می‌کنید؟ این آهنگ ضد انقلاب است. جمعش کنید.

ابتدا نمی‌خواستم عکس‌العملی نشان بدهم چون فکر کردم

صحبتی در یک رادیو شده. می‌گذرد، اما وقتی گوش کردم دیدم این رشته سر دراز دارد. ایشان می‌گفت، من قبلاً هم گفته‌ام و هر جا که پیش بیاید می‌گویم.

اول هم با خود من شروع کرد که بله! این اسمش منصور تهرانی نیست. سیدمنصور است. سیدمنصور قبله‌تهرانی است. کشف کرده بود. این جرم اول بود. یاد هادی خرسندی عزیز افتادم که گفته بود تنها وقتی که اسم و فامیل ما را کامل می‌گفتن دوران دبستان بود برای حاضر و غایب.

جرم دوم، فلانی این ترانه را برای سرنگونی سلطنت پهلوی ساخته است. یعنی این خانم بی‌سواد و ناآگاه بعد از ده‌ها مصاحبه، البته به اعتبار ترانه یار دبستانی من، وگرنه من کسی نیستم به جز یک ترانه‌سرای ساده که مرتکب چند فیلم هم شده است.

بعد از توضیحات بسیار ایشان هنوز نمی‌دانستند که من تقریباً دو سال بعد از انقلاب این ترانه را برای فیلم بلند اولم از فریاد تا ترور ساختم و هرگز تصور نمی‌کردم کار این ترانه به اینجا برسد.

یک کلیپ هم ضبط کرده‌ام که در فیس‌بوک و یوتیوب گذاشته‌ام. در کلیپ گفته‌ام که فرق من با شما این است که من رجال زمان رضا شاه و شاه فقید را هم ستایش می‌کنم. از محمدعلی فروغی که در آن وضع خطیر استعفای رضا شاه را نوشت، درحالی‌که انگلیسی‌ها دنبال پادشاه قجر می‌گشتند از شاه حمایت و راه پادشاهی را برایش هموار کرد. مثل یک پدر در کنار او بود. قوام‌السطنه که با استالین ملاقات می‌کند و برای روشن کردن سیگارش آنقدر این دست و آن دست می‌کند که استالین کبریت می‌کشد برای سیگارش و زمانی

که به ایران بر می‌گردد، با همکاری آمریکا و با سیاست‌هایی که همه می‌دانید آذربایجان را نجات می‌دهد و روس‌ها را بیرون می‌کند.

دکتر محمد مصدق، که اگر انگلیس‌ها و توده‌ای‌ها و آیت‌الله کاشانی نبودند، شاید بهترین نخست‌وزیر و پادشاه تاریخ معاصر ما می‌شد. البته این اعتقاد بنده است و گرنه هزار روایت است. بعضی از شما وقتی نام این رجال را می‌شنوید تن‌تان می‌لرزد که بله این‌ها خیانتکار بودند و چنین و چنان... این نیست به جز کم‌سوادی و نخواندن تاریخ.

جرم سوم بنده در آن مصاحبه کذایی، این بود که فلانی چپ است و اصلاح‌طلب. به طنز گفتم من چپ نیستم اما چپ‌ها را دوست دارم. همین‌طور در میان جمهوری‌خواهان دوستان زیادی دارم که دوست‌شان دارم و صد البته دوستان طرفدار پادشاهی که مثل شما فکر نمی‌کنند.

جرم چهارم اینکه ترانه یار دبستانی را برای بایدنی‌ها و باب ساندرز و قاسم سلیمانی خوانده‌اند. البته خود بنده از این داستان اطلاع نداشتم. گفتم خانم خیلی‌ها از این ترانه استفاده کرده‌اند. چه در فیلم سینمایی و مناسبت‌های مختلف. و بیشتر از همه محمود احمدی‌نژاد این ترانه را مورد سوءاستفاده قرار داد برای انتخابات که شعر را هم مصادره کرده بود.

افاضات خانم در مورد من تمام شد و با مجری شروع کردند به صحبت کردن در مورد بیانیهٔ شاهزاده رضا پهلوی. دلخوری من از مجری رادیو این است که یا خودش باید جواب ایشان را می‌داد یا می‌گفت اجازه بدهید فلانی هم باشد که بتواند از خودش دفاع کند.

مجری گفت. دیگران هم می‌توانند بیایند زیر چتر این بیانیه باشند. خانم فرمودند. بله! می‌توانند بیایند. البته من می‌دانم موفق نخواهند شد، اما بهتر است الان بیایند اگر بعداً بیایند پذیرفته نمی‌شود. درست مثل اینکه پشت دروازه ایران ایستاده‌اند و یک لیست بلندبالایی هم در دست دارند، مثل بعضی مهمانی‌های مجلل، که چه کسی بیاید یا نیاید.

گویا این خانم در لوس‌آنجلس هم اینجا و آنجا از همین حرف‌ها زده و احتمالاً به‌به و چهچه هم شنیده‌اند. این بود که به ناچار در یک کلیپ پاسخ ایشان را دادم با عنوان «سلطنت‌طلب‌های دو آتشه و سه آتشه! آنقدر شاهزاده رضا پهلوی را خرج نکنید.»

کامنت‌های بسیار خوب در فیس‌بوک گرفتم حتی از جانب سلطنت‌طلب‌ها. هنوز این داستان تمام نشده ناگهان سر و کله یک خانم سلطنت‌طلب سه آتشه دیگر باز از لوس‌آنجلس پیدا شد که تیتر زده. «فیلم‌های کثیف منصور تهرانی» انگار من فیلم پورنو ساخته بودم. شگفتا! که هر دو مورد در روزهای دههٔ فجراتفاق افتاد. دومی را دیگر نه اسمش را گفتم و نه جوابش را دادم. رفتم در صفحه مربوطه و دیدم دوستان سلطنت‌طلب ساکن گوتنبرگ جوابش را به خوبی داده‌اند. بنابراین هیچ دخالتی نکردم. این خانم نادان نمی‌دانست که دو فیلم اول من از فریاد تا ترور و مسافر شب هر دو پشت سر هم برای همیشه توقیف شدند و این برای یک فیلمساز بزرگ‌ترین فاجعه است. دو فیلم دیگرم با سانسور و فیلم آخرم مردان مرداب که از جهت زمان و مکان ناکجاآبادی بود. تعبیرهای ملحدانه گرفت؛ یعنی گفتند تو گفته‌ای خدا نیست و بهشت نیست و... آخرش

به جایی نرسید و زندگی مرا بر باد داد. من هم یک نامه سرگشاده برایشان نوشتم و گفتم: «شما بهشت را هم بین خودتان تقسیم کردید. جایی برای دیگران نمانده.»

اول انقلاب تا سال ۶۷ که من ایران بودم، قبلاً توضیح دادم که وضع سینما چگونه بود، بعضی‌ها هل شدند و فیلم‌های فرصت‌طلبانه ساختند مثل سرباز اسلام و... اما من این کار را نکردم و ارشاد هم تا توانست مرا سرکوب فرهنگی کرد. تا بالاخره از ایران خارج شدم. این دو تا خانم در هفته مصادف با جشنواره فجر شک ندارم که از ایران دستور گرفته‌اند برای آزار و اذیت من. خوشبختانه اهالی محترم فیس‌بوک از داخل و خارج از کشور آنقدر لطف و مهربانی کردند که دسیسه‌های این خانم‌ها خنثی شد و بسیار باعث دلگرمی من گردید. حتی از لوس‌آنجلس مسیج‌هایی داشتم که می‌گفتن ما این خانم‌ها را می‌شناسیم و آن‌ها سلطنت‌طلب نیستند و... .

البته متأسفانه بعضی‌ها هستند که با تعصب رفتار می‌کنند.که مبارزین واقعی باید صف خود را از آن‌ها جدا کنند. چنانچه شاهزاده رضا پهلوی دو سه بار از آن‌ها برائت جسته است. به‌هرحال، رژیم عصبانیت خودش را این‌گونه همزمان با روزهای دهه فجر یا به قول معروف «دههٔ زجر» نشان داد، چون همیشه پیشنهادهایشان به من هم این بود که برای جشنواره فجر از من فیلم بگیرند یا حتی صدا و پیام. تصور بفرمایید که روزهای جشنواره فجر همه دوستان و همکاران سینمایی در سالن نشسته‌اند و ناگهان من بیایم روی اکران. آن‌ها چه خواهند گفت. بلافاصله در دلشان خواهند گفت: چقدر دلار به حسابت ریخته‌اند؟

جلال مقدم

بعد از انقلاب من اغلب در استودیو کنکاش بودم و آنجا کار می‌کردم با مدیریت پرویز صبری. واقع در میدان فردوسی. جلال مقدم گاهی به آنجا سر می‌زد. انسان خوش‌مشربی بود. تا می‌آمد می‌گفت بچه‌ها امروز آبگوشت و البته همیشه همین غذا را می‌خواست.

دیدارش برای من که سال‌ها دوست داشتم او را از نزدیک ببینم بسیار مغتنم بود. مخصوصاً که فیلم‌هایش را به خودش یادآوری می‌کردم. مثل فیلم فرار از تله که یک فیلم جاده‌ای بود و به اعتقاد من بهترین فیلم داوود رشیدی بود. همین‌طور فیلم پنجره که یک فیلم ضد فیلم‌فارسی بود که پسر فقیر را خانوادهٔ ثروتمند از خود می‌رانند و دختر خانواده‌اش را بر عشق ترجیح می‌دهد. این فیلم هم بهترین بازی حسن رضیانی را در نقش اصغر ژیلا داشت. حتی در فیلم‌های تجارتی‌اش مثل راز درخت سنجد، سه دیوانه، صمد و فولاد زره دیو... سلیقهٔ خاصی به خرج می‌داد و متفاوت بود. با تحسین از کارهایش یاد می‌کردم و او می‌خندید و لذت می‌برد. به شوخی می‌گفت. تو به درد نقد فیلم نمی‌خوری چون همش خوب تعریف می‌کنی. گفتم:

- نه! من منتقد سینما نیستم. فقط عاشق فیلم‌های شما هستم. به‌خصوص فرار از تله و پنجره.

جلال مقدم از اسب افتاده بود. مثل خیلی‌های دیگر. اول انقلاب فیلمی به نام چمدان را شروع کرده بود که نیمه‌کاره رها کرده بود یا تهیه‌کننده... درست یادم نیست دلیلش چه بود. همکاران

سعی می‌کردند در فیلم‌هایشان به او نقش بدهند که بیکار نباشد. اندکی دچار حواس‌پرتی شده بود، بعضی حرف‌هایش به هم مونتاژ نمی‌شد... تا ناگهان باخبر شدیم در یکی از آن حواس‌پرتی‌ها با اتومبیلی تصادف می‌کند و... یکی از بهترین فیلمسازان سینمای ایران به همین سادگی از میان ما رفت. روز غم‌انگیزی برای من بود!

سوئد، گوتنبرگ

نمی‌خواهم وارد این مقوله‌ها بشوم که همه شما به اندازه کافی شنیده‌اید و موجب اطناب کلام است. حقیقت این است که اگر شما یک بنگلادشی را ببرید در قلب نیویورک بگذارید دلش برای موطنش تنگ خواهد شد و این اجتناب‌ناپذیر است. ماه‌های اول که همه به قول فرنگی‌ها، هوم سیک می‌شوند. انسان از هر چه که بوده و داشته جدا و اینجا صفر کیلومتر می‌شود و باید همه چیز را از اول شروع کند و در مقابل معضل بزرگی به نام آن کشور میزبان قرار می‌گیرد. این‌جا هم سخن را کوتاه می‌کنم چون همه چیز را خودتان می‌دانید.

در ایران از اول انقلاب که اعلام کردند مشروب شلاق دارد و تریاک مباح است. نود درصد هجوم بردند به دومی. یک‌بار شنیدم که روزانه ۵ تن تریاک فقط در تهران پخش و فروخته می‌شود. ما هم مثل ۹۹ درصد دوستان به دومی پناه بردیم. شاید باور نکنید، البته باور می‌کنید چون قرار نیست من در این نوشتار یک کلمه دروغ و گزافه بگویم، قبل از انقلاب من اصلاً دوست نداشتم. سیگار هم نمی‌کشیدم، قبلاً توضیح داده‌ام چرا. با اینکه پدرم طبق قانون آن

زمان بالای ۶۵ سال ماهی ۵ لول تریاک سناتوری از داروخانه سهمیه داشت و گاهی زیاد می‌آورد و نمی‌توانست بکشد من اما اصلاً تمایلی نداشتم و بیشتر ویسکی و آبجو می‌نوشیدم.

نه تنها من، کم‌تر جوانی را می‌دیدید که پای این بساط بنشیند. اگر هم بود میانگین سنی کم‌تر از چهل سال نبود.

منوچهر سخایی

اول انقلاب، هنوز بعضی از هنرمندان در ایران بودند. ناصر چشم‌آذر که گفتم همسایه بودیم و خیلی جاها با هم می‌رفتیم زنگ زد که بریم منزل منوچهر سخایی. منوچهر خان بسیار با مهربانی پذیرایی کرد و درحالی‌که سه تاری هم به دست داشت گفت: از بیکاری سه تار یاد گرفتم و برای خودم دلی دلی می‌کنم، اما خوب می‌زد و در آن قحطی مشروب از ما با ویسکی فراوان پذیرایی کرد و قطعه آوازی هم خواند که بسیار به دل نشست. من همیشه منوچهر سخایی را دوست داشتم. صدایی یونیک و شخصیتی منحصربه‌فرد و دوست‌داشتنی داشت.

موقع خداحافظی هم نفری یک بطر ویسکی به من و ناصر داد. گفتم: نمیشه که هم بخوریم و هم ببریم... گفت، نه! این دو بطری رو برای شما کنار گذاشته بودم. ساعات خوشی در کنارش داشتیم، قرار شد از خدا بیامرز، زنده‌یاد و عزیز پرهیز کنیم وگرنه صفحات پر می‌شود از این کلمات. یادش بخیر!

وقتی آمدیم سوئد تقریبا ۳۵ سال پیش. خبری از دود و دم نبود، اما برای نوشیدن مشروب کسی را شلاق نمی‌زدند، بنابراین اینجا

هـم مـا رو کردیم بـه دومـی. البتـه روزهـا مـن همچنـان کـه در ایـران بـه قصر یخ می‌رفتیم ورزش و دویدن را در پارک جنگلی که نزدیک محل سکونت مـا بـود انجـام می‌دادم، امـا عصرهـا مشـروب می‌خـوردم و از پنجره بیرون را نگاه می‌کردم. همسرم غـر می‌زد که داری الکلی می‌شی. دختـرم مـریم بـا اون سـن و سـال کمش اومد کنارم نشست. درحالی‌که نگرانی از چشـم‌های معصومـش پیدا بـود، بـه مـن گفت: بابا! نخـور مریض میشی! گفتم چشم عزیزم! زیاد نمی‌خورم.

آن زمـان از دود و دم خبـری نبـود، امـا نشـان بـه آن نشـانی کـه اکنون بعـد از ۳۵ سـال اینجـا و همـه کشـورهایی کـه هموطنـان عزیـز هسـتند، فـراوان یـا فـت می‌شـود. امـا مـن بعـد از آن اتفـاق وحشـتناکی کـه بـرایم افتاد از این متاع متنفرم و اگـر عمری باقی باشد به آن لب نخواهـم زد. البته اگر دوست بد و ذغال خوب بگذارد!

کار سخت

سـال‌ها پیـش سوئد بـه آسـانی پناهنده ایرانی می‌پذیرفت. به خاطر جنـگ و اینکه شـنیده می‌شـد سـوئد نیـاز بـه نیـروی کار بیشـتری دارد. تقریبـاً مثـل تـرک‌هـا در آلمان. بـا ایـن تفاوت بـزرگ کـه ایرانی‌هـا اغلب خیلی زود جـذب جامعـه سـوئد می‌شـدند، زبـان یـاد می‌گرفتنـد و اگـر جـوان بودنـد درس می‌خواندنـد و اگـر مسـن‌تر بودنـد بیزینـس راه می‌انداختنـد کـه سـربار «ننـه سوسـیال» نشـوند، اداره‌ای کـه در بـدو ورود بـه مهاجریـن کمـک می‌کـرد کـه یک زندگـی معمولی در سـطح پاییـن داشـته باشـند، در واقع اداره سوسیال کـه ایرانی‌ها اسمـش را ننه سوسیال گذاشـته بودنـد و بـد می‌دانسـتند کـه کسی به مـدت طولانی

از آنجا کمک بگیرد. درحالی‌که که اوج سوسیال دموکرات‌ها بود حتی بعد از ترور اولاف پالمه از مهاجرین استقبال می‌شد و کمک و همراهی ادامه داشت، اما ایرانی‌ها که در کشور خودشان بنا به هزار و یک دلیل که می‌دانید نمی‌توانستند استعدادهای خود را بروز دهند اینجا اغلب موفق می‌شدند. کم‌کم در جامعه میزبان جا باز کرده و تبدیل به بهترین مهاجران سوئد شدند. این را بدون تعصب عرض می‌کنم، چون چند سال پیش یک روزنامه معتبر سوئدی یک گزارش مفصل از مهاجران گرفت و ایرانی‌ها را به‌عنوان بهترین مهاجران انتخاب کرد. اکنون بسیاری از بیمارستان‌ها دکتر ایرانی دارند. همین‌طور بیزینس‌های مختلف و شغل‌های مهم در ادارات سوئد. یک وزیر ایرانی (شکرابی) و اخیراً رهبر یکی از احزاب چپ یک خانم ایرانی است. همین‌طور در رادیو و تلویزیون سوئد مجری برنامه و برنامه‌ساز. این تنها در سوئد نیست در تمام کشورهای اروپایی، آمریکا، کانادا و هر کجای دنیا، ایرانی‌ها همین‌گونه پیش رفته‌اند. گرچه از نظر همبستگی ضعیف تشریف دارند، شاید یک‌بار همبستگی کردند و تاوان بزرگی دادند، اما تک‌تک موفق هستند و اگر جایی خودت را معرفی کنی و بگویی من ایرانی هستم سوئدی‌ها به شما لبخند می‌زنند. یک جوکی هم متداول شده که: ایرانی‌ها تک‌تک خوبند اما مرده‌شور ترکیبشونو ببره.

به قول هادی خرسندی که می‌گفت، دو خانم با هم صحبت می‌کردند و من می‌شنیدم. اولی گفت: اهه! بازم ایرانی! دومی گفت: اهه اهه!

من رفتم جلو گفتم: خانم سه تا اهه! چون منم ایرانی‌ام!

از شوخی گذشته بدیهی است نخاله‌هایی هم این وسط پیدا می‌شوند که فقط چون از دیگران زرنگ‌تر بوده‌اند بدون هیچ مشکل سیاسی و بی‌هدف خود را به این‌طرف آب رسانده‌اند.

دو سه سال بعد از ورود به سوئد، کتابی نوشتم به نام قصه‌های غریب غربت حاوی هشت داستان کوتاه در مورد رابطه‌های خودمان و کشور و مردم سوئد. به همین دلیل اداره فرهنگ سوئد ۴۰۰ جلد از من خرید و در کتابخانه‌های سوئد موجود است.

لابد شما عزیزان می‌فرمایید خودت چه کردی؟ من منصور تهرانی بعد از سال‌ها ترانه‌سرایی و فیلم و موسیق وقتی رسیدم به سوئد صفر شدم. شناسنامه‌ام را بایگانی کردم و یک کارت هویت جدید گرفتم با چند شماره... چه باید می‌کردم؟ نه آنقدر جوان بودم که به تحصیلات ادامه دهم، نه پول داشتم کار و شغلی راه بیندازم که اگر هم داشتم موفق نمی‌شدم، چون اصولاً استعداد این کارها را ندارم. دوستی که تجربه بیشتری داشت نصیحت خوبی کرد. گفت:

- اگه می‌خوای از ننه سوسیال کمک نگیری و روی پای خودت بایستی در این کشور باید وارد یک سندیکا بشوی، حق عضویت هم هر ماه بدهی برای روزهای بیکاری. بنابراین یک کاری، هر کاری شده برای خودت پیدا کن.

رفتم اداره کار و گفتم دنبال کار می‌گردم. این جمله آن‌ها را خوشحال می‌کند. چون هم به بازار کار اضافه می‌شود و هم پول مفت از سوسیال نمی‌دهند. با خوشرویی پذیرفت و به کامپیوتر نگاه کرد و گفت:

- کاری که همین الان آماده است در یک کارخانه است. کارخانه

نان‌پزی (نانوایی بزرگ) گفتم: بسیار خوب کجاست؟ آدرسش را نوشت و گفت یک کارت اتوبوس ماهیانه می‌خری، چون چند کیلومتر خارج از شهر است. صبح ساعت ۸ تا ۴ بعد از ظهر. از همین فردا می‌توانی بروی و مشغول شوی.

رفتم و شروع به کار کردم. برای من که عمری با قلم و دفتر و ترانه سر و کار داشتم آسان نبود، اما وقتی به یاد آن دوست می‌افتادم که گفته بود قبل از هر چیز تو باید عضو یک سندیکا باشی، می‌دیدم چاره‌ای نیست به‌خصوص که اصلاً دلم نمی‌خواست طرف ننه سوسیال بروم.

یک سال به آن کار دشوار در کارخانه ادامه دادم اما به علت کمر درد و مرخصی استعلاجی، مسئول اداره کار من را به جایی دیگر معرفی کرد. رفتم و در ادارهٔ جدید خوشبختانه یک ایرانی بود که مرا می‌شناخت. داستان را که شنید گفت:

- کار خوبی کردی، شما تا وقتی در سوئد هستی عضو سندیکا خواهی بود و از مزایای آن استفاده می‌کنی فقط هر ماه حق عضویت را بدهید.

یاد کارگران در وطن‌مان افتادم که نه سندیکایی و نه مزایایی، حتی حقوق ماهیانه خودشان را چند ماه نمی‌گیرند و برای آن باید تظاهرات کنند. دوست‌مان که سوابق مرا می‌دانست، پرسید کار ویدئو بلدی؟ گفتم نه! ما در ایران با فیلم سر و کار داشتیم، ۱۶ میلیمتری و ۳۵ میلیمتری. گفت پس من می‌فرستمت جایی که یک کورس چهار ماهه ویدئو ببینی که بتونی کم‌کم برگردی سر کار خودت.

رفتم و به آن کورس خودمو معرفی کردم. اغلب دختر و پسرهای

جوان سوئدی بودند و البته دو سه تا مهاجر از کشورهای دیگر. آنجا فیلم آکادمی بود. معلم‌های مختلف زن و مرد سوئدی تدریس می‌کردند. من سعی می‌کردم از سوابق خودم حرفی نزنم چون کمکی نمی‌کرد. روز اول که همه یکی‌یکی خود را معرفی می‌کردند من فقط گفتم علاقه‌مندم که کار ویدئو را یاد بگیرم.

یک روز سر کلاس معلم از اینگمار برگمان صحبت کرد. (هنوز زنده بود) و جشن هفتاد سالگی‌اش را در تلویزیون گرفته بودند. من که معمولاً سر کلاس زیاد حرف نمی زدم، چون ۳۰ سال پیش زبان سوئدی‌ام هم زیاد خوب نبود و گاهی از زبان انگلیسی کمک می‌گرفتم ناگهان شروع کردم در مورد برگمان صحبت کردن از فیلم‌هایش و سبک کارش و اینکه چند سال پیش در ایران فیلمنامه همچون در یک آینه اش را به زبان فارسی خوانده‌ام. استاد و بچه‌ها خیلی تعجب کرده بودند از این همه اطلاعات و علاقه من به اینگمار برگمان.

در کنار کارهای عملی مربوط به ویدئو، گاهی بحث‌هایی پیش می‌آمد. اگر از من نظر می‌خواستند توضیح می‌دادم. کورس چهار ماهه تمام شد و من هم مدرک پایان کورس را بردم و تحویل اداره کار دادم و منتظر نشستم. ناگهان اتفاق خوبی افتاد. نامه‌ای دریافت کردم که رئیس فیلم آکادمی مرا به‌عنوان استادیار به کار دعوت کرده بود. بسیار خوشحال شدم و رفتم.

اولین جلسه‌ای که با آقای رئیس داشتیم که اسمش توماس کلبرگ بود. مرد مهربان و متواضعی که اغلب با دوچرخه به دانشکده فیلم می‌آمد و برمی‌گشت. چون او از سوابق من مطلع بود ازش خواهش کردم که به بچه‌ها نگوید که با من راحت باشند. یک اتاق هم در

اختیار من گذاشت و روی درش نوشت: دفتر منصور.

در سوئد، همه را با اسم کوچک صدا می‌کنند. رئیس و غیره ندارد. حالا ما آنجا ثابت بودیم و شاگردهایی هر چهار ماه می‌آمدند و می‌رفتند که در میان آن‌ها یکی دو نفر ایرانی هم بودند. آخر هر کورس دوربین و وسایل در اختیار شاگردان می‌گذاشتیم که یک فیلم کوتاه بسازند و هریک از معلمان هم سرپرستی و مشاورت می‌کردند.

هر تیم پنج نفر بودند که لوکیشن‌های مختلف به آن‌ها می‌دادند. مثلاً یک تیم از ترافیک باید می‌ساختند. تیم دیگر مثلاً از موزه و جاهای مختلف. برای تیم ما افتاد بالت آکادمی. خوشحال شدم چون می‌دانستم جای کار زیاد می‌تواند داشته باشد. با یک تیم پنج نفری، سه دختر و دو پسر سوئدی رفتیم بالت آکادمی. بچه‌ها باید از تمرین آن‌ها فیلم می‌گرفتند. خودشان کار می‌کردند گاهی من پلان‌هایی را به آن‌ها توصیه می‌کردم. رفتیم برای مونتاژ من هم گاهی نظری می‌دادم.

با خبر شدیم بالهٔ معروف غول و زیبارو اجرا می‌شود. به بچه‌ها گفتم بد نیست چند پلان هم از آن بگیریم و در این فیلم کوتاه بگنجانیم.

آخر کورس یک جشن کوچک می‌گرفتند همراه با شراب، کیک و شیرینی و فیلم‌ها را نمره می‌دادند و انتخاب می‌کردند. فیلم ما اول شد. بچه‌ها مثل اینکه جشنواره ونیز را برده‌اند کلی خوشحال شدند.

قبل از اینکه به فیلم آکادمی بیایم یک فیلم کوتاه ساخته بودم به نام آخرین پله که با شرکت همکلاسی‌های دختر و پسرِ مریم دخترم بود که همه سوئدی بودند. موضوع عشق بین یک پسر سوئدی و دختر ایرانی و تضاد فرهنگی بود. برای این فیلم که بودجه کوچکی

داشت از فرخ مجیدی فیلمبردار سریال سربداران و اجاره‌نشین‌ها اثر داریوش مهرجویی که ساکن دانمارک بود و ایرج شهنازی صدابردار دعوت کردم که آمدند به سوئد.

فیلم بدی نشد. دو سه سال پیش یک‌بار از برنامه اکران صدای آمریکا پخش شد. ایرج بعدها برگشت به ایران و آنجا مشغول است و اسمش را در تیتراژ فیلم‌های مختلف دیده‌ام. اما فرخ به گمانم در دانمارک زندگی می‌کند.

از این فیلم کوتاه، توماس رئیس‌مان خبر داشت. به من گفت فیلم را بیاورم برای بچه‌ها نمایش بدهم و چگونگی کار را برای بچه‌ها توضیح بدهم. اینکار را کردم به‌خصوص سکانسی داشت از یک هنرپیشه معروف تئاتر و تلویزیون سوئد به نام «اندرش گرانل» که دعوت کردیم، نقش یک الکلی سوئدی را در یک سکانس به عهده بگیرد و او پذیرفت بدون هیچ دستمزدی.

معمولاً الکلی‌ها در اتوبوس یا قطارهای شهری به مهاجران گیر می‌دهند، مخصوصاً با شیشه ودکایی که معمولاً در جیب بغل دارند و با آن‌ها صحبت می‌کنند که از کجا آمدند؟ برای چی آمدند؟ حتماً آمدند از سوسیال پول بگیرند و... .

من فقط به اندرش میزانسن را دادم که از بکراند می‌آید و کنار مرد مهاجر که روی یک نیمکت نشسته است قرار می‌گیرد و با او شروع به صحبت می‌کند. دیالوگ‌ها را خود اندرش فی‌البداهه می‌گفت و از جیبش شیشه مشروب را در می‌آورد و به مرد مهاجر که اصلاً زبان سوئدی نمی‌دانست، تعارف می‌کرد.

بعد از نمایش برای بچه‌ها، توماس پیشنهاد کرد این سکانس را

برای درس A mötter B (آ . ب را ملاقات می‌کند) استفاده کنیم که اولین درس کلاس بود که چگونه دو نفر یکدیگر را ملاقات می‌کنند و موقعیت دوربین باید چگونه باشد که خط فرضی شکسته نشود و... این سکانس را از فیلم جدا کردیم و برای شاگردهای هر دورهٔ چهار ماهه نشان می‌دادیم.

توماس کارهای دیگری هم به من محول می‌کرد از جمله خرید وسایل برای کلاس. من با کمال میل انجام می‌دادم، چون فضا و محیطی بود که دوست داشتم. گاهی که زبان سوئدی کم می‌آوردم به انگلیسی صحبت می‌کردم و بچه‌های سوئدی از خدا خواسته با من انگلیسی حرف می‌زدند، ولی من اغلب به سوئدی جواب می‌دادم چون آمده بودم که سوئدی یاد بگیرم. سوئدی‌ها برعکس فرانسوی‌ها و آلمانی‌ها که به زبان خودشان تعصب دارند و اصولاً انگلیسی حرف نمی‌زنند عاشق زبان انگلیسی هستند. کافی است شما جایی بروید و دو کلمه انگلیسی صحبت کنید دیگر رها نمی‌کنند و ادامه می‌دهند.

بعد از حدود دو سال، اداره کار مرا که اکنون تجربه‌هایی هم اندوخته بودم به مدارس دیگر که بیشتر بچه‌های مهاجر بودند فرستادند و من همان درس‌ها را با تئوری‌های تاریخ سینما و مکتب‌های مختلف سینما برای بچه‌ها می‌گفتم که برایشان خوشایند بود.

درست بعد از اتمام کارم در فیلم آکادمی با من یک مصاحبه مفصل کردند برای کتاب فرهنگ و هنر که با بسیاری از هنرمندان مهاجر ایرانی و از کشورهای مختلف مصاحبه کرده و بیوگرافی آن‌ها را نوشته بودند. یک روز در خیابان تصادفاً توماس را دیدم. بعد از

احوالپرسی گفت:

- وقتی رفتی چند جلد از کتاب کولتور را برای ما آوردند و بچه‌ها و معلم‌ها مصاحبه‌ات را خواندند و تازه تو را شناختند.

توماس کلبرگ یا کلبری به قول سوئدی‌ها این مرد مهربان و متواضع برایم تعریف کرده بود که قبل از انقلاب به ایران رفته بود و چند روز در تبریز پیش دوستی اقامت داشته و کوفته تبریزی هم خورده است.

استاد فرهنگ فرهی

استاد فرهنگ فرهی چهار پنج بار به مناسبت‌های مختلف بنده را مورد لطف و مصاحبه قرار داد. دو بار رادیویی و دو یا سه بار از تلویزیون پارس که برنامه داشت. آن زمان هنوز اسکایپ زیاد متداول نبود. یک عکس می‌گذاشتند و صدا. استاد با آن صدای پرطنین، واژگان و ادبیات مخصوص خودش انسان را به سر شوق می‌آورد و معمولاً مصاحبه خوب و دلپذیر می‌شد.

من یک سی‌دی که خودم خوانده بودم با شعر و آهنگ‌های خودم و دوست و همکارم عبی یگانه در شهر گوتنبرگ سوئد که همه

را تنظیم کرده بود، برای استاد پست کردم که حاوی هشت شعر و آهنگ بود با ترانهٔ یار دبستانی من و ترانه‌ای به نام پسرم یا توارث. همیشه می‌دیدم برای حسن ختام برنامه ترانهٔ پسرم را پخش می‌کرد:

پسرم ای که تو هم وارث درد منی / یه روز از من تو واسه پسرت حرف می‌زنی

متوجه شدم به یاد نیوشا پسرش این ترانه را دوست دارد. نیوشا که می‌گویند گرایش چپ داشت و به‌عنوان اعتراض جلوی سازمان ملل خود را به آتش کشید و تا بخواهند نجاتش دهند از دست رفت. دل پدر را سوزاند. و این آتش هرگز در دل استاد فرهنگ فرهی خاموش نشد.

بنابراین من تصمیم گرفتم یک کلیپ درست کنم از همان ترانه و تقدیم کنم به استاد. همان زمان گاهی با دوست عزیزم پرویز قریب‌افشار گفت‌وگویی داشتم. مرد مهربان و خوش‌قلبی که قبل از انقلاب برای شوو معروفش من و ناصر چشم‌آذر آرم برنامه ساخته بودیم.

با پرویز صحبت کردم که استاد را سورپرایز کنیم. پرویز استاد را به برنامه‌اش دعوت کرد و من هم تلفنی آمدم روی خط بعد از کمی گفت‌وگو کلیپ پسرم را در حضورش پخش کرد که در شروع کلیپ نوشته بودم تقدیم به استاد فرهنگ فرهی.

شعر، آهنگ و آواز: منصور تهرانی

تنظیم: عبی یگانه

پسرم ای که تو هم وارث درد منی / یه روز از من تو واسه پسرت حرف می‌زنی

خوب و بد هرچی که بر من گذشت تمومه / وقت شکفتن توئه

حرفای ما که به جایی نرسید / تو بگو که وقت گفتن توئه

زیر بار مرد و نامرد نرو / مث من نذار که زخمت بزنن

سینه تو سپر کن از هیچی نترس / تا غرور شیشه‌ای تو نشکنن

پسرم ما وارثیم وارث پدربزرگ / اون‌که نون در می‌آورد، از تو دندونای گرگ

پسرم این شعر من برگی از تاریخ ماست / اما سرزمین ما، مال فردای شماست

پسرم ای که تو هم وارث درد منی / یه روز از من تو واسه پسرت حرف می‌زنی

بهراد فردی

وقتی می‌گویی بهراد فردی، از مردی مهربان و خوش‌قلب حرف می‌زنی که برنامه‌ای صیمانه و پربیننده در تلویزیون پارس لوس‌آنجلس به نام خاطره‌ها دارد. بهراد در برنامه‌هایش سعی می‌کند به چهره‌های هنری تقریباً فراموش شده که هنوز برای مردم خاطره‌انگیز هستند بپردازد. مخاطبین برنامه‌اش هم این برنامه را دوست دارند و از آن

استقبال می‌کنند. هفته‌ای یک ساعت، اما مختصر و مفید. من هم یکی از مشتریان پر و پا قرص برنامه‌اش بودم و همیشه می‌دیدم.

بالاخره قرعه به نام بنده هم خورد و بهراد از من دعوت کرد برای مصاحبه آن هم از راه دور. آن‌گونه که آن زمان متداول بود. اسکایپ نبود با عکس و صدا. چند بار این‌گونه گفت‌وگو کردیم. یک‌بار که علی نظری مهمانش بود مرا هم آورد روی خط و گفت‌وگوی صمیمانه و جالبی شد.

بالاخره سال ۲۰۰۹، که مصادف بود با سال ۸۸ و جنبش سبز. برای دیدن دوست دوران نوجوانی‌ام، علی محمدزاده که چند بار صحبتش را کردیم و انجام نشده بود بالاخره لوس‌آنجلس ما را طلبید و رفتیم.

اولین بار بود که به شهر فرشتگان وارد می‌شدم. دفعهٔ قبل که به آمریکا رفته بودم، برای دیدن پسرم مانی که آنجا درس می‌خواند و منزل خاله مژگانش بود به آتلانتا رفته بودم. من قرار بود دو هفته در لوس‌آنجلس اقامت داشته باشم و برگردم. بلیت رفت و برگشت را هم این‌گونه خریده بودم. آن زمان آنقدر سخت نبود با پاسپورت سوئدی که داشتم بدون ویزا هر جای دنیا می‌توانستم مسافرت کنم. اکنون هم این‌طور است البته به جز آمریکا.

بهراد چون روزهای شنبه برنامه داشت از قبل برای هر دو تا شنبه از من قول گرفته بود که در برنامه‌اش باشم. درحالی‌که با دوست عزیزم پرویز قریب‌افشار هم برای برنامه هفتگی‌اش قرار گذاشته بودم همین‌طور پیش آمد که در تلویزیون اندیشه و با سهراب اخوان هم گپ و گفت‌وگویی داشته باشم و یکی دوتا رادیو تلفنی و همه این‌ها

در همان دو هفته. جنبش سبز بود و نهاربازار ترانه یار دبستانی من. بالاخره بهراد عزیز را از نزدیک دیدم. با اینکه بهراد اماس دارد اما همیشه از روحیه بالا و خوبی برخوردار است و خیلی خوش‌مشرب است. وسط هفته هم به دعوت او و امیر شهرتی کارگردان زبردست تلویزیون پارس رفتیم به یک چلوکبابی معروف و جای شما خالی.

بهراد زحمت کشیده بود و تمام اجراهای ترانه یار دبستانی من را در ایران و کشورهای دیگر دنیا میکس کرده بود و هنگام گفت‌وگوهایمان پخش می‌کرد و از این جهت بنده را بسیار شرمنده کرده بود. گرچه بارها گفته‌ام که این ترانه از سال ۱۳۷۵ که برای اولین بار دانشجویان در پارک لاله خوانده‌اند دیگر متعلق به من نیست. من دو تا شنبه متوالی در خدمت بهراد جان بودم و گفت‌وگوی بسیار خوب و صمیمانه‌ای داشتم. قبل از آمدنم با سه نفر از هنرمندان با بهراد هماهنگ کرده بودیم که اگر احیاناً برنامهٔ شب ترانه‌ای بود از آن‌ها دعوت کنیم. طوفان یار دیرینم، خانم زیبا شیرازی و علی نظری، اما تکلیف سالن هنوز معلوم نبود. وقتی قرار شد لقمان ادهمی را که از اورنج کانتی می‌آمد ببینیم و نهاری با هم باشیم، بعد از آن با لقمان رفتیم سراغ مرتضی برجسته. اتفاقاً سال‌ها قبل یک کار مشترک با مرتضی داشتیم.

مرتضی سالن فرهنگ را تازه افتتاح کرده بود. جای خوبی بود. قرار شد شب ترانه را همانجا اجرا کنیم. با برنامه‌های فشرده‌ای که داشتم افتاد به آخرین یکشنبه اقامت من در آنجا. که مصادف بود با شب تنکس گیونینگ یا بوقلمون‌خوران.

من که خبر نداشتم چگونه است و همه آن شب برای خودشان

برنامه دارند وگرنه کنسل می‌کردم، چون بعضی از دوستانی را که حتی وسط آن دو هفته دیده بودم آن شب نتوانستند بیایند. به‌خصوص ستار عزیز که هر وقت می‌آمد سوئد از کلبه معروفش که در گوشه‌ای از حیاط ساخته بود برای مهمانان خاص خودش صحبت می‌کرد و بالاخره رفتم و دیدم که چه باسلیقه ساخته بود. دو سه بار آمد دنبالم، اتفاقاً خانه دوستم علی محمدزاده که بیشتر به دعوت او به آمریکا رفته بودم و با همسر مهربانش شیرین پذیرای ما بودند به خانه ستار نزدیک بود.

به راستی خوش‌ترین روزهای من همان‌ها بود که با حسن جان ستار بودم که فراموش نمی‌کنم. ستار هم به خاطر همان شب که مهمان داشتند نتوانست بیاید. همین‌طور پرویز قریب‌افشار و لقمان ادهمی و... خلاصه تنکس‌گیونینگ شده بود هووی برنامه من. بعضی از دوستان افتخار داده بودند از جمله مسعود اسداللهی، سهراب اخوان، خانم هما سرشار عزیز و همسرشون و آقای فتحی، مهدی ذکایی عزیز و.... . بعضی از دوستان هم پشتیبانی رادیویی کردند از جمله آقای گوهرزاد که گفت‌وگویی هم با هم داشتیم.

طوفان قبل از برنامه آمد پشت صحنه که سال‌ها بود ندیده بودمش. اصرار داشت که فردا شب در کاباره تهران برنامه دارم و مرا دعوت کرد که بروم اما من متأسفانه فردایش باید برمی‌گشتم سوئد.

بعد از مدتی او ناگهان مریض شد و از دست رفت. بسیار افسوس خوردم که ای کاش به برنامه‌اش می‌رفتم. این است که قدر را تا هستیم باید دانست. جالب این بود که یکی از دوستان نوجوانی‌ام، ایرج ستارزاده را که سال‌ها گم کرده بودم، آن شب دیدم و خیلی

خوشحال شدم.

آن شب به همت پسر فرشته خانم تلویزیون پارس امیر که فیلمبرداری می‌کرد و از ایشان هم بسیار سپاسگزارم، یک کلیپ ساخته‌ام که در یوتیوب هست که به هنرمندان عزیزی که آمده بودند ادای احترام و سپاسگزاری کرده‌ام. می‌شود این کلیپ ۶ دقیقه‌ای را در یوتیوب mansourtehrani.com به نام «سفر یار دبستانی به لوس‌آنجلس» مشاهده کرد.

مسعود اسداللهی

همین جا عرض کنم. فعلاً همچنان خاطرات و اتفاقات در کشور سوئد است و در این تقریباً ۳۵ سالی که من اینجا زندگی می‌کنم. قرار شد اگر خاطره‌ای از قبل از انقلاب یا در ایران قبل از آمدن به سوئد یادم افتاد در روند این نوشتار قلمی کنم. گاهی هم به روزگار کرونایی برمی‌گردیم.

اکنون که سال ۲۰۲۱ است، می‌توانم بگویم شش هفت سال پیش در گوتنبرگ شهرمان دوست عزیزم، محمد جعفری زنگ زد که آقای مسعود اسداللهی تا یک ماه دیگر قرار است تئاتری به اینجا بیاورند

و شما در رادیو تبلیغ را شروع کنید. آن زمان رادیویی داشتم به نام «هم‌صدا» که حتی در ایران هم روی اینترنت شنوندگانی داشت و گاهی با هنرمندان داخل ایران مصاحبه‌هایی داشتیم. متن تبلیغ را که تئاتر مسافران نویسنده و کارگردان مسعود اسداللهی و... بود به من دادند، اما من معمولاً خودم در ابتدا و انتهای برنامه یادآوری می‌کردم. مسعود را در ایران زمانی که درگیر فیلمی به نام قرنطینه بود می‌دیدم. گاهی شب‌هایی با دوستان دیگر مهدی فخیم‌زاده و سیروس الوند می‌نشستیم گپ می زدیم و چای می‌نوشیدیم.

مهدی هم که با مسعود در یکی از اپیزودهای سریال طلاق بازی کرده بود و جایزه هم گرفته بود. اتفاقاً مسعود برای دوبله فیلم قرنطینه در مضیقه مالی بود. من از دوستان دوبله حسین عرفانی، منوچهر والی‌زاده و ایرج رضایی خواهش کردم که فیلم را دوبله کنند و اگر پروانه گرفت و به پخش فیلم فروخت ان‌شاءالله.

دوستان هم به حق سنگ تمام گذاشتند و کار کردند. منتهی چون اون دو سه روز دوبله، مسعود زیاد در استودیو آفتابی نمی‌شد و همیشه من با بچه‌ها طرف بودم. حسین عرفانی و منوچهر والی‌زاده پشت میکروفون دوبله دم گرفته بودند که: عروس که جهاز نداره، انقده ناز نداره!

حسین و منوچهر یاران جدانشدنی با هم که می‌افتادند آتیش می‌سوزوندن از بامزه‌گی!

منوچهر والی‌زاده سلامت باشد. اتفاقاً باخواهرزاده‌اش پیمان میرآغاسی که موزیسین و دوست عزیز من است و ساکن گوتنبرگ و نوازنده ویلیون و قژک، چند بار با منوچهر تلفنی صحبت کردیم. چند

سـال اسـت قـرار اسـت بیایـد سـوئد هنـوز نیامـده اسـت.

آفیـش تئاتـر مسـافران نشـان از سـه بازیگـر و هالـه‌ای از یـک رقـص عـربی داشـت. در واقـع چهار پرسـوناژ در یـک تئاتـر. خانـم زهـره رمـزی، مسـعود اسداللهی در دو نقـش و رقـص عـربی.

بالاخـره مسـعود خـان تشـریف آورد. گویـا بـه برنامه‌گذار آقـای جعفـری کـه انسـانی اهـل فرهنـگ هـم هسـت و همین‌طـور همسرشـان خـانم روح‌انگیز خواننده‌ای قدیمی از خطه گیلان گفته بود من را لطفاً مسـتقیم ببریـد منـزل فلانـی. بـرای اینکه راحت‌تـر باشـد، چـون چند روز قبـل از اجـرا آمـده بـود و اجـرا آخـر هفتـه شـنبه شـب بـود. بعد از کمی اسـتراحت و نوشـیدن چـای پرسـیدم، مسـعود جـان بقیـه‌اش کـو؟ گفت کـدوم بقیـه‌اش؟ گفتم خـانم رمـزی رقـص عـربی و... گفـت بقیه‌اش تـوی لپ‌تابه. گفتـم چـه جـوری؟ گفـت بـا اینترنـت حله. بـرای همـین چنـد روز جلوتر اومدم کـه مسـایل فنـی رو آمـاده کنیم. گفتم آهان یـک چیـزی مثـل پرویـز صیـاد و صمدش؟ گفت یـک خـورده از اون پیچیده‌تره. اگه آقـای جعفـری یـک آدم فنـی و بـاهوش درا ختیـار مـن بـذاره حله!

مـن هـم کـه زیـاد از کارهـای فنـی سـر درنمی‌آورم گیـج شـده بـودم. دیگـر سـؤال نکـردم، امـا در دلـم تردیـد داشـتم کـه ایـن مسـعود اسداللهی چـی می‌خـواد شـنبه شـب تحویـل مـردم بدهـد. دیگـه سـؤال نکـردم.

گفتـم مسـعود جـان مـن دسـت‌پختم بـد نیسـت، بـرات غـذا درسـت می‌کنم. چـای هـم بـا قـوری می‌ذارم تـو سـینی بـرات بقیه‌اش بـا خـودت.

در طـول هفتـه بعضـی از دوسـتان هـم بـرای دیـدن مسـعود بـه بنـده منـزل می‌آمدنـد. از جملـه سـعید اویسـی و ناصـر زراعتـی کـه البتـه بـا هـم سـری بـه کتاب‌فروشـی ناصر خان هـم زدیم. یکـی از دوسـتان هـم مـا را بـه

صرف شام دعوت کرد و خلاصه حسابی مشغول بودیم. مسعود هم در میان از آقای فنی غافل نبود و می‌دیدم با ایشون گوشه‌ای خلوت کرده و برای اجرا صحبت و هماهنگی می‌کرد.

بالاخره شب اجرا رسید. سالن خوب و نسبتاً بزرگی با جمعیت پر و پیمان مشتاق دیدن تئاتر مسعود اسداللهی.

من هم رفتم در میان تماشاچیان نشستم و ته دلم هم اندکی نگران که مسعود خان تنهایی چه خواهد کرد. برنامه شروع شد. لپ‌تاپ یا کامپیوتر و اینترنت نقش مهمی داشت. بخش‌های خانم زهره رمزی قبلاً فیلمبرداری شده بود با مسعود که نقش همسرش را بازی می‌کرد، دیالوگ‌ها و بده بستان‌ها به خوبی انجام می‌شد.

اسداللهی نقش دیگری هم داشت با لباسی کاملاً متفاوت کاپشن و کلاه که باید وارد صحنه می‌شد. باز هم فیلم و هنرپیشه زنده و رابطه‌ها و دوباره برمی‌گردد به اسداللهی و زهره رمزی که این‌بار خانم قرار است شوهرش را برای جشن تولد سوپرایز کند.

شوهر روی تخت یا مبل لم بدهد و رقصنده عربی وارد صحنه بشود و برقصد. این البته زنده بود و یک خانم از همان گوتنبرگ خبرشده بود، احتمالاً هر شهری که اجرا دارد رقصنده از همان‌جا در خدمت تئاتر قرار می‌گرفت.

فیلم‌ها اغلب کلوز آپ گرفته شده بود و این در تداوم و انسجام نمایش و انتقال آن به تماشاچی بسیار تأثیر گذار بود. حتماً مسعود اسداللهی به‌عنوان نویسنده و کارگردان آگاهانه از این حربه استفاده کرده بود. نهایتاً وقتی نمایش به پایان می‌رسد شما به‌عنوان تماشاچی احساس می‌کنید یک تئاتر کامل را با چهار بازیگر دیده‌اید با

پایان‌بندی زیبا و موسیقی مناسب.

تماشاچیان خشنود از اجرا با دست زدن بسیار تشویق کردند. من هم البته نفس راحتی کشیدم!

رضا کرم‌رضایی

حالا که صحبت از مسعود اسداللهی شد، یاد رضا کرم‌رضایی افتادم که مسعود دو سه فیلم با او کار کرده بود. همین‌طور در سریال طلاق که نقش سردبیر را بازی می‌کرد. من هم تقریباً سال ۱۳۶۶ به بهانهٔ آخرین فیلمم مردان مرداب از رضا دعوت کردم. نشستیم چای نوشیدیم و سناریو خواندیم و نقشی که داشت. از آن نقش‌های شیرین قبل از انقلاب خبری نبود، باید نقش منفی می‌گرفت تا مورد قبول ارشاد قرار بگیرد. سناریوی تصویب شده‌ای که کرم‌رضایی، نقش مالکی را داشت که در آن منطقه میانکاله گاومیش‌های اهالی را که در مرداب زندگی می‌کردند از چنگ‌شان در می‌آورد. همیشه سوار یک قاطر بود که دهنهٔ آن را کسی گرفته بود و به اینجا و آنجا می‌برد و وقتی

عصبانی می‌شد سر او فریاد می‌کشید و می‌گفت خولی. از تعبیرهایی که بعداً در سانسور نوشتند، چون فیلم بی‌زمان و مکان بود این بود که گفتی: خدا نیست و بهشت نیست و... .

مضحک‌تر اینکه کرم‌رضایی را به خمینی چسباندن و چندین پلان را از کرم‌رضایی در آوردند. بگذریم که این فیلم زندگی ما را به باد داد و نهایتاً مجبور به مهاجرت به سوئد شدم.

دوست عزیزی که نام او محفوظ است، خاطرهٔ جالبی از رضا کرم‌رضایی تعریف می‌کند:

در یکی از نشست‌ها در منزل یکی از دوستان دوران نوجوانی‌ام که دوبلور (گوینده فیلم) بود و اکنون در ایران است و گاهی در فیس‌بوک او را می‌بینم و لایک‌بازی می‌کنیم، به اتفاق کرم‌رضایی نشسته بودیم و خرما و چای می‌نوشیدیم، البته نبات هم بود. همین‌طور که گل می‌گفتیم و گل می‌شنفتیم زنگ در به صدا در آمد. صاحب‌خانه گفت. من با کسی قرار ندارم کیه؟

بالاخره آیفون را زد. یکی از دوستان مشترک من و صاحب‌خانه بود. کرم او را نمی‌شناخت. آمد بالا و نشست. اتفاقاً از نوادر آدم‌هایی بود که من می‌شناختم که اهل بند و بساط نبود و خیلی هم افتخار می‌کرد و به بقیه هم متلک می‌گفت. مدتی که گذشت سر چرت گفتنش باز شد. این دفعه بند کرد به کرم‌رضایی که بله! شما که برشت‌شناس و تحصیل‌کرده آلمان هستید چرا قبل از انقلاب اون فیلم‌های پایین‌تنه رو بازی می‌کردید؟

کرم از رک‌گویی طرف کمی جا خورد و جواب‌هایی داد. من و دوستم هم به دفاع از کرم که اتفاقاً اون فیلم‌ها خوب بودند و کرم‌رضایی هم

خـوب بـازی کـرده بـود. طـرف دسـت از چـرت‌گـویی برنمی‌داشت. رفتـه
بـود تـو اعصـاب. کـرم‌رضـایی گـاهی لبخند عصبی می‌زد، امـا سـرش را
گرم کرده بود به سـوزن و سـوراخ وافـور. کم‌کم داشـت جوش می‌آورد.
همین‌طور کـه طـرف داشـت به چرت‌گـویی ادامـه می‌داد، کـرم ناگهان
وافـور را بلنـد کـرد کوبیـد به سـر طـرف. وافـور شکسـت و سـوخته‌ها
پخـش شـد روی فـرش. نطـق طـرف کـور شـد... بالاخـره آقا شرش را کم
کـرد و به حـالت قهـر گذاشـت رفت.
وقتی رفت تازه فهمیدیم چـه اتفـاقی افتـاده. گفتـم، کـرم حقا که بچه
کرمانشـاهی. درحالی‌که سـوخته‌ها را از روی فـرش جمـع می‌کردیم،
غش‌غـش می‌خندیدیم!

ایرج ناظریان

چنـد سـال پیـش در شـهر گوتنبـرگ سـوئد تلفن زنـگ زد. صدایی
از آن طـرف سیم نامـم را گفت و بـا مـن سلام و علیک کـرد. خـودش را
معرفی نمی‌کرد امـا صدایش آشـنا بود. آدم یاد چالرز برونسون می‌افتاد
یا ناصر ملک‌مطیعی و داوود رشیدی. آها! فیلم بازرس ویژه را بـا هـم
کار کرده بـودیم. خـودش رئیس دوبلاژ بـود و طبق معمول جـای داوود
رشیدی صحبت می‌کرد. خودشـه! ایرج خـان ناظریان.
گفتـم: ایرج جان کجایی؟ گفت، استکهلم.
بـاور نمی‌کردم. تعریـف کـرد کـه چگونـه بچه‌هـا را از مـرز عبـور داده
و خـودش هـم آوارۀ غربـت شـده است. یـادم آمد که هـر روز ایـرج را
در استودیو کنکاش می‌دیدیم که چگونه پرپـر می‌زد. مـادر رفته بـود
ترکیه که بچه‌ها را تحویـل بگیـرد و آن‌ها وسط راه ناپدید شـده بودند.

چقدر به او دلداری می‌دادیم، هرکسی دنبال راهی می‌گشت. فاجعه تا اعماق او راه یافته بود. هیچ چیز آرامش نمی‌کرد. روزها سخت و تلخ برای همه ما! بالاخره خبر آمد که بچه‌ها در پاسگاه خوی گرفتار شده بودند. همان‌جایی که به آن بازداشتگاه گلدیس می‌گفتند. رفتند و جوان‌ها را تحویل گرفتند، تعهد دادند و خوشحال شدیم که حداقل بچه‌ها سلامت هستند. دیگر من خبری نداشتم.

ایرج تعریف کرد: من دست بر نداشتم دوباره اقدام کردم، اما این‌بار با احتیاط بیشتر. تا بالاخره بچه‌ها را به این طرف مرز رساندیم. گفتم ماشاءالله! چه پشتکاری داشتی! گف بچه‌ها مدتی در ترکیه بودن تا رسیدند به سوئد.

گفتم، حال خودت چطوره؟ گفت، می‌گذره... اینجا جای من نیست. حالم زیاد خوب نیست.

ناظریان از آن اتفاق بدی که برای بچه‌هایش افتاد، مشروب خوردن را بیشتر کرده بود. عاشق ودکا بود و با وجود اینکه برای معده‌اش خوب نبود می‌نوشید. گفتم، مواظب خودت باش. گفت، دیگه از این حرف‌ها گذشته.

کمی حرف‌های بامزه زد و خندیدیم. قرار شد یا من بروم استکهلم یا او بیاید گوتنبرگ دیداری تازه کنیم. مدتی تأخیر افتاد. سرطان معده داشت و تا آخرین قطره ودکا را نوشید. درست مثل دکتر غلامحسین ساعدی در پاریس و... ناگهان بانگی برآمد خواجه رفت... ایرج ناظریان را از دست دادیم.

چند شب پیش فیلمی از راک هادسن می‌دیدم و صدای ایرج ناظریان در گوشم می‌نشست. پیام، پسرش که در استکهلم زندگی

می‌کند و موزیسین هم هست. گاهی تلفنی با هم صحبت می‌کنیم و با هم در فیس‌بوک دوست هستیم. شعری از من خواست برایش فرستادم و آهنگ قشنگی هم ساخت. پیام عزیز سلامت باشد و یاد پدرش گرامی!

روزگار کرونایی

۸ مارس ۲۰۲۱، روز جهانی زن مبارک. به ویژه برای زن‌های ایران.

گفتی نخون خوندم
گفتی بمون رفتم
گفتی نگو، گفتم
ایستا و نافرمان
حتی به قید جان
بر باورم هستم
در تندباد خشم
من ساقه‌ای رنجور
بودم و نشکستم
من عاشق رنگم

پیراهن رنگین
به رنگ چهار فصل
قشنگ و آهنگین
گناه اگه اینه، گناهکارم من
در پیشگاه عشق، جان می‌سپارم من
چند تار موی من، کجا رو آتیش زد؟
اسائه دین شد؟ دلا رو آتیش زد؟
دست منو زنجیر؟
غریب و ناهمگون
این جبر طاقت‌سوز
از صبر من بیرون
زنی به نام عشق
در ورطه بیداد
در شهر خاموشان
نمیشه بی‌فریاد
ساز گلوی من، صدای آوازه
این همنوازی‌ها، ایرانو می‌سازه
گفتی نخون، خوندم...

وقتی هنرمند تشویق زیاد مردم را بر نمی‌تابد.

۹ مارس، ۲۰۲۱

چهارمین کلیپ را هم گذاشتم روی صفحه‌ام در فیس‌بوک تحت همین عنوان و همزمان در یوتیوب منصور تهرانی. مثل کلیپ‌های دیگر در جواب اون خانم‌های به اصطلاح سلطنت‌طلب نبود. گفتم که دخترم هم موافق اون حرف‌ها نبود و به طنز گفتم. من از دخترم خیلی می‌ترسم چون عاشقش هستم.

در مورد دو هنرمند پیشکسوت بود. اول مجید محسنی که قبلاً در موردش صحبت کرده بودم که به بندرشاه آمده بود و یک سینمای جدید درست کرد که در شهر کوچک ما شد دو سینمای سعدی و بندِر. در زمانی که نماینده مجلس بود. بعد از انقلاب در تالار رودکی به مناسبتی او را روی صحنه خواندند و مجید محسنی بعد از سال‌ها که مردم از او بی‌خبر بودند پا روی صحنه تالار رودکی گذاشت.

مردم بر خاستند و با دست زدن و سوت زدن او را پاس داشتند. محسنی تعظیم می‌کرد و سپاس می‌گفت، اما مردم تشویق او را رها نمی‌کردند و دقایقی دست زدن‌ها ادامه داشت. صورتش از هیجان کبود شده بود و همچنان پاسخ مهربانی بی‌دریغ مردم را با تعظیم کردن می‌داد، اما وقتی خواست از پله‌های کنار صحنه پایین بیاید قلبش گرفت و افتاد. سکته کرده بود. او فکر می‌کرد مردم او را فراموش کرده‌اند در آن جو انقلابی و هرج و مرج. پیرمرد طاقت آن همه هیجان را نداشت.

هنرمند دوم، نصرت کریمی بود. برای او نیز بزرگداشتی در خانهٔ

سینما گرفتند. دیگر سنش به ۸۰/ ۹۰ رسیده بود. او نیز بسیار مورد تشویق و مهربانی اهالی سینما قرار گرفت و دقایقی برخواسته و با دست زدن‌های بسیار نصرت کریمی را مورد ستایش قرار داده بوند و او همچنان که تشکر می‌کرد، ناگهان قلبش گرفت و افتاد. خوشبختانه آن زمان او را زود به بیمارستان رساندند و نجات دادند.

اما چرا آنقدر دیر؟ باید سال‌ها می‌گذشت... مثل شعر شهریار: آمدی جانم به قربانت ولی حالا چرا؟

به قول فردین: نباید از این شیر پیرمردها زودتر حالی می‌پرسیدند؟

محمد نوری در کنسرتی که داشت فرصت را غنیمت شمرد و حمید قنبری را بعد از سال‌ها به صحنه دعوت کرد. مردم این چهره‌ها را وقتی می‌بینند دچار هیجان می‌شوند و همه خاطرات خوب گذشته را به یاد می‌آورند. برای مهندس همایون خرم مردم خودشان بزرگداشتی نه چندان بزرگ گرفتند. یکی از شاگردان استاد که تار می‌نواخت، چند ترانه ایشان را در حضورش خواند و با تشویق مردم اشک استاد را در آوردند.

ناصر ملک‌مطیعی را که به دعوت تهیه‌کننده و مجری برنامه به تلویزیون دعوت شده بود. با بی‌رحمی در آخرین لحظه کنسل کردند و آخر عمری ضربه بزرگی به او زدند.

به بهروز وثوق که یک سال قبلش در ترکیه بعد از چند سال پدر و مادرش را دیده بود و آن‌ها از دنیا رفته بودند، اجازه ندادند که بر سر قبر آن‌ها بیاید و شاخه گلی بر سر قبر آن‌ها بگذارد. از این داستان‌ها در این سال‌ها متأسفانه بسیار است.

سیروس الوند و اسفندیار منفردزاده

با هر یک از این عزیزان دوستی‌های جداگانه‌ای داشته‌ام. اما اینکه یک هفته افتخار میزبانی‌شان را در گوتنبرگ پیدا کردم داستانی است که خواهم گفت. با سیروس الوند، نویسنده و کارگردان، رفاقت بیش از ۴۰ سال دارم. در ایران قبل از آمدن به سوئد می‌شود گفت رفیق گرمابه و گلستان بودیم. علاوه بر آن رفت و آمد خانوادگی هم داشتیم.

گاهی با سیروس به منزل دایی جان بنده هم می‌رفتیم که خوش‌مشرب بود، با لهجه مازندرانی و ساعات خوشی داشتیم. حتی وقتی دایی جان که خیلی دوستش داشتم فوت کرد. من در سوئد بودم و سیروس به نیابت از من در مجلس ختم شرکت کرد.

سیروس دوست نزدیک دیگری هم داشت. بهزاد رضوی برادر کوچک‌تر بهروز رضوی، گوینده رادیو که تنبک‌نواز ماهری بود و اغلب به خانه ما در تهرانپارس می‌آمدند. می‌نشستیم و گپ می‌زدیم. فوت بهزاد که ناگهان دچار سرطان شد و طولی نکشید که رفت. همه ما را غمگین کرد و به‌خصوص اثر بدی روی سیروس گذاشت. من هم گاهی به منزل پدری سیروس می‌رفتم. به‌خصوص که به

جناب الوند بزرگ ارادت خاصی داشتم. مدیر دبیرستان (بدر) که مسعود کیمیایی و فرامرز قریبیان و... شاگردان ایشان بودند و کیمیایی برای فیلم گوزن‌ها از آن دبیرستان استفاده کرد. خشایار الوند هنوز نوجوان بود و من به شوخی به او می‌گفتم اندی گارسیا.

به نظرم سال ۱۳۶۰ بود که یک شب شام رفتیم منزل سهیلا خواهر سیروس که زنی بسیار مهربان است. دخترخاله و پسرخاله‌هایشان هم بودند. شیرین ۱۵ ساله و مهرداد ۱۷ ساله. شیرین یک روسری هم به سر داشت و بچه‌ها با او شوخی می‌کردند. او ملیشیای مجاهدین شده بود و فقط روزنامه می‌فروخت. شیرین جواب شوخی‌ها را که می‌خواستند روسری‌اش را بردارند و او نمی‌گذاشت، با لبخند می‌داد و مرتب پذیرایی می‌کرد. دو هفته بعد از آن شب خبری شنیدم که قلبم داشت از جا کنده می‌شد. شیرین و مهرداد را اعدام کرده بودند. فقط گفتم. وای به حال مادرشان!

شیرین و مهرداد، پسرعمه و دخترعمه عسل پهلوان هم هستند و جناب عباس پهلوان دایی جان همه بچه‌هاست. فاجعه بزرگی برای خانواده بود. من فقط سعی کردم شعری در رثای شیرین بگویم و آن را چند بار در جمع خواندم. تحت عنوان رقص شیرین. هر وقت به آن شب فکر می‌کنم. تصورم این است که فرشته‌ای از ما پذیرایی می‌کرد که ناگهان غیب شد و رفت.

بعدها سیروس با دختر خانمی که مهماندار هواپیما بود آشنا شد که به خانه ما می‌آمدند و بیشتر آشنا شدیم. تا بالاخره کار به ازدواج کشید و صاحب دو دختر شدند. ماهور و آهو. اما آنچه از دور می‌شنیدم موفقیت ماهور الوند بود برای بازی در فیلم و موفقیتش که

بسیار خوشحال شدم و البته زنگ زدم و تبریک گفتم.

۱۹۴

سیروس هم مشغول ساختن فیلم‌هایش بود که از آن میان من فیلم‌های یک‌بار برای همیشه، چهره و مزاحم را بیشتر دوست دارم. خشایار الوند مرا شگفت‌زده کرد در همکاری با مهران مدیری و نویسندگی‌اش. من البته چون در ایران نبودم سریال‌ها را مستقیم نمی‌دیدم و اینجا نصفه‌نیمه می‌دیدم. اوایل نمی‌دانستم که نویسنده سریال برره و قهوهٔ تلخ و بسیاری کارهای مهران مدیری، خشایار الوند است و البته نویسنده‌های دیگر و اولین بار وقتی در تیتراژ اسم خشایار را دیدم برایم جالب بود. خشایار خیلی پرکار شده بود. سیروس می‌گفت و ضعش از من هم بهتره. به‌خصوص سریال پایتخت که در ایران بسیار معروف و مورد استقبال واقع شده بود.

زندگی متأسفانه بازی‌های بد دیگری هم دارد. خشایار الوند ۵۰ ساله با آن همه استعداد و انرژی ناگهان از دست رفت. می‌دانم برای خانواده و سیروس غم بزرگی است. من که شوکه شده بودم و انگار برادر کوچک خودم را از دست دادم. من متأسفانه نه در عروسی او توانستم شرکت کنم و نه در ختمش. این افسوس بزرگی برای من است.

در فیس‌بوک من در سوئد و عسل پهلوان دختر دایی‌اش در لوس‌آنجلس برایش سوگواری کردیم. سال‌هاست از سیروس الوند بی‌خبرم چون او اغلب در خانه سینما است و من تمایلی ندارم و نمی‌خواهم در آن موقعیت‌ها به او زنگ بزنم، بنابراین ارتباطی هم

نداریم. هرجا هست، سلامت باشد!

اسفندیار خان منفردزاده را قبل از انقلاب فقط در جلساتی که برای ترانه و تشکیل به اصطلاح سندیکا داشتیم دیده بودم که اون جلسات متأسفانه هیچ‌وقت به جایی نرسید. بعد از انقلاب هم همان اوایل که هنوز دوستان در ایران بودند و همه تقریباً بیکار بودیم می‌رفتیم در شرکت ترانه پیش وارطان اوانسیان در خیابان فرح شمالی چای می‌نوشیدیم و از سیاست و اوضاع حرف می‌زدیم.

ـ آقا قرار نبود اینجوری بشه... (تکیه‌کلام کوروش یغمایی بود، هر وقت همدیگر را می‌دیدیم.)

چی فکر می‌کردیم و چی شد. حالا چه خواهد شد؟ همان زمان بود که اتفاقاً با اسفندیار و بچه‌ها در دفتر وارطان جمع بودیم که ناگهان مازیار با یک روزنامه آیندگان در دست وارد شد و گفت:

ـ آقا ما همه تا به حال قاچاقچی بودیم و خودمون نمی‌دونستیم.

صفحه اول روزنامه را نشان‌مان داد. با تیتر درشت نوشته بود: «موسیقی مواد مخدر است. امام خمینی»

بالاخره سرنوشت در تقسیم‌بندی پرتاب به هجرت بنده را به سوئد پرتاب کرد. دیگر سعادت دیدار منفردزاده را نداشتم تا چند سال پیش (بیش از ۲۵ سال) وقتی اسفندیار به مناسبتی به شهر ما گوتنبرگ آمده بود، به لطف ناصر خان زراعتی ایشان را دیدم و دور هم نشستیم و گپ زدیم. بعدها که اسفندیار ساکن استکهلم شد فرصت‌های بیشتری پیش می‌آمد که یکدیگر را ببینیم. آخرین بار هم هومن خلعتبری برنامه‌ای در گوتنبرگ داشت من و منفردزاده را دعوت کرده بود دیداری تازه شد.

قبل از آن دورهمی یک هفته‌ای خاطره‌انگیز. سیروس الوند یک‌بار با ناهید آمده بودند دانمارک پیش برادر ناهید. سیروس به من زنگ زد و من هم با قطار کوبیدم رفتم به دیدارش. دو سه روز بودم و برگشتم که با وجود میزبانان بسیار مهربان (برادر ناهید و همسرش) خیلی خوش گذشت.

این‌بار سیروس اول رفت هلند خدمت فک و فامیل و بعد زنگ زد و هماهنگ کرد که بیاید گوتنبرگ و اسفند هم از استکهلم با هم یک روز برسند اینجا. من هم بسیار خوشحال تدارکاتی دیدم و خانه را آب و جارو کردم. می‌توانید تصور کنید که وجود چنین مهمانانی در غربت چقدر مغتنم است.

بالاخره دوستان رسیدند. اگوست سه چهار سال پیش بود و هوای سوئد مناسب. با سیروس هماهنگ کرده بودیم که فیلم یک‌بار برای همیشه را که از فستیوال ژاپن جایزه هم گرفته بود، برای نمایش بیاورد. قبلاً هم در رادیوی خودم و رادیوهای دیگر تبلیغ کرده بودیم برای نمایش آن در دانشگاه چالمرز در آخر همان هفته. این مهم هم به خوبی انجام شد. اسفندیار منفردزاده و سیروس الوند برای تماشاچی‌های اهل گوتنبرگ که آمده بوند سخنرانی کردند. یکی از آهنگ‌های منفردزاده قبل از نمایش توسط خانم آیدا اجرا شد و بعد از نمایش پرسش و پاسخ با سیروس الوند. سیروس لطف کرده بود برای من و اسفند سوغاتی هم آورده بود. قرار شده بود از سیاست حرفی نزنیم فقط خاطره بود و خاطره. سیروس هم که بسیار خوش‌سخن است وقتی میکروفون دستش می‌افتاد دیگر رها نمی‌کرد. مرتب باید تذکر می‌دادیم که:

آقا! چایی سرد شد!

شاه و من

لابد با خواندن این تیتر، یاد فیلم خانم ناهید پرشون می‌افتید که فیلم مستندی ساخته بود از شهبانو فرح پهلوی، به نام من و ملکه؛ اما نه! خاطرهٔ من در ۱۰ سالگی من است با شاه فقید به فاصله چند متر!

در یک روز سرد زمستانی در شمال ایران. ناظم مدرسه بچه‌ها را به صف کرده بود و بعضی‌ها را بعد از اینکه خوب آن‌ها را براندار می‌کرد، آن‌هایی را که خوش‌لباس‌تر بودند جدا می‌کرد. من هم که دو سال قبلش عمه جان از تهران یک پالتوی یک قشنگ سوغاتی آورده بود در صف قرار گرفتم.

ما را بردند به ایستگاه راه‌آهن و مشاهده کردم بچه‌های دیگر هم از مدارس دیگر به همین ترتیب آورده‌اند. نفری یک پرچم کوچک به دست‌مان دادند. من فقط می‌شنیدم که می‌گفتند تشریف‌فرمایی است، اما نمی‌دانستم معنی‌اش چیست. هوا خیلی سرد بود. با ها کردن دست‌هایمان را گرم می‌کردیم و پرچم کوچک را به دست دیگر می‌دادیم و دست دیگر در جیب تا گرم شود که بتوانیم عوض کنیم. آقای ناظم یک‌بار دیگر با ما تمرین کرد و گفت:

- هر وقت من اشاره کردم پرچم‌ها را تکون بدید و هورا بکشید.

بالاخره قطار وارد ایستگاه شد با یک واگن سبز رنگ قشنگ. آقای ناظم اشاره کرد و ما شروع کردیم به تکان دادن پرچم و هورا کشیدن. ناگهان آقای شیک‌پوشی پنجرهٔ واگن را پایین کشید و شروع را

کرد به داد و بیداد کردن. آقای ناظم با دستپاچگی هورا کشیدن ما را قطع کرد. الان صدای آن اقا را بهتر می‌شنیدیم که مرتب به رئیس ناحیه پرخاش می‌کرد که:

- چرا این بچه‌ها رو توی این سرما آوردید اینجا؟ ببرید خونه‌هاشون!

همه دستپاچه و نگران شده بودند و چشم قربان! چشم قربان! می‌کردند. ما را با عجله سوار یک اتوبوس کردند و بردند، اما نه به طرف خانه، اتوبوس رفت کنار مغازه‌ای ایستاد. برای هریک از ما دفتر و مداد و پاک‌کن و یک جعبه بیسکویت خریدند. ما همه شگفت‌زده از این کار آقای ناظم که هرگز به جز ترکه‌ای که همیشه در دست داشت از او ندیده بودیم. ما بچه‌ها بسیار خوشحال. یکی‌یکی ما را رساندند به خانه‌هایمان.

وقتی رسیدم به خانه و با خوشحالی داستان را گفتم پدرم که در راه‌آهن کار می‌کرد گفت:

- امروز تشریف‌فرمایی بود. اعلیحضرت داشتن می‌رفتن گرگان. وای به حال رئیس ناحیه حتماً توبیخ می‌شه.

دلم برای رئیس ناحیه سوخت. فکر کردم حالا که ما به دفترچه و شیرینی رسیدیم خوبه اونم توبیخ نشه. از اون به بعد سال‌ها وقتی عکس شاه را اول صفحه کتاب‌هایمان می‌دیدم، حس می‌کردم با چشم‌های مهربانش به من نگاه می‌کنه.

سیروس قهرمانی

سیروس قهرمانی، ژورنالیسی است کهنه‌کار به‌خصوص در قلمرو سینما که اولین مجله‌های سینمایی به همت او چاپ و پخش می‌شد و در همین راستا کارگردانی و بازیگری نیز از دل‌مشغولی‌های او شد.

سیروس تا یادم هست همیشه دنبال خبرهای داغ بود و با پشتکار عجیبی چهره‌های هنری ایران و جهان را شکار می‌کرد، تا جایی که برای مصاحبه با لی میجرز (مرد شش میلیون دلاری) معروف مجبور شد بپرد توی استخر و زیرآبی برود و کنار او سر از آب در بیاورد تا گفت‌وگویی کوتاه با او انجام دهد.

ازدواجش با هنرپیشه معروف هند (سوجاتا) از خبرهای داغ و پر سر و صدای آن زمان شد. در سال‌های بعد از انقلاب، اگرچه سیروس قهرمانی از اسب افتاده است اما از اصل نیفتاده. چون در حال نوشتن کتابی سه جلدی بود با عنوان این روی و آن روی سکه سینما که نگارش جلد سوم آن رو به اتمام بود و بنا داشت هر سه جلد را یکجا منتشر کند. این کتاب در برگیرنده تمام خاطرات گذشته اوست. گمان نکنم در قلمرو سینما کسی بیش از او عکس و خاطره

داشته باشد.

اگر چه جذابیت آشکار و پنهان سینما او را به دام بازی در فیلم سردار جنگل ساخته امیر قوی‌دل در نقش خالو قربان انداخت، اما انتشار یک مجله سینمایی برای او دنیای دیگری است که متأسفانه تا اکنون تحقق نیافته است. یادآوری کنم که سیروس قهرمانی اکنون که این کتاب را می‌نویسم در قید حیات نیست و من متأسفانه نتوانستم در ختم دوست عزیز و خوبم شرکت کنم. اغلب از راه دور و غربت برای این دوستان هنرمند سوگواری کرده‌ام. کتابش همان زمان به مشکلات ممیزی خورد و چاپ آن مانده شاید برای روزی روزگاری دیگر.

خانه نوستالژیک

خاطره‌ای دارم از از رفتن به خانه ویلایی سیروس قهرمانی که شنیدنی است:

در یک بعد از ظهر داغ تابستان تهران با دو دوست اهل سینما، محمود علیزاده (عکاس) و... به دعوت سیروس قهرمانی عازم طالقان شدیم. شهری که در کوهپایه قرار دارد و در آن تابستان گرم تهران، مثل کوزه آبی گوارا ما را به خود می‌طلبید. بعد از گذشتن از پرداخت مالیات مستقیم برای ورود به بزرگراه تهران - کرج، اولین نسیم بدون دود را به سینه کشیدیم. آن طرف مرز پرداخت عوارض، نوشابه‌های خنک در جعبه‌های پر از یخ تشنگی را یادآوری می‌کردند.

چهره‌های بومی آفتاب‌سوخته که حاشیه‌نشینی را فریاد می‌زدند در درِ شیشه‌های پپسی‌کولا و کوکاکولا را تق و تق باز می‌کردند و به

دست ما می‌دادند.

- چنده میشه؟

- ششصد تومن آقا!

از کرج که گذشتیم یکی از دوستان یادآوری کرد که داریم به امامزاده طاهر می‌رسیم. بد نیست پیاده شویم و سری به درگذشتگان بزنیم. سنگ قبرها را نگاه می‌کردیم و اسامی آشنای هنرمندان عصر خود را یکی‌یکی می‌خواندیم. هنرمندانی که که در دوران زندگی‌شان شاید هرگز کنار یکدیگر ننشسته بودند. اکنون در اینجا در کنار هم زیر خاکِ گرم و تفتهٔ تابستان اینچنین در کنار هم آسوده خفته بودند. روی هر سنگی مکثی و آهی و افسوسی... که زندگی جاودانه نیست و رباعیات خیام که... .

دیدن تاریخ تولدها و وفات روی بعضی سنگ قبرها این افسوس را بر دل‌ها می‌نشاند که او می‌توانست بیشتر بخواند. آن دیگری سال‌های بیشتری بماند و بنوازد، ارشه بر ویلیون بکشد یا زخمه بر تار بزند و دل‌های ما را بلرزاند. اسامی زیاد است. یکی‌یکی آن‌هایی را که در این سال‌ها از دست داده‌ایم باید به خاطر آورد. یکی از دوستان به شوخی گفت: اینجا کانون هنرمندان است.

از شوخی‌اش دلم گرفت، زیرا دیدم هنرمندان تا زنده‌اند، نه کانونی دارند، نه انجمنی و نه حتی سندیکایی. اکنون مرگ، اینجا بانی بودن آن‌ها در یک خواب ابدی شده است.

اتومبیل جاده‌های مارپیچ را می‌بلعید و بالا و بالاتر می‌رفت و هوایی که هر لحظه خنک‌تر می‌شد. طبیعت آشنای کنار جاده با چشم‌اندازی که به ته دره می‌رسید، موسیقی بی‌صدایی را در گوش

جانمان می‌ریخت. چند دکان بقالی، رفت و آمد اهالی طالقان از گوشه و کنار با چهره‌هایی که سادگی و سلامت از آن‌ها می‌بارید. یاد مردم تهران افتادم که چه هوایی را تحمل می‌کنند در میان دود و ترافیک در جست‌وجوی اندکی اکسیژن. عبور از کوچه‌باغ‌های باریک نشانه رسیدن به خانهٔ دوست بود. جلوی یک درب بزرگ قهوه‌ای رنگ توقف کردیم. زنگ زدیم جوابی نیامد. با مشت به در کوفتیم. یک بار، دو بار، چند بار... صدایی از فاصله دور به گوش می‌رسید: آمدم، آمدم!

لحظاتی بعد در گشوده شد و سیروس قهرمانی با لبخندی شیرین آغوش به روی ما باز کرد. ماچ و بوسه و رسیدن بخیر.

اثر گذشت سال‌ها را روی موهای سپید شقیقه‌اش دیدم، از آن فوکلی که شانه می‌کرد و به کناری می‌زد، خبری نبود؛ اما همچنان سرحال و قبراق و بذله‌گو. شوخی‌های همیشگی سیروس خستگی را از تن ما برد. وارد شدیم. باغی وهم‌انگیز و خانه‌ای که هنوز دیده نمی‌شد. در جاده‌ای باریک از میان انبوه درختان راه افتادیم.

به سیروس گفتم. تو اینجا تنها چه می‌کنی؟ گفت زیاد هم تنها نیستم.

به خانه بزرگ وسط باغ رسیدیم. چند اتاق بزرگ و کوچک. لوکس و شیک نبود، اما صفا و سادگی مهمان‌نوازانه‌ای داشت. سیروس ما را به اتاق خودش راهنمایی کرد. جایی که می‌نشست و می‌نوشت. عکس‌های روی دیوار اتاق به ما مجال نشستن نمی‌دادند. همه سینما، همه موسیقی، همه یادهای آشنا... فردین، تختی، گوگوش... همه آن سال‌ها... سیروس اصرار نکرد که بنشینیم. رفت چای را برپا

کند. او می‌دانست ما قبل از نشستن باید تمامی آن خاطرات را زیارت کنیم. با سینی چای بازگشت و گفت:

- مگه قرار نیست شب اینجا بمونید. وقت زیاد دارین.

ما انگار صدای او را نمی‌شنیدیم. همچنان ایستاده غرق تماشای عکس‌ها بودیم. بالاخره فریادش بلند شد:

بابا! چای سرد شد!

نشستیم. متوجه گذشت زمان نبودیم، چون بعد از تماشای عکس‌های روی دیوار حالا نوبت تورق مجلات آن سال‌ها بود که تمامی نداشت. بوی عشق کهنه می‌دادند و هر یک از عکس‌ها آهی بلند می‌طلبید. هنرمندان کشورمان همه در عنفوان جوانی بودند. هنوز غبار گذشت سال‌های غربت بر چهره‌هاشان ننشسته بود و هنرمندانی که دیگر در دنیا نبودند.

سیروس قهرمانی جوان سردبیر ستاره سینما، هنگام مصاحبه با هویدا نخست‌وزیر، جوان اول فیلم جدال به خاطر عشق، ژور نالیست پرکاری که اکنون به اندازهٔ کتاب ده جلدی کلیدر خاطره دارد.

پیشنهاد کردم بنویس. همه آن سال‌ها را تا امروز بنویس. جواب درستی نداد. به شوخی برگزار کرد. با خود فکر کردم شاید اگر این طرف آب بود می‌نوشت. سیروس قهرمانی اما هنوز می‌نویسد. به مسئولین مربوطه در مجله دانستنی‌ها، آقا مبادا جوانان را ناامید کنید! اوایل انقلاب فیلمنامه‌ای از من گرفت که بسازد اما نشد. به ممیزی خورد. یک‌بار دعوتش کردم که نقش یک معلم را در فیلم حادثه بازی کند جدی نگرفت. اکبر زنجانپور آن نقش را بازی کرد،

اما بالاخره در دام افتاد. در فیلم میرزا کوچک خان امیر قوی‌دل در نقش خالو قربان و دیگر همین!

آن شب نوشیدیم و گفتیم و خندیدیم. سیروس گفت من دیگر باید بروم بخوابم، اما من و دوستم از تورق مجله‌ها سیر نمی‌شدیم. فردای آن روز در حیاط آفتابی پر از دار و درخت آتشی بود و کبابی و نوشیدنی دست‌ساز... . ساعت چهار بعد از ظهر وقت بازگشت بود. از همان جاده وسط باغ گذشتیم.

همه خاطرات آن سال‌ها را در آغوش گرفتم. خداحافظ! و سیروس قهرمانی را در آن باغ وهم‌انگیز و خانهٔ نوستالژیک جا گذاشتیم.

شهره خانم آغداشلو و هوشنگ خان توزیع

دوستم منصور احمدنژاد برگزارکننده تئاتری بود که هوشنگ توزیع نوشته و کارگردانی کرده بود. همراه با شهره آغداشلو که البته قبل از کاندید اسکار شدن ایشان بود که هنوز وقت این کارها را داشتند. بعدها سرشان آنقدر شلوغ شد در آمریکا و هالیوود که هوشنگ خان مجبور بود از خانم‌های دیگری استفاده کند...

منصور به من زنگ زد و شام مرا دعوت کرد. اولین بار بود که این دو زوج هنرمند را از نزدیک می‌دیدم. فیلم‌هایشان سوته‌دلان و فرستاده را دیده بودم. دیدم چه زوج صمیمی و مهربانی هستن. شاید کم‌تر از یک ساعت چنان به هم نزدیک شدیم که انگار سال‌هاست افتخار دوستی‌شان را دارم. اصولاً برای اهالی هنر این‌گونه است، چون دورادور یکدیگر را می‌شناسند و از کارهای هم اطلاع دارند و احتمالاً دوست دارند. نیاز به زمان زیادی برای صمیمی شدن نیست.

چند روز به اجرا مانده بود. دوستان را دعوت کردم که برویم بیرون

که من شهر گوتنبرگ سوئد را بهشان نشان بدهم. در خیابان، دوستان ترانه «یار دبستانی من» را که تازه معروف شده بود، زمزمه می‌کردند. آن زمان یک نیمچه کاباره ایرانی هم در گوتنبرگ بود که برنامه موزیک زنده و دیسکو داشت. پیشنهاد کردم و دوستان هم استقبال کردند. رفتیم یک گوشه‌ای نشستیم و درینکی نوشیدیم. جماعت مشغول رقص و پایکوبی بودند. گفتم، شما هم برید برقصید... هوشنگ خان گفت، من حالشو ندارم با شهره برو. رفتیم و حسابی رقصیدیم.

داستان مال بیش از ۲۰ سال پیش است. من جوان‌تر بودم و حال بیشتری داشتم. شهره خانم هم با انرژی کامل می‌رقصید. شب خوبی بود. خیلی خوش گذشت.

آخر هفته تئاتر «رؤیای شیرین عشق یا طلاق» اجرا شد و بسیار مورد استقبال مردم قرار گرفت. تئاترهای مختلفی به گوتنبرگ آورده‌اند. یا صرفاً خنده‌دار مثل کارهای مرتضی عقیلی و فرزان دلجو و شب خیر یا کاملاً سیاه مثل «پرومته در زنجیر» ایرج جنتی عطایی،که این دومی خیلی کم مشتری داشت. تئاتر هوشنگ توزیع علاوه بر کمدی بودن کلاس خاص خود را دارد و این البته کار مشکلی است. ناگفته نماند تئاتر مسعود اسداللهی هم این‌گونه بود.

چقدر دلم می‌خواهد تئاتر زندگی فریدون فرخزاد از هوشنگ توزیع را ببینم. شاید اگر این کرونای لعنتی نبود تا به حال به اروپا آمده بودند. امیدوارم در آینده ببینم.

مازیار

با مازیار، سه چهار ترانه کار کرده بودم که آهنگ‌ها را صادق نوجوکی ساخته بود. جزو همان هفت هشت ترانه‌ای بود که با صادق کار کرده بودم و بدون اغراق همش گل کرده بود.

یکی از آن‌ها ترانهٔ «حرف بزن ای مهربون» است. شبی که برای ضبط آن وقت گرفته بودیم، مازیار در شکوفه نو برنامه داشت. قرار شد بریم شکوفه نو، بعد از برنامه برویم استودیو پاپ و ترانه را ضبط کنیم. تقریباً اغلب خوانندگان همین کار را می‌کردند. هیچ وقت در طول روز نمی‌خواندند و معمولاً بعد از کاباره، بعد از ساعت ۲ شب به استودیو برای خواندن می‌رفتند، چون آن زمان صدایشان آماده‌تر بود.

به من گفت تو در بار بمون به حساب من، چند پیک بنوش. یک ساعت دیگه برنامه من شروع می‌شه بعد بیا توی سالن. بار شکوفه نو، گرد بود و در هر کناری مردم می‌نشستند و زن‌های زیبا از کشورهای مختلف جهان آنجا بودند و مسئول پذیرایی از مهمانان. البته نسبت به بارهای معمولی گران‌تر بود.

برنامه مازیار شروع شد. با صدایی که من خیلی دوست داشتم، چند ترانه خواند. به بنده هم که آنجا بودم حالی داد و مردم مست هم تشویق کردند و... رفتیم طرف استودیو پاپ. در راه به شوخی گفت:

- خب! منصور جان تو که پول شعرتو گرفتی.

- کجا؟ کی؟

- امشب توی بار نوشیدی دیگه.

- یعنی من ۵ هزار تومن مشروب خوردم؟

خندید و گفت: نه بابا شوخی می‌کنم. نوش جونت!

گفتم: ما که از وارطان پول شعر رو می‌گیریم. به تو مربوط نیست.

- آره می‌دونم. خواستم بهت بگم بار شکوفه نو خیلی گرونه. مخصوصاً اون خانم‌های خارجی که پذیرایی می‌کنن.

گفتم: ما که بچه خوبی بودیم! دوتایی خندیدیم.

رسیدیم استودیو پاپ. صادق نوجوکی قبل از ما آنجا بود. محسن کلهر و ناصر فرهودی هم آماده ضبط.

مازیار با صدای جذاب و زیبایش خواند: حرف بزن ای مهربون / منو از خودت بدون...

ناصر چشم‌آذر، مجتبی میرزاده را خبر کرده بود برای سولوی کمانچه. کار انجام شد و همهٔ ما خشنود و راضی و بیشتر از همه مازیار خوشحال بود. چون می‌دانستیم این ترانه داغ خواهد شد.

کات!

بعد از انقلاب

باید برای فیلمی که فیلمنامه‌اش را خودم نوشته بودم، کرکس‌ها

می‌میرند با کارگردانی جمشید حیدری و بازیگری داوود رشیدی، مصطفی طاری و عزت‌الله رمضانی‌فر، شعر و آهنگی می‌ساختم. رفتم منزل مازیار. یک پیانوی سفید داشت. شعر و آهنگ را که در مایهٔ دشتی با سنتور در کاستی ضبط کرده بودم برایش خواندم:

با دستای خودم گندم می‌کارم/ جونمو روی این زمین می‌ذارم

اگه خونم جای بارون بباره/ بهارون گل گندم درمیارم

بسوزونم تن اسفند به آتش/ که چشمای نظر کرده بسوزن

نمی‌خوام دستای پنهون در آستین/ برام لباس خوشبختی بدوزن

افسانه همسر مازیار هم درحالی‌که با چای پذیرایی می‌کرد، خوشحال بود که مازیار بعد از دو سه سال ترانه‌ای جدید می‌خواند. فیلم اکران شد و مشکلی پیش نیامد، اما برای پخش در کاست که من معمولاً با استریو چنگ کار می‌کردم، عباس منطقی گفت، برای کاست ارشاد اجازه نداده. (درست اتفاقی که برای ترانه یار دبستانی من و فریدون فروغی افتاد و بالاخره با صدای جمشید جم پخش شد.)

مازیار از این بابت خیلی غمگین بود. من آمدم سوئد. حدود ۱۷ / ۱۸ سال از این ماجرا گذشت. تا به دوران رئیس‌جمهوری آقای محمد خاتمی رسید. من سوئد بودم. مازیار زنگ زد و با خوشحالی گفت به کاست اجازه پخش دادند. می‌گفت بعد از چند سال مردم خیلی استقبال کردند و کاست داره خیلی خوب فروش میره. من حقمو از استریو چنگ گرفتم. گفتم به منصور هم باید پول بدی. گفتم نه مازیار جان من همون موقع بهش واگذار کردم دیگه حقی ندارم، اما برای تو خیلی خوشحالم.

بعد از مدتی دوباره مازیار زنگ زد گوتنبرگ. وقتی هیجان داشت، تندتند حرف می‌زد. من بهش می‌گفتم آقای شتاب‌زده. گفت، می‌خوام بیام خارج از کشور برای کنسرت. کلی با هم حرف زدیم. تشویقش کردم که حتماً این کارو بکنه. گفتم هر کاری بتونم می‌کنم.

راهنماییش کردم که چگونه در کشورهای مختلف می‌تونه کنسرت بذاره و من سعی می‌کنم با برنامه‌گذارها صحبت کنم. گفتم برای مردم جالبه که بعد از سال‌ها تو رو ببینن. حتماً موفق خواهی شد.

من هم با هرکس صحبت می‌کردم برایشان جالب بود و استقبال می‌کردند. دو سه ماه گذشت، از مازیار خبری نشد. فکر کردم احتمالاً مازیار با کسانی دیگر هم در مورد آمدنش صحبت کرده که ناگهان شنیدم که مازیار ور پرید.... سکته کرده بود یا... شوکه شده بودم... در سن ۴۵ سالگی! صدایش را گذاشتم. گوش کردم و گریستم...

ای آدمک برفی! ای مظهر بی‌حرفی! / تو باغ پریدن بال و پر من باش

یک گوشه چشمی داشتی به من ای کاش....

بهزاد بلور

در این سال‌ها در تلویزیون‌ها و رادیوهای مختلف مصاحبه‌های زیادی داشتم، البته به اعتبار ترانه یار دبستانی، وگرنه من یک ترانه‌سرای ساده‌ام که مرتکب چند فیلم هم شده‌ام.

در آن میان برنامه‌ای که با بهزاد بلور «بلور بنفش» داشتم داستان دیگری است. اولاً خود بهزاد انسانی بسیار مهربان و صمیمی است و در کارش دقت و وسواس خاصی دارد. به همین دلیل اگر اشتباه نکنم، حدود سی سال است که با بی‌بی‌سی کار می‌کند و هنوز ادامه دارد.

خب! من برنامه‌هایش را می‌دیدم و دوست داشتم. تا اینکه یک روز زنگ زد و گفت برای تهیه فیلمی از من به گوتنبرگ می‌آید.

من در گوتنبرگ هر سال فستیوالی بر پا می‌کردم به نام «موسیق ملل» که هنرمندان ملیت‌های مختلف شرکت داشتند. گاهی از کشورهای اروپایی هنرمندان اروپایی خودمان را دعوت می‌کردیم. از جمله دوست قدیمی خودم از دوران کاخ جوانان، گیتی خسروی که از خوانندگان خوب اپرا درهامبورگ آلمان هست. برنامه‌های بین‌المللی زیادی اجرا کرده از جمله با لطفیار ایمانوف هنرمند جمهوری آذربایجان را یک سال در این فستیوال دعوت کردیم که برنامه‌ای بسیار موفق

داشت. همچنین داریوش میرزایی را با صدایی خوش که آهنگ‌هایی از عماد رام خوانده بود و ساکن هامبورگ هست، به این فستیوال دعوت کردیم.

۲۰۸

لئوناردو تاج‌آبادی هم از فرانسه در آن فستیوال شرکت داشت. او هم خواننده اُپرا هست نه اینکه اُپرا بخواند. قرار شد یک دویت با هم داشته باشیم از ترانه یار دبستانی من با اجرای جدید و چند ترانه که خودش با ارکستر تمرین کرده بود. بهزاد بلور و تیم فیلمبرداری آمدند. بهزاد می‌خواست از فستیوال شروع کند و بعد برنامه‌های دیگر. بهزاد روی سن که آمد سر شوخی را باز کرد:

- آقا من شنیدم منصور تهرانی در وان حمام سکته کرده توی یوتیوب نوشته.

من هم بند کردم به لباس‌هایش:

- بهزاد جان ممکنه بگی این لباس‌های عجق وجق چیه که تو می‌پوشی؟ رئیست در بی‌بی‌سی چیزی بهت نمی‌گه؟ (البته می‌دانستم ریش قیچی دست خودش است.)

بهزاد هم توضیحاتی داد و بعداً هم چیزی را قیچی نکرد. همه در یوتیوب هنوز هست. بعد آمد به آپارتمان کوچک من. قبلاً به من گفته بود خانه را جمع و جور نکن. بگذار همان‌طورکه همیشه بوده باشد. منم دست نزدم.

روی کتاب‌ها تأکید کرده بود. دوربین را ناگهان برد به اتاق

خواب که یک کتاب بود و حتی دستشویی که آنجا هم کتاب دیگری بود. گفت، این کتاب‌ها را با هم می‌خونی یا یکی‌یکی؟ گفتم، در موقعیت‌های مختلف می‌خونم. انفاقاً همان ماه سه کتاب را تمام کرده بودم. نگاهی به شاه‌عباس میلانی و دو جلد پیر پرنیان‌اندیش ه.الف. سایه ابتهاج. واقعاً شاید از ۱۲/۱۰ سالگی خورهٔ کتاب خواندن بودم تا هنوز.

روز دیگر صحنه‌های خارجی را گرفتیم. سوار قطار شهری شدیم. به بهزاد گفتم چون پدرم کارمند راه‌آهن بود همیشه سفر قطار را دوست داشتم آن هم در جاده‌های شمال ایران و این اسپور ونگ(قطار شهری) به من تمرکز می‌ده. خیلی چیزها نوشتم از جمله دو کتاب.

در فینال ناتاشا خواننده ایرانی که برایش شعر و آهنگی ساخته بودم با همسر سوئدی‌اش یونی که ساکسیفون می‌نوازد به ما ملحق شدند و با ناتاشا تمرین کردیم و... به قول بهزاد ماتریال زیاد شده بود. معمولاً برنامه‌های بهزاد بلور نیم ساعته است، اما ناچار دو تا نیم ساعت شد و مونتاژش شش ماه طول کشید و دو هفته در بی‌بی‌سی پخش شد.

این کار بهزاد بهترین برنامه‌ای بود که در این سال‌های غربت داشته‌ام و به راستی حق مطلب را ادا کرد. البته در یوتیوب موجود است. با اینکه دو سه روز بیشتر با بهزاد نبودیم اما به نظرم انسانی مهربان آمد که کارش را دوست دارد و وسواس به خرج می‌دهد. فقط عیبش این بود که برایش کتلت درست کرده بودم، نخورد چون گیاه‌خوار است.

محسن مخملباف

محسن مخملباف را از ایـران، همـان اوایـل انقلاب کـه فیلم‌هـایی
می‌ساخت که خیلی هـم مورد توجـه دولتی‌ها بـود، می‌شـناختیم. او را
همیشـه بر سـر اهـالی سینما می‌زدند کـه این است فیلمساز راستین
انقلاب و باید بـرای شـما الگو باشـد. بچه‌های سینما هـم یک دلخوری
عـجیبی از او داشـتند. پاتوق مـا در دفتر مهدی فخیم‌زاده و دوستان
بـود. بـالای سینما اونیورسال میدان انقلاب. بـرای مـا مثل دفتر کار
شـده بـود، هـر روز انگار باید می‌آمدیم دفتـر را امضا می‌گردیم. کامران
قدکچیان، رضا میرلوحی، سیروس الوند و بنده. گاهی قدکچیان بزرگ.
ظهرها هـم از رسـتوران بغـل سینما چلو خورشت‌قیمه و... .
کسی کـه از میان آن جمع زود پرکشید رضا میرلوحی کـه نازنین مردی
بـود. مخملباف یکی دو بار آمد آنجا. بدون اینکه با بچه‌ها حرفی بزند
و بـا دوستان سـلام و علیکی بکنند، گویا وسایلی می‌خواست مهدی
برایش جور کرد و رفت.
همـان زمان آن‌طـور کـه شنیدم مخملباف مسئول دیدن فیلم‌هـای
خارجی شـد، بـرای اینکه احتمالاً کدام صحنه‌ها حـذف شـود کـه قابل
نمایش باشـد. بدیهی است کـه فیلم‌ها اول بدون سانسور بود و محسن
روزی چند تا از این فیلم‌ها را می‌دید. کسی کـه گفته‌اند تا ۱۷ سالگی
رنگ سینما را ندیده بـود. کم‌کم دیده است سینما عجب دنیایی
است. فقط دو چشـم بی‌سو و استعاذه نیست، اسکورسیزی هست،
ویم وندرس هست کـه اتفاقاً همـان زمان فیلم دوست آمریکایی مـن

اکران شد و دیدیم. فیلم‌های موج نو سینما؛ گدار و تروفو و... اندک اندک فکر محسن خان در مورد سینما عوض شد و اولین نشانه‌اش فیلم عروسی خوبان بود.

هنوز دو ریالی دولتی‌ها در مورد او نیفتاده بود. همچنان به او امکانات و تسهیلات برای ساختن فیلم می‌دادند. وقتی فیلم‌های سلام سینما، بای‌سیکل‌ران و ناصرالدین شاه آکتور سینما را که ساخت، راستش ما را هم شگفت‌زده کرد که چگونه این چرخش ۱۸۰ درجه ممکن است. با فیلم نوبت عاشقی دوستان متوجه شدند فرزند فیلم‌ساز انقلاب ناخلف شده است. محسن هم که هوا را پس می‌دید از ایران زد بیرون، اما با هوشمندی یک لوکیشن دائمی (افغانستان) پیدا کرد. فیلم سفر قندهار را هم ساخت و جوایزی و... دخترش سمیرا مخملباف هم وارد گود سینما شد و بالاخره سینمای خانوادگی و البته موفق. آخرین فیلمش پرزیدنت فیلم خوبی بود.

قبل از اینکه محسن از ایران خارج شود، شاید حدود ۳۰ سال پیش، من هنوز می‌توانستم به ایران مسافرت کنم. دختر یکی از خویشاوندان ما در دفتر مخملباف کار می‌کرد. قرار شد ما یکدیگر را ببینیم. البته بعد از دگردیسی او، اما این فرصت پیش نیامد. من هم مسافر بودم باید برمی‌گشتم. یادداشتی برایم نوشت که:

«چه بسا زیر این آسمان کبود یک جایی همدیگرو ببینیم.»

اتفاقاً این دیدار انجام شد. زیر آسمان سوئد و استکهلم. وقتی احمد باطبی در صدای آمریکا کار می‌کرد به من زنگ زد که برای گرفتن یک پاکت به قول خودش به سوئد می‌آید و من را هم به استکهلم دعوت کرد. در هتلی که بودیم خانم فرنگیس هم بودند که سر میز

صبحانه اولین بار بود که افتخار دیدارشان را داشتم. محسن خان را هم دیدیم و آغوش گشودیم و زیر آسمان کبود را که گفته بود یادآوری کردیم.

احمد باید ما را به استودیو می‌برد، با اتومبیل راه افتادیم. محسن مخملباف را انسانی خوش‌مشرب و شوخ و مهربان دیدم. با اینکه چند ساعت بیشتر با هم نبودیم و احمد باطبی باید فیلم مرا جداگانه می‌گرفت، اما ساعات خوشی با محسن خان داشتیم.

نمی‌خواهم این مطلب را که پایان شیرینی داشت، تلخ کنم. اما بعضی‌ها عادت دارند گذشته دیگران را شخم بزنند و یادآوری کنند تو که بودی و... این دور از انصاف است. منظورم فقط به مخملباف نیست. دیگرانی هم هستند که از بدنهٔ جمهوری اسلامی جدا شده‌اند و مشغول کار و زحمت برای آزادی ایران هستند.

بدیهی است این انسان‌ها قبلاً در ایران بودند و احتمالاً شاغل، اما یک‌بار در فیس‌بوک نوشتم که این آدم‌ها حتی وقتی در ایران بودند هم انسان‌های پاک‌دست و درستی بودند، وگرنه می‌توانستند مثل خیلی‌ها سر سفره انقلاب بنشینند و بچاپند، اما ترجیح دادند که همه چیز را رها کنند و به غربت بیایند. شاید در این میان کسی هم به قول معروف نفوذی بوده، اما همه را نباید با یک چوب راند و زحمات‌شان را ندیده گرفت. ما اگر انصاف را خودمان رعایت نکنیم هرگز به عدالت نخواهیم رسید.

فریدون فروغی

همگی در استودیو پاپ در انتظار بودیم. محسن کلهر و ناصر فرهودی استودیو را آماده کرده بودند، اما از فریدون فروغی خبری نبود. محسن گفت. نگران نباش فریدون کمی بدقوله، اما می‌آد.

استودیو پاپ دارای تکنیک و کیفیت بالایی بود. اغلب ترانه‌های موسیقی پاپ آنجا ضبط می‌شد. محسن و ناصر با تبحر خاصی بر نوارهای ریل قیچی می‌زدند و مو را از ماست ضبط موسیقی می‌کشیدند. استودیو پاپ و استودیو بل هر دو در خیابان لارستان اول تخت طاووس بودند. استودیو پاپ مکانی بود که ما اهالی موسیقی پاپ چه روزها و چه شب‌هایی آنجا داشتیم. در واقع خانه دوم ما بود.

بالاخره فریدون خان آمد. بعد از یک سلام و علیک کوتاه یک راست رفت داخل دستشویی. چند دقیقه انتظار...آمد بیرون درحالی‌که لپ‌هایش گل انداخته بود، با مهربانی از دیر آمدنش عذرخواهی کرد و رفت داخل استودیو و با قدرت ترانه «یار دبستانی من» را خواند.

صدای فریدون روی سکانسی از فیلم ترور که داوود در جست‌وجوی دوستش حسین و روی معتادانی که گوش تا گوش

نشسته بودند و مصرف می‌کردند، (دوربین پرسوناژ) می‌کوبید و بسیار اثرگذار بود.

هنوز شهر نو را خراب نکرده بودند. اگر می‌خواستیم سیاهی لشگر بیاوریم خرج زیادی برای تهیه‌کننده داشت، اما همه چیز واقعی بود. فیلم مدت کوتاهی روی اکران بود و بسیار مورد استقبال مردم قرار گرفت، اما خیلی زود قبل از شروع ممیزی ارشاد پایین کشیده شد و برای همیشه توقیف شد. متأسفانه موسیقی و ترانه آن برای پخش در کاست با صدای فریدون فروغی اجازه نیافت. این ترانه مدتی روی دست ما مانده بود، دوستی که می‌دانست صدایی دارم پیشنهاد کرد که خودت بخوان، اما من دوست نداشتم فیلمسازی باشم که خواننده هم هست، حتی در فیلم‌هایم بعضی نقش‌ها برایم مناسب بود اما یک پلان هم بازی نکردم. علاقه من بیشتر روی فیلمسازی و سناریو نوشتن بود. متأسفانه در دوران اختناق سینما و رد شدن طرح‌ها و فیلمنامه‌های خوب بود.

عماد رام از من خواست که ترانه یار دبستانی من را بدهم به شخصی که او معرفی کرد. «جمشید جم» صدای گرم و خوبی داشت و این ترانه سال ۱۳۶۰ با صدای او ضبط و در کاست پخش گردید.

من که برای فیلم ترور هیچ دستمزدی نگرفته بودم این ترانه و کل موسیقی فیلم را به ازای ۲۴ هزار تومان به استریو چنگ که آن زمان یک دفتر کوچک و چند دک ضبط داشت واگذار کردم، با فروش بی‌سابقه این کاست دفتر بزرگ‌تر و دارای دک‌های بیشتری شد و عباس منطقی همیشه از این بابت از من راضی و خشنود بود. (از دروغ و گزافه‌گویی متنفرم و شما یک کلمه در این کتاب نخواهید دید.)

فریدون فروغی را سال‌ها ندیدم. شنیده بودم در رستورانی در جزیره کیش آواز می‌خواند. دوستی می‌گفت. فریدون همیشه این افسوس را داشت که نگذاشتند ترانه یار دبستانی در کاست با صدای او پخش شود. تا اینکه ناگهان شنیدم. فریدون فروغی در سن ۵۴ سالگی به علت سکته در گذشته است. یادش گرامی!

زنده‌باد زاپاتا و بازرس ویژه

گفت: میان ماه من تا ماه گردون... من تقریباً تمام فیلم‌های الیا کازان را دیده‌ام. زنده‌باد زاپاتا را شاید بیش از ده بار. در ایران با صدای جلیلوند و در سوئد با صدای اصلی خود مارلون براندو که بی‌شباهت به جلیلوند نبود. دوبلورهای ما هم نابغه‌اند، به‌خصوص سرآمدشان منوچهر اسماعیلی.

الیا کازان اگر با سناتور مک کارتی همکاری نمی‌کرد، شاید یکی از محبوب‌ترین سینماگران تاریخ آمریکا بود. پسربچه ۱۴ ساله ترکی که به آمریکا آمد و در مغازه فرش‌فروشی دوست پدرش آب و جارو می‌کرد، شد رئیس «استودیو اکتورز» هالیوود و شاگردانی مثل مارلون براندو، جیمز دین و.. دیگران داشت. فیلم در باراندازِ باز هم با مارلون براندو و فیلم شکوه علفزار شاید بهترین فیلم عاشقانهٔ سینما.

بالاخره آخر پیری، مارتین اسکورسیزی و رابرت دنیرو، زیر بال او را گرفتند و آوردند روی صحنه و اسکار افتخاری که به او دادند. همه به احترامش از جا برخواستند و دست زدند به جز «نیک نولتی» که با اخم نشسته بود و گویا کازان را نبخشیده بود. داشتم این برنامه را زنده از تلویزیون می‌دیدم بی‌اختیار گفتم: بلند شو تو هم دیگه!

با سیدمحمد قاضی فیلمبردار که یک زمانی اسیستان پطروس پالیان بود و در فیلم ساخت ایران امیر نادری فیلمبردار تحت مدیریت پالیان بود و به قول خودش خیلی چیزها آموخته بود. بعد از انقلاب دو فیلم سیاه و سفید کار کردم فیلم ترور و بازرس ویژه که اگر دیده باشید یکی از فیلم‌های سیاه و سفید خوب است. به‌خصوص به خاطر فضای خاص کارگران معدن زغال‌سنگ زیراب مازندران و چهره‌های کارگران حقیق که داوود رشیدی و فرامرز قریبیان هم در میانشان بودند.

ربطش به زنده باد زاپاتا اینست که از بس فیلم کازان را دوست داشتم یک سکانس دزدیدم و گذاشتم توی فیلم بازرس ویژه. اگر فیلم زنده‌باد زاپاتا را دیده باشید سکانسی که آن ژورنالیست از ته دره زاپاتا را فریاد می‌زند. زاپاتا..زاپاتا و کلوزآپ مارلون براندو و آنتونی کویین... همان که بالاخره به زاپاتا خیانت می‌کند و او را به کشتن می‌دهد.

در بازرس ویژه قریبیان از ته دره کارگران و دوستانش را که روز جمعه برای اضافه‌کاری در معدن کار می‌کنند، صدا می‌کند. کلوزآپ کارگران با چهره‌های روغنی و کلاه‌های مخصوص و طالب که در لانگ‌شات و ته دره آن‌ها را صدا می‌کند تا به معدن می‌رسد. همین. ناقابل! این هم از سرقت هنری بنده که آن هم از دوست داشتن زیاد الیا کازان بود.

من و هادی

بعد از من و شاه که تعریف کردم، این‌بار من و هادی.

بودن در یک برنامه مشترک با هادی خرسندی طنزپرداز بزرگ و عبید زاکانی زمانه ما افتخار کمی نیست. این افتخار را دانشجویان در کلن آلمان نصیب من کردند. در یک سالن نسبتاً بزرگ گوش تا گوش دانشجویان و مردم عادی هم نشسته بودند. طبق برنامه اول هادی خان با حق سن وسال و پیشکسوتی برنامه‌اش را شروع کرد.

هادی چون می‌دانست دانشجویان چپ می‌زنند از همان اول بند کرد که این چپ‌ها سالن‌شان هم کج و کوله و چپ است. به سقفش نگاه کنید اصلاً چپ اندر قیچی است!... شلیک خنده!

با هر جمله‌ای که می‌گفت صدای خنده بلند بود. شما عزیزانی که احتمالاً برنامه‌های هادی خرسندی را دیده‌اید می‌توانید تصور کنید چگونه بود. من هم در عین حال که می‌خندیدم نگران هم بودم که حالا بعد از برنامه خوب هادی خرسندی چه بگویم؟ گرچه قبلاً اینجا و آنجا برنامه‌هایی داشته‌ام که با سبک خودم اغلب موفق بوده‌اند اما به تنهایی بوده نه با هادی خرسندی. برنامه هادی تمام

شد و یک پاس کوتاه گرفتند و نوبت من شد.

برنامه‌ من همیشه این‌طور بود که ترانه‌هایم را می‌خواندم و قبلاً داستان به وجود آمدنش را همراه با خواننده مربوطه تعریف می‌کردم. یک پلی بک داشتم که چند ترانه‌ام را که دشتی بودند. مثل مخلوق گوگوش، بزن تار هایده، حرف بزن ای مهربون مازیار، وقتی که من عاشق می‌شم ابی و هایده و شعر و آهنگ دیگری برای مازیار که برای یک فیلم ساخته بودم. این را دوست هنرمندم عبی یگانه کشف کرد که همه دشتی هستند و با تنظیمی زیبا آن‌ها را به هم دوخت و من چند جا آن را خواندم و در یوتیوب هم هست.

به فاصله هر ترانه دانشجویان داد می‌زدند: یار دبستانی من. بهشان وعده می‌دادم که چشم آخر کار با هم می‌خوانیم. بالاخره داستان گفتن و ترانه‌خوانی‌ام تمام شد و نوبت آن ترانه رسید که تا شروع کردم همه با هم همراهی کردند که دیگر صدای من به جایی نمی‌رسید. بعد از پایان برنامه دسته گل و مهربانی بسیار بود، اما وقتی هادی خرسندی گفت. منصور خسته نباشی! فهمیدم کارم درست بوده.

این برنامه مال تقریباً ۲۰ سال پیش بود، اما سه چهار سال پیش که هادی برای اجرای یک نمایش به گوتنبرگ آمده بود از منزل برگزارکننده دوست عزیزمان، مرتضی نوبرزاده زنگ زد و من را دعوت کرد و گفت:

- بیا ببین! چون ممکنه آخرین باری باشه که به گوتنبرگ می‌آم. گفتم خدا نکنه. تو دکتر روح و روان مردم هستی، باید سلامت باشی همیشه که مردم را بخندانی!

با دوستی نقشه کشیدیم که بعد از برنامه هادی را ببریم. در گوشش گفتم، گفت باشه. میزبانان عزیز نگذاشتند دوزارم گیر ما بیاد. هادی را دزدیدند و بردند.

مسعود جعفری جوزانی

مسعود بچه خاک پاک لرستان بود. این داستان مربوط به تقریباً ۵۰ سال پیش است. من و مسعود جعفری نوجوان بودیم. هنوز سربازی نرفته بودیم. مسعود یک نمایش موزیکال نوشته بود به نام قصه‌ها غصه شدن. من هم شعر و آهنگش را ساخته بودم:

قصه‌ها غصه شد / غصه دیگه تموم نمیشه / با ما می‌مونه تا همیشه...

برای اجرا در ذوب‌آهن اصفهان دعوت شدیم. (کمپ روس‌ها) قرار بود برای روس‌ها و کارکنان ایرانی ذوب‌آهن اجرا کنیم. با یک مینی‌بوس عازم اصفهان شدیم. نصرالله برادران و یک خانم و آقای دیگه هم با ما بودند که اسم‌هایشان یادم نیست متأسفانه.

در راه مسعود به زبان لری جوک می‌گفت و ما را از خنده کشته بود. سال‌ها بعد بالاخره یک فیلم کمدی به لهجه لری با نصیریان ساخت که در مورد انتخابات بود. البته هم من و هم مسعود در نمایش بازی هم می‌کردیم و در عین حال کار تدارکات و دکور صحنه را هم خودمان انجام می‌دادیم. دخترعمه‌ام ژاله سرخی هم آنجا کار می‌کرد.

محیط ذوب‌آهن بسیار خوب و صمیمانه بود و از ما پذیرایی می‌کردند. شب اجرا رسید. خب ما به زبان فارسی اجرا می‌کردیم، زیرنویس هم که نداشت. تردید داشتیم که چگونه خواهد شد؟

در سالن هم شاید ۸۰ درصد مهندسین و کارکنان روسی بودند، اما وقتی شروع به اجرا کردیم و دیدیم روس‌ها به گفتار و حرکت‌های ما غش‌غش می‌خندند دلگرم شدیم و اجرای بسیار موفقی شد و مورد تشویق روس‌ها و کارکنان ایرانی قرار گرفتیم. البته نوع نمایش هم که ریتمیک و موزیکال بود، خیلی کمک کرد.

مسعود جعفری در همان سال‌ها برای تحصیل سینما به آمریکا رفت و بعد از انقلاب با نام مسعود جعفری جوزانی به ایران برگشت. من هم در ایران بودم و فیلم ترور را ساخته بودم. دوباره یکدیگر را بعد از سال‌ها دیدیم و یاد خاطرات خوب گذشته را کردیم.

اول یک فیلم کوتاه ساخت که برادری خود را ثابت کند که ثابت هم کرد. بر عکس بعضی تحصیلکرده‌های سینما که اغلب استعداد نداشتند، مسعود با فیلم جاده‌های سرد که با نصیریان ساخت، نشان داد که مدیوم سینما را خوب می‌شناسد.

آقایان گروه فارابی بهشتی و دوستان هم خیلی تحویلش گرفتند. یکی دو فیلم دیگر هم ساخت و بالاخره شاید پرخرج‌ترین سریال

تلویزیون در چشم باد را هم چند سال پیش ساخت که در مورد جنگ جهانی دوم بود. چند اپیزود از این سریال را وقتی در سوئد بودم دیدم که به نظرم بسیار خوب کار کرده بود.

به مصداق بازگشت به اصل، آن فیلم کمدی لری را که حتی به نصیریان هم یاد داده بود چگونه لری صحبت کند ساخت. دخترش سحر جعفری جوزانی هم بازی می‌کرد. سحر که او هم نشان از استعداد پدر دارد در سریال قهوهٔ تلخ هم با مهران مدیری کار کرده است.

مسعود جعفری جوزانی در این سال‌ها کم‌کار اما گزیده‌کار بوده است. سعی کرده است کار سینما بکند و حاشیه نداشته باشد.

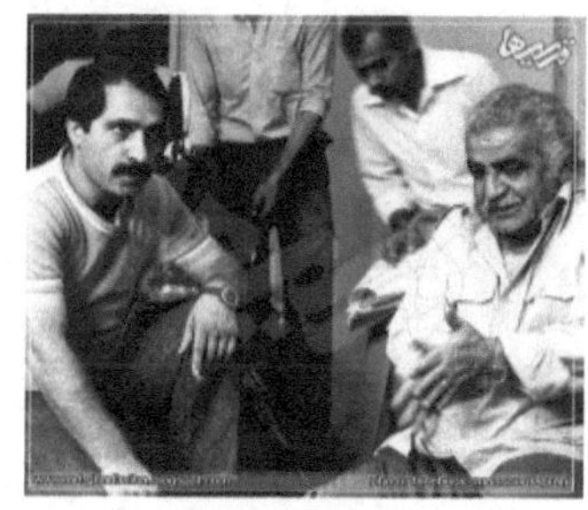

نعمت گرجی

نعمت گرجی را قبل از انقلاب از نزدیک ندیده بودم. به‌رغم اینکه فیلم باغ بلور را ساخته بودیم، اما شاهد بازی‌های شیرین او در فیلم‌ها و سریال‌ها مثل تلخ و شیرین و... بودم. بعد از انقلاب اما وقتی در استودیو کنکاش سعید صبری کار می‌کردم، کارش را هم خوب بلد بود. اصولاً استودیو کنکاش که در میدان فردوسی بود و تکنیکر

اصلی‌اش رضا اردلان بود، معمولاً محل رفت و آمد اهالی سینما بود. حتی کسانی که کاری هم نداشتند، گاهی سری می‌زدند.

از جمله نعمت گرجی که به‌رغم شخصیت شادی که داشت می‌دیدیم که اغلب سر در گریبان و مغموم است. وقتی شروع به درد دل کرد متوجه شدیم که دخترش را بنا به دلایل سیاسی که سال ۶۰ معمول بود، گرفته بودند و در زندان بود.

آن زمان به خاطر این غم بزرگ مشروب زیاد می‌نوشید. (این را من در استودیو از بچه‌ها شنیدم) که یک روز صبح زود تصمیم می‌گیرد به دیدار خمینی برود. یا احتمالاً به او وقت داده بودند. شب مشروب زیادی می‌نوشد و صبح زود راه می‌افتد به طرف جماران. نزدیک بازرسی که می‌رسد، احتمالاً نامه‌ای چیزی در دست داشته است. وقتی پاسداری او را بازرسی می‌کند بوی الکل می‌زند بیرون. پاسدار می‌گوید:

ـ حاجی آقا چیکار کردی؟ اینجوری که نمیشه بری پیش امام. برو سر و صورتت رو یه آبی بزن دهنت رو بشور.

اینکه چه اتفاقی می‌افتد و نعمت موفق به دیدار خمینی می‌شود یا نه، خوب اطلاع ندارم. احتمالاً از علی گرجی پسرش که اکنون در تلویزیون ایران فردا کار تکنیک می‌کند باید پرسید. علی حتماً بهتر می‌داند. من شخصاً به گرجی خیلی علاقه‌مند شدم و اگر کمتر به استودیو می‌آمد، دلمان برایش تنگ می‌شد. در پنج فیلم سینمایی که ساختم در سه فیلم با گرجی کار کردم. بس که انسان خوش‌مشرب و مهربانی بود. در دو فیلم حادثه و بازرس ویژه، نقش‌ها نسبتاً کوتاه بود اما در فیلم مسافر شب، نقش اول را به او دادم. نقشی که قرار

بـود نصـرت کریمـی بـازی کند که شـرحش رفت. یکـی از همـکاران و تهیه‌کننده تردید داشتند اما من مطمئن بـودم. آن زمان گرجی کمی هم تپـل شـد ه بـود و تیپ ژان گابن بـود.

خـودش وقتی فیلم را دیده بـود گفت این بهترین فیلم زندگی من است. فیلمی که متأسفانه فقط اهالی سـینما در یـک اکران خصوصی دیدند و اغلب از بازی گرجی تعریف می‌کردند. کوتاه شده این فیلم ده دقیقه‌ای در یوتیوپ به نام مسافر شب، موجود است. اگر ببینید حـرف مرا تصدیق خواهید کرد.

سـیروس الونـد، فیلمساز نامدار هـم به نقش پسر نعمت بـازی خـوبی ارائه داده است. یک روز در اسـتودیو داشتیم صحبت می‌کردیم، کارگردانی که در تدارک یـک فیلم بـود به نعمت گفت: نعمت جـان! متأسفانه نقشی بـرای شمـا نـدارم.

نعمت بـا همـان لهجه شیرینش جواب داد: اشکالی نـداره. اما این منصـور رو می‌بینی؟ اگه نقشی هـم نباشه واسه من می‌تراشه.

نعمت را در آغوش گرفتم و بوسیدم.

ناصـر طهماسب، دوبلور توانا وقتی جای گرجی صحبت می‌کرد، انگار خـود نعمت گرجی حرف می‌زند.

دکتر اسماعیل خویی

اولین بار دکتر اسماعیل خویی را چند سال پیش در گوتنبرگ، که به دعوت انجمنی برای شعرخوانی آمده بود، دیدم. استاد علاوه بر شعر نو و سپید که بسیار زیبا بودند شروع به خواندن غزل و قصیده‌هایی کرد که همه را به وجد آورده بود. خودش می‌گفت هر چه سنش بالاتر می‌رود به شعر کلاسیک بیشتر متمایل می‌شود. و همان‌طور که مشاهده می‌شود در اغلب محافل یا تلویزیون‌ها که از ایشان دعوت می‌کنند، غزل و قصیده می‌خواند. درحالی‌که در شعرهای سپیدش یک فیلسوف را می‌توان دید.

اما خودش جایی گفته است. به‌خصوص در سال‌های اخیر برای ارتباط با مردم و جامعه ایران ترجیح می‌دهد غزل و قصیده بسراید که برای مردم مأنوس‌تر است. و این همان چیزی هست که او را با بعضی شاعران بزرگ ما متفاوت می‌کند. در کل‌کل کردن با یک شاعر نامدار گفته بود: شعر کلاسیک سر پل خر بگیری است.

به درستی چنین است. آن‌گونه که به جوانان خوش‌قریحه شعر نو توصیه می‌کند برای رسیدن به شعر سپید ابتدا باید از پل صراط شعر کلاسیک عبور کرد.

به‌واسطه دوستی و همکاری دخترم مریم با سبا دختر مهربان استاد در تلویزیون من و تو، این سعادت را پیدا کردم که هر وقت به لندن می‌رفتم در خدمت دکتر خوبی باشم. در یک ساختمان قدیمی خارج از لندن در خانه‌ای که از آن بوی عشق و غزل به مشام می‌رسید. پذیرایی می‌شدیم.

بعد از کمی میگساری جسارتاً ترانه‌ای می‌خواندم که استاد سر ذوق بیاید و قصیده‌ای تازه بخواند. که شنیدنش مستی را دوچندان می‌کرد. هم‌صحبتی با دکتر اسماعیل خوبی برایم بسیار مغتنم بود. گرچه در آن خانه عشق، بسیاری از دوستان و دوستدارانش که به لندن می‌روند با مهربانی سبا و نهایتاً غزل و قصیده‌های استاد دکتر اسماعیل خوبی پذیرایی می‌شوند. عمرش دراز باد!

تلویزیون «من و تو» و گوگوش آکادمی

تلویزیون من و تو ابتدا توسط کیوان عباسی و رها اعتمادی راه‌اندازی شد. آشنایی من با رها اعتمادی قبل از این تلویزیون و زمانی که با کیوان برنامه‌ای اینترنتی به نام «ببین تی وی» داشتند شروع شد. رها به من زنگ زد و خود را معرفی کرد و گفت: ما در نظر

داریم یک برنامه‌ای به نام «تاپ تن» درست کنیم برای خوانندگان، ترانه‌سرایان، آهنگسازان و تنظیم‌کنندگان.

دیدم چه کار جالبی می‌کنند. هیچ‌کس فکر نکرده است تا آن زمان که از عوامل پشت صحنه (ترانه) حداقل به این شکل حرفی بزند و کاری بکند. همیشه اسم ترانه‌ها با اسم خواننده گفته می‌شد. بزرگ‌ترین خیانت را در این مورد تهیه‌کننده برنامه رنگارنگ، تلویزیون ملی ایران قبل از انقلاب کرد. یکی از پربیننده‌ترین برنامه‌های تلویزیون آن زمان که هیچ نشانی از عوامل ترانه نداشت.

آقای اسماعیلی یا... اسمش خوب به خاطرم نیست. این آقا زورش می‌آمد که دوتا تیتر بنویسد و تکلیف شاعر و آهنگساز و تنظیم‌کننده فلان ترانه را روشن کند. بعضی از دوستان به او تذکر هم داده بودند، اما ایشان گوشش بدهکار نبود. برنامه‌ای که حتی بعد از انقلاب هم دست به دست می‌گشت و باز از پربیننده‌ترین‌ها بود و همچنان جای اسم عوامل ترانه خالی. تا جایی‌که ما خودمان هم نمی‌دانستیم بعضی از همکارانمان کدام ترانه را سروده و ساخته‌اند. به جز موارد استثنایی و خیلی معروف.

بنابراین این کار رها اعتمادی بسیار جالب و در خور ستایش است. به دوستان دماغ سر بالا کار ندارم، اما من خودم در بعضی مصاحبه‌ها از رها تشکر کرده‌ام. برای خوانندگان هم جالب بود که مثلاً خواننده‌ای ترانه‌ای از من در سن ۲۰ سالگی خوانده بود و همان ترانه را در سن ۴۰ سالگی و ۶۰ سالگی هم می‌خواند.

رها با صبر و بردباری که در او سراغ دارم با همه عوامل ترانه یک‌به‌یک گفت‌وگو کرد تا آن تاپ تن موردنظر یا ۱۰ ترانه موردنظر و

چگونگی به وجود آمدنشان گفته شود. این مهم به‌خصوص بعد از به وجود آمدن تلویزیون من و تو کامل شد.

آن زمان دخترم مریم هم در من و تو به‌عنوان پروداکشن منیجر کار می‌کرد. با اینکه رشته‌اش روابط بین‌الملل بود، اما به این کارها علاقه‌مند بود و در کارش موفق. پسرم هم رفت دنبال وکالت و دور مطربی را خط کشید. بچه‌ها خیلی زحمت کشیدند تا تلویزیون من و تو جا افتاد و از حق نباید گذشت که برنامهٔ گوگوش آکادمی در به شهرت رساندن این رسانه بسیار مؤثر بود.

احتمالاً شما هم این برنامه را دیده‌اید که با اجرای رها اعتمادی و جمع همیشگی؛ گوگوش، هومن خلعتبری، بابک سعیدی، رضا روحانی، شهرام آذر و حامد نیک‌پی به‌عنوان داوران و برای استعدادیابی جوانان دختر و پسر بود. گاهی صداهای بسیار خوبی از جوانان علاقه‌مند شنیده می‌شد. به نظر من برنامه جذاب و پربیننده‌ای بود.

اکنون که من این مطلب را می‌نویسم، آپریل ۲۰۲۱، تلویزیون من و تو یکی از پربیننده‌ترین تلویزیون‌های خارج از کشور است که در داخل ایران به‌خصوص بیننده‌های بسیار دارد.

دخترم مریم چهار پنج سال است از این تلویزیون جدا شده و در جایی دیگر به همان شغل مشغول است. همچنین بعضی بچه‌های قدیمی دیگر هم در این تلویزیون نیستند و در جای دیگر کار می‌کنند، حتی رها اعتمادی؛ اما حقیقت کار این تلویزیون را نمی‌شود انکار کرد. این که سرمایهٔ آن از کجا تأمین می‌شود، دقیقاً نمی‌دانم. به اعتقاد من مهم عملکرد و محتوای یک رسانه است. در مقابل رسانه‌هایی که یا به کار خودشان مشغول‌اند و بی‌تفاوت هستند یا رسماً سنگ

جمهوری اسلامی را به سینه می‌زنند.

در مورد تلویزیون ایران اینترنشنال هم می‌گویند از عربستان سعودی کمک می‌شود. به نظرم محتوای برنامه‌ها مهم است که آیا در خدمت مردم ایران کار می‌کنند یا نه وگرنه ممکن است مثلاً شما در مورد فلان مجری برنامه ایراد و انتقاد داشته باشید. برای حسن ختام این بخش خاطره‌ای هم عرض کنم.

در آخرین برنامه گوگوش آکادمی قرار شد ترانه‌های من را بین دختر و پسرهای شرکت‌کننده تقسیم کنند و آن‌ها بخوانند و امتیاز بگیرند، اما سه روز قبل از اجرا به بنده حکم کردند که خودت هم بیا. طبق معمول خودشان بلیت هواپیما گرفتند و من راهی شدم. فاصله گوتنبرگ تا لندن با هواپیما بیش از یک ساعت و نیم نیست. در همین فاصله شعری به نظرم آمد که نوشتم که احتمالاً در برنامه بخوانم. البته چهار بیت بیشتر نبود در واقع ترجیع‌بند یک ترانه! شب اجرای برنامه گوگوش و رها اعتمادی وارد صحنه شدند و بعد از سلام و احوالپرسی آن چهار بیت را خواندم:

ز اسب افتاده‌ایم شاید / ز اصل اما نیفتادیم

رها کردیم دل از دنیا / ز قید و بند آزادیم

نه مال اندوخته‌ای داریم/ نه نام سوخته‌ای داریم

خوشا دیروز مان کامروز/ به ذهن مردمان یادیم

خیلی مورد توجه مردمی که حضور داشتند و دوستان قرار گرفت. رها یک چیز خصوصی که از من شنیده بود را اصرار کرد که داستانش را بگویم. داستان ترانه مخلوق. توضیح دادم که روی آهنگ دشتی و زیبای حسن شماعی‌زاده که اتفاقاً ترجیع‌بند سختی هم داشت، یک

شعر گذاشتم که مورد قبول هم قرار گرفته بود و قرار ضبط در استودیو پاپ گذاشته شده بود. اما ناگهان در خیابان عشق دوران نوجوانی‌ام را دیدم با بچه ۵ ساله‌ای در کنارش. فقط ده دقیقه در خیابان و پیاده‌رو با هم صحبت کردیم و خداحافظی، اما چنان دگرگون شدم که بلافاصله شعر جدیدی روی آن آهنگ گذاشتم:

داغ یک عشق قدیمو اومدی تازه کردی / شهر خاموش دلم رو تو پر آوازه کردی

آتش این عشق کهنه دیگه خاکستری بود / اومدی وقتی تو سینه نفس آخری بود

به عشق تو زنده بودم، منو کشتی، دوباره زنده کردی

دوست داشتم، دوستم داشتی، منو کشتی، دوباره زنده کردی

بعد از برنامه و عکس و خداحافظی بچه‌ها من را به بار دعوت کردند برای درینک.

هومن خلعتبری وقتی نشستیم یقه من را گرفت که برای ترانه «بزن تار» چرا «سه تار؟» گفتم کار مجتبی میرزاده است. دو بار سولوی اشتباهی آورد استودیو، یکی همین بزن تار که سعی کرد مثل تار بزند و دیگری «حرف بزن ای مهربون» مازیار که به جای کمانچه، ویلیون آورده بود، اما سر و ته‌اش کرد و کمانچه زد و خیلی هم خوب زد.

شب خوبی بود با بچه‌های گوگوش آکادمی. راستی امید خلیلی هم بود.

محمدعلی سپانلو

سپانلو شاعری که هم شعرهایش را دوست داشتم و هم خودش را. اصولاً انسان دوست‌داشتنی بود. این بختیاری را داشتیم که چند بار برای شعرخوانی برنامه‌ای که علی نادری هر ساله برگزار می‌کرد (مرسی پویسی) به سوئد و گوتنبرگ دعوت شد و فرصت‌هایی پیش می‌آمد که با هم بنشینیم و گپ بزنیم.

چند کتاب هم نوشته بود که بعضی‌هایش را خودش لطف کرد و امضا کرد و به من داد که بسیار هم خواندنی بودند. در بعضی نشست‌ها به‌خصوص در منزل ژیلا و فرزاد، زن و شوهر مهربانی که هر دو دندانپزشک هستند. وقتی مجلس خودمانی بود و می‌خواندیم سپانلو از قاسم جبلی می‌خواند. گاهی از خاطراتش تعریف می‌کرد که بسیار شنیدنی بود. اصلاً نوستالژی خالی بود. آدم دلش می‌خواست که ساعت‌ها بنشیند و به حرف‌ها و خاطراتش گوش بدهد.

زبان فرانسه می‌دانست. ترجمه‌های بسیاری داشت. نمی‌خواهم اینجا از بیوگرافی و کارنامه سپانلو یا به قول دوستان قدیمی‌اش سپان صحبت کنم که شاید شما بهتر از من درباره او می‌دانید. دخترش شهرزاد ترانه‌ای از من را باز خوانی کرده بود. (یه تنهایی یه خلوت) به شوخی گفت: اجازه گرفته؟ برو پولتو بگیر.

گفتم، همه عالم و آدم بعضی ترانه‌های من را بازخوانی کرده‌اند بی‌اجازه... دختر سپانلو که به ما افتخار هم داده است. ناگفته نماند که شهاب تیام خواننده جوان برای بازخوانی ترانه «بزن تار» از من و صادق نوجوکی اجازه گرفت و حق مطلب را هم ادا کرد. اتفاقاً من

صدا و استایل شهرزاد را دوست دارم. گرچه مدتی است کم‌کار شده
است.

محمد علی سپانلو قرار بود با شاعران و نویسندگان دیگر به ته دره
پرت شود، اما نشد و زنده ماند. وقتی آن بیماری لعنتی به سراغش
آمد هنوز سرپا بود و پر از عشق زندگی، اما رفت و ما را از سالی
یک‌بار دیدنش و شنیدن شعرهای زیبایش محروم کرد. در یکی از آن
نشست‌ها برای ادای احترام به او دوبیتی‌هایی به سبک بابا طاهر
برایش خواندم. زمانی که سال‌ها پیش به زیارت بابا طاهر به همدان
رفته بودم.

بزرگی، شاعری، شاعر نمیره / گل از بارون عشقت جون می‌گیره
تو رخصت ده ببوسم خاک پا تو/ که شعرم پیش شعر تو حقیره

سینما ترانه

از کارهایی که در این سال‌های غربت انجام دادم یکی هم، سینما
ترانه بود. انگیزه‌اش هم شروع تلویزیون «ایران فردا» در لندن بود.
نوروز سالی که این تلویزیون تازه راه افتاده بود، من باید می‌رفتم
لندن هم برای دیدن فرزندانم و هم دیدار با دوست دوران کودکی‌ام
دکتر اریو که از ایران آمده بود.

قبل از رفتن زنگ زده بودم به دکتر نوری‌زاده و تلویزیون جدید
را تبریک گفته بودم و گفتم که ایام نوروز به لندن می‌آیم. روز دوم، به
بچه‌ها گفتم من فقط یک ساعت می‌روم استودیوی آقای نوری‌زاده
را ببینم و برگردم. بچه‌ها تاکسی برایم گرفتند و رفتم. به همین دلیل
نتوانستم گلی چیزی برای استودیو ببرم. دکتر هنوز برنامه روزانه‌اش

شروع نشده بود. (پنجره رو به خانه پدری)

همین‌طور که از همه جا صحبت می‌کردیم، گفت طرحی چیزی داری برای تلویزیون. گفتم یک طرحی در ذهنم هست خیلی وقته می‌خوام کاری بکنم، اما هنوز پیش نیامده. ناگهان گفت. بشین من با مهران صحبت کنم حالا که تا اینجا آمدی یک گپ ۱۵ دقیقه‌ای با هم داشته باشیم. گفتم من به بچه‌ها گفتم زود برمی‌گردم. ضمناً لباس زیاد مناسبی هم ندارم. اگه می‌دونستم جناب جمشید چالنگی هم بودند که من اولین بار بود که از نزدیک خدمتشون می‌رسیدم. گفت: دکتر اینجوریه دیگه! اینجا آمدن با خودتونه رفتن با خداست!

به هررویی دکتر نوری‌زاده با آقای مهران، کارگردان برنامه، هماهنگ کرد که چند ترانه هم از من پخش کند. برنامه هم زنده پخش می‌شد. بنابراین گفت‌وگو شروع شد. دکتر در مورد طرح سینما ترانه پرسید که توضیح دادم. که هم سینماست و هم ترانه و اصولاً تأثیر ترانه در فیلم‌های ایرانی و... دیگر حرف پیش می‌آمد و خاطره‌ای برای من و ایشان. دکتر به وجد آمده بود و به مهران اشاره می‌کرد که ادامه می‌دهیم... دو سه ترانه هم از من پخش شد و همه برنامه آن روز، پر و پیمان و جذاب شد با خاطرات خود دکتر نوری‌زاده. کلاً صحبت ترانه بود و از سیاست خبری نبود. خب این شروع خوبی بود. از آقای مهران هم تشکر کردم و از دوستان خداحافظی کردم.

وقتی برگشتم سوئد دو سه بار تلفنی صحبت کردیم که حالا چه کنیم؟ دکتر پیشنهاد کرد فعلاً یک تکه کوتاه انونس مانند درست کن که پخش کنیم تا وقتی که هر برنامه که قرار شد ۳۰ دقیقه باشد شروع شود.

با دوستم نظام شمس‌پور که فیلمبردار و مونتور با تجربه‌ای است، یک تکه ده دقیقه‌ای درست کردیم و فرستادیم. ظاهراً مورد توجه قرار گرفت. تا اینجا اصلاً صحبت پول و چند و چون نشده، به‌خصوص برای من که این کار را دوست داشتم و می‌دانستم موفق خواهد شد این بخش خیلی سخت بود.

بالاخره با نظام فیلمبردار و مونتور صحبت کردم و فقط دستمزد ایشان را برای زحماتش در نظر گرفتم که مبلغ زیادی نبود و به دکتر گفتم. دکتر گفت جواب می‌دم. دو سه روز بعد تماس گرفتیم. دکتر گفت، این مبلغ که گفتی زیاده. ما تازه در شروع کار هستیم و بودجه کافی نداریم. شاید در آینده اگهی بگیریم و در آن صورت بیشتر خواهد شد.

دوباره با نظام صحبت کردم و می‌دانستم که او هم علاقه‌مند هست که این کار انجام شود. چون یک زمانی برای تلویزیون داخل ایران کار می‌کرد و این کاره بود. حتی برای آن ده دقیقه به اصطلاح انونس هیچ مبلغی از من نگرفت. اما گفت، تو اگه بخواهی دستمزد ساعت‌هایی که من کار خودمو رها می‌کنم و می‌آم اینجا را هم بدهی بیشتر از این می‌شه. این مبلغ خیلی کمه با وسواسی که تو داری.

من هم برای دکتر نوری‌زاده پیغام دادم که با این مبلغ نمی‌شه. اگه خودم فیلمبرداری و مونتاژ می‌کردم هیچ دستمزدی نمی‌خواستم. اما نمی‌شه. ان‌شاءالله در آینده در خدمت‌تان خواهیم بود. دکتر هم جوابی نداد. من هم چون آن تکه ده دقیقه‌ای را در فیس‌بوک تبلیغ کرده بودم و بعضی‌ها منتظر بودند، نوشتم که، فعلاً مقدور نیست با تلویزیون ایران فردا کار کنیم. چه بسا در آینده رخ بدهد.

یک ماه از این داستان گذشت. ناگهان دکتر نوری‌زاده زنگ زد که، قرارمون سر جاش. تا هفته دیگه اولین برنامه سی دقیقه‌ای تو بده پخش کنیم. گفتم دکتر جان هفته دیگه نمی‌رسم. وقت بیشتری بده. گفت، نه دیگه برنامه‌ریزی کردیم و سینما ترانه را هم در برنامه گذاشتیم.

فکر کردم ده دقیقه‌اش که آماده است. ۲۰ دقیقه دیگر را هم باید جنگی آماده کنیم. ماتریال دیگری هم آماده داشتیم به هم دوختیم و برنامه اول تقریباً یک کولاژ شد از اینکه سینما ترانه چگونه خواهد بود.

اما چیزی که نا خشنود بودم این بود که در آن ده دقیقه از موسیقی داش آکل منفردزاده صحبت کرده بودم و اینکه چگونه منفردزاده از تم یک نوحه معروف سینه‌زنی عاشورا در دستگاه چهارگاه برای این فیلم موسیقی به این زیبایی ساخته است. برای من نوعی کشف و شهود بود. حتی وقتی من و اسفند را تلویزیون من و تو دعوت کرده بودند. وقتی از رستوران بر می‌گشتیم من این موسیقی را زمزمه می‌کردم. بنابراین لازم بود که با منفردزاده یک گفت‌وگوی کوتاهی می‌کردم که متأسفانه نشد، اما برنامه‌های دیگر تک موضوعی شد. فردین و گنج قارون. پرویز صیاد و در امتداد شب، جلال مقدم و پنجره و ...‌.

من و شهیار قنبری و مسعود اسداللهی تقریباً هم‌زمان به کار دعوت شده بودیم. وقتی دیدم دوستان داخل استودیو کار می‌کنند، که هر کدام برنامه‌هایشان منحصربه‌فرد بودند، تصمیم گرفتم خارج از استودیو باشم. بنابراین لوکیشن اول من سینما تک گوتنبرگ بود و جاهای دیگر.

من کلاً ۶ برنامه به تلویزیون ایران فردا دادم که هر برنامه دو هفته تکرار می‌شد و ساختن برای برنامه بعدی بود، به جز آن یک ماهی که اول کار از دست دادیم. اما اگر ادامه پیدا می‌کرد با آزمون و خطاها سینما ترانه بدی نمی‌شد و به اصطلاح جا می‌افتاد. با اینکه اول کار تلویزیون بود و بیننده زیاد نداشت، گاهی خسته نباشید از این طرف و آن طرف می‌شنیدم، حتی از ایران مثلاً اکبر آزاد ترانه‌سرای معروف برایم نوشت که جای چنین برنامه‌ای خالی بود.

اتفاق عجیبی افتاد. از برنامه دوم و سوم آقای مهران کارگردان تلویزیون سر ناسازگاری با ما گذاشت. من که به شهادت دوستان ۵۰ / ۶۰ ساله‌ام همیشه با همه مهربان هستم، اول سعی کردم با قربونت برم و عزیزم قضیه را حل کنیم. اذیت‌های مختلف می‌کرد که اگر بخواهم شرح دهم موجب اطناب کلام است و من شگفت‌زده که این دشمنی از کجاست؟

سعی می‌کردم به دکتر هم شکایت نکنم و بین خودمان حل کنیم. تا اینکه یک‌بار حواله داد که من نمی‌دونم از آقای دکتر بپرس. از همه وحشتناک‌تر برنامه ششم بود که خیلی هم برایش زحمت کشیده بودم. وقتی پخش شد دیدم هشت ثانیه ناسینک است. یعنی صدا و تصویر عقب و جلو هستند. دیگر حسابی رفت توی اعصابم. برایش نوشتم: حیف که بچه میکده نیستی. اگر بودی اقلاً حرمت ریش سفید و ۵۰ سال کار من را نگه می‌داشتی.

اول که زیر بار نمی‌رفت و می‌گفت اشکال از خود فیلم است. با نظام چک کردیم دیدیم هیچ اشکالی نیست و به قول همکارم. اگر قبل از پخش چک کرده بود و اشکالی داشت اصلاً نباید پخش

می‌کرد. برمی‌گرداند به ما که درستش کنیم. پیش خودم هزار فکر کردم. یعنی جمهوری اسلامی اینجا هم به دنبال ماست؟ چون در گوتنبرگ اسپانسرهای رادیوی ما را زنگ می‌زدند و منصرف می‌کردند. بنابراین دور از ذهن نبود اگر چنین فکری بکنم.

یکی گفت ایشان قبلاً قرار بود در تلویزیون من و تو کار کند قبول نشد و بالاخره ما نفهمیدیم داستان چی بود. به نوری‌زاده زنگ زدم. ایشان خودش هم از این موضوع ناراحت بود. گفتم، دکتر جان هر چه هست. شما لطف کن یک‌بار هفته بعد این برنامه را بدون اشکال بفرمایید پخش کنند. ما می‌ریم دنبال کارمون. مهرم حلال و جونم آزاد!

هفته بعد درست پخش شد و این آخرین کار ما بود. خوشبختانه بعداً اون آقا مهران از تلویزیون ایران فردا رفت.

حالا که دیگه گذشت و رفت، اما اگه اون آقا مارو اذیت نمی‌کرد، «سینما ترانه» کم‌کم جا می‌افتاد و برنامه خوبی می‌شد، چون لیست حدود ۶۰ فیلم را از سال‌های ۳۰ و ۴۰ فیلم‌های ایرانی نوشته بودم تا آخرش هم می‌رسید به فیلم‌های منفردزاده و فیلم خودم و ترانه یار دبستانی من، اما متأسفانه این هم اضافه شد به ممنوعیت ترانه گفتن من و شایعه جمهوری اسلامی و اینکه همکاران با من کار ترانه نکنند و مصیبت‌های دیگر این ترانه که در جایی دیگر مفصل شرح داده‌ام. وقتی فکر می‌کنم از پوست کلفتی خودم حیرت می‌کنم.

اکنون علی گرجی فرزند برومند نعمت گرجی، آنجا کار می‌کند و دکتر نوری‌زاده هم از ایشان بسیار راضی و خشنود است. اصولاً تلویزیون ایران فردا با برنامه‌سازان بزرگ و باتجربه که گرد آورده جایگاه خاصی

در میان بینندگان خود دارد و من خودم از مشتریان پر و پا قرص این تلویزیون هستم. پربیننده‌تر باد!

با استقبال از حضرت مولانا

هرکس به ساز خویش نوازد ترنمی
آن هم‌نوازی خوش‌الحانم آرزوست
در روشنای شهر نجستم هنوز هم
دستی گشاده مهر به دستانم آرزوست
درد من از قلت بی‌همزبانی است
هم صحبت شفیق سخندانم آرزوست
از آن همه سیاست و تزویر و ظلم و جور
آن راستین حقوق هر انسانم آرزوست
چوب حراج تهمت و پندار می‌زنند
در پشت پرده حقیقت عریانم آرزوست
آن کس که بود مدعی حق گذشت و رفت
ماندن هنوز بر سر پیمانم آرزوست
هر پینه پیشانی از نماز نیست
خلوتگه بی‌تظاهر ایمانم آرزوست
تا نیست سایه آزادی‌ام به سر
جان دادن گوشه زندانم آرزوست
از ما گذشت وقت میانسالگی دریغ
آن شور و حال جوانانم آرزوست

سوئد، گوتنبرگ

چند ماه پیش بیژن مرتضوی تماس گرفت و با هم ترانه‌ای باز به سبک قدیم کلام بر روی آهنگ کار کردیم که ایشان هم رضایت کامل داشتند. هیچ‌کدام از ترانه‌ها فعلاً پخش نشده. اما بعد از شاید ۲۰ سال ممنوع‌الکاری که شرحش رفت. برایم بسیار مغتنم بود و به من روحیه تازه‌ای داد.

امیدوارم این هر دو ترانه تا پایان این کتاب پخش گردد و طلسم ممنوعیت ترانه‌سرودن بنده آن هم در کشور آزاد سوئد بعد از ۲۰ سال شکسته شود. ظاهراً از قبل کرونا دیگر برنامه‌گزاران ج. ا دست از سر خوانندگان ما برداشته‌اند و آن‌ها اغلب مستقل کار می‌کنند. امیدوارم آنچه را که رژیم شایع کرده بود و موجب عدم همکاری من با دوستان قدیمی گردید، دیگر اعتباری نداشته باشد. چون من تقریباً بیش از ۲۰ سال تماشاگر کار کردن دیگران بودم و ترانه‌ای نسرودم و این البته غم بزرگی است. اما از هیچ یک از خوانندگان و دوستان قدیم گله‌ای ندارم چون مشکل من از جای دیگری است.

فعلاً دلخوشم به ترانه‌های ۴۰ / ۵۰ سال پیشم که هنوز مردم عزیز دوست دارند و زمزمه می‌کنند. به‌خصوص ترانه یار دبستانی من که گرچه خود عامل همه مصیبت‌ها بود، اما همچنان دل و جانم را جلا می‌دهد و مرا به زندگی وصل کرده است. البته اگر مدعیان کج‌اندیش مرا از این ترانه قطع نکنند که باکی نیست!

محمد شمس

باور بفرمایید که اصلاً دلم نمی‌خواست هیچ نامی ببرم و اشاره‌ای بکنم. چون با خودم قرار گذاشتم هیچ گله‌ای از هیچ‌کس نکنم و بیشتر از خوبی و مهربانی دیگران در رابطه با خودم بگویم؛ حتی اگر اشتباهی هم در گذشته کرده‌ام عذرخواهی کنم و بگذرم. فکر کردم شمس ادعایی کرده البته نه رسمی، در گوشی و من هم جایی تذکری داده‌ام و تمام شده، اما متأسفانه یکی دوهفته پیش در فیس‌بوک چیزی دیدم و شنیدم که هنوز برای بعضی‌ها این سوءتفاهم رفع نشده که، محمد شمس می‌گوید آهنگ یار دبستانی را من ساخته‌ام و منصور تهرانی از من دزدیده و به نام خود کرده است.

اصلاً تعصبی روی این ترانه ندارم. این ترانه کارش را کرده یا هنوز می‌کند و من هم این گوشه سوئد نشسته‌ام و ماست خودم را می‌خورم.

اگر کسی که می‌شنود خیلی هم باانصاف باشد در دلش می‌گوید یکی از این دو مدعی دروغ می‌گویند. البته اگر به عدالت حضرت سلیمان برسد و بخواهد بچه را با شمشیر به دو نیم کند، آن‌که فریاد می‌زند که من مادر این بچه نیستم، منم!

سابقه من و شمس برمی‌گردد به دوران جوانی که با هم ترانهٔ دختر مشرقی را ساختیم و خیلی گل کرد. دیگر پیش نیامد که با هم کار کنیم. آن زمان محمد بیشتر تنظیم می‌کرد و من شاهد کارهای زیبایش بودم. عاشق زهی در ارکستر هست و در تنظیم‌هایش به زیبایی از آن‌ها استفاده می‌کند و من خیلی دوست داشتم.

آهنگ‌ساز با ذوق و خلاق هم هست، به‌عنوان مثال آهنگ

خلیج‌فارس که ابی خوانده است کار بسیار جالبی است و بسیار کارهای دیگر. رهبر ارکستر زنده‌یاد مرضیه، حتماً دیده و شنیده‌اید. اکنون هم صحبت اثبات چیزی نیست. فقط اینکه هنوز بعضی‌ها ممکن است تردید داشته باشند که ممکن است من دروغ گفته باشم و این آهنگ را از کسی دزدیده و به نام خود کرده‌ام مرا به شدت اذیت می‌کند.

دروغ کلمه‌ای که همه عمر از آن گریزان بودم به شهادت دوستان ۶۰ ساله‌ام. از اغراق و گزافه در مورد خودم متنفرم. این کتاب را که می‌نویسم در واقع وصیت‌نامهٔ من هم هست. چون دیگر فرصت نوشتن و توضیح چیزی را نخواهم داشت. بنابراین سعی کرده‌ام حتی یک کلمه بیراه و خدای نکرده غیرمستند در آن نباشد.

یک‌بار دیگر که ترانه‌ای از من مورد تردید بعضی‌ها قرار گرفت چند سال پیش بود. قبل از اینکه گوگوش به این طرف آب بیاید. ایرج جنتی عطایی با ابی کنسرتی از ترانه‌های گوگوش تور دور دنیا گذاشتند. ابی یک‌به‌یک نام ترانه‌سرایان را می‌برد، اما وقتی به ترانه مخلوق می‌رسید (داغ یک عشق قدیمو...) و مردم مثل همیشه ابراز احساسات می‌کردند، نام من نبود و نام دیگری گفته می‌شد. فکر کنید. ویدئوی آن در همه جا پخش شد. بعضی از دوستانم در ایران و اروپا که می‌دانستند این شعر را من مرتکب شده‌ام با تردید به من زنگ می‌زدند که قضیه چیه؟

یک‌بار که ایرج برای شب شعر به گوتنبرگ آمده بود، ازش سؤال کردم که آن داستان چی بود؟ به شوخی برگزار کرد که: من نمی‌دونستم که تو شعر به این قشنگی گفته‌ای!

البته ما همکاران ترانه که همه پیشکسوت من هستند، به خوبی کارهای یکدیگر را می‌شناختیم و آن زمان در واقع یک رقابت ترانه‌ای بین ما بود که من همیشه آخر بودم. من عاشق بعضی ترانه‌های ایرج هستم. باور می‌کنید همان شب او را به خانه دعوت کردم به صرف قورمه‌سبزی.

از محمد شمس هم کینه‌ای ندارم. همان‌طورکه عرض کردم اگر دو هفته پیش آن داستان پیش نیامده بود، نمی‌خواهم اسمی از کسی ببرم که ایجاد دشمنی شود، اصولاً این سطور را در این کتاب نمی‌آوردم. البته اکنون هم برای گله‌گزاری نیست. تنها برای اینکه یک‌بار برای همیشه روشن شود. دیگر شمس را ندیدم تا بعد از انقلاب.

از قبل انقلاب، یک تنبک و سنتور در خانه داشتم و به شکل آماتوری گاهی دلنگ‌دلنگ می‌کردم. در اواسط فیلم ترور بودم و سنتور هم تصادفاً در اصفهان کوک بود و چه خوب که مینور بود و بعدها مخصوصاً در جنبش سبز که بعضی فرنگی‌ها و غیرایرانی‌ها آن را دوباره‌خوانی کردند، برایشان آسان‌تر بود. مثلاً اگر در دشتی یا سه‌گاه بود شاید بود مشکل‌تر می‌شد.

قبلاً فکر کرده بودم که این فیلم ترانه‌ای هم لازم دارد. چون فیلمنامه‌اش را خودم نوشته بودم به شعر آن ابتدا فکر کرده بودم و بر مبنای فیلمنامه چیزهایی در ذهنم بود و بعد با همان سنتور ملودی‌هایش را هم یافتم. حتی اورتور و در کاستی ضبط کردم. هنوز فیلم تمام نشده بود. یک شب در منزل یکی از دوستان به مناسبتی دعوت بودیم. از اهالی سینما و دوستان و دو نفر از گویندگان معروف فیلم هم بودند. نمی‌خواهم تک‌تک نام ببرم. بعضی‌ها متأسفانه فوت

کرده‌اند و بعضی‌ها خوشبختانه زنده‌اند. به‌خصوص صاحب‌خانه که خودش فیلم‌ساز است در خارج از کشور است و در فیس‌بوک گاهی تماس داریم.

صحبت فیلم شد، گفتم هنوز تمام نشده اما من ترانه‌اش را جلوجلو ساخته‌ام. گفتند بخوان منم که کله‌ام کمی گرم بود و هنوز به برنامه دوم نرسیده بودیم، بدون ساز برایشان ریتم گرفتم و با همان اورتور خواندم. دقیقاً همین که بعدها شد یار دبستانی من. دوستان همگی خوششان آمده بود تعارف هم نمی‌کردند، چون بعد از شام هم تقاضا کردند یک‌بار دیگر بخوانم؛ حتی سؤال کردند چه کسی قرار است بخواند. گفتم، فریدون فروغی اما تلفنی ازش ندارم باید پیداش کنم. با محمد شمس هم هنوز صحبت نکرده بودم. محمد هم در استودیو پاپ مرتب در حال ساختن موزیک و سرود برای مجاهدین بود.

یک شب با همسر سابقم شام رفتیم منزل‌شان، کاست ضبط شده را بهش دادم. صحبت کردیم گفت با فریدون فروغی تماس می‌گیرم. منزلش تهرانپارس است. منزل ما هم تصادفاً تهرانپارس بود، خیابان شانزدهم شمالی.

حرف‌هایی در استودیو شنیده بودم که به محمد گفتم. اینکه او با مجاهدین کار می‌کرد که اگر خوب یادم باشد خمینی گفته بود منافقین. گفتم محمد جل و پلاستو جمع کن و از ایران برو. خانمش هم کمی نگران بود. اگر اشتباه نکنم محمد دو سه ماه بعد از آن شب از ایران رفت.

اما قبل از رفتن، ترانه یار دبستانی را هم تنظیم کرد. داشتیم فیلم را مونتاژ می‌کردیم. ایشان که چیزی از فیلم نمی‌دانست لذا من در

سازبندی‌ها نظرات خودم را می‌گفتم. مثلاً اینکه در اورتور چند ریتم خالی می‌رود با صدای نفس‌نفس در زیر و همین‌طور شانه که غژغژ کند تا به ملودی برسد. همین‌طور در قسمت‌های دیگر موسیقی.

سخن کوتاه، فریدون هم آمد خواند و خوب هم خواند. محمد شمس هم دستمزدش را کامل گرفت و رفت. قبل از خارج شدنش از کشور یک کار دیگه هم برای من تنظیم کرد. ترانه‌ای در مایه دشتی که آن هم شعر و آهنگ و حتی اورتورش را خودم ساخته بودم. اما محمد تنظیم زیبایی کرد. آن هم براساس فیلمی بود که فیلمنامه‌اش را نوشته بودم. جمشید حیدری کارگردانی می‌کرد با صدای مازیار. هر دوترانه را در فیلم اجازه دادند، اما برای پخش در کاست جلوی آن‌ها را گرفتند.

اما دلیل اصلی دشمنی محمد شمس با من. چند سال پیش آمده بود به گوتنبرگ گویا خودش گفته بود به فلانی زنگ بزنید بیاد. من رفتم دیدمش ماچ و بوسه واقعاً از دیدن یک دوست قدیمی خوشحال شده بود. رفتیم نهار بخوریم من یک کلمه ازش نپرسیدم در رابطه با آن سازمان. دوستی ما ربطی به آن داستان نداشت. محمد در اوج کار با مرضیه بود و رهبر ارکستر با نوازندگان بسیار و تنظیم‌های جالب. به من گفت، منصور یک شعر بنویس، منم روش آهنگ بذارم برای مرضیه. کاری میشه کارستان. من همان لحظه قبول کردم و خوشحال شدم. خواننده دوران کودکی من چه افتخاری. به‌خصوص که برای الهه و ویگن هم ترانه ساخته بودم. عاشق صدای مرضیه هم بودم. با دوستی در این مورد صحبت می‌کردیم. دوست ما از سر حسن نیت گفت:

تو که در این سال‌ها به ج.ا همش جواب منفی دادی و برای خودت دردسر درست کردی. این کار را نکن. چون فقط این نیست که تو دوست داری برای مرضیه شعر بنویسی. اون سازمان خیلی هم استقبال می‌کنه و بسیار هم روش تبلیغ می‌کنه. احتمالاً پول خوبی هم بهت می‌دن، اما چه بخواهی چه نخواهی می‌شی مجاهد.

دیدم فکر اینجاش را نکرده‌ام. درحالی‌که خیلی دلم می‌خواست این افتخار را داشته باشم و مطمئن بودم محمد شمس هم آهنگ آن‌چنانی خواهد ساخت با تنظیم زیبایش که همیشه دوست داشتم.

ای لعنت بر سیاست! نمی‌دانم شاید محمد هم به سازمان مژده این کار را داده بوده و وقتی انجام نشد از دست من خشمگین و عصبانی.

شروع کرد در گوش این و آن گفتن اینکه فلانی آهنگ یار دبستانی من را دزدیده و به نام خودش کرده. با یک پشتکار عجیبی. آن‌ها را که نمی‌دیده تلفنی می‌گفته و جالبه که اغلب هم با من در میان می‌گذاشتند و من باید توضیح می‌دادم. بعضی‌ها باور نمی‌کردند. بعضی‌ها شاید تردید داشتند و به من نمی‌گفتند.

حتی وقتی سال ۲۰۰۹، برای جنبش سبز رفته بودم لوس‌آنجلس و قرار بود در سالن فرهنگ مرتضی برجسته، شب ترانه داشته باشیم و به اصطلاح نهار بازار یار دبستانی من بود. به مرتضی زنگ زده بود و با آب و تاب این داستان را گفته بود. همان زمان بود که انیمیشن این ترانه در فستیوال لوس‌آنجلس اول شد و صد هزار دلار هم برنده شد. که نه تنها سازندگان آمریکایی ایرانی فیلم از من اجازه نگرفتند بلکه در تیتراژ هم فقط نوشتند شعر: منصور تهرانی.

پرویز جان قریب‌افشار به جای من حرص می‌خورد که برو حقت رو بگیر. گفتم من هیچ حقی به این ترانه ندارم. دست آن خارجی‌ها را هم می‌بوسم که این ترانه را با لهجه‌های شیرین خودشان بازخوانی کردند. رندی که از گفتن نامش معذورم گفت، من خبرش را دارم که محمد شمس رفته و حق آهنگسازی‌اش را از آن کمپانی گرفته. فقط سر تو بی‌کلاه موند. به آن دوستم هم گفتم: اگر شمس گرفته باشه جای دوری نرفته چون از قبیله موسیقی است. نوش جونش.

بالاخره یک هنرمند معتبر و قاضی عادل پیدا شد که وقتی این را شنید حرفی را زد که خودم هم بهش فکر نکرده بودم. به محمد گفته بود: این ترانه اصلاً سبک تو نیست. تو با این کار تمام کارهای خوب خودتو زیر سؤال می‌بری. نمی‌خواهم اسم این هنرمند را بگویم. اما حرف بدی به شمس نزده کارهای گذشته او را هم تأیید کرده. بنابراین می‌توانم عرض کنم، استاد اسفندیار منفردزاده حکم را برای من و محمد شمس در مورد ترانه یار دبستانی من جاری کرد.

امیدوارم این پایان دعوا باشد و ان‌شاءالله دیگر چیزی نشنوم. محمد شمس همیشه باید به آهنگ خلیج همیشگی فارس‌اش افتخار کند.

خسرو آواز ایران؛ استاد محمدرضا شجریان

این کلمه استاد بعضی اوقات تعارفانه و بی‌جا به کار می‌رود، اما در مورد استاد شجریان به حق و برازندهٔ نام ایشان است، چون در مقدمه آورده بودم با هنرمندانی که شخصاً با آن‌ها سروکار داشته‌ام. می‌شود گفت ارتباط از نوع سوم.

هرگز با استاد از نزدیک آشنا نبودم. کنسرت‌های ایشان را می‌رفتم و می‌دیدم مثل هزاران علاقه‌مند دیگر. دورادور ایشان را ستایش می‌کردم، اما موضوعی پیش آمد که ایشان رسماً نام مرا شناختند. به‌این‌ترتیب که اولین بار استاد برای کنسرت به شهر گوتنبرگ می‌آمدند. بیش از ۲۵ سال پیش. من رادیویی به نام «آوا» داشتم با همکار عزیزم نسترن مختاری. رادیو عصر بود و قرار بود برای کنسرت استاد تبلیغ هم بکنیم.

برای این کار آهنگی را که خیلی دوست داشتم از مشکاتیان در بیداد همایون که به نظرم یکی از کارهای ماندگار استاد شجریان هست، پخش می‌کردیم. تلفن‌ها به‌خصوص از طرف دوستان چپ

به‌عنوان اعتراض به کنسرت ایشان شروع شد. می‌آمدند روی خط، آهنگ را قطع می‌کردیم حرف‌هایشان را می‌زدند و من هم دفاع می‌کردم و دوباره ادامهٔ آهنگ.

می‌گفتم انتخاب همین ترانه و به‌خصوص شعر که آن زمان در مجلس هم سر و صدایی به پا کرده بود، «شهریاران را چه شد...» نشان از تعهد ایشان دارد و.... یکی از ادعاهای شنوندگان این بود، در نامه‌ای که به نفع حکومت بوده نام آقای شجریان هم هست. البته بعضی از شنوندگان و دوستداران استاد هم که با من هم‌عقیده بودند از ایشان دفاع می‌کردند، اما تعداد مخالفین بیشتر و اغلب عصبانی بودند. خلاصه شب پرتنشی بود. تا بالاخره آقایی آمد روی خط در دفاع از شجریان و گفت:

- شما همه چیز حکومت را دروغ می‌دانید اما اینکه نام شجریان در این نامه آمده است کاملاً درست است؟ آن زمان شجریان در آلمان به سر می‌برده و از این نامه اصلاً خبر نداشته است و حرف‌های قانع‌کنندهٔ دیگر.

قبل از اینکه خداحافظی کند من از شنونده سؤال کردم، خودتان را معرفی نمی‌کنید؟ گفت:

- من محمدرضا شجریان هستم. شب‌تان بخیر!

داستان به این شکل بود که استاد در اتومبیلی از استکهلم می‌آمدند. دوستان رادیوی ما را گرفته بودند و وسط راه تمام بحث‌ها را شنیده بودند. بعداً البته من همان برنامه را در کاست ضبط کردم و به‌عنوان یادگاری تقدیم ایشان نمودم و استاد هم که دوستان بنده را خدمت‌شان معرفی کرده بودند. بسیار تشکر کردند.

نشـان بـه آن نشـانی کـه همـان دوسـتان چـپ مـا عاشـق اسـتاد شـجریان شـدند و هـر وقت بـه شـهر مـا گوتنبـرگ می‌آمدنـد، بیشـترین تبلیـغ را خودشـان بـرای اسـتاد می‌کردنـد.

مادر علی حاتمی و سه خواهران

شـاید تصـور می‌فرماییـد منظـور مـن فیلـم مـادر علـی حاتمی اسـت. خیـر! مـن هرگـز علـی حاتمی را از نزدیـک ندیده‌ام، امـا فیلم‌هایش را تمامـاً دیـده و لذت برده‌ام، امـا مـادر ایشـان را دو سـه بـار در سـن ده تا پانـزده سـالگی کـه از بندرشـاه تعطیـلات تابسـتان بـه تهـران می‌آمدیـم در منـزل دخترداییـ‌های پـدرم کـه سـه خواهـر بودنـد بـه نام‌هـای پـوران، تـوران و ایـران کـه در بیـن خیابـان مختـاری امیریـه و شـاهپور می‌نشسـتند، دیده‌ام. البتـه آن زمـان کـه مـن چیـزی نمی‌دانسـتم بعدهـا یکـی از دختـر عمه‌هـایم از مـادر علـی حاتمی نـام بـرد. در انتهـای کوچـه بن‌بسـتی کـه گرچـه شـهرداری اسـمی ننوشـته بـود امـا بیـن مـردم بـه کوچـه «سـه خواهـران» معـروف بـود.

یـک حیـاط نسـبتاً بـزرگ و حوضچـه‌ای کـه وسـط آن بـود و درخت‌هـای بیـدی کـه در چهـار طـرف حـوض ایسـتاده و شـاخه‌هایشـان را روی حـوض خـم کـرده بودنـد و چنـد باغچـه کوچـک کـه بیشـتر ایـران خانـم خواهـر بزرگ‌تـر علاقـه داشـت از آن‌هـا مواظبـت کنـد. تـوران وسـطی بـود و پـوران کوچک‌تـر.

دلیـل آمـدن مـادر علـی حاتمی بـه منـزل سـه خواهـران، روضه‌خوانـی بـود کـه ۱۹ هـر مـاه در منـزل آن‌هـا برپـا بـود. هـر سـه خواهـر نمـاز می‌خواندنـد، امـا چـادری نبودنـد لباس‌هـای معمولـی و شـیک می‌پوشـیدند. خانم‌هایـی هـم کـه می‌آمدنـد همین‌طـور بودنـد و همگـی زن. مردشـان مـن بـودم کـه

سینی حلوا و چای می‌آوردم. روضه‌خوان هم در اتاق دیگر روضه‌اش را می‌خواند و پولی را که در پاکت جلویش می‌گذاشتند می‌گرفت و می‌رفت.

سه خواهران، داستان جالبی دارند. آن زمان که علی حاتمی فیلم‌ساز نبود، اما همیشه فکر می‌کردم اگر داستان سه خواهر را می‌دانست، بهترین کسی بود که می‌توانست از زندگی آن‌ها فیلمی بسازد.

سه خواهر بی‌نهایت مهربان. انگار سه فرشته از آسمان آمده بودند. تمام فامیل عاشق آن‌ها بودند. ساده و صمیمی، اما متأسفانه پدری دیکتاتور (داستان‌هایی که از پدرم و فامیل شنیدم) اجازه نمی‌داد آفتاب هم رنگ این سه دختر را ببیند. حتی وقتی که می‌خواستند به حمام بروند آن‌ها را همراهی می‌کرد و همانجا می‌نشست و آن‌ها را به خانه می‌آورد. به خواستگارها جواب رد می‌داد و برای هر یک بهانه‌ای می‌تراشید. مثل رالف والونه در فیلم نگاهی از پل آرتور میلر که ناپدری عاشق دخترش بود.

نهایتاً پدر متعصب با یک وصیت احمقانه سرنوشتی برای آن‌ها رقم زد. وصیت کرد که دختران هرگز شوهر نکنند. پدر خودش افتاد و مرد و این سه خواهر را گذاشت در مقابل یک مسئولیت ارثی. ثروت نسبتاً خوبی هم برای آن‌ها به جا گذاشت. چند سالی گذشت اما اطرافیان و فامیل گاهی نظر می‌دادند که آخر این چه وصیتی است. شاهد بودم که از همه بیشتر پدر من غر می‌زد، شما که نمی‌توانید تا آخر عمر تنها بمانید. نیاز به یک همدم دارید و از این‌گونه حرف‌ها. دختری که از همه کوچک‌تر بود، (پوران) که در بانک ملی هم کار

می‌کرد با مردی آشنا می‌شود. و به‌رغم مخالفت‌های دو خواهر دیگر؛ یعنی توران و ایران تصمیم به تابوشکنی می‌کند و با آن مرد که ایشان هم کارمند بانک بوده ازدواج می‌کند.

شگفتا که شوهر پوران با اینکه ظاهراً سرحال بوده است و اهل هیچ چیزی هم نبوده، نه سیگار می‌کشیده؛ حتی چای را هم بسیار کم رنگ می‌نوشیده، بعد ازکم‌تر از یک سال دچار بیماری سرطان می‌شود و می‌میرد.

دو خواهر دیگر ماست‌ها را کیسه می‌کنند و از ترس به کلی قید شوهر را می‌زنند. پوران خانم برای مادرم بعدها تعریف می‌کرد که یک نگرانی توأم با عذاب وجدان از شکستن وصیت پدر داشته و همیشه منتظر یک حادثه بدی بوده است. حتی خواب می‌دیده که با اتومبیل تصادف کرده‌اند. تا اینکه بیماری سرطان ناگهان به سراغ شوهر می‌آید.

از آن به بعد این سه خواهر(توران، ایران، پوران) مثل سه نونوی کاتولیک زندگی می‌کردند و همه زندگی‌شان صرف مسافرت و کمک به دیگران شده بود. بعدها که به تهران آمدیم و بیشتر آن‌ها را می‌دیدیم. خواهر کوچک من که از بی‌مبالاتی پدرم واکسن اطفال نزده بود و در سن ۵ سالگی پای چپش فلج شده بود، تمام مخارج بیمارستان او را این سه خواهر به گردن گرفتند و حتی خودشان هفته‌ای دو روز همراه مادرم به بیمارستان می‌رفتند. بیشتر به مسافرت می‌رفتند. یادم هست که وقتی بندرشاه بودیم دو سه بار با قطار مسافربری آمدند و با سر و سوغاتی زیاد هر یک بار هر ماه پیش ما می ماندند. من شاید ۱۲/۱۰ ساله بودم و چقدر از حضور این سه فرشته مهربان خوشحال

بودیم.

یک‌بار یک پالتوی خیلی شیک برای من سوغاتی آورده بودند که سال‌ها در زمستان آن را می‌پوشیدم، حتی وقتی بزرگ‌تر شده بودم و برایم تنگ شده بود.

پسردایی‌های دگر این سه خواهر (که پسردایی پدرم هم بودند) بیژن محتشم سرپرست و استاد گریم در تلویزیون و سینما بود. یادم است وقتی من بچه بودم به‌عنوان تمرین و علاقه‌ای که داشت مرا گریم می‌کرد. همین‌طور برادر بزرگش امیرهوشنگ خان محتشم که مدتی شهردار بود و در وزارت کشور کار می‌کرد.

یک‌بار که با پدرم به خانه‌شان رفتیم عکسی روی طاقچه بود که هوشنگ خان سوار شاهپور غلامرضا شده بود و گوشش را می‌کشید. گویا یاران دبستانی بوده‌اند. شیطنت جالبی که بیژن محتشم کرده بود این بود که در مورد پوران خانم که کوچک‌ترین خواهر و کمی هم تپل بود در میان فامیل شایع کرده بود که پوران خانم ترکیده. ابتدا بعضی از فامیل باور کرده و نگران شدند اما به‌زودی معلوم شد که شوخی بیژن است. پوران خانم نه تنها ناراحت نشده بود بلکه غش‌غش خندیده بود.

سه خواهران در طی آن سال‌ها یک زن دهاتی را از بروجرد، عمه خانم من برایشان پیدا کرده بود به نام ربابه خانم که ابتدا به کار نظافت و آشپزی می‌پرداخت. دستپخت خیلی خوبی هم داشت. عمه خانم که ایشان هم اهل نماز و روضه بود، عاشق بنان بود و تار هم خوب می‌نواخت. خیلی زن الگانت و همیشه آرایش کرده بود. قوطی سیگار زیبایی هم داشت با سیگار هما و چوب سیگار بلند.

شوهر عمه‌ام که اهل بروجرود بود، مرد بسیار خوب و مهربانی بود. به من که بچه بودم یاد می‌داد که بگو عمه گربه. من می‌گفتم و عمه جان مرا در حیاط دنبال می‌کرد و می‌خندیدیم. نشان به این نشانی که عمه خانم وقتی به سن چهل سالگی رسید، هم سیگار و هم تار زدن را ناگهان بوسید و کنار گذاشت. می‌گفت خواب‌نما شده است. همان سال هم به مکه رفت و حاجی خانم شد.

اما کلفت خانه رباب خانم که خدمتکار مهربان و آشپز خوبی هم بود، کم‌کم بر سه خواهر مسلط شد طوری که آن‌ها بدون اجازه او آب هم نمی‌خوردند؛ حتی سفرهایشان را هم ربابه خانم برنامه‌ریزی می‌کرد. بلیت می‌خرید، با کدام اتوبوس یا قطار کی بروند و کی برگردند و البته در تمام سفرها همراهشان بود. سه خواهر کاملاً منفعل خود را سپرده بودند به دست ربابه خانم.

یک روز که با پدرم به منزل‌شان رفته بودیم و من که ۱۵ ساله بودم، بس که آن‌ها را دوست داشتم سؤال کردم: کی تشریف می‌آرین بندرشاه؟

ربابه خانم بلافاصله به جای آن‌ها قاطعانه جواب داد: شمال فقط تابستون. الان نمیشه!

قبل از انقلاب ایران خانم و پوران خانم فوت کرده بودند. بعد از انقلاب توران خانم مانده بود با ربابه خانم. حیاط امیریه را لابد به صلاحدید ربابه خانم فروختند و آپارتمان کوچکی در خیابان آذربایجان رهن کرده بودند. گاهی به آن‌ها سر می‌زدم. اوایل انقلاب نفت کمیاب بود. یا شاید در شلوغی‌های انقلاب بود. هفته‌ای دو گالن نفت می‌گذاشتم پشت ماشین و می‌بردم. گاهی برایشان خرید

می‌کردم چون ربابه خانم هم دیگه پیر شده بود و زانو درد داشت. توران خانم هم مریض‌حال بود، اما همچنان مهربان و دوست‌داشتنی. یکی از فرشته‌ها که پیر شده بود و بعد از دو خواهر دیگر تنها مانده بود. در یکی از این رفت و آمدها از ربابه خانم شنیدم که توران خانم را به بیمارستان رساندند اما یک روز بعد آسمانی شد و رفت.

تهران پر شده بود از صدای انقلاب و انقلابی‌ها. ربابه خانم چمدانش را بست و به بروجرد برگشت.

عزت‌الله رمضانی‌فر

با رمضانی‌فر دو فیلم کار کردم. هنرپیشه حرف گوش‌کن و با انظباطی بود و البته مهربان و متواضع. در فیلم گاو وقتی داریوش مهرجویی کل هنرپیشگان تئاتر را به سینما دعوت کرد و با فیلم گاو حقیقتاً کسب کار آن‌ها اغلب رونق بیشتری یافت. و من متأسفانه نشنیدم که هیچ یک از آن‌ها بعدها که معروف شدند، هرگز از او سپاسگزاری کرده باشند، به جز انتظامی که چند فیلم با هم کار کردند و دوستان نزدیک بودند.

در فیلم گاو، رمضانی‌فر به نقش یک دیوانه بی‌آزار در دهکده، بدون دیالوگ نقش چشمگیری داشت. علاوه بر اینکه این فیلم به جشنواره شیکاگو رفت و عزت‌الله انتظامی، جایزه بهترین بازیگر را برد. وقتی ویلیام وایلر به ایران آمده بود و در یک نمایش خصوصی فیلم گاو را دیده بود، بازی رمضانی‌فر نظرش را جلب کرده بود. گویا نقشی برای او و در یک فیلم آمریکایی در نظر گرفته بودند که میسر

نشد.

چند سال پیش که عزت با روزنامه‌ای در ایران مصاحبه کرده بود، گله کرده بود که همکاران خودمان باعث شدند که آن نقش به من نرسد و از آقای جمشید مشایخی گله کرده بود. مشایخی هم جوابی به او نداده بود و داستان فراموش شد.

همین چند سال پیش نزدیک که هنوز هر دو هنرپیشگان بزرگ ما یعنی انتظامی و مشایخی در قید حیات بودند. از عزت‌الله انتظامی که به ایشان لقب عزت سینمای ایران هم داده بودند و همچنین کتاب آقای بازیگر به همت هوشنگ گلمکانی نوشته شد به این مناسبت تقدیر کردند.

آقای مشایخی می‌رود میکروفون را به دست می‌گیرد و درحالی‌که همگان منتظر بودند که ایشان هم از انتظامی تقدیر کند، ناگهان با عصبانیت اعتراض کرد: همش که شد انتظامی، دیگران هم بوده‌اند و هستند و... حرف‌هایی از سر بی‌مهری.

البته در آن جلسه که اغلب شوکه شده بودند، جوابی به ایشان ندادند. من به نوبه خود به‌عنوان دوستدار این بزرگان و پیشکسوتان غمگین شدم که چرا باید این بزرگان عرصهٔ هنر و بعضاً ادبیات ما گاهی به هم بتازند و حالا تکلیف ما که مثلاً هم شاملو را دوست داریم و هم شفیعی کدکنی، چه کنیم و چه قضاوتی؟

البته به آقای مشایخی باید کسی می‌گفت بین شما و آقای انتظامی فرق بسیار است. ایشان هر فیلمی را بازی نکردند و شما کردید و متأسفانه ده‌ها فیلم بد در کارنامه‌تان دارید. اعتراض شما به ایشان وارد نیست.

درحالی‌که در تمام این سال‌ها همیشه مردم و ارباب رسانه‌ها این پنج تن؛ مشایخی، داوود رشیدی، انتظامی، نصیریان و کشاورز را تافته جدا بافته دانسته و احترام خاصی برایشان قائل بودند که حق هم همین بود. اکنون از این میان تنها آقای نصیریان در قید حیات هستند که خداوند ایشان را سلامت بدارد.

دوست عزیزمان عزت‌الله رمضانی‌فر بعد از فیلم گاو و آن موفقیت افتاد به قول دکتر کاووسی به دام فیلم‌فارسی.

نقش‌هایی شبیه فیلم گاو به عزت می‌دادند، باجا و بی‌جا، عزت جان هم بازی می‌کرد و پولش را می‌گرفت. نقش‌های کلیشه‌ای و تکراری.

بعد از انقلاب من فیلم ترور را می‌خواستم بسازم با دوست اهل سینمایی نشسته بودیم و در مورد فیلمنامه صحبت می‌کردیم، گفتم می‌خواهم یک نقش کلیدی فیلم را که یک چریک متفکر دانشگاهی هست با عزت‌الله رمضانی‌فر بدهم. بدون لحظه‌ای فکرگفت، اصلاً به درد اون نمی‌خوره فکرشم نکن.

اما من دلم می‌خواست عزت را از آن کلیشه نجات دهم و فکر کردم می‌شود. با عزت صحبت کردیم خیلی استقبال کرد. گفتم موهایت را کوتاه نکن و البته با یک عینک ذره‌بینی بر چشم و... تیپ جالبی شده بود و چیزهایی که به نظرم می‌آمد. با کمی صحبت او را با نقش آشنا کردم. اتفاقاً خیلی هم خوب و نرم بازی کرد. البته با صدای جلال مقامی اگر فیلم را دیده باشید یا انونس فیلم از فریاد تا ترور را در یوتیوب ببینید، تیپی شبیه آل پاچینو شده بود.

فیلم بعدی هم فیلم مسافر شب بود که باز هم عزت‌الله رمضانی‌فر

نقـش متفـاوتی داشت. دلم بـرای خوشمزه‌گی‌ها و مهربانی‌هایـش تنگ شده. سلامت و پاینده باشد.

مسعود بهنود

با مسعود بهنـود هرگـز رفاقت و مـراوده‌ای نـداشتم. کتاب‌هایـش را خوانـده بـودم و قلم شیرینش را دوسـت داشتم. تـا شبی کـه بـا شمس‌الواعظین بـه گوتنبرگ آمـده بودنـد و در منـزل دوسـت عزیـز ناصـر زراعتی کـه اسفندیار منفردزاده هم حضـور داشت می‌گفت کـه نمی‌خواهـد بـه ایران برگـردد و کارهایـش را کرده که بـرای همیشـه برود انگلیس. تصورش این بود کـه اگر به ایران برگـردد مستقیم به زندان خواهـد رفت.

دوست دیگری هم آن شب بود کـه از چپ‌هـای روزگار بود و دوسـت نزدیـک زراعتی کـه البته منـم ایشان را می‌شناختم و انسـان خـوبی هـم بـود، امـا بـه جلسه مـا در آشپزخانه نپیوست. روی مبل نشسـته بـود و گاهی زیـر لب غـر می‌زد کـه طرف دوست همـه دولتمـردان است. چـه در آن رژیم، چـه ایـن رژیم. مـن در گوشـش گفتم بابـا امشـب مهمـان است ول کن.

منظور او احتمالاً دوستی بهنـود بـا رفسنجانی بود کـه آن زمان هنـوز پشـم و پیلی داشـت. من اما در گوش دوست‌مان گفتم.

مسعود بهنود هم در اتوبوسی کـه بـه طـرف ارمنستان می‌رفت و قرار بود به ته دره پرت شـود حضـور داشت. گویا اطلاعاتی‌هـا حوصله‌شان از تـک بـه تـک کشتـن شـاعران و نویسـندگان سـر رفتـه بـود تصمیم گرفتند، یکجا و فله‌ای بکشند کـه خوشبختانه تیرشان به سنگ خـورد.

بر همان اساسِ دوستی، بهنود به رفسنجانی زنگ زده بود که:

- آقا اینا می‌خواستن همه ما رو دسته‌جمعی بکشند.

رفسنجانی هم تعجب و اظهار بی‌اطلاعی کرده بود. مسعود بهنود در مورد قتل‌های زنجیره‌ای می‌گفت. آن‌هایی که کشته شدند دم دست بودند و کم‌تر مواظب خودشان بودند.

گویا گلشیری را هم کلاه یک افسر که پشت شیشه اتومبیل به چشم می‌خورد نجات داده بود. اصولاً مسعود بهنود به نظر من انسان سمپاتیک و خوش‌قلم و بیانی است، اما منتقدین او برای رفتنش برای رأی دادن جلوی سفارت ج. ا در کنار آقایان دیگر که می‌دانید و به‌خصوص جمله بی‌تأمل (سردار عارف) که بلای جان او شده او را رها نمی‌کنند. گاهی در فیس‌بوک می‌بینم که حرف‌های جالبی می‌زند اما بعضی کامنت‌ها هنوز نیش آن جمله را دارد. مثل آن خواننده معروف که به روی احمدی‌نژاد آغوش گشود و عمری خود را گرفتار کرد.

الیا کازان یکی از بزرگان سینمای آمریکا در دوران سناتور مک کارتی ضد کونیست در مقطعی همکاری کرده بود و سال‌ها مورد بی‌مهری اهالی سینمای آمریکا بود، اما بالاخره سینماگران آمریکا او را بخشیدند و به الیا کازان، اسکار افتخاری دادند.

تقی مختار و شهره عاصمی

این زوج عزیز و مهربان چهار پنج سال پیش گذرشان افتاد به شهر ما گوتنبرگ. گویا خانم عاصمی دوربینی همراه داشت و برای تلویزیون اندیشه با هنرمندان اروپا مصاحبه می‌کرد. ناصر خان

زراعتی به من خبر داد که در یکی از سالنها امشب برنامه‌ای است که آقای مختار در مورد کتابی که نوشته سخنرانی می‌کند. من هم یکی از دوستانم را خبر کردم و رفتیم. من هرگز از نزدیک آقای مختار را ندیده بودم اما بر مبنای عشق به سینما در نوجوانی و جوانی می‌دانستم که ایشان از سردبیران مجله سینما هستن و چند فیلم هم بازی کرده‌اند.

قبل از برنامه یکی از کتاب‌های ایشان را خریدم و دادم امضا کردند. آن زمان من رادیو داشتم، فردای آن شب در رادیو هم که برنامه زنده بود گپ و گفت‌وگوی جالبی اندر باب سینما داشتیم. آخرش هم با سعید جان اوحدی همکارمان آقای مختار افتخار دادند چند عکس هم به یادگار برداشتیم.

اکنون هم در فیس‌بوک با هر دوی این عزیزان بده بستان‌های لایکی و گاهی کامنتی داریم. سلامت و پایدار باشند.

تقی مختار و پرویز فنی‌زاده

چند شب پیش برنامه‌ای در بی‌بی‌سی لندن و در برنامه آپارات، به همت حسن صلح‌جو و همکاری بهرام فرهادی، فیلم مستندی در مورد پرویز فنی‌زاده پخش شد که بعد از نمایش فیلم مورد بحث قرار گرفت. اصولاً سبک برنامه آپارات این‌گونه است. بنده هم یکی دو بار افتخار شرکت در این برنامه را به بهانه ترانه و فیلم داشته‌ام.

نکته مورد نظر من تابوشکنی تقی مختار بود که اتفاقاً فیلم جمعه را به کارگردانی دوست عزیزمان کامران قدکچیان بازی کرده بود و فنی‌زاده را از نزدیک می‌شناخت.

راستش خود من در مورد مشکل فنی‌زاده در فیلم باغ بلور که

شـرحش رفت جسـته و گریخته چیزهایی گفتم، مثل اینکه هر وقت
فنی‌زاده حالـش خوب بـود می‌گفت منصور بـریم بستنی بخوریم و...
امـا اصـل قضیه را نگفتم درحالی‌که همیشـه در ذهنم این بـود که چرا
نباید گفت. مثلاً در همین فیلم مستند، شخصی می‌گفت، بله فنی‌زاده
مریض بود، حالش خوش نبود. آخر چطور مریض بود؟ سرما خورده
بـود یـا آپاندیسـش عـود کرده بـود. بالاخره جناب مختار عزیز اصل
داستان را گفت که آن زنده‌یاد معتـاد بـه مواد مخدر آن هم از نـوع
هروئین بـود، کزاز گرفت و فـوت کرد.

مگـر دیگران نبودند... داریـوش رفیعـی خواننـده خوش‌صدا هم
درست به همین دلیل و از کزاز فوت کرد که اغلب به دلیل تمیز نبودن
سرنگ مربوطه است. فریدون فروغـی و فرهاد نیـز به همـین ترتیب
و اغلب هنرمنـدان محبوب و کم‌سن‌وسـال و آه و افسـوس بـرای خیل
دوسـتداران... . خوشبختانه خواننده محبوب و خوش‌صدا داریوش
اقبـالی کـه خـودش آمد و داستانش را گفت و بـا اراده و انگیـزه قوی،
شـاید پسـرش میلاد، توانسـت بـر این شیطان سفید پیروز شـود.

دکتر روانشناسی می‌گفت این از از احساسـات زیاد و گاهی نا
امیدی اسـت. نمی‌دانم! اما می‌دانم سال ۵۸ سـال اول انقلاب چگونه
۷۰ درصد مـردم ایران روی آوردند به کشـیدن تریاک. درحالی‌که قبل
از انقلاب این آمار کم‌تر از ۲۰ درصد بـود. آن‌طور که شنیده‌ام. ممکن
اسـت ایـن آمـار و ارقام اندکی بـالا و پایین باشـد. دلیلـش چـه بـود؟
نیازی به دکتر روانشناس نیسـت، چون همگان دانند. اگر مشروب
می‌خوردی ۸۰ ضربه شلاق داشت اما کشیدن تریاک عجالتاً مباح
اسـت و شـلاق نـدارد. بدیهی است کـه چه اوضاعی می‌شود. همـه

اهالی حال و هول هجوم آوردند به آن طرف.

سال‌های اول در خیابان منوچهری پشت ویترین مغازه‌ها انواع و اقسام وافورهای بزرگ و کوچک و توجیبی با جلد چرمی دیده می‌شد و به فروش می‌رسید.

یکی دو سال اول انقلاب اینجوری بود. تا کم‌کم از پشت ویترین‌ها برداشته شد، اما پنهانی به فروش می‌رسید. بعد زغال جکسون معروف به بازار آمد و خود اهالی جمهوری اسلامی و مسئولین انقلابی ابایی از مصرف آن نداشتند و البته تبدیل به تجارت پر درآمدی هم شد. این موضوع مال ۲۰ سال پیش است که می‌گفتند صبح به صبح ۵ تن تریاک فقط در تهران پیاده می‌شه و امت همیشه در صحنه از طاغوتی و یاقوتی صبح تا شب پای کار بودند، اما انصافاً در این چهل سال و اندی همه چیزی هزار برابر گران شد، اما جنس مربوطه تقریباً همان قیمت‌ها مانده است. مثل خودکار بیک که معروف بود، هویدای خدا بیامرز قیمتش را همان ۵ ریال نگه داشته بود، اما دو سه سال بعد کم‌کم سر و کله‌اش (تریاک و...) در سرزمین کفر هم پیدا شد.

نیاز به توضیح بنده نیست که اکنون هر جا و کشور و سرزمینی که هم‌وطنان عزیز باشند این مطاع هم یافت می‌شود حتی در دو شاخ آفریقا. دیگر میزبانان ما هم داستان را می‌دانند و گاهی حتی در کشور سوئد هم بعضی‌هاشان با دوستان ایرانی هم قل‌قلی می‌شوند و چهار کلمه فارسی هم یاد گرفته‌اند. به همین دلیل هم گاز کوچک ۱۵ کرونی که معمولاً سوئدی‌ها برای رفتن به کلبه‌های خارج از شهرشان و درست کردن چای قهوه استفاده می‌کنند، شده ۶۰ کرون یا بیشتر.

(دو سه سال است بنده بی‌خبرم)

دوستی تعریف می‌کرد رفته بود پمپ بنزین از همین گازها بخرد. صاحب مغازه پرسیده بود این‌ها را شما برای چی می‌خواهید؟ دوست ایرانی جواب داده بود استوگا؛ یعنی همان کلبه. آقای سوئدی غش‌غش خندیده بود و گفته ما می‌دونیم برای چه مصرفی می‌خوای... گل‌گل منظورش همان قل‌قل بود.

از شوخی گذشته که در عین حال جدی هم بود. منظور من تبلیغ برای این متاع نبود بلکه حقایق امور را عرض کردم. بعضی‌ها در نوستالژی ایران به سر می‌برند و دوست دارند؛ اما باید مواظب بود که صدمه نزنند. من خودم تجربه تلخی دارم که دو سه سال پیش اتفاق افتاد که نزدیک به سکته مغزی بودم که البته بخیر گذشت اما صدمه زد که هنوز مشغول درمان هستم. که داستانش را همراه با مصیبت‌های ترانه یار دبستانی، مفصل در جایی دیگر نوشته‌ام. نمی‌خواهم نصیحت کرده باشم اما باید مواظب ساق‌ها بود به‌خصوص دوستان عزیزی که فعالیت سیاسی هم می‌کنند.

سفر بیژن مرتضوی به گوتنبرگ

اوایل ماه فوریه ۲۰۲۲، بیژن برای ضبط برنامه دِ ویس (صدا) به استکهلم آمده بود. به من زنگ زد و گفت که کار سنگینی هست و از صبح که می‌روند زیر گریم گاهی تا ده یازده شب جلوی دوربین هستند، اما در عین حال علاقه‌مند بود سری هم به من بزند. البته فاصله استکهلم و گوتنبرگ حدودا ۵۵۰ کیلومتر است و من گمان نمی‌کردم فرصت کند، اما ناگهان زنگ زد که یک آف گرفته و با رامین دوست و همراه موزیسین خواهند آمد. ابتدا قرار بود با همسر مهربانش که دورادور به بنده لطف دارند و بنده هم ارادت دارم بیایند، که کاری برایشان پیش آمد که باید می‌ماندند. دوستان از راه رسیدند و من هم برایشان قورمه‌سبزی به سبک خودم تدارک دیده بودم که نوش جان کردند و تعریف می‌کردند. بیژن عزیز هم یک کنیاک هنسی آورده بود و جای دوستان خالی نوشیدیم و شب پر خاطره‌ای داشتیم.

من یک پیانوی سفید و کوچک هم دارم که بیژن رفت نشست و در مورد ترانه جدیدی که قرار هست ان‌شاءالله در آینده بخواند هماهنگی کردیم. ناگفته نماند که در همین روزگار کرونایی از طریق تلفن

و واتساپ چند ماه پیش از آن ترانه‌ای ساخته شد و بیژن خواند و ضبط شد و بیژن دنبال کلیپ آن است که پخش خواهد شد و خواهید شنید. من که اصولاً در این سال‌ها کم کارکرده‌ام کار ترانه با بیژن مرتضوی عزیز برایم بسیار مغتنم بود.

بیژن می‌گفت صداهای جوان بسیار خوبی در برنامه ویس خواهند بود که جای خوشحالی است که حداقل این نوع برنامه‌ها به کشف صداهای جدید می‌پردازد. دیگر داوران این برنامه لیلا فروهر عزیز، کامیار و خانم سوگند هستند که با تهیه‌کنندگی تلویزیون ام‌بی‌سی انجام می‌شود. موفق باشند!

ستار و اتفاق خوش

حسن جان ستار طبق معمول هرسال، به جز دو سال کرونا، هر وقت برای چهارشنبه سوری به استکهلم و هر برنامه‌ای به اروپا می‌آید، حکم می‌کند که چند روزی به او ملحق شوم. این‌بار اما برای ایام عید به دوسلدورف آلمان دعوت شده بود. دیدار چند روزه او برایم بسیار مغتنم بود و خیلی خوش گذشت.

ایرج خان مهدیان هم که در دوسلدورف زندگی می‌کند به هتل آمد و دیداری تازه شد. جا دارد همین‌جا از دوستان ستار عزیز در دوسلدورف که بسیار مهربانی کردند، سپاسگزاری کنم.

ستار که من افتخار چند ترانه را با ایشان داشته‌ام و اغلب با ترانه سرسپرده بنده کنسرت‌هایش را شروع می‌کند. وقتی هم مرا دعوت می‌کند، راستش از بلیت هواپیما و هتل و همه چیز... و بسیار شرمنده می‌کند. این البته به خاطر چند ترانه من نیست، چون خواننده‌های

دیگر هـم هسـتند کـه در هـر کنسـرتی دو سـه تـا از ترانه‌هـای مـن را می‌خوانند، امـا ریشـه دوسـتی و رفاقت مـا بیـش از ایـن حرف‌هاسـت.

بـا اینکه گوشـم راسـتم همانجـا کـه تومـور لعنتـی جـا خـوش کـرده و نشسـته، یکـی دو بـار سـخت اذیتـم کرد، مـن سـعی می‌کـردم از حسـن پنهـان کنم کـه نگـران نشـود و بـه روزهـای خوش‌مـان لطمـه نزنـد، امـا خوشبختانه پمـاد کورتیزون بـه دادمان رسـید. نهایتاً چند روزی بـا حسـن جـان سـتار و دوسـتانش در دوسـلدورف بسـیار خـوش گذشـت.

سـخن کوتـاه! آرزوی سـلامتی و خوشبختـی بـرای خـودش و خانـواده محترمـش دارم.

شاید برای حسن ختام

در ادامـه نالـه‌هـایی کـه بـرای گوشـم بـرای شمـا عزیـزان کـردم اتفـاق جالبی افتـاد. امـروز ۲۲ فوریـه ۲۰۲۲، بـرای ام.آر.ای یـا عکسـبرداری از تومـوری کـه کنـار گوشـم خـوش نشسـته بنا بـه دسـتور آقـای دکتـر رفتم. یک مـرد و یـک زن جـوان بودنـد بـه زبـان سوئدی مـرا راهنمـایی کردنـد کـه لباسـم را عـوض کنم و مـرا خوابانـدند روی دسـتگاه بـرای رفتن داخـل لولـه کذایی. قبـلاً سـه بـار در مکانی دیگـر رفتـه بـودم و آشـنایی داشـتم. قبـلاً هـم یـک قـرص آرامبخش خـورده بـودم کـه اسـترس کم‌تری داشـته باشـم چون عین فشـار قبر می‌مانـد و تکان نبایـد خورد.

بـا اینکه بیشـتر از نیـم سـاعت طـول نمی‌کشـد، امـا بـه نظـر طـولانی می‌آیـد. یـک زنگـم هسـت کـه اگر حالـت بـد شـد زنـگ بـزنی و بیایـی بیرون کـه در آن صـورت همـه چـی باطـل می‌شـود و وقتی دیگـر و روزی دیگـر، امـا مـن خوشبختانه ایـن چنـد بـار را طاقـت آوردم و مشـکلی

پیش نیامد. موسیقی هم توی گوش آدم پخش می‌کنند همراه با تق و توق عجیب دستگاه. درحالی‌که صدای رادیو انرژی سوئد در گوشم بود صدای خانم آمد که ۵ دقیقه بیشتر نمانده.

خوشحال بودم که وقت رو به اتمام است که ناگهان رادیو انرژی قطع شد و به جای آن ترانهٔ یار دبستانی من، پخش شد. تعجب کردم و تنها فکری که کردم این بود که چون چند سال پیش با رادیوی سراسری سوئد مصاحبه داشتم احتمالاً دم دستشان بوده و تصادفاً پخش کرده‌اند.

بالاخره از دستگاه بیرون آمدم و دیدم مرد و زن جوان لبخند بر لب دارند. به سوئدی گفتم این چی بود؟ از کجا پخش شد. هر دو که معلوم شد هم‌وطن هستند، خندیدند و گفتند:

- آقای منصور تهرانی ما شما را شناختیم و خواستیم سوپرایزتان کنیم. در همین فاصله ترانه یار دبستانی من را از یوتیوب پیدا کردیم و پخش کردیم.

گفتم، دمتون گرم واقعاً که سورپرایز شدم. اسم‌شان را پرسیدم: شهرزاد و جلال.

تمام!

Cloudy, Sunny

Mansour Tehrani

Form Publications | نشر فرم